ULLSTEIN

DAS BUCH

In einem Waldstück bei Tel Aviv wird eine Leiche mit einem fehlenden Ohr gefunden. Keiner kennt oder vermißt den Toten, und auch die Polizei sieht zunächst offenbar keine Veranlassung, den Fall näher zu untersuchen. Inspektor Bresnitz, ein introvertierter Mittvierziger, der unter Liebeskummer leidet und auch sonst in einer tiefen Lebenskrise steckt, besteht jedoch darauf, im Fall der unbekannten Waldleiche zu ermitteln – sehr zum Ärger seiner Vorgesetzten, die lieber mit der Aufklärung spektakulärer Verbrechen glänzen möchten. Im Verlauf seiner Nachforschungen stößt Bresnitz auf verschiedene Verdächtige, darunter auf einen Araber, der ein abgeschnittenes Ohr bei sich trägt. Einige widersprüchliche Details wecken aber Bresnitz' Zweifel an der Schuld des Mannes. Die Jagd nach dem wahren Mörder geht in atemberaubenden Tempo weiter – rasant, irreführend und bedrohlich.

DER AUTOR

Chaim Lapid wurde 1948 in der Nähe von Tel Aviv geboren. Er ist Sozialpsychologe und lehrt an der Universität Tel Aviv. Darüber hinaus schreibt er Filmkritiken und Drehbücher.

Chaim Lapid

Bresnitz

Roman

Aus dem Hebräischen von Markus Lemke

Ullstein

Ullstein Taschenbuchverlag 2000
Der Ullstein Taschenbuchverlag ist ein Unternehmen
der Econ Ullstein List Verlag GmbH & Co. KG, München

Titel der hebräischen Originalausgabe:
Bresnitz (Zmora Bitan, Tel Aviv)
Übersetzung: Markus Lemke
Umschlagkonzept: Lohmüller Werbeagentur
GmbH & Co. KG, Berlin
Umschlaggestaltung: Bauer + Möhring, Berlin
Titelabbildung: Stankowski + Duschek
Gesetzt aus der Sabon roman
Satz: Ebner Ulm
Druck und Bindearbeiten: Ebner Ulm
Printed in Germany
ISBN 3-548-24704-0

Die Luft erschien Bresnitz zu dünn und sein Atem zu kurz, als daß sie für seinen schweren Körper ausgereicht hätten. Die Fenster des Wagens waren gut verschlossen, um nicht die Aufmerksamkeit eines eifrigen Nachbarn zu erregen. Das Funkgerät neben ihm war auf minimale Lautstärke gestellt, was bei der ringsum herrschenden Stille ausreichte. In der letzten Stunde hatten sie in der Einsatzzentrale mehrere Male nach ihm gefahndet und es dann aufgegeben, als er beharrlich schwieg, doch nicht, ohne daß zuvor dort jemand im Funkerchinesisch auf »das Verhör einer Verdächtigen außer der Reihe« angespielt hätte. In einigen Fenstern gegenüber war nach und nach der bläuliche Schein auf den Gesichtern der Bewohner erloschen. Die leicht obszöne Assoziation trieb ihm ein schiefes Lächeln ins Gesicht. Das Fernsehprogramm ging zu Ende, und in seinem Gefolge machte sich Finsternis auch in den zur Straße hin gelegenen Wohnzimmern breit, wurde durch die dämmrigen Lichter der Schlafzimmer abgelöst, die ebenfalls schon bald verlöschen sollten, bis man kaum mehr hätte sagen können, ob die Bewohner das Fernsehen ausgeschaltet hatten oder das Fernsehen die Bewohner. Ihn verlangte es nach einer Art Hauptschalter, der ihn von dem unerträglichen Zustand des ständigen Wachseins befreien würde, in dem er sich nun schon seit Wochen befand, von den Zusammenbrüchen und kurzen Schlafphasen einmal abgesehen. Als verhörte er sich selbst nach der Art des KGB unter Schlafentzug – eine Methode, auf die er selbst nur bei einer ganz bestimmten Sorte von Verdächtigen zurückgriff.

Und links oben – ihr Licht. Ein ohne ersichtlichen Grund rötliches Licht, stellte man seine blutunterlaufenen Augen einmal nicht in Rechnung, denn einen roten Vorhang gab es dort nicht, »wie du nur zu gut weißt«, sagte er erneut laut zu sich selbst und erlag so ein weiteres Mal jener nicht zu beherrschenden Angewohnheit, die sich seiner in den langen Tagen des Ausharrens vor ihrem Fenster bemächtigt hatte. Sein unglaubliches Erinnerungsvermögen, das ihm mit den Jahren immer mehr abhanden gekommen war, ließ ihn an den roten Vorhang denken und an den Soldaten, der sich dahinter mit dem Leichnam seiner Freundin gefangen fand. Sie war mitten im verbotenen Liebesspiel aus dem Leben geschieden, während ihre greisen Eltern noch im angrenzenden Raum schliefen. Diese Eigenart, sich an ein Buch aus der überquellenden Bibliothek in seinem Hirn zu erinnern, war unauflöslich mit dem Zwang verbunden, ihr davon zu erzählen – dort, hinter dem Licht. Eine mächtige Welle aus Schmerz, Sehnsucht und Haß überflutete ihn plötzlich, fand ihn unvorbereitet und drang so bis in sein Innerstes ein; und wie von Zauberhand wurde diese Welle in trauriger Metamorphose zu wirklicher Flüssigkeit, Flüssigkeit, die gleichmäßig aus beiden Augen rann und ein verstümmeltes Seufzen nach sich zog, das er erstickte, indem er den Kopf auf das Lenkrad vor ihm stieß – wobei er darauf achtete, nicht an die Hupe zu kommen und diesen Wandlungsprozeß mit einem mechanisch erzeugten Wehgeschrei abzuschließen, das den ganzen Block aufwecken und auch sie alarmieren würde.

Er konnte ihr jetzt nicht gegenübertreten, davon war er überzeugt. Er war auf die Finsternis, die Geheimhaltung angewiesen, um im Untergrund seine wenigen Kräfte zu sammeln, bis er zu einer Tat fähig sein würde. Der Vergleich gefiel ihm, da es nach den Jahren, in denen sie sich konspirativ geliebt hatten, nur natürlich erschien, auch den Krieg zwischen ihnen im Untergrund auszutragen. Weil sie sich bald anderen an den Hals geworfen hatte, mußte er etwas unternehmen, doch der starke Drang, der in ihm pulsierte, war nur ein blindes Bestreben, und er hatte keinerlei Vorstellung, wie er ihn in konkrete Handlungen umsetzen sollte. Zwar kamen ihm von Mal zu Mal äußerst fruchtbare Einfälle. Etwa der, die ganze Macht des Gesetzes auszunutzen, um Vergeltung zu üben, wie es in der Abteilung gang und gäbe war – nicht aufwendiger, »als ein Kanonenrohr in die entgegengesetzte Richtung zu bringen«, brachte er laut den Satz zu Ende, wobei er unversehens seinen Chef imitierte. Man konnte Beinstock, seinem Stellvertreter, einen unverbindlichen Hinweis hinwerfen, und der würde dann mit seinem Nachfolger in ihren Armen abrechnen, ganz ohne belastende Zeugenaussagen, aber doch auf der Grundlage irgendeiner Schuld, die eines Tages beglichen werden mußte. Alternativ wäre es möglich, einen anonymen Brief an Inspektor Becher zu schicken – den nun schon dritten Leiter der Untersuchungskommission, die mit dem peinlichen, noch unaufgeklärten Mord in der Stadtverwaltung befaßt war. Einen Brief, der unter anderem ein winziges, vertrauliches Detail enthalten würde, von dem allein der Mörder selbst oder aber eine ihm sehr nahestehende Person wissen konnte. Ein vertrauliches Detail, das Becher das Wasser im Mund zusammenlaufen und den Doppelgänger Blut und Wasser schwitzen lassen würde. Noch immer nannte er ihn bei sich »den Doppelgänger«, obwohl er schon vor einiger Zeit Namen und Identität des anderen herausgefunden hatte. Grund dafür war einfach, daß ihm der erste Mann, den sie sich nach ihm ins Bett gezerrt hatte, verblüffend ähnlich sah. Beide hatten sie dieselbe feste, proportionslose Massigkeit des Körperbaus, die gleichen schmalen Augen über einer breiten Nase und sogar den gleichen schwarzen, ungestutzten Bartwuchs, der die Wangen vollständig bedeckte. Ungeachtet des Schmerzes, der damit verbunden war, hätte man das Ganze als eine Art Entschädigung dafür auslegen können, daß sie ihn, Bresnitz, verloren hatte – ein romantischer Protest gegen ihr Unvermögen, das Rad zurückzudrehen –, wäre da nicht die schlichte, bestechende Tatsache, daß sie es war, die die Verbindung zu ihm abgebrochen hatte, und sie, die sie wiederherstellen konnte. Hinzu kam – was die romantische Lesart sogleich Lügen strafte –, daß dieser Doppelgänger in Wahrheit gar kein Doppelgänger war, sondern lediglich eine vulgäre Karikatur von ihm selbst. Alles an ihm ein muskelbepackter Gorilla; rein gar nichts hatte er von der Weichheit, um nicht zu sagen Schutzlosigkeit, die Bresnitz auszeichnete. Trotz der verblüffenden Ähnlichkeit war das Gesicht des anderen nichts als eine Ansammlung harter und unzugänglicher Züge. Nicht nur einer Spur sexueller Neugierde wegen warf sie sich in die Arme des Doppelgängers wie ein kleines Mädchen, begrub endgültig die Jahre, die sie geteilt hatten, um nicht von jenen zu sprechen, die noch kommen sollten, und gleichzeitig sandte sie mit weiblicher Verschlagenheit Signale an jenen aus, von dem sie mit Sicherheit wußte, daß diese ihn nicht verfehlen würden. Der Mann, der darauf ansprach, war eben jener, der hier heimlich auf der Lauer lag und der sich dieses Mal bestimmt nicht des voyeuristischen Blicks in die Privatsphäre von Mitmenschen würde enthalten können. Sie beide wußten nur zu gut – auch wenn sie niemals darüber gesprochen hatten –, daß er sich auch zuvor nicht gescheut hatte, gelegentlich etwa ihre Telefongespräche abzuhören. Ja, sie wußte es sehr wohl, und auch er wußte, daß sie es weiß, während sie ebenso wußte, daß er es weiß, und gerade in diesem Versteckspiel des Voneinanderwissens bestand ungeachtet der von ihr konsequent vollzogenen Trennung weiterhin eine indirekte Verbindung zwischen ihnen beiden. Aber auch damit war die Sache noch nicht ausgestanden. Da sie praktisch dachte, suchte sie für ihn – sozusagen als letzte Bewährungsprobe – nach jener Provokation, die nicht einmal er würde ertragen können, sann auf eine Tat, die diesen Bären mit Hilfe einer glühenden Kohle aus seinem Winterschlaf reißen würde. Doch obwohl sein Pelz dieses Mal arg angesengt wurde und seine Augen vor lauter Rauch tränten, wog er zögernd seine Schritte ab, um schließlich – wie gewöhnlich – gar nichts zu tun. Erstens, da er sich immer so verhielt, und zweitens, weil der Doppelgänger inzwischen verschwunden und an seine Stelle ein nett aussehender, harmloser Ersatz getreten war, der sein Glück kaum fassen konnte, das ihn über Gebühr beschenkt hatte. Auch von diesem trennte sie sich dann, schneller noch als von seinem Vorgänger. Bresnitz verfolgte ihn zwar noch eine Weile mit dem Wagen, ließ ihn schließlich aber in der Menge untertauchen und verdrängte ohne Mühe die flüchtige Eingebung, den anderen über den Haufen zu fahren und so für immer aus der Welt zu schaffen. Nun jedoch war nicht klar, ob es einen dritten Mann gab. In den langen Stunden, die er hier gestern und heute ausgeharrt hatte, hatte er bislang noch keinen Hinweis auf dessen mögliche Existenz ausmachen können. Dennoch wußte er mit Bestimmtheit, daß dort in der Finsternis hinter dem Licht jemand bei ihr war.

Zu beiden Seiten des Wagens strömte die Finsternis unverdrossen in gleichbleibendem Rhythmus, als glitte das Fahrzeug auf einem schwarzen Fluß geräuschlos auf den dunklen Felsen des Mietshauses mit dem Leuchtfeuer ihres Fensters zu und zöge langsam daran vorüber, während dieses unverrückbar an seinem Platz blieb. Wie stets, wenn er unter Schlafmangel litt, schärfte sich sein Gehör, wurde demütig und verlor so sehr die Fähigkeit auszuwählen, daß er gleichzeitig die Zikade im Gebüsch, das Geflüster der wachhabenden Beamtin in der Leitstelle, die Vögel der Nacht und das Gewisper der Liebenden hören konnte. Aber da die Stille ringsum so grenzenlos war, entstand am Grunde seines angespannten Verstandes eine Leere, die sich zusehends ausbreitete und wie ein Strudel Erinnerungssplitter in sich aufsaugte, Teile des geborstenen Mastbaums, große Segelfetzen der Beziehung – um nicht zu sagen der Liebe –, die in dieser Finsternis gestrandet und untergegangen war. Doch wurden auch diese von einem noch frischen Überbleibsel zur Seite gedrängt: der letzten Nacht, in der er sie gesehen hatte, vor einer Woche erst, schon nach dem Schlußstrich und dem Doppelgänger, aber noch vor dem zweiten, dem Netten. Als er bei ihr eingedrungen war, nachts um drei an ihre Tür gehämmert hatte, und sie ihm, ohne auch nur eine Frage zu stellen, geöffnet hatte, so als wüßte sie Bescheid, sich mit geschlossenen Augen an ihn geschmiegt hatte, halbnackt und kaum erwacht, vor Hitze glühend wie einmal das Kind seines Schwagers bei einem Fieberanfall, als die Körpertemperatur plötzlich auf vierzig Grad hochgeschnellt war. Sehr früh am anderen Morgen war er gegangen, ohne daß sie viel miteinander gesprochen hätten. Lediglich an die Telefonrechnung hatte er sie erinnert, damit man ihr nicht erneut die Leitung abklemmte. Sie vergaß die Rechnung ständig und schob sie, soweit es ihr möglich war, wie alles andere auch vor sich her – Männer einmal ausgenommen, bei denen sie kurz entschlossen und systematisch handelte, wenn sie nur wollte.

Zugegeben, von ihnen beiden war eigentlich er derjenige, der ständig alles Mögliche auf die lange Bank schob: den

Abschied von der Polizei etwa, oder richtiger die Entscheidung, sich von etwas freizumachen, das einmal vollkommen zufällig begonnen hatte; dazu die gemeinsame Reise ins Ausland, die niemals stattgefunden hatte, und natürlich die Hochzeit und die Scheidung. Wieder und wieder vertagte er die Entscheidungen, fuhr durch das Leben – so sagte sie immer – wie jemand, der, während alles an ihm vorüberfliegt, mit dem Rücken zur Fahrtrichtung sitzt, anstatt das Lenkrad zu packen, wie es sich gehört, und vorwärts: Hand in Hand! Ganz bestimmt jedoch nicht mit einer Frau wie ihr, mit dieser krankhaften Verschwendungssucht, die teure Geschenke mit einschloß, mit denen sie ihn überhäufte und von denen er die meisten gar nicht in aller Öffentlichkeit zeigen konnte, ohne peinlichen Fragen ausgesetzt zu sein: goldene Kugelschreiber, extravagante Kleidungsstücke oder auch nur ganz normale, die er ausschließlich in ihrer Gegenwart tragen konnte – etwas, das beschämend und mehr noch unsinnig war.

Aber andererseits waren da ihr krankhafter Geiz und der innere Zwang, die wirkliche Obsession, alle nur erdenklichen Rechte und Vergünstigungen für Polizeibeamte auszuschöpfen, lächerliche Preisnachlässe, um billiger an ein Fernsehgerät zu kommen, einen Fön oder eine der modernen Plastikspülen zu kaufen. Dabei hätte sie niemals zugelassen, daß er ihr diese Dinge einfach selbst kaufte – etwas, das er in jedem Fall gehaßt hätte, da so zu seiner sonstigen Unzuverlässigkeit auch noch die finanzielle hinzugekommen wäre, und das zudem eine erhebliche finanzielle Belastung für einen Polizeioffizier wie ihn bedeutet hätte, selbst wenn man sein Dienstalter und alle Zulagen in Rechnung stellte. Oder die Haschischzigaretten, die sie sich plötzlich zu drehen begann, wenn er sich in ihrer Wohnung aufhielt. Sie genoß seine offensichtliche Verstörtheit, sein unbeholfenes Sichwinden, um irgendeinen Kompromiß zu der Eindeutigkeit des Gesetzes zu finden und zu der Rolle, die er verkörperte. Denn immerhin schlummerten in ihm bedingte Reflexe, zu deren stärksten Auslösern Drogen – jede Art von Droge – zählten: festnehmen, verhaften und verhören. Und somit das genaue Gegenteil zu jener vorgeblichen Indifferenz, um nicht zu sagen Defensivhaltung, in die er sich flüchtete, sooft sie es nicht bei stillem Groll oder ostentativem Rauchen vor seinen Augen beließ, sondern außerdem mit gleichsam berauschter Fröhlichkeit über die gestammelten Erklärungsversuche und dürftigen Argumente für seine hartnäckige Ablehnung der Droge spottete. Dabei ging er mit keinem Wort auf die dort zusätzlich vorhandene Ebene ein, da man in letzter Konsequenz – mochte die Liebe auch noch so kopflos sein – stets auf der Hut sein und Distanz wahren mußte, um keine absolute Abhängigkeit entstehen zu lassen und dem anderen nicht alle Karten auf einmal in die Hand zu geben. Er wußte, sie war sich darüber im klaren – auch wenn dieser Punkt niemals zwischen ihnen zur Sprache gekommen war –, daß er sich ihr in dem Augenblick, da er auch nur einen Joint mit ihr zusammen drehte, ausgeliefert hätte. Allein daß er zugegen war, während sie verbotene Drogen rauchte, und keine entsprechenden polizeilichen Maßnahmen ergriff, hätte bereits ausgereicht – zumindest für den Oberinspektor –, ihn ins Grab zu bringen und vielleicht sogar für immer den Fels darauf zu wälzen. Und für den Fall, daß er die Angelegenheit hätte vertuschen wollen, bestünden dazu kaum Aussichten für einen, über den hartnäckige Gerüchte kursierten, er habe damals als Dealer im Untergrund arbeitende Kollegen auf seinen dreizehnjährigen Sohn angesetzt, nur um diesen dann eigenhändig den Polizeibehörden übergeben zu können und selber als leuchtendes Beispiel für die anderen präsentiert zu werden, ganz zu schweigen von den Überschriften in der Presse. Und natürlich war da noch jene idiotische lesbische Affäre, lang zurückliegend, mit der sie sich immer wieder brüstete, wobei sie die Mischung aus Abscheu und Erregung genoß, die die Angelegenheit bei ihm hervorrief, obgleich von ihnen beiden eigentlich eher sie die Puritanische war.

Während er noch damit beschäftigt war, aus diesem Knäuel einen Faden nach dem anderen zu ziehen, war er sich in einem anderen Winkel seines Verstandes sehr wohl seiner jämmerlichen, mitleiderregenden Fähigkeit bewußt, aus all dem etwas wirklich Greifbares zu formen. Eine vollkommene Gestalt, die unter der ursprünglichen, vollkommenen Gestalt zum Vorschein kam, welche ihm mit beängstigender Geschwindigkeit entglitt, seitdem er aufgehört hatte, sich Stunde um Stunde bei ihr aufzuhalten, über Jahre die unbegrenzte Manövrierfähigkeit bis zur Neige auskostend, die ihm seine Stellung als Detektiv, als Polizeioffizier verschaffte. Es hatte keine Tage, keine Nächte, keine Familie mehr gegeben – nur eine Frau, die schon seit langem keine Nachforschungen mehr anstellte, nichts mehr forderte, nur zusehends schweigsamer wurde, ihr Leben an seiner Seite lebte, ein Leben ohne Kinder in einer Verbindung, die mehr als alles andere die Jahre zusammenfügten. Und von allen Dingen auf der Welt erinnerte er sich jetzt ausgerechnet daran, wie sie, die Versteckgehaltene, einmal vor ihm getanzt hatte: einen wilden und sehr sinnlichen Tanz, zugleich aber auch unverkennbar lächerlich und unangenehm anzuschauen wegen der deutlichen Diskrepanz, die zwischen dem vordergründigen Bild – eine Frau, die sich zum Takt der Musik bewegt – und dem bestand, was im Tanz ausgedrückt wurde und sich dahinter verbarg. Genaugenommen wollte er sich nicht über Gebühr damit auseinandersetzen – Ambitionen verschiedener Art und etwas Künstlerisches, das nicht ausgeformt wurde, banale Aspekte, die, wie er annehmen konnte, sicherlich auch bei ihm vorhanden waren, etwa seine einstigen stotternden Versuche, etwas zu Papier zu bringen.

Bemerkenswert war, daß sie ihn trotz all der Rituale und der himmelschreienden Unsicherheit, die sie ihm gegenüber an den Tag legte, hinterher nicht fragte und in keiner Weise interessiert schien, wie er es gefunden habe. Am meisten jedoch überraschte, daß dieses Verhalten nicht von Furcht oder gar Angst vor seiner Reaktion herrührte, sondern von einer Art kalter Gleichgültigkeit, ja fast schon offener Geringschätzung. Um diesen Eindruck zu verscheuchen, beeilte er sich, ihr von seiner ersten Freundin aus der Zeit zu erzählen, als er das Kommando über eine Nachal-Einheit im Kibbuz geführt hatte. Aus irgendeinem Grund war diese immer an dem Abend zu Besuch gekommen, an dem einmal wöchentlich Volkstänze veranstaltet wurden, hatte im Speisesaal trotz seines drängenden Flehens bis spät in die Nacht getanzt, während er, der ohnehin Volkstänze haßte, mit sehnsüchtigem Blick hatte zusehen müssen, wie sie ihre sexuelle Energie bei diesen schwachsinnigen Polkas auf der Tanzfläche vergeudete. Am Ende war nur etwas Ausgepreßtes, von aller Lebenskraft Verlassenes übriggeblieben, das er hinter sich her zur Baracke seiner Jungs geschleift hatte – einem verschissenen Ort, an dem man es entweder bei grellem, blendendem Neonlicht treiben konnte – wozu sie niemals ihre Zustimmung gegeben hätte und dies zu Recht – oder aber bei bleierner, totaler Finsternis, die ihn in fürchterliche Orientierungslosigkeit versetzte, wie es manchmal bei vernommenen Personen zu beobachten war. So sehr, daß nicht einmal ihre vollkommene Bewegungslosigkeit ihn vor allerlei merkwürdigen und grotesken Fehlgriffen bewahrt hatte, die er je länger, desto mehr übertrieb, bis es ihm schließlich gelungen war, seine Geliebte zu einem wilden, häßlichen Lachen zu bewegen, das – wie nicht anders zu erwarten – im Bett verstummt war, wo zu guter Letzt viel Liebe zwischen ihnen regiert hatte.

Was bestimmt jetzt auch bei *ihr* auf dem breiten, geräuschlosen Bett der Fall war, wo nicht eine Feder ihr Geheimnis preisgab, während er hier von der Beklemmung der Einzelzelle gepackt wurde, im schwarzen Grab des Wagens, der im großen schwarzen Grab der Finsternis ruhte. Diese finstere Nacht, die Wolken ohne Mond und diese Ader auf seiner Stirn – eine Einzelzelle schwärzer und düsterer als alle anderen, in der sie mit seinem Nachfolger gefangen saß und sich völlig enthemmt gehenließen. Man müßte sie nackt heraustreiben, ihr das Gesicht zerschneiden oder wenigstens die Reifen ihres Wagens, der hier vor ihm parkte, so wie es der kleine Ungar mit den großen, falschen Diamanten bei ihm gemacht hatte, sie in dieses schwarze Grab hinabziehen mit seinen Händen um ihren Hals, seinen großen, locker herabhängenden Händen, von denen nicht einmal der liebe Gott sie hätte befreien können, wenn diese erst einmal ihren Kehlkopf zusammendrückten. Der Gedanke ließ ihn – wie immer bei einem seiner Anfälle von Haß – die Zähne wie ein kleines Tier blecken, die Augen schließen und, ohne zu wissen, was mit ihm geschah, wenigstens zeitweise in ein richtiges schwarzes Grab sinken, da er mit einem Mal eingeschlafen war, aufrecht am Lenkrad sitzend wie bei einer Parade, als habe sein Geist sich bereits erlaubt, was der Körper sich noch nicht gestattete.

Wenn er tatsächlich unter Haßanwandlungen eingeschlafen sein sollte, so war sein Erwachen diffuser und bei weitem schwerer einzuschätzen. Es schwang darin etwas von der Erniedrigung eines nicht mehr ganz jungen Mannes mit, der es nicht geschafft hatte, seine Augen geöffnet zu halten, während seine Geliebte sich einem Nebenbuhler hingab. Er hatte das seltsame Gefühl, jemand rufe ihn bei seinem Namen, spreche ihn mit biblischer Stimme von oben herab aus den Wolken an, während er noch so tat, als schliefe er. Etwas, das er sich später, nach dem Unfall, als Versuch erklärte, seinen Schlaf – mit Sicherheit war er nur für einige Minuten eingenickt – durch einen hastig improvisierten Traum gegen die unerbittlich sich wiederholende Nennung seines Namens im Polizeifunk zu schützen. Vielleicht war es sogar die Stimme des erzürnten Oberinspektors selbst, die nach ihm fahndete. Mehr als durch alles andere aber war sein Erwachen bestimmt von vollkommener Orientierungslosigkeit in absoluter Finsternis, die sich sogleich aufzuhellen begann und zu einer schrillenden Alarmglocke in seinen Ohren wurde. Das Licht in ihrem Fenster war erloschen, Dunkelheit hatte sich über den ganzen Block gelegt, was – soweit sie ihre Gewohnheiten nicht geändert hatte – nur bedeuten konnte, daß trotz alledem niemand bei ihr gewesen war, oder aber, daß dieser jemand sich davongemacht hatte, während er hier noch schlief. Noch bevor diese Situation seinem sehr erregten und verwirrten Hirn völlig klar war, ging das Licht – beinahe wie ein Signal – wieder an und entflammte die ganze Kette der runden Doppelfenster des Treppenhauses. Die jetzt geforderte Eile beseitigte die Notwendigkeit, zu einem Entschluß zu kommen, und befreite ihn aus seinem Sitz, in dem er in den zurückliegenden Stunden wie hineingegossen gesessen hatte. Leise, aber zügig öffnete er die Tür des Wagens. Seinem blinden Bestreben waren mit einem Mal Beine gewachsen, auf denen er mit langen, geschmeidigen und trotz seiner Körperfülle geräuschlosen Sätzen vorwärts schnellte, um niemanden aufzuschrecken – noch nicht.

Zu seinem Glück verharrten sie noch an ihrer Wohnungstür, denn er konnte ihr Geflüster hören, auch wenn es zu leise war, als daß er etwas hätte verstehen können. Einen Moment lang herrschte Schweigen, dann sprach wieder der

Mann: »Danke«, sagte er mit einer gewissen Ernsthaftigkeit – so jedenfalls klang es. Sie antwortete nicht. Er konnte förmlich ihr Lächeln sehen, während sie darauf wartete, daß der andere ging. Die Tür fiel ins Schloß, als er bereits neben dem Sicherungskasten war. Diesen Trick hatte er in der Vergangenheit schon mehrfach angewandt – jedoch stets im Dienst. Einen Augenblick lang suchte er und drehte dann die Sicherung für das Treppenhaus heraus. Die Dunkelheit kam völlig überraschend, und die eben noch sicheren Schritte des Mannes, der kaum ein Stockwerk geschafft hatte, stockten plötzlich, begleitet von einem Ausruf des Erstaunens. Jetzt würde er sicherlich versuchen, den Lichtschalter zu finden – keine leichte Aufgabe in diesem heruntergekommenen Haus, dessen Schalter schon seit langem nicht mehr in der Dunkelheit leuchteten. In der vollkommenen Stille konnte man hören, wie sein Finger nach einigem Tasten auf den Schalter drückte. Dann erklang ein unterdrückter Fluch, gefolgt von vorsichtigem, regelrecht mäuseähnlichem Trippeln der Füße über die unsichtbaren Stufen, das mit der Zeit immer deutlicher wurde, weil der andere herankam und sich außerdem zusehends sicherer fühlte – zu sicher: Sein einer Fuß verfehlte eine Stufe, worauf er gegen die Wand prallte, als die Gestalt schon dicht vor ihm war. Das einsetzende Gefühl der Erleichterung über das nahende Ende des Abstiegs wurde mit Sicherheit in dem Augenblick von einem greifbaren Grauen verdrängt, da ihn die große, finstere Person mit schwarzem Vollbart anfiel.

Bresnitz konnte gerade noch einen Schattenriß von mittlerer Größe und das matte Aufblitzen von Brillengläsern ausmachen, als er selbst bereits in einer Bewegung gefangen war, die zur Hälfte aus verhaltener, antrainierter Gewandtheit und zur Hälfte aus einer dunklen Welle von Erleichterung und Haß bestand, die sich aus tagelang währender Untätigkeit speiste. Kurz und gut – er schlug ihn, hieb seine Faust wie mit einem Schlagstock von oben nach unten, ein Schwinger, welcher den Mann, der in Panik zurückfuhr, am Hals traf und ihn gegen die Wand warf, was den Schreckensschrei im Ansatz erstickte. Ganz langsam glitt der Mann zu Boden und blieb sitzen. Fast so, als denke er in tiefer Konzentration, die durch nichts – außer vielleicht durch die schweren, beinahe fliegenden Atemzüge aus seiner Kehle – zu erschüttern war, über etwas nach.

Bresnitz stürmte hastig mit jenen für ihn typischen Hüpfern zum Wagen zurück, die Beinstock einmal in Vollendung auf den Fluren des Reviers nachgeahmt hatte, und als er dann vor dem Hintergrund der ringsum herrschenden tiefen Stille mit ohrenbetäubendem Lärm startete, brannte das Licht in ihrem Fenster unverändert. Dasselbe Licht, das ihn Tag für Tag auf seinem Beobachtungsposten festgenagelt hatte, ließ ihn nun eine Art kopflosen Rückzug antreten. Einige Zeit trieb er das Fahrzeug zu halsbrecherischer Geschwindigkeit, raste über die leeren, glänzenden Straßen, vorbei an orangegelb blinkenden Ampeln, die er ungerührt passierte, ohne auch nur einen Blick zur Seite zu werfen, bis ihn schließlich die große, endgültige Müdigkeit überkam. Es war, als verlangten all die schlaflosen Stunden nun, da die Mission erfüllt war, nach Wiedergutmachung, als forderten sie ihren Tribut, und dies sofort. Der völlig übermüdete, beinahe am Boden zerstörte Mann klammerte sich jetzt mit ebensolcher Mattigkeit ans Lenkrad, wie sein Verstand bemüht war, die losen Enden seiner Gedanken zu fassen zu bekommen, die ungebunden über den »Preis des Grauens« sinnierten. Die Vorstellung, er könnte mit seinem Wagen ausgerechnet auf dem Heimweg von der erfolgreich abgeschlossenen, gefährlichen Mission zerschellen, war beängstigend und vor allen Dingen ermüdend, weitaus weniger jedoch als die Alternative: die graue, verschlammte, deprimierende und unendliche Ödnis der Arbeit, die ihn auf dem Revier erwartete und sich – wie alles andere Triviale auch – in unerträglich konkreter Form in der Visage von Becher, dem Oberinspektor, und natürlich in der von Beinstock manifestierte. So als sei es einer einzigen Visage, die er sich jetzt beim besten Willen nicht in Erinnerung rufen konnte, vorbehalten, ihm die abstoßende Mischung aus übertriebener Geschäftigkeit und Eintönigkeit vor Augen zu führen, die diese Arbeit zumindest in trost- oder humorlosen Stunden für ihn bereithielt. Doch da war noch etwas anderes: ein schlichtes und eindeutiges Gefühl von Bestürzung, das ihn seit der Trennung nicht mehr losließ. Bestürzung darüber, sie, die Geliebte, für immer verloren zu haben, und eine etwas allgemeinere Form der Bestürzung, die jeder folgenschwere Vorgang, jeder Würfel, der in seinem Leben fiel, bei ihm auszulösen pflegte.

Dagegen hatten die hoch anfragenden, vorüberfliegenden Strommasten etwas Freundliches, erschienen sie stark genug, um sich einige Zeit an sie zu pressen und so die ersehnte Ruhe zu gewinnen. Dies war nicht mehr als ein kindischer Gedanke, der ohne Unterstützung durch andere Regionen seines Körpers blieb, da seine Hände, sooft er bemüht war – und sei es nur versuchsweise –, mit einer Lenkbewegung diesen massiven Pfeilern näher zu kommen, von selbst das Lenkrad wieder in die richtige Position brachten. »Martin, Martin Eden«, summte er vor sich hin, als er an die ungehorsamen Gliedmaßen jenes Helden erinnert wurde, die seinen Versuch, sich in den Fluten das Leben zu nehmen, vereitelt hatten. »Meinem Wagen das Leben nehmen«, sinnierte er lächelnd und passierte eine Gruppe arabischer Arbeiter, die sich in Schweigen gehüllt an der Straßenecke eingefunden hatten und durch die aufziehende Dämmerung vielleicht noch weniger zu begeistern waren als er selbst.

»Auch einer noch so müden Straße ist es am Ende bestimmt, an eine Ampel zu gelangen«, sagte er bei sich und beschloß, die letzten Überreste seines Selbstzerstörungstriebs auszukosten, indem er noch einmal beschleunigen wollte, um dann im allerletzten Augenblick vor der auf Rot umspringenden Ampel in jener typisch männlichen Art zum Stehen zu kommen, so wie sie selbst es immer tat. Doch in genau dieser Sekunde, zu Beginn der Beschleunigungsphase, tauchte jenes Tier, Hund oder Katze, vor ihm auf – alles, was unmittelbar vor dem Unfall geschah, sollte später in seinem Gedächtnis bis zur Unkenntlichkeit verwischt werden. Trotzdem erinnerte er sich nachher daran, wie es ihn auf das Lenkrad warf, und sogar an seinen Gedanken, daß er tatsächlich einen Weg gefunden hatte, seinen streikenden Muskeln ein wenig Tierliebe aufzuhalsen, als der Wagen nach rechts ausbrach. Dann das Kreischen der Reifen, als er – selbstverständlich zu spät – das Lenkrad wild herumriß, die hohe Steinbrüstung, die eben dort den schmalen Gehsteig begrenzte und der er fast noch ausgewichen wäre – aber auch nur fast. Es folgte das fürchterliche Geräusch beim Aufprall und der Geschmack des Blutes, das seinen Mund überflutete, ein Geschmack – so hätte er schwören können –, den er schon seit Jahren dort wahrgenommen hatte. Dann wurde es dunkel. Doch aus dieser Finsternis heraus – auch das hätte er beschwören können, obwohl ihm niemand glaubte – hörte er zunächst die jaulende, etwas zu dramatische Sirene des Krankenwagens, die Zwillingsschwester der Polizeisirene, welche er aus erster Hand kannte, und dann die quengelnde, feuchte Stimme von jemandem, der ihn auf die Trage hob – einer von zweien. »Warum kriege immer ich die Fetten ab?« Etwas, wogegen er sofort protestierte, so wie er sich stets gegen ähnliche Vorhaltungen aus ihrem Mund verwahrt hatte. »Ich bin nicht fett, nur ein wenig rundlich«, sagte er laut, auch wenn seine Stimme nicht zu hören war.

Wie zu erwarten war, begann jetzt eine nicht enden wollende, von vermischten Gefühlen bestimmte und verschwommen dahinsiechende Zeit für ihn. Während noch zahlreiche hochqualifizierte Personen um seinen körperlichen Zustand bemüht waren, versuchten andere, nicht ganz so zahlreiche, ihn bei Laune zu halten und ein Gespräch mit ihm zu führen, um ihrer Pflicht beim Krankenbesuch Genüge zu tun. Da sein Verhältnis zu ihnen zu oberflächlich war, als daß es einer richtigen Unterhaltung hätte Substanz geben können, war ausgerechnet er, der Verbundene, der Schwerverletzte, gezwungen, die Last auf sich zu nehmen, da ihre schwerfällige Hilflosigkeit – um nicht zu sagen, ihr Unbehagen angesichts des massigen, unter viellagigen Verbänden verborgenen Mannes – zu offenkundig war, um einfach von ihm übergangen zu werden. So überraschte er sich dabei, wie er ihnen jedes Wort aus der Nase zog, ein Frage- und Antwortspiel trieb und ganz entgegen seiner sonstigen Gewohnheit sogar mit ihnen scherzte und gemeinsam lachte, was insgesamt der Strategie bei Zeugenvernehmungen glich. Auch wenn diese Art Verhör reiner Selbstzweck war, so hatte die gönnerhafte Gesprächigkeit gegenüber seinen Besuchern vielleicht noch einen anderen, tieferen Grund. Niemals zuvor, so erschien es ihm, hatte er eine derart lange Phase ohne jegliche Selbstprüfung durchlebt. Stellte man sein introvertiertes Wesen und die endlosen Tage und Nächte unfreiwilliger Tatenlosigkeit in Rechnung, die eigenen körperlichen und seelischen Qualen ebenso wie die der anderen, dazu seine überraschende Schwierigkeit beim Lesen, das plötzlich auftretende Unvermögen, den toten Buchstaben etwas abzugewinnen, wie bei einem chronischen Raucher, der mit einem Mal den Tabakgeschmack nicht mehr ertragen kann – stellte man also all dies in Rechnung, so hätte sich ihm nun eine ausgezeichnete Gelegenheit geboten, jede noch so vernachlässigte Ecke seines Unterbewußtseins, Nebenbewußtseins und was es dort noch so alles gab zu durchstöbern und unter die Lupe zu nehmen. Doch anstatt nach innen abzutauchen, wanderten seine Gedanken mit dumpfer Beharrlichkeit nach außen – wenn man die Unmenge farbloser Details tatsächlich so bezeichnen will, mit denen er sich beschäftigte –, zu der kleinen Topfpflanze mit der gespaltenen Oberlippe etwa, der Hinterlassenschaft eines ehemaligen Patienten, deren schlaff herabhängende Knospe, die sich einer eindeutigen botanischen Bestimmung entzog, trotz der mäßig hingebungsvollen Pflege durch eine der Krankenschwestern niemals erblühen würde. Bresnitz sinnierte bei sich über jene Menschen – einen von ihnen hatte er in diesem Krankenzimmer sogar noch kennengelernt –, denen es bestimmt war, aus dem Leben zu scheiden, ohne daß ihnen zuletzt ein intelligenterer Anblick vergönnt gewesen wäre. Weiter als bis hierher begab er sich fast nie.

Natürlich galt es, über den Tod nachzudenken. Ein Umstand, der nicht zu ignorieren war und dem er nach Auskunft der Ärzte dieses Mal nur um Haaresbreite entkommen war. Sein Gefühl aber war ein anderes. Wenn man nach einer gewissen Ordnung zusammenstellt, was ihm in unregelmäßigen Abständen, willkürlich und unsortiert durch den Kopf ging, so war er der Ansicht, daß er sehr wohl dem Tod begegnet war und . . . nichts passiert war! Fast als sei er Iwan Illitsch – so nannte er sich selbst, um die russische Krankenschwester auf der Abteilung zu amüsieren –, der zunächst erkennen mußte, daß seine Krankheit unheilbar und sein bisheriges Leben ein bodenloser, schwarzer Abgrund gewesen war, um dann mit Hilfe einer neuen Medizin oder Untersuchungsmethode geheilt zu werden und . . . sein Leben ungerührt fortzusetzen, als sei nichts geschehen. Eine nach allgemeinem Verständnis erschütternde Möglichkeit, die Bresnitz jedoch nicht aus der

Fassung brachte. Wandte er sich also konsequent der Außenwelt, den Menschen in seiner Umgebung zu? Bemühte er sich, mit den übrigen Kranken zu sprechen, die kamen und gingen, und so zwangsläufig von ihren kleineren und größeren Schicksalsschlägen zu erfahren, die vor jedem geduldigen Zuhörer ausgebreitet wurden? Nein, nichts weniger als das. Bresnitz vermied es sogar, mit den Krankenschwestern zu flirten oder mit ihnen zu spaßen, obwohl er offenbar beste Chancen gehabt hätte, da die Schwestern fasziniert die Besucherflut in Uniform verfolgten, die seit seiner Einlieferung das Krankenlager umströmte, mit der Zeit etwas ausdünnte, aber niemals ganz abriß. Wie er später herausfinden sollte, verbarg sich dahinter die strikte Anweisung des Oberinspektors. Der Vorstellung, ein wenn auch nicht besonders ranghoher, so doch zumindest mit der Aufklärung von Mordfällen beschäftigter Polizeioffizier kämpfe hier, auf ihrer Station, um sein Leben, hafteten etwas Aufregendes und ein gewisser Nervenkitzel an. Auch die Ärzte zeigten sich beeindruckt, und der Scharfzüngigste unter ihnen, dessen abgrundtiefe Abneigung gegen den Oberarzt unschwer auszumachen war, vertraute ihm vielleicht scherzhaft, zweifellos aber verbittert an, diejenigen, die ihn – dessen Spezialgebiet die Aufklärung von Mordfällen sei – hier eingeliefert hätten, ahnten nicht, wie gut sie es getroffen hätten.

Nein, seine Gedanken gingen weder nach innen noch nach außen. Bresnitz ließ diese monotonen Tage in einer Art ergebener und schweigsamer Abgestumpftheit an sich vorüberziehen, einmal abgesehen von jenen schon erwähnten Besuchszeiten, in denen seine Rede nur so sprudelte. Nicht zuletzt war Bresnitz bemüht, bei seinen treuesten Besuchern – an erster Stelle seiner Frau und deren Bruder – keine übertriebene Sorge entstehen zu lassen, kein wie auch immer geartetes Mißtrauen, das sein trübsinniges Grübeln hätte wecken können. Was hingegen die Besucher aus den Reihen der Polizei betraf, so sollte ihr Erscheinen all jenen schon nach der Beute Geifernden unmißverständlich und nachdrücklich signalisieren, daß Bresnitz noch nicht passé war, daß er noch nicht gedachte, seine Streifen abzulegen und zu verschwinden, da der Zwischenfall wohl seinen Körper außer Gefecht gesetzt, die Schrauben in seinem Hirn aber noch nicht gelöst hatte.

Bresnitz selbst, so paranoid er auch sein mochte, durchschaute offenbar nicht, wie wohlüberlegt und angebracht dieses Signal war – zum einen mit Blick auf die negativen Auswirkungen seiner langen Abwesenheit an sich, und zum anderen, da jenes ständige Gefühl, nur auf der Durchreise zu sein, das ihn in all den langen Jahren bei der Polizei begleitet hatte, entgegen seiner eigenen Überzeugung niemandem verborgen geblieben war. Hinzu kam noch die – später von ihm so sehr bereute – Übereile, mit der er in den ersten, bewußt erlebten Stunden nach dem Unfall alle Welt in das Geheimnis des Hundes oder der Katze einweihte, die er vor dem Tod durch Überfahren hatte bewahren wollen. Die Gelegenheit auszulassen, irgendeiner räudigen Katze, die unter die Räder geraten war, den Garaus zu machen, erschien vielen seiner Kollegen schon reichlich verschroben, doch deshalb auch noch den Wagen und sich selbst zu zerlegen – das zeugte von absoluter Idiotie und Unzurechnungsfähigkeit. Was aber irgendwen – wie es schien, den Oberinspektor höchstpersönlich – nicht abschreckte, die Geschichte an einen der Polizeireporter weiterzureichen. Dieser wiederum beeilte sich, einen hübschen Artikel über den Polizeioffizier, diesen stadtbekannten Mörderhäscher, zusammenzustellen, der sein Leben für einen Hund aufs Spiel gesetzt hatte – inklusive eines Fotos mit der Überschrift: »Wer auch nur einen Hund in Israel rettet . . .« Im Präsidium sank Bresnitz' Popularität daraufhin auf einen nicht mehr zu unterbietenden Tiefstand, während seine Beliebtheit auf der Krankenstation einen noch nicht dagewesenen Höhepunkt erreichte. Für zwei oder drei Tage sah sich der bemitleidenswerte Bresnitz sogar der sehr reellen Gefahr ausgesetzt, eine Ehrenurkunde oder am Ende gar eine Medaille vom Tierschutzverband verliehen zu bekommen. Zu guter Letzt gelang es ihm, den Angriff abzuwehren, allerdings nicht, ohne ein kostenloses Jahresabonnement der Verbandszeitschrift zu bekommen.

Aus seiner Sicht der Dinge zeitigte der lächerliche Zeitungsartikel jedoch noch ein weiteres, ganz und gar nicht komisches Resultat. Das öffentliche Bekanntwerden seiner Verletzung machte auch den letzten Rest Hoffnung zunichte, ihr beharrliches, vollständiges Untergetauchtsein, ihr unglaubliches Sichweigern, ihn in dieser ganzen Zeit auch nur einmal zu besuchen, beruhe auf ihrer Unkenntnis der Lage. Auch zuvor hatte er nur schwerlich glauben können, daß ihr – trotz ihrer beider sorgsam getrennten Lebenskreise – die Kunde von seinem Unfall nicht zu Ohren gekommen war, und sei es rein zufällig. Wenn man die hingebungsvolle Ausdauer in Betracht zog, mit der sie an jedem neuen Tag die Zeitung verschlang, ohne dabei eine auch noch so idiotische Belanglosigkeit zu übergehen – mit Leichtigkeit konnte er sich den genauen Winkel in Erinnerung rufen, in dem ihre Beine dabei auf dem Tisch lagen –, wenn man also dies alles in Betracht zog, bestand keinerlei Aussicht mehr für die Annahme, sie habe von seiner Verletzung noch nichts erfahren. Daher blieb ihm nur die Schlußfolgerung, sie ignoriere bewußt seine Verletzung, vermeide es vorsätzlich, ihn zu besuchen und ihm gute Besserung zu wünschen. Daß sich so etwas zwischen ihnen ereignen konnte, wäre nur sehr schwer vorstellbar gewesen, hätte es sich jetzt nicht genau so abgespielt. Bedachte man die besondere Qualität ihrer Verbindung, einer Verbindung, die keine Funkstille, keine momentane Trennung auf einen Schlag ungeschehen machen konnte, so war das baldige Auftauchen an seinem Krankenbett – bei aller aus verständlichen Gründen gebotenen Vorsicht – schlicht ein Gebot der Stunde. Selbst wenn man ihre besondere Beziehung außer acht ließ, hatte ihr beharrliches Fernbleiben etwas Unerbittliches und Grausames, wie er es sich nicht hatte ausmalen können, denn immerhin herrschten in diesem Leben so etwas wie die Regeln eines Dramas – mag sein eines Melodramas –, denen sich alle – und dies zu Recht – unterwarfen. Ganz eindeutig gehörte der Fall eines Mannes, der, ans Krankenlager gefesselt, von seiner ehemaligen Geliebten gefüttert wird, zu diesem Regelwerk. Daher hätte er ihr Erscheinen – wenn sie dies nicht gewollt hätte – auch nicht als Verzeihen, reumütige Rückkehr oder als irgendeine andere Geste von dauerhafter Bedeutung ausgelegt, sondern als schlichten und notwendigen Gehorsam gegenüber dieser allgemein befolgten Regel. Doch sie gehorchte nicht, sie erschien nicht, und genau darin lag die Erklärung für alles, des Rätsels Lösung: Wenn er – seit er sich in jener Nacht von ihr fortgeschlichen hatte – weder innen noch außen wirklich existierte, weder in der Dunkelheit noch im hellen Licht, so war dies auf ihr unerklärliches Fernbleiben zurückzuführen, auf die Abwesenheit der Frau, der Geliebten, die es nicht mehr zu geben schien. Etwas, das nicht einmal ihr plötzlicher Tod erklären konnte – ein Umstand, vor dem er sich gefürchtet und den er insgeheim sogar erhofft hatte –, denn in dem Augenblick, da er sich wieder auf den Beinen halten konnte, hatte er sie von dem öffentlichen Münzfernsprecher auf der Station aus angerufen, ihre Stimme gehört und aufgelegt.

Sechs Monate nach jener Unfallnacht trat Bresnitz zum ersten Mal wieder durch die Schwingtür des Polizeireviers, vorschriftsmäßig in Uniform gekleidet, wie er es oft bei besonderen Anlässen tat. Er kam an dem wachhabenden Beamten vorbei, der ihm mit dem Daumen eine unklare, aufmunternde Geste machte, stieg ein halbes Stockwerk die Treppe hinunter und betrat – wobei er instinktiv den Kopf einzog, was die nicht normgerechte, noch aus der Mandatszeit stammende Tür verlangte – den Flur seiner Abteilung, der Abteilung für Gewaltverbrechen.

Wie erwartet, sorgte seine Rückkehr für keine besonderen Gefühlsausbrüche. Dies hinderte Bresnitz jedoch nicht, sich ohne ersichtlichen Grund wie jemand zu fühlen, der bei einer feierlichen Zeremonie abgerichtet wurde. Gleichzeitig kämpfte er gegen das Gefühl von Fremdheit an, das ihn angesichts der ihm nur zu vertrauten Szenerie des Flurs befiel. Dessen einzige Ausschmückung, die die weißlichmediterrane Trostlosigkeit auflockern sollte, bestand in den roten Feuerlöschern, die penibel alle paar Meter angebracht waren, als befürchte jemand einen Großbrand, der just hier auszubrechen drohte. Eilig passierte Bresnitz die offenstehenden Diensträume zu seiner Rechten und Linken und war bereits bei seinem eigenen Büro angekommen, der »Höhle«, wie er es wegen der Diskrepanz zwischen der räumlichen Enge und der bärenhaften Ausmaße der Benutzer bei sich nannte. Inmitten der allgemeinen Verwahrlosung bemerkte Bresnitz auf seinem Schreibtisch sofort ein kleines, in billiges Geschenkpapier eingewickeltes Päckchen. »Willkommen zurück, von Michal« stand auf dem Zettel neben der Schokoladenschachtel, die ohne Zweifel in der Kantine im zweiten Stock gekauft worden war. Obgleich er sich nicht sonderlich nach der zierlichen Ermittlerin aus der Abteilung für Jugendkriminalität verzehrte, ertappte sich Bresnitz – zu seiner eigenen Überraschung – dabei, wie er eine unverhoffte Träne aus dem Augenwinkel wischte. Dann folgten noch einige Telefonate, eines davon mit dem Oberinspektor, der ihm fernmündlich aufmunternd auf die Schulter klopfte und ihn wissen ließ, die Verbrecher hätten sich leider nicht solidarisch gezeigt und während seiner Abwesenheit zur Ruhe gesetzt, »Genaueres ist schon unterwegs ...«. Auch Becher schaute für einen Moment bei ihm rein und schnüffelte aus Neugierde, der jede Spur von Sympathie fehlte, was es Neues gäbe. Und damit waren eigentlich alle Willkommenszeremonien beendet.

Beinstock erschien mit laut schlurfenden Schritten, obwohl er bei Bedarf geräuschlos wie eine Katze schleichen konnte. Er türmte einige Akten auf Bresnitz' Schreibtisch auf und sagte: »Das war's erst mal, zumindest bis was Frischeres kommt.«

Zerstreut begann Bresnitz in den Akten zu blättern, während der magere junge Mann mit dem glatten Kindergesicht einen verstohlenen Blick auf ihn warf, als könne er noch nicht mit Gewißheit sagen, ob der zurückgekehrte Bresnitz immer noch der alte sei. In den Akten fand sich die Explosion eines Wagens, in dem irgendeine Größe aus den erbärmlichsten Gefilden der Unterwelt gesessen hatte, die sich jetzt noch ein wenig tiefer befand; dann der Mord an einem armseligen, kinderlosen Greis, der angesichts derartiger Lebensumstände schon fast als aktive Sterbehilfe einzustufen war; der verlassene Leichnam eines nicht identifizierten Mannes, der vor einigen Monaten im Waldgebiet von Beit Schemesch entdeckt worden war und von niemandem vermißt wurde; und zu guter Letzt ein ehemaliger Gefängnisaufseher, der nun keinen mehr hinter Gitter bringen würde. Bresnitz ließ in seinem Hirn die trägen, abgegriffenen Ausdrücke, die aus dem örtlichen Jargon nicht wegzudenken waren, sich fast von selbst formen, während er unterdessen darüber sinnierte, daß er es nach den hier geltenden Maßstäben genaugenommen nur mit belanglosen Opfern zu tun hatte, die von unbedeutenden Mördern aus der Welt geschafft worden waren. Und genau deshalb hatte der Oberinspektor seinen Schreibtisch mit ihren Akten überschüttet, während er sich die fetteren Happen, die dramatischeren und medienwirksameren, für die eigene Gefolgschaft aufhob. Diese Erkenntnis machte Bresnitz mehr zu schaffen, als er zuzugeben bereit war, zumal er wußte, daß es genau das war, was Beinstocks Blick in diesem Moment an ihm registrierte.

»Ich wette, daß bald auch noch der Fall aus der Stadtverwaltung bei uns landet. Becher quält sich schon seit Ewigkeiten damit ab, und nichts tut sich«, sagte Beinstock, als antworte er auf eine Frage, die nicht gestellt worden war.

Bresnitz erwiderte nichts, sondern stöberte statt dessen weiter in den Akten, um auf irgend etwas zu stoßen. Ein Meer von Papieren, Skizzen, Fotos, Laborberichten, Zeugenaussagen, Seite um Seite Zeugenaussagen, die bereits von unzähligen Augenpaaren auf der Suche nach einem Hinweis durchforstet worden waren, nach einem Anhaltspunkt, um weitere Gründe für zusätzliche Maßnahmen zu finden, um eine letzte Zeugenaussage aufnehmen zu können, die der Untersuchung dann eine neue Richtung weisen würde, und so weiter und so fort – archäologische Ausgrabungen, die selbst zu Ausgrabungsstätten wurden, und womöglich war er nur dieser sonderbaren Zeugnisse wegen hier gelandet. Geschichten ohne Anfang und ohne Ende, realistischer als das Leben selbst, warteten entweder auf den nächsten Ermittler, der sie vielleicht um einige Seiten anreichern würde, oder aber auf den Fluß der Zeit, der zum einen stetig alle Spuren vermischte, zum anderen jedoch manchmal neue Fakten aus dem Nichts gebar.

»Der Chef meint, wir sollten uns hauptsächlich auf den Aufseher konzentrieren«, sagte Beinstock. »Von irgendwoher wird da Druck gemacht.«

»Und was ist hiermit?« fragte Bresnitz und pochte mit den Fingern auf die magere Akte der Leiche aus dem Wald.

»Nichts zu holen«, sagte Beinstock. »Wir wissen nicht einmal, wer das ist. Eingeschlagener Schädel, und das war's.«

»Keine Anzeichen eines Kampfes? Keine besonderen Merkmale?«

»Der Untersuchung zufolge hat er dort eine ganze Weile als Toter gelegen, bis man ihn gefunden hat, weshalb nicht viel von ihm übriggeblieben ist.« Beinstock wechselte zu seinem eigenen Schreibtisch, während Bresnitz weiter in den Akten stöberte, eine Runde und noch eine Runde – es waren die ersten Eindrücke, die man vor der Flut an Details in Schutz nehmen mußte. Noch immer steckte dieses Gefühl der Fremdheit und der Kraftlosigkeit in ihm, das sich in den sechs Monaten seiner Abwesenheit vom Dienst breitgemacht hatte. Vielleicht landete er deshalb zuletzt wieder bei der dünnsten Akte – der Leiche aus dem Waldstück bei Beit Schemesch.

Es war der von allen am wenigsten ergiebige Fall, da man außer einem Leichnam fast nichts hatte. Solange dessen Identität ungeklärt blieb, gab es außer den beiden Kadetten des Offizierslehrgangs, die ihn gefunden hatten, im Grunde niemanden, der für ein Verhör in Frage kam. Die Leiche hatte gut versteckt im Gebüsch gelegen und wäre dort wohl auch noch eine ganze Weile unbemerkt geblieben, wären die beiden bei ihrem Orientierungsmarsch in der Umgebung nicht vom Weg abgekommen. Eine kleine Modifizierung des Berichts machte den Fund der Leiche nicht mehr zum Ergebnis ihrer Abweichung von der vorgegebenen Route, sondern zu deren Ursache, was ihnen am Ende den fast sicheren Ausschluß vom Lehrgang ersparte. »Glück im Unglück haben«, kritzelte Bresnitz auf den Rand der Seite. Beinstock hatte das zwar mit Leichtigkeit aus ihnen herausgeholt, aber trotzdem viel Aufhebens darum gemacht, damit man für alle Fälle über ein Druckmittel verfügte, und auch weil er nichts anderes mit ihnen zu besprechen gehabt hatte. Dann hatte er – laut Gesprächsprotokoll – eine etwas unerwartete Frage gestellt: »Habt ihr zuvor schon einmal einen Toten gesehen?« Beide hatten bejaht, und der eine Offiziersanwärter – ausgerechnet der schweigsamere von ihnen – hatte noch hinzugefügt: »Aber das ist das Allertoteste, was mir in meinem Leben über den Weg gelaufen ist.«

Bresnitz wußte, was gemeint war. Da der Mann – aus welchen Gründen auch immer – gerade so gelegen hatte, war seine eine Gesichtshälfte durch Insekten vollständig zersetzt worden und zu einem schwarzen Loch, einer finsteren und bedrohlichen Höhle geworden, während seine andere Gesichtshälfte gleichzeitig hellhäutig und verhältnismäßig unangetastet geblieben war. Es kostete sogar Bresnitz – ungeachtet der vielen Gesichter von Toten, in die er bis dahin schon geschaut hatte – Überwindung, ihn ohne Widerwillen zu betrachten. Für gewöhnlich nahm er die Gesichtszüge von Ermordeten ausgiebig unter die Lupe, suchte in dem gefrorenen Ausdruck von Grauen, Resignation, Überraschung oder Zorn auf ihren Gesichtern einen Fingerzeig auf die Geschichte, die sich ereignet hatte. Seiner Geliebten hatte er einmal erklärt, daß in einem – allgemein als phantastisch angesehenen – Roman von Jules Verne die Identität eines Mörders festgestellt wird, nachdem sein Konterfei in den glasigen, starren Augen des Opfers bewahrt geblieben ist, und daß darin weitaus mehr Wahrheit und Weisheit lägen, als gemeinhin angenommen. Dem Gesicht hier fehlte dagegen jeglicher Ausdruck. Genauer gesagt erinnerte es an eine rituelle Totenmaske, die nicht recht zu dem Mann passen wollte.

»Na, was sagst du?« meinte Beinstock. »Jemand stirbt,

und keiner vermißt ihn, niemand sucht nach ihm – ja, es findet sich nicht mal einer, der ihn identifizieren könnte. Und hast du gesehen, was wir für ein Bild von ihm gemacht haben? Nicht mal Lebende sehen auf Fotos so gut aus. Hier, ganz hinten in der Akte – wir haben ihm einfach die unversehrte Gesichtshälfte verdoppelt und wissen jetzt, wie er wirklich ausgesehen hat. Als wir das in die Zeitung gesetzt haben, waren alle sicher, wir würden vor lauter Leuten, die ihn gekannt haben, schon nach einer Stunde nicht mehr wissen, wo uns der Kopf steht. Aber Fehlanzeige. Doch nicht nur wegen der Kleidung muß er von hier sein. Wir haben die Impfmale überprüft. Der ist von hier – oder er war es zumindest.«

»Was ist mit dem fehlenden Ohr?«

»Bestimmt ein Maler«, grinste Beinstock, bis er den frostigen Blick seines Bosses aufschnappte.

»Vielleicht ist es abgerissen, als sie ihn ins Gebüsch geschleift haben?«

»Keine Chance. Es ist mit einem scharfen Gegenstand abgetrennt worden, einem Messer möglicherweise – obwohl wir weder das eine noch das andere gefunden haben. Glaub mir, wir haben die ganze Gegend dort umgegraben. Ich selbst bin einen geschlagenen Tag lang auf dem Boden herumgekrochen. Zusammen mit Michal, die sie mir extra dafür ausgeliehen hatten.«

Der Wink war zu deutlich, um übergangen zu werden.

»Danke für die Schokolade, Beinstock«, sagte Bresnitz sanft.

»So war es nicht, Herr Kommandant! Bei meiner Ehre – sie war es, die sie gekauft hat. Ich hab sie nur darauf gebracht.«

In gewissem Sinne fühlte Bresnitz zum ersten Mal seit seiner Rückkehr, daß er die Dinge wieder in den Griff bekam. Er zog die Tafel Schokolade aus der Schublade, brach eine Ecke ab, die er behutsam im Mund zergehen ließ, und reichte die restliche Packung an Beinstock weiter, der hungrig wie ein Kind ein Stück davon abbiß und kaute.

»Glaub mir, Boß«, nuschelte er endlich, den letzten Bissen Schokolade noch im Mund. »Der Tag, an dem du zurückgekommen bist, ist der süßeste Tag in meinem Leben.«

In den folgenden zwei Wochen feuerte Bresnitz in alle möglichen Untersuchungsrichtungen und vergrub sich ganz und gar in seine Arbeit. In einigen der Fälle konnte sogar ein gewisser Fortschritt verzeichnet werden, lose Enden mit einem Hoffnungsschimmer, aber ausgerechnet in dem Fall, auf den er sich zusehends versteifte – dem der Leiche aus Beit Schemesch –, bewegte sich rein gar nichts. Das Problem war an sich ganz einfach, ließ sich aber dennoch – wie sich herausstellte – nicht knacken: Wie bekam man einen Mörder zu fassen, wenn sich nicht einmal der Ermordete identifizieren ließ? Die Routinearbeit war bereits von der Untersuchungsgruppe geleistet worden, die zuvor mit dem Fall befaßt war und als erstes Beit Schemesch und die dortige Umgebung durchforstet hatte, wobei jede nur in Frage kommende Person überprüft und befragt worden war. Danach war jede staatliche und militärische Institution durchkämmt worden, jeder plausible Datenspeicher auf die wenigen Informationen hin durchsucht worden, die die zerfallende Leiche über sich selbst geben konnte. Doch all diese Bemühungen waren ohne greifbares Ergebnis geblieben – entweder, weil der Mann in den entsprechenden amtlichen Dateien und Melderegistern nicht auftauchte, oder aber, weil die aus der Leiche gewonnenen Daten zu dürftig und ungenau waren. Die sich ständig wiederholenden Verhöre von aktenkundig gewordenen Straftätern und Polizeispitzeln hatten genausowenig zu etwas geführt wie der durchaus ungewöhnliche Versuch, den Mohel* des Ermordeten aufgrund der bei diesem angewandten Beschneidungstechnik zu ermitteln.

Bresnitz suchte sein Heil daher in einigen etwas wilderen Spekulationen und ließ sich in der Hoffnung, so zu einer Erkenntnis zu gelangen, die der systematischen Logik verwehrt blieb, von den kreativen Eingebungen seiner Phantasie leiten. Insgeheim spielte er mit dem Begriff der »auto- matischen Ermittlung« nach Art des automatischen Schreibens – ein Ausdruck, den er durch seine Geliebte kennengelernt hatte –, doch das Ergebnis blieb äußerst mager. Da die Mehrzahl dieser erfolglosen Verfahrensschritte zwar seltsam, aber doch vergleichsweise leicht durchführbar war, zog die ganze Angelegenheit nicht mehr als zuweilen ein spöttisches Hochziehen der Augenbrauen durch den Oberinspektor nach sich. Beinstock dagegen, der seine eigene, begeisterte Theorie zu Bresnitz' Erwägungen pflegte, wenn diese auch noch so abgehoben schienen, zog es vor zu glauben, das Ganze sei nur Teil einer komplexen und bedeutsamen Untersuchungsmethode – wobei allerdings auch dieser Kredit nicht unbegrenzt war. In der nächsten Phase aber, als Bresnitz flugs zu einer hyperrationalen Strategie überwechselte und Beinstock anwies, die wichtigsten Überprüfungen bei der Armee und einigen anderen großen Institutionen noch einmal vorzunehmen, war eine Aussprache mit dem Oberinspektor nicht länger zu vermeiden.

Bresnitz argumentierte, der sicherste Weg, einen Fall auf immer in den Sand zu setzen, sei ein schwerwiegender Fehler – beabsichtigt oder nicht – bei einem der ersten Untersuchungsschritte. Für den Fall einer festgefahrenen Ermittlung bedeute dies, daß man wieder ganz von vorn an-

* Vollzieher der rituellen Beschneidung, die bei gesunden männlichen Kindern nach jüdischem Religionsgesetz im Alter von acht Tagen vorgenommen wird.

fangen müsse. Für diese Art der Beweisführung konnte sich der Oberinspektor beim besten Willen nicht begeistern, da sie seiner Ansicht nach die zuvor mit dem Fall beschäftigten Ermittler in ein schlechtes Licht rückte und außerdem den von ihm vertretenen Grundsatz des »Schicht-auf-Schicht« erschütterte. Darüber hinaus machte er keinen Hehl aus seinem Unwillen darüber, daß Bresnitz sich unter all den zur Auswahl stehenden Fällen ausgerechnet auf die Akte von geringstem öffentlichem und polizeilichem Interesse konzentrierte. »Warum klammerst du dich gerade an diese Leiche, wo du doch richtige Mordopfer genug hast?« stichelte er ein paarmal. »Das ist einer, der ist schon tot zur Welt gekommen.« Bresnitz sah sich gezwungen, ein halbes Dutzend Gründe anzuführen, ohne daß er selbst auch nur von einem einzigen überzeugt gewesen wäre. Um ehrlich zu sein – war es neben der sonderbaren Faszination, die von diesem halb toten, halb lebendigen Gesicht ausging, nicht vor allen Dingen sein angekratzter Stolz, der nach Genugtuung durch die Aufklärung eines besonders vertrackten Falls verlangte? Vielleicht schwang darin auch die Notwendigkeit einer unabhängig getroffenen Entscheidung mit, die erst Sinn machte, wenn die weniger logische Alternative überprüft wäre. Darüber hinaus gelang es ihm nicht, auch nur annähernd eine klare Vorstellung von den Gründen für sein hartnäckiges Beharren zu finden.

In der Zwischenzeit machte er sich aus einer gewissen Hilflosigkeit heraus immer wieder mit den Einzelheiten vertraut. Die Allerweltsleiche eines – nach allen trockenen Kriterien wie Körpergröße und Gewicht – durchschnittlichen Mannes. Laut pathologischem Gutachten Anfang Zwanzig, auch wenn er wegen seines schütteren Haars mit Sicherheit älter ausgesehen hatte. Das Gebiß wirkte ein wenig vernachlässigt. Aus den spärlichen auf seinem Körper verbliebenen, vermoderten Fetzen war zu schließen, daß er teure Sachen angehabt und zumindest einen Teil davon im Ausland gekauft hatte. »Nachlässig elegant«, hatte der zuvor mit dem Fall betraute Ermittler zusammengefaßt, doch Bresnitz fand, die Bezeichnung »exzentrisch« sei vielleicht zutreffender.

Und dann war da natürlich noch das fehlende Ohr, das mit einem scharfen Gegenstand, sehr wahrscheinlich einem Messer, abgetrennt worden war; außerdem der Riß im Schädel als Folge eines Schlages mit irgend etwas Stumpfem, was offenkundig seinen Tod bedingt hatte. Von einer Brieftasche, einem Portemonnaie oder Ausweispapieren fehlte jede Spur, auch eine Uhr konnte nicht gefunden werden – ja nicht einmal Schuhe! Der Mann trug lediglich Socken, und in der Umgebung ließ sich nicht der geringste Hinweis auf einmal vorhandene Schuhe feststellen. Dagegen hatte man einen Busfahrschein aus dem Großraum Tel Aviv bei ihm gefunden. Und nicht zu vergessen die Quittung – die Taxiquittung, die in seiner Tasche gesteckt hatte und die von Feuchtigkeit und Fäulnis so weit zersetzt war, daß selbst nach fieberhafter Konservierungsarbeit im Labor nur noch die Quittungsnummer und der Fahrpreis – genau 9,90 Schekel – zu entziffern waren. Einige Dutzend Taxifahrer, deren Fahrzeuge mit einem entsprechenden Taxameter ausgestattet waren, wurden überprüft, doch nicht einer von ihnen hatte etwas gehört, gesehen oder war in der Lage, anhand des rekonstruierten Porträts einen ehemaligen Fahrgast zu erkennen.

»Außer einigen Basisinformationen ist von der Lebensgeschichte dieses Mannes, von seinem Werdegang auf Erden nichts als der Hinweis auf diese eine Handlung übriggeblieben, sinnierte Bresnitz laut, als er und Beinstock allein in der zu dieser Stunde so gut wie verwaisten Kantine saßen. »Wenn sie denn tatsächlich von ihm selbst ausgeführt worden sein sollte – die Fahrt in einem Taxi von einem unbekannten Ausgangspunkt zu einem uns nicht bekannten Zielort für den Preis von 9,90 Schekel.«

»Das ist nicht mehr, als von den meisten Leuten übrigbleibt«, beeilte sich Beinstock zu bemerken, um in das Gespräch miteinbezogen zu werden.

»Und was, denkst du, wird von dir übrigbleiben?« antwortete Bresnitz fast unbeabsichtigt, was er jedoch umgehend bereute, als er sah, wie Beinstock die Röte ins Gesicht stieg. Bresnitz war klar, daß Beinstock sich an jene peinliche Episode mit der Prostituierten erinnert fühlte, die ihm zu einer Obsession geworden war – gleichsam wie die Schande von Lord Jim*, der in Todesangst noch vor allen Passagieren sein Schiff verläßt, um dann erst festzustellen, daß es überhaupt nicht sinkt. Doch im Gegensatz zu dieser Geschichte war Beinstocks Fehltritt vor allem dank Bresnitz in keinem offiziellen Protokoll vermerkt worden, was neben dem praktischen Vorteil auch ...

»Ein überzogenes Bankkonto – das ist es, was übrigbleiben wird«, sagte Beinstock, als habe er erst jetzt die Antwort gefunden. Vielleicht war er es aber auch nur leid zu warten, bis dieser behäbige, grüblerische Mann – sein Boß – endlich auf der anderen Seite seines Tunnels wieder herauskam. Nachdem Bresnitz ihre Fruchtsäfte und Sandwiches bezahlt hatte, machte Beinstock noch eine letzte Bemerkung, ritt weiter auf seiner philosophischen Welle und wischte so ganz nebenbei die letzten Reste der gerade noch herrschenden Beklommenheit beiseite: »Ich wüßte zu gerne, ob es auf der ganzen Welt wohl noch jemanden gibt, der sich außer Bresnitz, Beinstock und der israelischen Polizei für diesen armen Teufel interessiert.«

»Der Mörder, wahrscheinlich«, resümierte Bresnitz trok-

* Roman von Joseph Conrad, erschienen 1899/1900.

ken. Und unter dem Eindruck dieser Bemerkung gingen sie schweigend bis zum Ende des Flurs, bis zu ihrem Zimmer.

Sechs Monate waren ausreichend Zeit für den Wald gewesen, jeden Hinweis auf die Tat, die in ihm begangen worden war, zu beseitigen. Aber es gab nun einmal Dinge, die getan werden mußten, und so fuhren die beiden nun zum Ort des Verbrechens. Sehr zum Unwillen Beinstocks, dessen Hals dazu neigte, schon beim geringsten Luftzug die sonderbarsten Verrenkungen zu erleiden, kurbelte Bresnitz auf seiner Seite das Fenster ganz herunter und ließ den heftigen Wind jenen schalen, chronisch vorherrschenden Geschmack aus seinem Mund spülen. Neben ihrer mehr oder weniger offensichtlichen Bestimmung war die Fahrt dazu gedacht, ihn zurück in die Welt zu befördern, ihn aus seiner inneren nagenden Leere wieder in die Außenwelt zu katapultieren, die unbeeindruckt weiterexistierte, als sei nichts geschehen. Die Flut steriler, zu weit entfernter Szenarien auf der Schnellstraße nach Jerusalem – ein karges Wäldchen und ein nackter Hügel zusammen mit dem gelangweilten close-up Beinstocks – vermochten nicht, ihn aus sich selbst herauszulocken, bis er sich in halb spontaner Assoziation an die Alte vom Vortag erinnerte, die plötzlich im obersten Stockwerk an der Ecke Gordon-Straße hinter den zur Hälfte geschlossenen Fensterläden aufgetaucht war, in weißem Büstenhalter und weißer Unterwäsche. »Alles noch stramm, ah . . .«, hatte ihr eine junge Nachbarin höhnisch von unten zugerufen. Die Alte hatte daraufhin in frecher Ausgelassenheit – die nichts Groteskes oder Abstoßendes hatte, sondern allein die sich hartnäckig behauptende Erinnerung an vergangene Tage enthielt – noch mit den Hüften gewackelt, ehe sie von der Finsternis ihrer Behausung verschluckt worden war. Bei sich verbuchte Bresnitz nun diese Episode, die er verfolgt hatte, während er an der Ampel wartete, als einen weiteren winzigen Sieg für die Mächte des Guten. Und während er noch von dieser konstruktiven Welle, die zusehends in ihm erwachte, getragen wurde, kam er dem beschämten Beinstock zu Hilfe, der obszöne Gesten mit den Kollegen von der Verkehrspolizei austauschte, die in ihrem traditionellen Hinterhalt in der Kurve von Motza auf der Lauer lagen.

Die Ausfahrt nach Beit Schemesch war bereits erreicht, und Bresnitz richtete sich in dem Polizeiwagen wie ein erfahrenes Streitroß auf, bis ihm der Sicherheitsgurt ins Fleisch schnitt. Mit der Sicherheit eines routinierten Detektivs, der an den Ort des Verbrechens zurückkehrt, bahnte sich Beinstock seinen Weg. Doch völlig überraschend und ohne weitere Erklärungen befahl ihm Bresnitz in jenem Tonfall, der keine Diskussion zuließ, genau in die entgegengesetzte Richtung abzubiegen, obwohl Beinstock mehrmals behauptete, sie befänden sich jetzt nur noch dreihundert Meter von der Stelle entfernt.

Das Gehölz wirkte hier wie ein dichter Wald. Von dem Punkt aus, an dem sie auf Bresnitz' Geheiß in den schmalen Einschnitt zwischen dem Hügel und dem weiter nördlich gelegenen Bergsattel abbogen, war für einen Moment ganz Beit Schemesch zu sehen – ein uneinheitlicher weißer Flekken inmitten einer bräunlich grünen Ebene. Der Wagen holperte unter den erzürnten Händen Beinstocks auf dem unbefestigten Weg durch die Schlaglöcher, die von den Regengüssen des Winters noch tiefer ausgewaschen waren, als Bresnitz in Erinnerung gehabt hatte. In dem unüberschaubaren Labyrinth von Wegen, die ohne erkennbare Ordnung abzweigten, folgten sie unbeirrt dem einen, von ihm vorgegebenen. Jetzt verlangsamte der Wagen seine Fahrt und passierte dann vorsichtig eine enge Stelle, an der sie der sich verjüngende Weg an den Rand eines steilen Abhangs drückte, wobei Bresnitz trotz seiner Fettpolster deutlich den erhöhten Pulsschlag fühlen konnte. Ja, sie schlug ihn, wie es sich gehörte – von innen und von außen. Im selben Augenblick, als sich der Weg wieder verbreiterte, tauchte auf der anderen Seite der Schlucht eine Waldlichtung auf oder vielmehr ein kleines Naturamphitheater wegen der sanften Neigung, die ihrem Höhepunkt zustrebte, diesem mächtigen, einer Skulptur ähnlichen Felsen, diesem Naturkunstwerk, ihrer beider Kunstwerk, ihres und seines.

Der Skulpturfelsen wurde durch die Schultern einiger Kiefern von mittlerer Größe gestützt, deren Äste sich wie ein nachlässig geflochtener Kranz um sein Haupt wanden, während sein Gesicht wie eine Kinderzeichnung oder ein zu abstrakt geratenes Gemälde wirkte: zwei dünne, nicht symmetrische Einkerbungen für die Augen, weshalb das eine Auge den Betrachter unverwandt anzustieren schien, während das andere schielte; mit grobem, männlichem Strich hingeworfen die Nase und ein nur halb vollendeter Mund – bis hierhin waren Regen, Wind und die sengende Sonne mit ihrem Werk gekommen.

Sie war es gewesen, die den Ort als erste entdeckt und wie eine gewöhnliche israelische Ausflüglerin sogleich darauf bestanden hatte, den Fels zu erklimmen, um ihr Gesicht mit – nicht unbedingt gespielter – Hingabe an diese gespaltenen Lippen zu legen, die Augen selbstvergessen geschlossen, ihre Beine noch von der Anstrengung zitternd, bis er sie trotz all ihrer Proteste aufgescheucht hatte, indem er seine schwere Polizistenhand auf ihrem Hintern landen ließ. Dann hatte er abwechselnd gedroht und sie angefleht, es ja nicht zu wagen, mit Lippenstift ihrer beider Namen auf dem Fels als seine Entdecker oder Erschaffer zu verewigen. Auf dem Rückweg hatten sie weiter über ihren Fund debattiert und sich gefragt, was wohl in dem Augenblick mit einem zufällig durch die Natur erschaffenen Kunstwerk geschähe, in dem sie beide den Blick von diesem abwandten. Zuvor hatten sie noch lange dagesessen und den Fels betrachtet, seine sonderbare Schönheit bewundert, die unendlich langsam von dem geduldigen Pinsel der Natur entworfen worden war – über viele tausend Jahre, bevor es sie hierher verschlagen hatte, und sicher noch Tausende von Jahren nach ihnen. Danach hatten sie sich mit verbissener Entschlossenheit, die diese furchteinflößenden Zeitdimensionen in ihnen weckten, auf dem sehr unbequemen Waldboden hinter dem Wagen geliebt. Auf keinen Fall war sie bereit gewesen, es seitlich auf der anderen Seite des Fahrzeugs zu tun – unter dem stechenden Blick des Felsens.

All diese nicht enden wollenden Einzelheiten – das Wechselspiel von Licht und Schatten auf ihrer Haut, wenn ein Windstoß die Äste des Baumes über ihnen bewegte, sein bekanntes, für ihn typisches Zögern (als Variation über die weltbewegende Frage: welche von beiden sollte er als erste in den Mund nehmen?), ja sogar das Chamäleon, das ihnen schweigend bis zuletzt zugesehen und dazu passend seine Farbe gewechselt hatte –, wen außer die verlorene Form von Zweisamkeit, die es nicht länger gab, interessierte das denn, all diese belanglosen Details? Beinstock ganz bestimmt nicht, der schon aufgehört hatte, sich den Kopf darüber zu zerbrechen, was Bresnitz hier eigentlich suchte, auch wenn das Ganze in Wirklichkeit nicht mehr als nur einen langen Blick dauerte, den Bresnitz – ohne aus dem Wagen zu steigen – einmal umherschweifen ließ, ehe er den anderen mit einem Nicken anwies weiterzufahren, um diesen Ort, der ihnen gemeinsam gehörte – ihr und ihm –, zum dritten Mal in seinem Leben hinter sich zu lassen. Zweimal davon gemeinsam mit ihr – um genau zu sein.

Der Besuch der Stelle selbst, an der die Leiche gelegen hatte, war dagegen so etwas wie eine »Anti-Klimax«. Als vertrete er die Interessen der Leiche, überschlug sich Beinstock förmlich, um das Geschehen für seinen eigenen Mentor bis ins kleinste Detail zu rekonstruieren. Ein eingerollter Teppich – entliehen, was mit einem spitzbübischen Augenzwinkern bemerkt wurde, aus dem Büro des Oberinspektors – verkörperte »so plastisch und realistisch wie nur möglich« die Leiche, wie es bestimmt in Polizeihandbüchern hieß. Der Teppich war exakt nach der Lage der Leiche ausgerichtet, blieb aber dennoch beim besten Willen nur ein Teppich. Vielleicht wegen des kurzen Verweilens vor dem Felsen erinnerte Bresnitz die ganze Angelegenheit ausgerechnet an ein Buch, das er einmal in seiner Kindheit gelesen hatte – »Große Frauen« –, in dem Kleopatra die Schildwache Julius Cäsars überlistet und sich in einen Teppich eingerollt in seine Gemächer bringen läßt.

Darüber hinaus ließ sich nichts weiter als die – im Augenblick noch reichlich abstrakte – Tatsache festhalten, daß hier, genau hier die Leiche mit dem geteilten Gesicht gelegen hatte. Tief ins Unterholz gezogen, war sie – soweit wie möglich – zwischen dornigen Büschen und tief hängenden Ästen versteckt gewesen, am bei weitem unzugänglichsten Ort in der ganzen Umgebung. Dies war der einzige Punkt, dessen sich Bresnitz im Verlauf des Lokaltermins tatsächlich bewußt wurde. Hier, mitten im dichtesten Gestrüpp, war es unmöglich, jemandem den Schädel einzuschlagen. Wer sie also hier versteckt hatte, hatte nicht nur einfach eine Leiche im Wald abgeladen, sondern die Mühe auf sich genommen, sie eigenhändig umherzuschleifen, bis er ein hinlänglich gutes Versteck gefunden hatte. Aber von wo? Es mußten einige Meter sein, wenn der Mann hier ganz in der Nähe umgebracht worden war, oder aber wenigstens zweihundert Meter – näher kam man mit dem Wagen nicht heran, sollte der Leichnam tatsächlich von anderswo herbeigeschafft worden sein. Kinder und Frauen kamen somit nicht mehr in Frage – es sei denn, sie wären mit einer Schubkarre ausgerüstet gewesen. Wer blieb demnach übrig? Jemand, der sich zu einem erheblichen Kraftakt bereit gefunden hatte, damit die Leiche unentdeckt bliebe, dessen Möglichkeiten und vielleicht auch Phantasie aber beschränkt waren. Also kein Profi und ebensowenig ein findiger Amateur, dem sich mit Sicherheit effektivere Methoden aufgetan hätten, eine Leiche verschwinden zu lassen. Wer wüßte besser als Bresnitz, wie schwierig es war, eine Leiche für immer aus der Welt zu schaffen – zumindest für normale Menschen. Vielleicht hatte es jemand in diesem Fall ja tatsächlich darauf angelegt, die Leiche loszuwerden, sie jedoch hier in diesem Versteck nicht deponiert, um sie zu beseitigen, sondern um im Gegenteil sicherzustellen, daß sie nicht verlorenginge. Wer weiß? Die Bäume zuckten mit den Schultern, der Wald bewahrte Stillschweigen.

Mühsam kehrten sie zum Wagen zurück und mußten die Gesichter dabei mit den Händen vor den staubigen Ästen der gebeugten Bäume schützen. Einige hundert Meter weiter, hinter der Weggabelung, bemerkte Bresnitz ein Stück Kanalisationsrohr. Instinktiv befahl er Beinstock, auszusteigen und es zu durchsuchen. Trotz seines anfänglichen Widerwillens kroch Beinstock – wie Aladin auf der Suche nach der Wunderlampe – auf allen vieren hastig in den engen, halbdunklen Hohlraum, um möglichst mit einem Gegenstand in der Hand wieder aufzutauchen, den sie den Schwachköpfen auf dem Revier über den Schädel ziehen würden. Doch leider erwies sich die Intuition als trügerisch. Beinstock förderte nichts als den Staub in seinen Augen zutage. Kein Dschinn kam ihnen zu Hilfe, und Bresnitz konnte spüren, wie eine unbestimmte Angst zu versagen in ihm aufstieg – die am Ende vielleicht schon lange zuvor geweckt worden war.

Ausgerechnet am nächsten Tag erfuhren die Ermittlungen plötzlich eine dramatische Wendung.

Zuvor jedoch kam es in Bresnitz' Zimmer zwischen ihm und dem Oberinspektor zu einem kleinen Scharmützel, dem Beinstock als eine Art Geisel beiwohnte. Am Anfang stand der Teppich – jener Teppich, der aus dem Zimmer des Vorgesetzten entwendet worden war –, und dann folgte die rauhe, rauchige Stimme des Oberinspektors mit ihren schnurrenden Schreien heiserer Autorität, die eher an die schadenfrohe Zuhörerschaft in den umliegenden Räumen als an die beiden Delinquenten gerichtet war. Ihm gegenüber – dem flüsternden, brummenden Bresnitz, einem langsamen, verhaltenen und nicht immer ganz zu verstehenden Baß, zu schüchtern, um die eigene Schüchternheit preiszugeben – war er sich der grotesken Situation nur zu bewußt. Seit zwanzig Jahren nichts Neues. Beinstock – verantwortlich für die »komische Note« – war noch immer um Schadensbegrenzung bemüht, versuchte fast schon wimmernd, sich von Mal zu Mal einzumischen, und wollte bereitwillig die Rolle des Schuldigen übernehmen, um das Feuer auf sich zu ziehen, das für seinen Boß bestimmt war. Sie werden die Angelegenheit Beinstock unterschieben, dachte Bresnitz bei sich.

Das Possenspiel war allerdings nicht von langer Dauer. Rasch war man wieder beim Stand der Ermittlungen, die schrillen Töne verstummten, und die Spannung wuchs. Bresnitz verwies auf erkennbare Fortschritte in den übrigen Fällen und verteidigte sein Engagement auch in diesem besonderen Fall. Der Oberinspektor zeigte sich erstaunt, daß ausgerechnet ein intelligenter Ermittler wie Bresnitz sich auf eine derart sinnlose Angelegenheit versteifte – eine Leiche vom Mars, die niemand vermißte! »Das ist doch bestimmt nur irgendein drogenabhängiger Araber«, sagte er.

»Jeder Leiche steht das Minimalrecht auf eine Untersuchung zu«, bemerkte Bresnitz zynisch, wobei er den hölzernen Stil seines Vorgesetzten imitierte.

»Das hat diese hier schon zur Genüge ausgeschöpft«, feuerte der Oberinspektor zurück. Beinstock versuchte, Bresnitz verstohlen Zeichen zu machen, um ihn zu einem Tauschhandel zu bewegen. Anstelle des Beit-Schemesch-Falls konnte man Becher die prestigeträchtige Ermittlung in der Stadtverwaltung abjagen. Der Oberinspektor – jemand, der nicht von gestern war, wie er von sich zu sagen pflegte – bemerkte das Gestikulieren und dachte, man mache sich über ihn lustig.

»Beinstock – Sie sollten wissen, daß Sie bei mir schon als Verstärkung für unsere Leute auf der Liste stehen, die sich mit den Unruhen in den besetzten Gebieten herumärgern. Ohnehin kommt Ihr Potential hier nicht richtig zum Tragen. Die anderen Untersuchungsgruppen haben ihren Beitrag bereits geleistet.«

Bresnitz erinnerte daran, daß seine die kleinste Gruppe von allen sei und eigentlich nur aus Beinstock bestehe, weshalb ohne diesen überhaupt keine Erfolge mehr zu erwarten seien. An diesem Punkt kam Michal, die zierliche Ermittlerin aus der Abteilung für Jugendkriminalität, ins Zimmer. Ihre Brüste erschienen unter der gestärkten, eng anliegenden Bluse wie immer wohlgeordnet. Sogleich legte der Oberinspektor altmodische Ritterlichkeit an den Tag. Er sei bereit, »den Fehdehandschuh aufzunehmen«, sei »ein Mann der Ehre«, und bei ihm gelte »ein Wort als ein Wort«. Falls es aber nicht bald greifbare Resultate gäbe, »fliegt Beinstock« – mit der Hand deutete er eine Flugkurve an – »in das allerletzte Loch dort, um bei den Arabern mal richtig aufzuräumen. Wenn er einen Stein an den Kopf kriegt, bringt ihn das vielleicht wieder zur Vernunft«, schloß er und verschwand.

Aufgewühlt von dem gerade Erlebten, hielt nun Michal

ihrerseits eine spontane, flammende Rede über die Beschränktheit der hiesigen Kleingeister im Gegensatz zur Größe eines Bresnitz.

»Durch die dauernde Beschäftigung mit Verbrechern haben sich die Ermittler in diesem Haus eine mißtrauische, kleinbürgerlich spießige Denkart zugelegt, die sie nicht an etwas Großes, Erhabenes glauben läßt, an ein verborgenes Gefühl, hinter dem sich ausnahmsweise einmal keine heimlichen Interessen oder betrügerischen Ansichten verbergen.«

»Betrügerische *Absichten*«, kicherte Beinstock.

»Es gibt hier doch wahre Genies, wenn es darum geht, die kleinen Tricks und Kniffe aufzuspüren, die ein jeder entwickelt, um leben und überleben zu können«, fuhr Michal unbeeindruckt fort. »In ihren Augen sind alle großen Menschen eigentlich nur kleine Leuchten, alle Ehrlichen sind in Wahrheit Betrüger, und jeder liebende Ehemann hat mit Sicherheit irgendein Verhältnis. Kurz gesagt – die ganze Welt erscheint ihnen genauso erbärmlich wie sie selbst, wobei sie vor lauter Mißtrauen die Wahrheit aus den Augen verlieren. Die Wahrheit ist nämlich zu einfach und auch zu kompliziert, um in ihren Kopf hineinzugehen. Bresnitz dagegen schafft es immer, die Dinge auseinanderzuhalten und sich seinen Glauben an die Menschen zu bewahren.« Das sei es, was sie an ihm liebe, gestand sie. Genau wie den Satz, den er ihr einmal gesagt habe und der in ihren Augen so schrecklich wahr sei: »Gott verbirgt sich in der Überraschung – es ist nur so, daß die Überraschung für einen Klugen eine andere ist als für einen Dummkopf.« Nach ihrem Verständnis liege darin etwas Romantisches, etwas, das den Menschen Kredit einräume und einen daran erinnere, daß – selbst wenn sie vor dem Ermittler zusammenschrumpften – dies nicht ihre normale Größe sei.

Während sie redete, funkelten ihre Augen, und ab und

an stampfte sie mit dem Fuß auf, um ihre Worte zu unterstreichen. Bresnitz fiel es schwer, seine Verlegenheit zu verbergen. Es war indes keineswegs so, daß er ihr nicht zugestimmt hätte, denn abgesehen von einigen Veränderungen hatte sie nur jene Monologe wiedergegeben, die er in ihrer Gegenwart – untermauert von wissenschaftlichen Argumenten – schon des öfteren zum besten gegeben hatte. Mehr als alles andere war es diese Verlegenheit, die ihn Beinstock hastig beruhigen ließ, wodurch er natürlich den gegenteiligen Effekt erzielte.

»Mach dir keine Sorgen, Beinstock, niemand wird dich irgendwohin abkommandieren«, sagte er. »Michal hat recht. Wir sind die Guten, und wir kriegen ihn. Wer immer das auch sein mag.«

Genau in diesem Moment klingelte das Telefon.

»Inspektor Bresnitz?« fragte eine ihm unbekannte Stimme am anderen Ende der Leitung.

»Ja«, bestätigte Bresnitz.

»Ich bin vom Inlandsgeheimdienst. Sind Sie zuständig für die Ermittlungen im Fall der Leiche aus dem Waldgebiet bei Beit Schemesch?«

»Ja«, antwortete Bresnitz.

»Wir haben hier einen arabischen Häftling, der gestanden hat, den Mord begangen zu haben.«

Von der Hauptstraße führte ein Weg über einige Kilometer zu dem Internierungslager. Luftlinie war die Entfernung nicht der Rede wert, doch die vielen Windungen des erst vor kurzem asphaltierten, schmalen Fahrwegs über die natürlichen Rundungen der Hügelkuppen verlängerten die Fahrt erheblich. Der Kontrast zu einer der strategisch wichtigen, von der Armee angelegten Straßen, wie er sie gerade verlassen hatte, war augenfällig, da diese für gewöhnlich die Landschaft erbarmungslos der Länge und

Breite nach durchschnitten und jeden Hügel, der sich ihnen in den Weg stellte, in der Mitte spalteten. Ob sich hinter dieser kurvenreichen Gewundenheit nun Sparmaßnahmen verbargen – ein Ausdruck für die Unbedeutendheit des Ortes auf der strategischen Weltkarte – oder aber die persönliche Initiative eines Verantwortlichen, der eine Schwäche für unberührte Natur hegte und am Ende aktives Mitglied des Naturschutzbundes war – auf jeden Fall verschaffte sie Bresnitz noch einmal einen kleinen Aufschub, um sich zu sammeln und nachzudenken, obgleich er schon den ganzen Weg über gegrübelt hatte.

Nachdem er am Tor eine penible Kontrolle hinter sich gebracht hatte, vor der ihn nicht einmal seine Polizeiuniform bewahren konnte, wanderten seine Augen prüfend über eine Reihe vergitterter Baracken, bevor er dann von einem der Container verschluckt wurde, die als Unterkunft für das Wachpersonal dienten. Nur übergangsweise, wie es schien, da – den paradoxen Gesetzen der Region folgend – einige arabische Arbeiter sich um etwas versammelt hatten, das wie das Fundament eines Neubaus aussah. Wenn es einem gelang, von einigen ungewöhnlichen Details keine Notiz zu nehmen, hatte das kleine Lager mit seinem Wachturm und der Mauer vor dem Hintergrund der trostlosen Landschaft etwas vom Pioniergeist vergangener Tage.

Mit beinahe barscher Förmlichkeit wurde Bresnitz gleich bei seinem Eintritt die Akte in die Hand gedrückt. Daran änderte auch nichts, daß der ältere der beiden Wachsoldaten etwas murmelte, das wie ein vorweg geschickter Name klang. Man blieb dem anonymen Charakter der Akte treu. Ungeachtet der Festnahme des aller Wahrscheinlichkeit nach mutmaßlichen Mörders – so jedenfalls wurde es hier dargestellt –, enthielt der Schriftsatz nur sehr wenige Fakten und warf mehr Fragen auf, als er beantworten konnte. Mufid Ibn 'Alla, zweiunddreißig Jahre alt, aus Nablus. Ein

Foto gab es auch. Die Augen auf den Boden gerichtet. Eine Frau, drei Kinder. Das älteste von ihnen, ein Mädchen, neun Jahre alt. Bir-Sait-Universität – Philosophie und englische Literatur. Hat in verschiedenen Cafés in Tel Aviv gearbeitet. Vorzügliches Hebräisch. Dozent, Repetitor in Vorbereitungskursen, Lehrer an einer Mädchenschule, Kolumnist für eine Jerusalemer Literatur- und Politikzeitschrift. Verfaßt Buch- und Theaterkritiken, beschäftigt sich hauptsächlich mit ausländischer Literatur. Bis hierhin glich das Ganze einem Lebenslauf – als ob Bresnitz plante, den Mann als Polizeisprecher einzustellen. Er hatte auch schon seine Erfahrungen mit der Polizei und dem Sicherheitsdienst gemacht: »Die letzte Runde« – ein Theaterstück über die Kreuzfahrerzeit – war von der Zensur verboten worden. »Unzulässige Analogie«, lautete die knappe Begründung, und jemand hatte handschriftlich hinzugefügt: »Außerdem ein beschissenes Stück.«

Vor einem Jahr war Mufid wegen eines minderschweren politischen Delikts verhaftet worden. Dahinter verbarg sich jedoch eine andere Geschichte: Man hatte versucht, über ihn Druck auf seinen Bruder auszuüben, der verdächtigt wurde, an einem Sprengstoffanschlag beteiligt gewesen zu sein, bei dem zwei Menschen verletzt worden waren. Der Bruder war auch jetzt noch nicht gefaßt worden und befand sich mit ziemlicher Sicherheit bereits in Jordanien. Mufid verbrachte dagegen ein halbes Jahr im Gefängnis von Nafcha. Dort gab er Kurse über »jung-faschistische neuhebräische Literatur«. Vor fünf Monaten war er früher als erwartet freigekommen, weil er sich bereit gefunden hatte, »Neuigkeiten von drinnen« preiszugeben, was offenbar von seinen Mithäftlingen entdeckt worden war. Bis sich die Gemüter wieder beruhigt hatten und man ihn erneut verwenden konnte, sollte er so etwas wie eine langfristige Investition sein. Deren Laufzeit währte jedoch nicht lange, da es in der Zwischenzeit zu einem Kuhhandel mit Mahmud an-Nasir aus Jenin kam, der des Mordes an einem arabischen Kollaborateur verdächtigt wurde: Strafminderung im Austausch gegen den Namen des Mörders aus dem Wald von Beit Schemesch. Der Mörder eines Juden gegen den Mörder eines Arabers.

»Woher weiß man, daß der Ermordete Jude war?«

»Alle wissen das.«

Mufid war vor drei Tagen erneut verhaftet worden und hatte zugegeben, das Ohr abgeschnitten zu haben. Danach hatte er den Mord selbst gestanden, sich jedoch geweigert, ein Geständnis zu unterschreiben. Unmengen fehlender Informationen vermischten sich mit einem Wust von Fragezeichen. Der Verdächtige widerrief sein Geständnis. Gestand dann von neuem. Widerrief ein zweites Mal. Gestand, unterschrieb jedoch nicht. Schließlich unterschrieb er doch. Das war der augenblickliche Stand der Dinge. Bresnitz legte die Akte aus der Hand, eine Soldatin brachte Kaffee, nur für ihn, und schweigend nahm er einen Schluck.

»Der Ermordete ist also immer noch nicht identifiziert«, stellte er fest.

»Wir dachten, das ist euer Part«, stichelte der jüngere der beiden Wachsoldaten.

»Das ist auch kein Zufall«, warf der andere mit gewisser Erschöpfung ein. »Der hat einfach den ersten Juden genommen, der ihm über den Weg lief. Das ist alles, was wir wissen. Das Opfer wurde als Jude ermordet.«

»Die Geschichte ist ziemlich undurchsichtig«, meinte der jüngere. »Noch zumindest. An einem gewissen Punkt hatten wir den Eindruck, er versucht uns auszutricksen. Das ist genau seine Masche. Auf den ersten Blick sieht er ja nicht gerade wie der typische Mörder aus. Aber ein halbes Dutzend Leute hat ihn mit dem Ohr in der Tasche als eine

Art Quittung herumlaufen sehen. Und soviel ist sicher: Wer ein Ohr abschneiden kann, ist zu allem fähig.«

»Wo ist das Ohr?«

»Er sagt, er habe es dort auf dem Acker weggeworfen. Wir haben alles abgesucht, aber nichts gefunden. Außerdem haben wir einen Zeugen, der schwört, gesehen zu haben, wie er es aufgegessen hat – in Jenin, vor ungefähr drei Monaten. Er selbst leugnet das. In dieser Angelegenheit sind wir noch nicht ganz sicher.«

»Wenn ich richtig verstehe, ist er mit dem Ohr in einer Thermoskanne herumgelaufen, damit es gefroren bleibt?«

»Sieht so aus«, bestätigte der jüngere. »Erscheint Ihnen das ungewöhnlich?«

»Spielt auch gar keine Rolle«, murmelte der Ältere. »Er wird ja nicht beschuldigt, ein Ohr getötet zu haben.«

»Wie passen überhaupt die einzelnen Daten zueinander?« fragte Bresnitz. »Dem pathologischen Gutachten zufolge wurde das Opfer drei Wochen vor Mufids Entlassung ermordet.«

»Hirnwichserei«, protestierte der jüngere. »Das läßt sich gar nicht genau datieren – ganz sicher nicht, nachdem die Würmer ihre eigene Obduktion vorgenommen hatten. Man kann jedoch Wahrscheinlichkeiten errechnen. Wenn Sie wollen, zeige ich Ihnen die Kurve auf dem Computerausdruck. Wir arbeiten mit den absoluten Topleuten auf diesem Gebiet zusammen. Es besteht eine fünfzigprozentige Wahrscheinlichkeit, daß die Tat vor sechs Monaten entweder eine Woche eher oder aber eine Woche später begangen wurde. Das war drei Wochen, bevor Mufid entlassen wurde. Fünfzig Prozent im Verhältnis gehen ab, je weiter man sich von diesem Datum nach vorn oder hinten entfernt.«

»Wieviel Prozent bleiben demnach für drei Wochen und mehr?«

»Zwölf Prozent – ein Dutzend.«

»Er hat bestimmt einige Tage gebraucht, um sich nach seiner Entlassung auf den Mord vorzubereiten.«

»Damit würde die Wahrscheinlichkeit auf zehn Prozent sinken. Sagen wir sieben, wenn er die Sache langsam angegangen ist. Auch Dinge mit nur siebenprozentiger Wahrscheinlichkeit passieren. Selbst bei null Prozent – ein Kerl, von dem wir noch nicht wissen, wer und was er war, findet sich allein und ohne rechtes Ohr im Wald liegend wieder. Auch so etwas kommt vor.«

»Klar«, bemerkte Bresnitz zynisch, »in null Prozent aller Fälle.«

»Haben Sie eine Vorstellung«, fragte der jüngere – wobei nicht klar war, ob der talmudische Singsang in seiner Stimme natürlich oder nur aufgesetzt war –, »wie hoch die Wahrscheinlichkeit war, daß der Staat Israel gegründet werden würde?«

»Eines ist absolut sicher«, schloß der Ältere, ohne auch nur einen Funken Ironie in seinem Blick erahnen zu lassen. »Daß dieser Mufid bis zum Hals in der Sache drin steckt.

Für das Verhör wiesen sie ihm einen Raum zu und verschwanden dann. Man mußte nicht im Zimmer bleiben, um das Gesagte zu hören. Mufid, ein hochgewachsener, hagerer Mann, trat leicht gebeugt ein. Sein ganzer Körper wirkte angespannt – vielleicht wegen der Schläge, die er eingesteckt hatte, oder aber weil die Angewohnheit, sich vor der israelischen Willkür zu ducken, ihm zu einer zweiten Natur geworden war. Das war es, was Bresnitz unter den gegebenen Umständen in den Sinn kam. Unter anderen Umständen wären sie sich mit Sicherheit erst gar nicht begegnet. Mufids Gesicht dagegen schien ein dünner, unverkennbarer Schleier von Vergeistigung zu überziehen, die nicht an einen Ort oder Augenblick gebunden war. Für Bresnitz' Geschmack war dieses Gesicht allerdings zu klein ausgefallen, klein und jetzt zudem noch abgemagert.

Der Mann blieb stehen, bis er gebeten wurde, sich hinzusetzen. Draußen heulte der Wind, die dünnen Außenwände des Containers erzitterten. Ein Soldat und eine Soldatin schüttelten energisch eine Decke aus und hatten dabei ihre Waffen über die Schulter gehängt. Sollte er den Vorhang zuziehen – oder nicht? Bresnitz, der an Verhöre in fensterlosen Kellerräumen gewöhnt war, fand sich unverhofft in einem Feldtribunal wieder.

Sie unterhielten sich auf hebräisch. Mufids Hebräisch war tatsächlich ausgezeichnet, wenn auch nicht immer ganz genau. Ähnlich gut sprach er mit Sicherheit auch Englisch und Französisch, von Arabisch ganz zu schweigen. Bresnitz war einzig und allein in seinem Hebräisch zu Hause und auf immer und ewig in dessen engen Grenzen gefangen. Von derart eifersüchtigen Neidgefühlen ahnte Mufid natürlich nicht das geringste. Was wußte er schon von dem massigen, bärtigen Mann in Polizeiuniform, der ihm gegenübersaß? Rein gar nichts außer vielleicht das Entscheidende – sein Gegenüber war ein beschränkter Jude und der Feind. Bresnitz wiederum hatte den Inhalt einer vollständigen, ausführlichen Akte über seinen Gesprächspartner gelesen.

Sehr schnell wurde klar, daß hier offenbar ein kleines Geheimnis zu lösen war. Sooft Mufid etwas abstritt, tat er dies wenig glaubwürdig, in nicht überzeugendem Tonfall, als wünsche er geradezu, daß man ihm nicht glaubte. Und exakt so klangen auch seine Geständnisse. Der Mann wirkte vorsichtig, ängstlich, schien sich andererseits aber auch nicht übermäßig vor dem Verhör an sich zu fürchten, vor allen Dingen, nachdem er herausgefunden hatte, daß man ihn dieses Mal nicht schlug – bis jetzt zumindest. Ganz allmählich schlich sich sogar ein spöttischer, sarkastischer

Unterton in seine Rede ein. Als Bresnitz einmal heftig aufsprang und sich in voller Größe vor ihm aufbaute, um dann lediglich den Vorhang zuzuziehen, wich jede Farbe aus dem Gesicht des Häftlings. Doch war dies nicht mehr als eine lokale, begrenzte Furcht – die Furcht des Gesichts vor der Ohrfeige. Ja, er sei dem Mann begegnet und habe ihn getötet, weil der andere ihn provoziert habe. Auch weil er ein Jude gewesen sei. Er erinnere sich nicht mehr, wann genau, es müsse einige Tage nach seiner Haftentlassung gewesen sein. Er könne auch nicht mehr genau sagen, wie es passiert sei. Im Wald, selbstverständlich. So stehe es ja in der Akte, die vorherigen Ermittler wüßten das doch schon alles. Sie hätten miteinander gekämpft. Der Mann habe wie eine Frau gekratzt. Ein Schwächling sei das gewesen, einer, der schnell aufgibt. Der sei nur einmal gegen den Baum geschlagen, und aus war's, er habe das so nicht gewollt. Aber es sei Allahs Wille gewesen. Allah verfügt, wie es ihm gefällt.

»Sammelt Allah auch Ohren?« Jetzt durchfuhr den Mann ein leichtes Zittern, er wurde aber nicht bleich, sondern puterrot. Jemand, der seinen Stolz hatte. Man mußte pokern, ihn etwas gewinnen lassen, das er dann zu verlieren hatte.

»Sie sind doch Fachmann für englische Literatur, nicht wahr?«

Ein zögerliches Kopfnicken, als fürchte Mufid sich vor einer Falle.

»Moderne Literatur?«

»Nein. Neunzehntes Jahrhundert.«

»Da ist diese Geschichte von Graham Greene. Kennen Sie Graham Greene?«

»Ein wenig.«

»Es gibt einen Roman von ihm, vielleicht erinnern Sie sich ja an den Titel, über einen Engländer, der während des

Zweiten Weltkriegs in der französischen Résistance gegen die Nazis kämpft. Seine Kameraden aus dem Widerstand finden heraus, daß ihn die Deutschen geschnappt haben und er – noch bevor man ihn folterte – aus lauter Angst die Namen seiner Mitkämpfer preisgegeben hat. Die Kumpanen der verratenen Kämpfer setzen ihn fest und unterziehen ihn einem Verhör, damit er zugibt, geplaudert zu haben. Er leugnet. Sie aber lassen sich nicht überzeugen. Es gibt Augenzeugenberichte. Sie fangen an, ihn zu foltern, aber er streitet ab. Sie foltern ihn immer brutaler, setzen ihm ein weißglühendes Stück Eisen auf den Bauch, ins Gesicht, auf das Ohr, doch er leugnet weiterhin. Schließlich stirbt er unter Qualen an der Folter. Mit einem Mal sind sie ernüchtert. Wissen Sie, was das Wort bedeutet?«

»Ja.«

»Sie begreifen, daß jemand, der ihren Foltermethoden standhält, ganz sicher auch die Mißhandlungen der Deutschen ausgehalten hätte, ohne seine Kameraden preiszugeben. Daher sind sie nun überzeugt, ihn zu Unrecht getötet zu haben, und wissen vor Scham nicht mehr ein noch aus. Aber sie täuschen sich.«

Schweigen. Mufid räusperte sich, schluckte seinen Speichel hinunter.

»Sie täuschen sich, denn – so erklärt es der Psychologe in dem Buch – dieser Engländer ist tatsächlich ein großer Feigling und könnte nicht die geringste Folter oder Gefahr ertragen. Die Ehre, das Ehrgefühl dagegen sind bei ihm derart stark ausgeprägt, daß er dafür alles tun würde – sogar über dem besetzten Frankreich mit dem Fallschirm abspringen und die Folterungen bis zum Tod erdulden, ohne seine Feigheit einzugestehen.«

Mufid schwieg. Seine Augen waren anscheinend aus Schlafmangel rot unterlaufen. Sein Gesicht wechselte die Farbe.

»Und die Moral von der Geschichte«, sagte Bresnitz. »Sind Sie nicht an der Moral von der Geschichte interessiert? Es gibt sie gar nicht. Es war bloß eine Assoziation. Nur eine Assoziation, die ich in Verbindung mit Ihnen gehabt habe.«

Mufid wirkte verärgert und verängstigt. Was genau der andere in diesem Moment verspürte, wußte Bresnitz nicht. Man hätte schon die Rollen tauschen müssen, um das herauszufinden. Am Ende sah es so aus, als habe Mufid sich entschlossen zu lachen. Also lachte er – ein hysterisches, freudloses Lachen, bei dem sich die Falten in seinem Gesicht weigerten, geglättet zu werden.

»Warum lachen Sie?« fragte Bresnitz ernst. »Ein intelligenter Mensch wie Sie, gebildet, Fachmann für englische Literatur des neunzehnten Jahrhunderts, ein menschliches Wesen. Verrät so jemand seine Kameraden? Lassen wir einmal den Mörder aus dem Spiel, immerhin handelt es sich bei dem Opfer ja nur um einen Juden. Schneidet so jemand einem Toten ein Ohr ab, um damit stolz wie ein Kannibale herumzulaufen? Wer glauben Sie denn, daß Sie sind? Und am allerschlimmsten – verspeist auch noch das Ohr. Vorhin, als Sie gelacht haben, konnte ich noch die Fleischfetzen zwischen Ihren Zähnen sehen ...«

»Das ist eine Lüge!« schrie Mufid, jedoch verhalten, als käme es darauf an, daß das Ganze trotz allem eine Angelegenheit zwischen ihnen beiden blieb und daß die zum Greifen nahe Außenwelt nicht miteinbezogen wurde. »Ich habe dieses Ohr nicht gegessen. Das ist pure Verleumdung. Wer euch das erzählt hat, dem möge die Zunge verdorren.«

»Und der ganze Rest auch, richtig?«

Mufid schwieg. Er hielt sich am Tisch fest und wich nicht zurück.

Bresnitz spürte, daß die Dinge in Bewegung gerieten, er

selbst jedoch fühlte sich schlecht, ohne genau zu wissen, weshalb.

»In Ordnung«, sagte er, wobei er seiner Stimme einen sanften Beiklang verlieh. »Lassen wir die Gojim und ihre Geschichten beiseite. Ihnen geht es um die Ehre, während wir doch alles in allem nur hier leben wollen und uns dabei in die Quere kommen. Weder Sie noch ich haben es in der Hand. Dennoch gibt es ein paar einfache Punkte, die man versuchen sollte zu klären. Ich möchte Sie als Intellektuellen und Philosophen etwas fragen: Einem Leichnam ein Ohr abschneiden – selbst wenn der Tote nur ein Jude ist – und damit vor aller Welt wie mit einer Jagdbeute posieren – wie läßt sich das mit Kants kategorischem Imperativ vereinbaren?«

Bresnitz hatte damit im Grunde sein gesamtes Wissen über Kant ausgeschöpft, was die andere Seite aber nicht wissen mußte. Wissen war bekanntlich Macht, doch auch das Gegenteil traf zu.

»Wer sind Sie?« Mufid war sichtlich um Fassung bemüht. »Werden jetzt auch schon Dozenten von der Universität eingezogen? Leisten Sie Ihren Reservedienst ab?« Er wäre fast von seinem Platz aufgesprungen, blieb dann aber sitzen. »Was wollen Sie von mir? Ich habe doch bereits alles gestanden? Was wollen Sie also noch?«

»Ich will die Wahrheit«, sagte Bresnitz. »Ich will die Wahrheit, die sich in jenem Augenblick verbirgt, als Sie sich bückten, dem Toten in die Augen blickten und dann sein Ohr abschnitten – mit dieser Hand, die so etwas niemals zuvor getan hat und auch nie wieder tun wird, richtig?«

Mufids Augen fielen immer wieder zu, als sei er sehr müde. Vielleicht versuchte er auch, sich zu beruhigen oder aber vor dem Alptraum mit dem schwarzen Vollbart, der vor ihm Gestalt angenommen hatte, nach innen zu flüchten.

»Welche Wahrheit?« fragte sich Bresnitz unterdessen an Stelle seines schweigsamen Verhöropfers. »Eine jüdische Wahrheit – oder eine arabische? Die Wahrheit des kleinen Mufid oder die von Jassir Arafat?«

Von Mufid war zu all dem nichts mehr zu erfahren. Statt dessen war er einfach eingeschlafen. Genau wie Bresnitz auf dem Lenkrad seines Wagens vor gar nicht so langer Zeit. Bresnitz traute seinen Augen nicht, aber der Mann schlief tatsächlich. Sein Kopf ruhte auf der Handinnenfläche, sein Ellbogen war auf den Tisch gestützt. Bresnitz zog seine Hand zurück, die sich fast von selbst ausgestreckt hatte, schluckte seinen Stolz hinunter und ließ den anderen schlafen. Ein solcher Schlaf würde nicht lange währen, und noch etwas dösig würde der Häftling vielleicht umgänglicher sein als zuvor in wachem Zustand.

Der eine Mann schlief, während ihn der andere betrachtete. Für einige Augenblicke war Mufid frei. Die Breite seiner Handfläche war seine Freiheit. Dort im Wäldchen hatte es noch jemanden gegeben, der frei war – und zwar für immer.

Graham Greene hatte Mufid ganz schön hochgebracht. Sie hatte immer wieder behauptet, er, Bresnitz, habe zu viele Bücher im Kopf, benutze diese als Entschädigung für das wirkliche Leben und schmücke sich damit wie eine Jungfrau mit ihren blütenreinen Gewändern – wenn er doch wenigstens etwas Vernünftiges damit anfangen würde. Und siehe da, jede Sache auf der Welt hatte ihren Sinn: die Spinne, die Wespe und sogar der alte Graham. Ein Wiegenlied für einen orientalischen Meuchelmörder. Für einen Freiheitskämpfer. Beinstock hätte Mufid schlicht und ergreifend geohrfeigt, alle hätten es so gemacht. Was um Himmels willen war also mit ihm los? Ein Polizist mit Schuldgefühlen. Was war es noch, was sie ihm einmal, in einem Moment der Wahrheit, vorgehalten hatte? »Bresnitz, bei dir bieten die Schuldgefühle immer *a good fight,* aber am Ende unterliegen sie doch wieder.« Das war die reine Wahrheit. Im Fall von Mufid stand die Wahrheit offenbar von vornherein fest. Und das genau war das Problem.

Schließlich wäre auch Bresnitz fast eingeschlummert, aber unter der schweren Hülle der Erschöpfung, der Müdigkeit vieler Monate, glomm noch der Funke Ruhelosigkeit, den die Waldleiche von neuem in ihm entfachte. Der Stuhl ächzte unter seinem Übergewicht. Ein Zuviel an Pfunden, an Gedanken, an Liebe und offenen Rechnungen – und angesichts seines schlafenden Zuhörers auch ein Übermaß an Geschichten.

Als draußen ein Schwall lautstarker Beschimpfungen und Flüche, die so deutlich zu verstehen waren, als schreie jemand direkt in ihr Fenster, wie eine Salve auf einen arabischen Häftling niederging, der nicht zu sehen war, wäre Mufid beinahe erwacht. Aber der Schlaf behielt noch einmal die Oberhand. Doch nur für kurze Zeit, denn tief in seinem Inneren wurde der Schläfer offenbar von weitaus schlimmeren Bildern bedrängt. Mit einem Mal schreckte er in panischer Angst hoch, die in dem Augenblick, da er sich seiner wieder bewußt war, von einem Ausdruck der Verstörtheit, ja sogar der Verlegenheit darüber abgelöst wurde, in Gegenwart eines Fremden eingeschlafen zu sein. Denn unter der harten, aber dünnen Schale, die nur eine Folgeerscheinung der Verzweiflung war, offenbarte sich Mufid als äußerst empfindsamer Mensch, empfindsam und schwach. Ein schwacher Mensch war schnell zum Sprechen zu bringen.

Tatsächlich stellte die Fortsetzung im wesentlichen nur mehr ein Problem der richtigen Formulierung dar. Zwei Menschen saßen einander gegenüber, von Angesicht zu Angesicht, in einem Raum, der ihnen beiden fremd war, und unterhielten sich. Nach allem, was gewesen war, wollte Mufid nur noch reden und Bresnitz wiederum endlich etwas zu hören bekommen. Eigentlich eine simple Angelegenheit, tatsächlich jedoch drohten reichlich Komplikationen. Mufids bescheidene Wahrheit ließ sich aus vielfältigen Gründen nicht einfach so in aller Öffentlichkeit erzählen. Das war nicht nur eine Frage der Selbstsicherheit, sondern auch der Wahl der Erzählperspektive. Mufid war nicht in der Lage, seine ganz persönliche Version, die er so tief zu verscharren gelernt hatte, in der Ichform wiederzugeben. Aus der ersten Person fiel es schwer, zu sich selbst zurückzukehren. Aber es gab ja noch weitere Erzählweisen, die weniger verpflichtend waren.

»Was wirklich im Wald passiert ist, haben Mufids Freunde zu Mufid gesagt«, fing Mufid an, »das hat niemand gesehen und niemand gehört. Wie du über ihn hergefallen bist, ihn gewürgt und ihm sein Ohr abgeschnitten hast, hat keiner mit eigenen Augen beobachtet. Wenn dich die Juden schnappen, erzählst du daher irgendeine andere Geschichte. Erzähl ihnen, die Wahrheit ist, daß du dir im Gefängnis Probleme eingehandelt hast. Auf der einen Seite haben dich die Israelis in die Mangel genommen und dir gedroht, du würdest anstelle deines Bruders dreißig, vierzig Jahre sitzen, haben dich geschlagen, eingeschüchtert und dir zugesichert, schnell freizukommen, falls du mit ihnen zusammenarbeitest. Und auf der anderen Seite gab es die Kameraden aus dem Widerstand – Leute, die sich vor rein gar nichts fürchten und für die ein Menschenleben soviel wert ist wie die trockene Haut einer Knoblauchzehe. Du mochtest aber noch nicht auf das deine verzichten. Noch hängt dein Herz an deinen Büchern, an deiner Familie und an den Mädchen in deiner Schule, die sich auf kleinen Zettelchen über ihre Liebe zu dem Lehrer austauschen. Am Ende gibst du klein bei. Du spionierst deine Freunde aus und erzählst den Israelis nur ganz wenig. Ganz wenig ... o du naiver Träumer! Wie schnell kann dieses Wenige sehr viel werden. Wenn du uns nicht mehr entgegenkommst, sagen die Israelis, und zwar sehr viel mehr, wirst du an deine Freunde ausgeliefert. Davon mal abgesehen – deren Schicksal ist ohnehin längst besiegelt. Und wenn nicht du es bist – andere werden gern bereit sein, zu helfen und dadurch ihre Haut zu retten. So kommt es, daß du mit beiden Händen dein eigenes Grab schaufelst. Tag für Tag. Den Juden übermittelst du geheime Informationen über die Araber. Am Ende kommen die Kameraden dahinter. Sie werfen dich in der Zelle zu Boden und beratschlagen: was sollen wir mit Mufid machen? Die Füße haben sie dir auf die Brust gesetzt. Von Zeit zu Zeit drücken sie eine Zigarette auf deinem Bauch aus. Sollen wir Mufid umbringen oder nicht? Das ist hier die Frage. Du selbst nimmst an der Debatte nicht teil. In deinem Mund steckt ein Knebel. Nur der Kopf eines Juden kann den deinen retten, Mufid. Und das auch nur wegen der Verdienste deines Bruders. Bald wirst du entlassen. Finde einen Juden, Mufid, töte ihn, und du darfst leben. Aber vergiß nicht, Mufid! Geschichten reichen dir dieses Mal nicht! Du mußt einen Beweis liefern! Einen Beweis aus Fleisch und Blut.

Das war's, du kommst frei, Mufid. Doch niemand ist weniger frei als du. Zwischen zwei Feuer bist du geraten, in eine Blutfehde. Du mußt einen Juden töten, Mufid. Andernfalls ist dein Leben verwirkt. Freunde erklären dir, wie und wo es am besten geht. Am allerleichtesten ist es, Juden in ihren Wäldern umzubringen, in ihren dichten Schonungen, wohin sie manchmal kommen, um Ausflüge zu unternehmen oder Liebe zu machen. Einige haben ihre Waffe dabei, vor denen muß man sich in acht nehmen. Aber es gibt auch andere. Wenn du dich bemühst, wirst du einen finden – du mußt nur unbeirrbar in deinem Glauben sein.

Das war's. Von nun an streifst du durch die Wälder, ein dreckiger Verräter, wie du einer bist. Irrst umher mit einem Messer unter dem Hemd, und jedesmal, wenn jemand schon von weitem zu sehen ist, versteckst du dich. Falls er eine Waffe dabei hat und dich hier sieht, wird er gleich Verdacht schöpfen. Und falls er nicht bewaffnet ist – großer Gott, wie tötet man so mir nichts, dir nichts einen Menschen? Selbst wenn dieser Mensch ein Jude ist, einer von denen, die du, Mufid, genauso haßt, wie alle anderen es auch tun. Wir alle erinnern uns noch genau an das, was du in dem Theaterstück über die Kreuzfahrer geschrieben hast: ›Ihr seid der Inkubus Gottes, ihr seid sein Alptraum. Ist er erst erwacht, wird er euch hinwegfegen, wie der Maler eine mißglückte Zeichnung ausradiert.‹ Magst du das auch in erster Linie wegen deines guten Namens geschrieben haben und zu Ehren des heldenhaften Bruders, damit man dich in Frieden leben läßt – solche Worte kommen doch von Herzen.

So schleichst du verstohlen durch die Wälder. Jäger und Gejagter in einer Person. Ihre Augen lodern immer bedrohlicher, sooft sie dich mit leeren Händen zurückkehren sehen. Eine Woche, zwei, die Sanduhr ist abgelaufen. Und dann, Mufid, kam der Tag, an dem du es eilig hattest, in das Wäldchen bei Beit Schemesch zu kommen und dir die unwegsamste Stelle im Unterholz zu suchen. Dort, wo niemand dich fände, wolltest du dich verstecken, bis zum Einbruch der Dunkelheit ruhig liegenbleiben und beten, es möge ein Wunder geschehen. Und genau dort, an der allertiefsten und verborgensten Stelle, mitten im dichtesten Gebüsch war es – du dachtest, du träumtest, dachtest, Gott erlaube sich einen Spaß mit dir. Denn dort lag eine Leiche, ein toter, fast nackter Mann. Nein, du dachtest nicht, du würdest träumen, denn das war ja ein echter Leichnam, der schon etwas verwest war, eine Leiche, die bereits einige Zeit so dagelegen hatte. Und dann das Gesicht – nachdem du dich wieder im Griff hattest und die Blätter zur Seite schieben konntest. Darunter war eine richtige Ameisenhöhle. Über das halbe Gesicht. Unter dem Hemd stach dich das Messer, obwohl es sorgfältig in Lumpen eingewickelt war. Du beschautest dir, was Gott für dich angerichtet hatte, du weintest und lachtest, ohne einen Laut von dir zu geben, damit niemand käme und dich mit deiner Leiche fände. Dann holtest du das Messer heraus, und er sah dich mit seinem einen Auge an, sah einen vor Schweiß stinkenden Araber, bis das Messer abrutschte. Aber es war ja genug Zeit, du und er, ihr hattet jede Menge Zeit. Also wischtest du gründlich den Sand von dem Messer ab, weil sich das mit einem dreckigen Messer nicht gehörte. Dann schnittst du ihm das Ohr ab, auf der weißen, der hellen Seite, weil du dich an die andere nicht herantrautest. Das war's, mehr hast du nicht getan, Mufid. Entweder du oder sein Ohr, das du den Kameraden zeigen konntest, damit sie dir das Leben zurückgaben. Auch wenn sie ärgerlich waren, daß du ihnen nicht mehr mitgebracht hattest. Aber das mußte ausreichen. Anfangs warst du zufrieden, daß er dort versteckt lag und vielleicht niemals gefunden würde. Doch die Kameraden fingen an, mißtrauisch zu werden, denn blöd sind sie ja wirklich nicht. Also warst du wieder in Schwierigkeiten und mußtest überall mit dem Ohr aufkreuzen, erzählen und erklären – doch plötzlich fand man ihn. Das war es, was dich rettete. Zu guter Letzt schnappten dich die Juden. Nun hatten sie ihren Mörder. Und auch du wurdest zu einem Helden. Eine Ehre für die Familie. Niemand wird ihnen jetzt noch ein Haar krümmen. Das ist es, was du ihnen erzählst, Mufid, das und nur das. Allerdings ist nicht sicher, ob sie es auch hören wollen.«

Mufid wischte mit der Hand eine Schweißperle von seiner

blassen, trockenen Stirn. Seine rissigen, gesprungenen Lippen waren zu einer Grimasse bitteren Selbstmitleids verzogen. Wie man es ihnen beigebracht hatte, zählte Bresnitz still 21, 22, 23 und fragte dann:

»Wie lange sind Sie im Wald herumgelaufen, bis Sie die Leiche fanden?«

»Fünf, sechs Tage.«

»Immer in Beit Schemesch?«

»Die meiste Zeit davon.

»Und wie sind Sie auf die Leiche gestoßen?«

»Durch Zufall.«

»Sie und die Leute vom Schabbak* scheinen große Verfechter des Zufalls zu sein.«

»Wer die Leiche dort deponiert hat, suchte nach einer Stelle, wo man sie nicht finden würde. Auch ich war auf der Suche nach so einem Versteck.«

»Es gibt unzählige solcher Orte – auch ohne Leiche als Zugabe.«

»Alles ist in seiner Hand.« Mufid bemühte sich nicht einmal, den Blick zur Zimmerdecke zu heben, wie es Sitte war.

»Und warum ausgerechnet Beit Schemesch?«

»Das haben mich auch schon Ihre Freunde gefragt.«

»Und was haben Sie geantwortet?«

»Es wurde was geredet. Mein Bruder hat mir davon erzählt.«

»Ihr Bruder ist demnach nicht in Jordanien?«

»Mein Bruder ist einen Tag hier und am nächsten dort. Nur der Wind weiß, wo.«

»Was genau hat er Ihnen also erzählt?«

»Daß er bei irgendeiner jüdischen Nutte aus Jerusalem,

* Schabbak (hebr. Abk. für Sherut HaBitachon HaKlali): isr. Inlandsgeheimdienst im Unterschied zum Mossad, dem Auslandsgeheimdienst. Der Schabbak ist u. a. für nachrichtendienstliche Aktivitäten in den besetzten Gebieten zuständig.

oder genauer aus Beit Schemesch, gewesen sei, die gesagt habe, dort läge so ein Toter herum.«

»Warum sollte sie so etwas gesagt haben?«

»Ich weiß nicht.«

»Haben meine Freunde Sie das nicht gefragt?«

»Doch, haben sie.«

»Und was haben Sie gesagt?«

»Genau dasselbe.«

»Und beim zweiten Mal, nachdem man Sie geschlagen hatte?«

»Das haben sie beim zweiten Mal schon nicht mehr gefragt.«

»Aber ich frage jetzt.«

»Sie, wer sind Sie denn?« brach es aus Mufid heraus. »Sind Sie Ivanov oder Gletkin? Sind Sie der gute oder der böse Polizist?« Zum ersten Mal konnte Bresnitz ihn sich vorstellen, wie er vor seinen andächtig lauschenden Schülerinnen stand und dozierte. »Wenn Sie der gute Polizist sind, müssen Sie mir auch ein Glas Wasser zu trinken bringen und eine Zigarette anbieten. Nur so läuft das.«

»Wer sind Ivanov und Gletkin?«

»Die beiden Ermittler, die Rubashov in ›Sonnenfinsternis‹* von Koestler verhören. Kennen Sie den Roman nicht? Koestler war doch auch Jude. Und sogar Antizionist.« Wo immer sie auch mithören mochten, brachen ein älterer und ein jüngerer Lauscher jetzt mit Sicherheit in schallendes Gelächter aus. Oder aber sie würden sich später amüsieren, wenn man ihnen den Verhörmitschnitt gebracht hatte.

»Lassen Sie uns einmal zusammen nachdenken, Mufid«, sagte Bresnitz mit leicht pädagogischem Unterton, dem bestmöglichen Kompromiß zwischen den Erfordernissen des Verhörs und den Bedürfnissen seiner abgehörten Wür-

* »Darkness at Noon« von Arthur Koestler, erschienen 1940

de. »Warum sollte eine jüdische Nutte Ihrem Bruder von der Leiche im Wald erzählt haben? Solange nicht das Gegenteil bewiesen ist, lassen Sie uns ruhig an der allerbanalsten Möglichkeit festhalten, an dem gängigsten Präzedenzfall. In meinem Dezernat haben wir reichlich mit Prostituierten zu tun. In den meisten Fällen fängt es mit einem Streit um Geld an. Von Arabern verlangen sie in der Regel mehr, stimmt's?«

»Mag sein.«

»Beschimpfungen werden ausgetauscht, Drohungen. Das ist nicht bloß ein Streit mit einem Freier, sondern ein Krieg um die nationale Würde. Um die gottverdammte nationale Würde. Und dann, auf dem Höhepunkt der Diskussion, warnt sie ihn, das Ganze werde ein sehr schlechtes Ende für ihn nehmen, ihr Zuhälter habe schon mal mit einem abgerechnet, der Probleme gemacht habe. Sicher sagt sie ›Mit einem Araber‹ denn er wird ohnehin nicht hingehen und das überprüfen. Findet die Geschichte bis hierhin Ihre Zustimmung?«

»Schon möglich.«

»Vielleicht sagt sie nur: ›Hier irgendwo im Wald‹, vielleicht ist sie aber auch etwas mitteilungsfreudiger. Obwohl mir nicht ganz klar wäre, warum. Vielleicht bringt man sie mit einem Messer am Hals zum Sprechen. Das sähe Ihrem Bruder ähnlich. Ihnen nicht. Wie sieht diese Nutte aus?«

»Ich habe keine Ahnung. Was sagen uns denn die Präzedenzfälle aus Ihrem Dezernat?«

Bresnitz feixte. Sein Gegenüber verzog jedoch keine Miene. Ein guter Clown lacht nicht über seine eigenen Witze.

»Haben Sie denen, die Sie hier verhört haben, auch nichts darüber erzählt?«

»Bis zu dem Punkt sind sie gar nicht vorgedrungen.«

»Wieso?«

»Da müssen Sie die schon selbst fragen.«

»Weil die, genau wie *Sie*, es vorziehen, einen arabischen Mörder und eine jüdische Leiche zu haben.«

»Und Sie?« fragte Mufid.

»Ich will die Wahrheit.«

Jetzt war es Mufid, der feixte. Bresnitz verlieh seinem Lächeln eine gewisse Milde. In vielerlei Hinsicht war ihm dieser Mann näher als die meisten anderen Menschen, die er kannte. Aber da war natürlich noch dieses uralte Stammesbewußtsein, das zähflüssig im Blut mitschwamm, stärker als sie beide war und Unbehagen auslöste, sobald man auch nur länger als einen Augenblick darüber nachdachte. Und außerdem stand dieses Ohr zwischen ihnen. Vielleicht hätte er an Mufids Stelle genauso gehandelt. Wer weiß? Der aber hatte es tatsächlich getan, dieser Mann mit seiner blaß trauernden Stirn und seinem vor lauter Vergeistigung verschleierten Blick. Er hatte sich so weit hinuntergebeugt, bis er den Unbekannten, der schon zur Hälfte zu Staub zerfallen war, fast geküßt hätte, und ihn dann mit seinem Messer auf die gleiche Weise entstellt, wie sie vorgehabt hatte, ihren Namen in den Skulpturfelsen zu ritzen. Was für eine befremdliche Assoziation! Und danach diese barbarische, primitive Vorstellung: Treten Sie näher – der Mann mit den drei Ohren. Eines davon ist ein jüdisches.

An der Tür klopfte es, eine Soldatin kam herein und stellte einen Glasbecher Kaffee vor Bresnitz hin.

»Danke«, sagte Bresnitz. »Und was ist mit ihm?«

»Dazu brauche ich eine besondere Genehmigung«, antwortete sie und machte kehrt.

»Dann bringen Sie mir doch bitte auch einen Kaffee.« Damit reichte Bresnitz seinen Becher an Mufid weiter. Wie ein angedeutetes Fragezeichen schepperte das Glas dumpf beim Aufsetzen auf die Holztischplatte.

Die Soldatin zuckte mit den Schultern und verließ das

Zimmer – gerade mal neunzehn Jahre alt und schon alles gesehen. Die Tür warf sie hinter sich zu. Ein Hauch von Parfüm blieb wie gekräuselter Zigarettenqualm in der Luft hängen. Oder war das vielleicht nur die Sinnestäuschung zweier Männer? Vielmehr eines Mannes, denn Mufid hatte seine ganze Aufmerksamkeit bereits etwas anderem zugewandt. Mißtrauisch beäugte er den Kaffeebecher, schnüffelte, kostete zögernd – sollte dies eine weitere jüdische Falle sein? Schließlich beugte er sich weit vor, um zu trinken. Wie ein dressierter Elefant vorsichtig auf seinen am Boden liegenden Dompteur tritt, legte Bresnitz eine große, sanfte Tatze auf Mufids Hand, die den Becher umklammert hielt. »Wie sieht die Nutte aus, Mufid?«

Mufid überlegte. Zumindest wirkte es so, da er zumeist mit geschlossenen Augen nachdachte. Durch seine Finger hindurch war der heiße Kaffee zu spüren.

»Mein Bruder liebt jüdische Huren mit zartem Körperbau, großem Busen und kurzen, gelockten Haaren. Die Haarfarbe muß pfirsich-rosa sein und das Gesicht sehr hellhäutig, was die Engländer ›english rose‹ nennen.«

Bresnitz zog die Hand zurück und wartete, bis Mufid mit kurzen, hastigen Schlucken ausgetrunken hatte. Jetzt konnte man ihn förmlich bei sich daheim sehen, bei seiner Frau und seinen Kindern. Bresnitz legte ihm das Foto mit dem Gesicht der Waldleiche vor.

»Sah es damals auch so aus?«

Mufid nickte bestätigend, seine Augen blieben ausdruckslos. Was sollte er auch anderes antworten? Hatte die Verwesung bis zu jenem Tag etwa nicht ihr Werk vollendet? Doch mit wem sonst, wenn nicht mit diesem Mann, konnte Bresnitz das heftige Zittern teilen, das ihn bei diesem Anblick überkam? Mufid aber saugte nur wie ein Baby an dem leeren Becher, reckte sich genüßlich auf seinem Stuhl, schloß die Augen und gab sich ganz der Stille des Augenblicks hin. Vor ihm lag noch eine ganze Ewigkeit, in der es galt, von Augenblick zu Augenblick zu leben. Als Bresnitz sachte das Foto wieder an sich nahm, es zurück in seine Brieftasche steckte, die Akte griff und den Raum verließ, wobei er das dämmrige Licht von drinnen gegen die draußen herrschende gleißende Helligkeit eintauschte, konnte er in seinem Rücken allerdings deutlich Mufids Blick spüren, der sich seinen Weg unter den gesenkten Lidern hervorbahnte.

Der Weg zurück war niemals einfach nur derselbe Weg in entgegengesetzter Richtung. Denn letztlich war es ja sogar unmöglich, zweimal in dieselbe Richtung zu fahren. Ja, Bresnitz philosophierte vor sich hin. Die kahlen Hügel wurden von seinem Blick aufgesogen, der Wind schlug ihm ins Gesicht, und nur Gott wußte, warum. Als Kind hatte er sich geweigert, daran zu glauben, daß Kinder tatsächlich da unten herausschlüpften und daß beim Fahren mit dem Auto die Bewegung der Bäume und Häuser draußen nur eine Illusion war. Noch immer fiel ihm dieser Glaube schwer. Einmal, als der Autobus, mit dem er damals als Kind nach Tiberias gefahren war, den Aussichtspunkt erreicht hatte, an dem mit einem Mal tief unten der See Genezareth zu sehen war, in den der Bus dann einzutauchen schien, war er in Tränen ausgebrochen. Alle Versuche, ihn zu beruhigen, hatten seine Einsamkeit und Verzweiflung nur noch gesteigert – sie alle würden von dem blauen Abgrund verschluckt werden, und er allein wußte es. »Dummer Junge«, sagte er in Gedanken, wie er es als Kind immer getan hatte. Nur Serach aus ihrem Viertel, der Bruder von Natzchia, hatte ihn ständig verprügelt und ihn hinterher den weichen, streichelnden Tröstungen seiner Schwester überlassen, weil er als einziger wußte, daß der kleine Bresnitz ihn, ohne einen Laut von sich zu geben, verhöhnte. Nicht einmal das Herz war ein sicherer Zufluchtsort.

Unter der dicken Schicht von Erinnerungen lief in seinem Hirn wieder und wieder das Gespräch mit Mufid ab, wie eine verlorene Schachpartie. Obwohl Mufid derjenige gewesen war, der von vornherein als Verlierer festgestanden hatte, war Bresnitz wie ein Elefant in einen Porzellanladen gestürmt und hatte stur darauf bestanden, einen neuen Verlierer ins Spiel zu bringen.

Während er noch seinen Gedanken nachhing, flog ein Armeehubschrauber über seinen Kopf hinweg und fraß sich unermüdlich durch den gräulichen Himmel wie eine Raupe durch einen Apfel. Für gewöhnlich rief ein Armeehubschrauber vergessene Erinnerungen in ihm wach, nicht jedoch dieser. Als Bresnitz gerade wortlos von Mufid Abschied genommen hatte, war der Hubschrauber auf dem freien Feld nahe der Fahne gelandet. Der Pilot war offenbar mit den Örtlichkeiten so vertraut, daß er dabei keine Rauchgranate als Signal benötigt hatte. Im Sog der gewaltigen Staubwolke waren alle außer Bresnitz, der es vorzog, das Ganze aus gebührender Entfernung zu beobachten, zum Landeplatz gehastet. Ein Araber mit gefesselten Händen, verbundenen Augen und noch in Zivilkleidung wurde abgesetzt – oder vielmehr hinausgestoßen. Das Geflüster, Raunen und aufgeregte Murmeln der Umstehenden, der Eindruck eines Dramas, der über dem Schauspiel hing, ließen darauf schließen, daß es sich offenbar nicht um einen Allerweltshäftling handelte, sondern um jemanden von unrühmlicher Bekanntheit und besonderer Boshaftigkeit, der etwas ungewöhnlich Verabscheuungswürdiges getan haben mußte. Verabscheuungswürdiger noch als die Soldatin, die nun ohne Vorwarnung plötzlich das Barett unter der Schulterklappe ihrer Uniformbluse hervorzog und damit auf den Gefangenen einschlug. Dies alles geschah unter fast vollkommenem Schweigen, ohne jegliche Störung von seiten des Arabers, der nicht versuchte, sich zu ducken oder auszuweichen, sondern lediglich vor Schmerz den Mund verzog, als ihn das Metallmedaillon des Baretts – das Abzeichen ihrer Einheit – am Kopf traf.

Danach sollte noch der Epilog mit den beiden Schabbakleuten folgen. Bresnitz vertrat hartnäckig seinen Standpunkt, und sie erwiderten etwas, worauf er stur von neuem anfing und sie wiederum ihre altbekannten Argumente vorbrachten, bis schließlich der jüngere die Geduld verlor und sagte, man könne jemanden, der einem Juden ein Ohr abgeschnitten habe und damit wie mit einer Trophäe herumgelaufen sei, nun einmal nicht so einfach davonkommen lassen. Während er sprach, gestikulierte er wild, als schwenke er selbst ein Ohr. Der ältere der beiden dagegen resümierte, die ganze Sache sei glasklar und spruchreif, Bresnitz solle tun, was er für nötig halte, so wie Mufid getan habe, was er für nötig hielt, wohingegen sie verfügen würden, was ihrem Verständnis nach erforderlich sei. Auch wenn es sich anders anhörte, sprachen aus seinen Worten volle Überzeugung und tiefer Ernst, obwohl er dabei weder Bresnitz ansah noch eine Gruppe von erschöpften, frühzeitig gealterten Häftlingen betrachtete, die sich draußen versammelt hatten, sondern den Blick auf einen unbestimmten Punkt irgendwo am Horizont über ihnen gerichtet hielt. Am Ende war Bresnitz mit einem Türknallen aufgebrochen. Kerzengerade sitzend, war er zumindest bis zur ersten Kurve davongefahren und hatte es anschließend dem ausgelutschten Motor des Dienstwagens überlassen, aus eigener Kraft gegen den starken Wind anzukämpfen.

Im weiteren Verlauf jener Fahrt fand er sich am frühen Nachmittag an einem hoffnungslos überlasteten Straßenabschnitt auf der Halacha-Brücke hinter einem offenen Pritschenwagen wieder. Dort sah er das Mädchen. Sie saß auf der Ladefläche des Lieferwagens auf einem zur Hälfte ausgerollten Armeeschlafsack zu Füßen einiger staubbedeckter junger Burschen, die sich mit bunten Bändern geschmückt hatten und an der Nabelschnur ihrer Walkmen hingen. Offenbar handelte es sich um das Ende einer Schlafsacktour mit wenig Schlaf und viel Bier. Leere Flaschen kullerten herum. Natürlich bestand keinerlei Zusammenhang zu dem jungen Mädchen, doch der Aufkleber »Läßt sich leicht verführen« klebte an der Rückfront des Pritschenwagens, direkt vor seinem Gesicht. Tatsächlich schien das Mädchen absolut teilnahmslos an allem, was sich um sie herum abspielte, zumindest in diesem Augenblick, da sie umgekehrt zur Fahrtrichtung saß – eine Angewohnheit, die man sonst nur ihm nachsagte. Sie hielt sich sehr gerade, kam von Zeit zu Zeit mit den Knien der Jungen um sie herum in Berührung, während ihre Augen gewollt oder ungewollt auf ihn gerichtet waren. Merkwürdig war indes, daß ihm, während er hinter ihr herfuhr – der Lieferwagen war von der Arlozoroff- in die König-Salomon-Straße abgebogen und folgte damit genau der Route, die er ebenfalls nehmen mußte –, vulgäre Ausdrücke in den Sinn kamen, wie sie sonst nur in Beinstocks Hirn herumgeisterten – von den anderen gar nicht zu reden –, um diese kleine, erregende Vision zu verscheuchen. Aber er, Bresnitz, war darauf natürlich nicht angewiesen und folgte einfach nur dem Lieferwagen – mit ihrem Einverständnis, selbstverständlich: das war keine Einladung, sondern eher eine Einwilligung, ein stillschweigendes Zugeständnis.

So nahm diese sonderbare Verfolgungsjagd ihren Fortgang, und während er von seiner eigentlichen Route abwich und der Frischmann-Straße über die Dizengoff zur Chovevei Zion folgte, achtete er wie bei einer echten Beschattung darauf, nicht zu dicht aufzufahren, um keinen Verdacht zu erregen, und gleichzeitig den Kontakt zu diesem Augenpaar nicht zu verlieren, zu dieser schnellebigen Jugend, die sich ihm mit gleicher Geschwindigkeit entzog, wie er hinter ihr herjagte. Bis der Lieferwagen plötzlich in der Nähe des Meil'r-Parks abbremste, sich geschickt in eine Parklücke schlängelte, und Bresnitz wohl oder übel weiterfahren und ihn passieren mußte. Die Alternative wäre gewesen, ebenfalls anzuhalten, um dann langsam an ihnen vorbeizufahren. Ihr leichtes, kaum wahrnehmbares Kopfnicken in seine Richtung war zugleich Lebewohl und Abschiedsgeschenk, wie auch der letzte Beweis, daß sie die ganze Zeit über tatsächlich ihn angesehen hatte und nicht die Straße hinter ihm. Eine Weile streifte er noch weiter ziellos im Gebiet zwischen der Allenby-Straße und dem Meer umher, fuhr in den Abend hinein, der sich mit ergreifender Schönheit herabzusenken begann.

Er hielt an einer Telefonzelle, wählte Michals Nummer und hängte sofort ein, als ihre Mitbewohnerin sie holen gegangen war. Im nächsten Moment saß er schon wieder im Auto und raste in einer Art kontrollierter, aber durch nichts zu erschütternder Entschlossenheit die Ben-Yehuda-Straße hinunter, bis er an sich halten mußte, um nicht die Sirene zu betätigen, und statt dessen nur das Blaulicht einschaltete. Mit hoher Geschwindigkeit verließ Bresnitz die Stadt in Richtung ihres Vororts, bis er ganz in der Nähe des Hauses angekommen war, wo er sie von einer nahen Telefonzelle aus anrief, sich bemühte, die kaum sichtbaren Ziffern zu erkennen, und sich nicht nur aus professioneller Gewohnheit weigerte, Licht zu machen. Wenn er irrtümlich die falsche Nummer gewählt haben sollte, würde er dies als Zeichen des Himmels betrachten – und unverzüglich die Schlacht verloren geben. Sie ging sofort ran, mit dieser Stimme, die ein wenig kalt und metallen, aber auch unüberhörbar tief und warm klang und etwas Einladendes als Schleppe hinter sich herzog, das sofort verstummte, als er sich zu erkennen gab und mitteilte, was er sich zurechtgelegt hatte: er werde jetzt wegen dieses und jenes Schreibens bei ihr aufkreuzen, das mit irgendeinem Sparfonds und ihren Ersparnissen auf der Bank insgesamt zu tun habe. Das war ein besonders neuralgischer Punkt bei ihr. Hartnäckig verwarf Bresnitz die Möglichkeit, ihr die Papiere einfach in den Briefkasten zu werfen, damit sie es »nur unterschreiben und zurückschicken« müßte, und ließ sie im Gegenzug wissen, er sei schon unterwegs zu ihr. Wenig später stieg er die Treppe hinauf – nicht wie sonst mit geräuschlosen Schritten, um sie zu überraschen, sondern mit lautem Stampfen. Er kam als Polizist, nicht als Detektiv, und ließ keinerlei Zweifel aufkommen, daß er eintreten werde und nichts auf der Welt ihn davon . . .

Er schellte nur einmal und auch nur, als berühre er ein blankes Stromkabel, mit fliegenden Fingern, die hastig drückten und gerade mal ein Viertelklingeln auslösten. In diesem Moment begannen seine Kräfte bereits zu schwinden, obwohl er sie noch dringend benötigte. Die Tür wurde überraschend schnell geöffnet, einen Spalt breit nur, und ihr Körper versperrte den Durchgang, zitternd vor Angst. Ihr Gesicht war das Gesicht einer alten Frau, grau und erloschen, gezeichnet von einer merkwürdigen Furcht, wie er sie niemals zuvor an ihr gesehen hatte. Es war die Angst, er würde nicht gehen, nicht umgehend verschwinden, etwas, das auch deutlich in der Art zum Ausdruck kam, in der sie ihm die Unterlagen aus der Hand riß, worauf sie mit dem Stift, den sie bereits in der Hand hielt, unten auf jeder Seite unterschrieb, gleichgültig, ob dies gerade notwendig war oder nicht. Dabei blickte sie ihn nicht ein einziges Mal an. Dann machte sie kehrt, warf die Tür hinter sich zu und drehte von innen den Schlüssel mit übertriebenem Nachdruck um.

Bresnitz ließ die Sparanleihe zurück in seine Tasche gleiten und stieg ein Stockwerk nach dem andern hinab, schlüpfrige Stufen in gelblichem Licht, das genau in der Sekunde hinter ihm erlosch, als er einen automatischen Blick auf ihren Briefkasten warf. Ganz gemächlich fuhr er nach Hause, und nachdem er sowohl für sich selbst als auch für seine Frau einen Kaffee gemacht hatte, ließ er sich bis zum Programmende neben ihr vor dem Fernseher nieder, sprang dann auf, um den Apparat gerade noch vor dem Erklingen der HaTikwa* abzuschalten, denn er haßte es, wenn der Name der Nationalhymne mißbraucht wurde; im Unterschied zu seiner Frau war er aber nicht fähig – von einigen Ausnahmen abgesehen –, die Hymne mittendrin abzustellen, wenn sie erst einmal eingesetzt hatte.

Von der Einladung zu einem Abend bei dem Literaturprofessor Nachum Dolev, dem Bruder seiner Frau, hatte Bresnitz bereits vor einer Woche erfahren, was von ernsthafteren Absichten als sonst zeugte. Für gewöhnlich erfolgte ein Telefonanruf gegen Mittag desselben Tages: »Heute abend werden ein paar Literaten und jede Menge Scharlatane hier sein. Wollt ihr nicht auch kommen? Ich weiß, daß Bresnitz das interessiert – natürlich nur, wenn er nicht mit irgendeiner Leiche beschäftigt ist.« Eine Einladung, die nach der gelungenen Imitation eines beliebigen, minderwertigen Romans klang – oder aber wie die minderwertige Übersetzung eines gelungenen Romans – und mit deren Hilfe Dolev zugleich ein- und auslud, Nähe entstehen ließ und Distanz schuf. Aus ganz persönlichen Beweggründen pflegte Bresnitz zuweilen, diesen Einladungen zu folgen, schob jedesmal aber schon nach kurzer Zeit diese oder jene polizeiliche Ermittlung vor, um trotz des flehenden Blicks seiner Frau wieder zu verschwinden, erst am Ende des Abends zurückzukehren und sie abzuholen. Nicht, daß

* HaTikwa (hebr. die Hoffnung): israelische Nationalhymne

er dort gelitten hätte, das Gegenteil war der Fall. Aber auch wenn er den Professor nicht besonders mochte und dessen Frau noch weniger, so liebte er doch ihren Sohn, wollte man jenes Gefühl als Liebe bezeichnen, das ihn überkam, wenn er seine schwarzen Bartstoppeln an der weichen, schaudernden Haut des Jungen rieb, den er selbst nicht hatte und auch niemals haben würde. Und überhaupt – dieses literarische, künstlerische Milieu sagte ihm mehr zu, als er zugeben mochte. Sich selbst gestand er diesen Umstand zwar ein, es war jedoch zweifelhaft, ob er sich des Einflusses von Dolev auf diese Art der Selbstüberlistung bewußt war. Außerdem war da ja noch die andere Frau.

Wie auch immer, dieses Mal hatte er für sich beschlossen, die Einladung anzunehmen, und sei es nur seiner Frau zuliebe. Zwar war sie auch in der Vergangenheit nie sonderlich gesellig gewesen, hatte aber ihre eigenen Formen des Zeitvertreibs gepflegt. In letzter Zeit hingegen verließ sie das Haus nach Beendigung ihres pedantisch abgeleisteten Dienstes in der Apotheke gar nicht mehr. Inzwischen war es so weit gekommen, daß man jede sich bietende Gelegenheit wie diese hier ausnutzen oder aber sich eingestehen mußte, es mit einem psychischen Problem von selbstgewählter Vereinsamung zu tun zu haben, das die Hinzuziehung eines Spezialisten, vielleicht sogar die vorsichtige Konsultation des Polizeipsychiaters erforderlich machte, ohne dabei natürlich die wahre Identität der Patientin preiszugeben.

Neben dem strengen Regiment über die Fakultät für neuhebräische Literatur unterhielt Professor Dolev ausgezeichnete Kontakte zu verschiedenen anderen philologischen Lehrstühlen, war an einigen Verlagshäusern beteiligt und hatte seine Finger zudem bei verschiedenen Zeitschriften und sonstigen Verästelungen des hiesigen Literaturbetriebs im Spiel, über den Bresnitz weitaus besser im Bilde war, als man von einem Mann seines Berufsstandes erwarten konnte. In Dolevs Augen nahm dadurch das exotische Flair seines Schwagers als polizeilicher Ermittler in Sachen Mord schweren Schaden, eine Exotik, die eigentlich gedacht war, den reaktionären, fragwürdigen Charakter seines Broterwerbs ein wenig abzuschwächen.

Bresnitz zufolge ließ sich das Heim der Dolevs als »bescheidene Villa in Herzliyya Pituach« definieren – eine nicht ganz zutreffende Beschreibung, aber es fiel schwer, eine geeignetere für diese armselige Kopie grandioser Repliken zu finden, die in der Nachbarschaft der Dolevs hochherrschaftliche Bauten aus der ganzen Welt imitierten. Bresnitz hegte den Verdacht, das überraschende Festhalten des Professors an diesem lächerlich häßlichen Haus, das er und seine Schwester gemeinsam von einem kinderlosen Verwandten geerbt hatten, rühre nicht so sehr aus einer Geringschätzung ästhetischer Normen, wie sie in seinen Kreisen hochgehalten wurden; ja nicht einmal aus der Befürchtung, im Falle eines Hausverkaufs könnte seine Schwester nichts Eiligeres zu tun haben, als ihrerseits die bescheidene Wohnung zu veräußern, die ihnen die Eltern vermacht hatten, und auf eine gerechtere Aufteilung des gemeinsamen Erbes zu pochen. Bresnitz' Vermutung hingegen war, daß diese materiellen Erwägungen lediglich vorgeschoben wurden, um von der tiefer sitzenden, stärkeren Angst abzulenken, bei einem Umzug in ein Heim seiner Wahl müßte der schöngeistige Professor aller Welt seine mangelnde Sensibilität für Gestaltung, Bilder und Farben offenbaren. Wie die Opfer seiner Kritik legte auch Dolev in seiner Kleidung, in der Aufmachung seiner Forschungsarbeiten und vor allem in der Wahl seiner Gattin diese typisch jüdische Formblindheit an den Tag.

Als Bresnitz seiner Geliebten einmal entsprechende Überlegungen vorgetragen hatte, war er am Ende gezwungen gewesen, ihr beizupflichten, eine Überbetonung der ästhetischen Beweggründe auf Kosten der materiellen ginge vielleicht doch zu weit. Insgeheim war er dennoch stolz auf seinen unkonventionellen Erklärungsansatz, weil dieser eben eine nicht materiell orientierte Denkweise zum Ausdruck brachte, wie sie sogar größeren Denkern als seinen Kollegen bei der Polizei unter solchen Umständen wohl nicht in den Sinn gekommen wäre. Wie auch immer, Tatsache war, daß der Professor gegenüber Gästen, die zum ersten Mal bei ihm waren, amüsiert auf die faszinierende Geschmacklosigkeit seines Hauses hinwies – und nicht das Haus auf die seinige. Er gestand dem Bauwerk sogar zu, langsam dahinzusiechen, ließ die großen matten Flecken sich über den rissigen Marmor ausbreiten, die gelblichen Mörtelbeulen aus den zusehends breiter werdenden Rissen in den Wänden quellen und die sandigen Stellen langsam von der verbrannten Rasenfläche Besitz ergreifen. Ja, er blieb sogar angesichts des fortschreitenden Abblätterns des harten, grünen Belags der Tischtennisplatte untätig, was Bresnitz, der seit frühester Kindheit die Erinnerung an jene auf Hochglanz polierte Platte im kleinen Familienhotel seiner Eltern mit sich herumtrug, immer an eine schwere Hautkrankheit denken ließ.

Als sie eintrafen, war Dolev gerade damit beschäftigt, zwei seiner neuen Gäste herumzuführen. Die Frau war gertenschlank wie ein Jüngling, dabei aber nicht unattraktiv, mit ganz kurz geschnittenen schwarzen Haaren und hellen, für das schmale Gesicht zu groß geratenen Augen, die an übertrieben dominierende Sonnen in Kinderzeichnungen erinnerten. Später sollte sie Bresnitz als Pressefotografin vorgestellt werden – mit künstlerischer Ader, was ihr offenbar die Eintrittskarte zu diesem Abend eingetragen hatte. Sie wurde von einem jungen Araber begleitet, der Bresnitz bekannt vorkam. Geraume Zeit wälzte er in Gedanken zahllose Bilder aus den Polizeialben, bis ihm aufging, daß es das Fernsehen war, das seinem Gedächtnis dieses Konterfei eingebrannt hatte – irgendein Schauspieler also.

Dolev empfing sie mit ungespielter Begeisterung, allem Anschein nach unter tätiger Mithilfe einiger Gläser Cognac, die er zu Ehren des Ereignisses bereits intus hatte. Wie er zuweilen im nachhinein erklärte, trank er so exzessiv in dem erfolglosen Bemühen, seine berechnende, manipulative Natur etwas auszugleichen. Die übrigen Gäste, die ungezwungen im Garten unweit des kleinen, trockengelegten Schwimmbeckens standen, waren alles Leute, die auf die eine oder andere Art von Literatur lebten, darunter auch eine Dichterin, die Bresnitz von Dolev als »die größte lesbische Dichterin der Welt« vorgestellt wurde.

In der Regel weckten solche Abende in Bresnitz ein ambivalentes Gefühl, das ihm auf die Nerven ging – dieses ständige Hin und Her zwischen Innen und Außen, dieser Wechsel der Situationen. Er war sozusagen dazu verurteilt, den Tonio Kröger der Literaten abzugeben. Während diese immer stärker in das Geschehen einbezogen und von ihm aufgesogen wurden, dabei unwillkürlich ihre vielbeschworene externe Warte einbüßten, war gerade er es, der die ganze Zeit ausgegrenzt wurde. Daher hörte er oft nur mit halbem Ohr zu. Als das Gespräch unterdessen von emotionslosem Lästern über pikante Neuigkeiten des Literaturbetriebs zu einigen Gefühlsausbrüchen in Sachen Intifada überging, wanderten Bresnitz' Gedanken zu jenem dichten Unterholz, zu dem gewaltigen Skulpturfelsen und schließlich zu Beinstock, der die ganze Zeit über mit der Suche nach Mufids Nutte beschäftigt war.

Eine Weile führte er eine kurze, belanglose Anstandskonversation mit Dolevs Dichterin, an der er und sein Schwager ein gemeinsames Interesse teilten. Danach setzte er sich für ein paar Augenblicke dem Wust von Fragen eines Übersetzers aus, der mit seiner Hilfe einige »Fachausdrücke«

aus der Welt der Polizeiarbeit geklärt haben wollte, da er gerade mit der Übersetzung eines Kriminalromans ringe. Dabei verfolgte Bresnitz, wie die Hand der Fotografin am Oberschenkel ihres Begleiters hochwanderte, und er sinnierte darüber, welches der gemischten Gefühle, die ihn gerade überkamen, seinen Ursprung wohl in der ethnischen Herkunft des jungen Mannes haben mochte, der letztlich nicht weniger fremd in dieser Runde war als er selbst. Er nahm einen weiteren Schluck und dann gleich noch einen. Eine Hitzewelle überflutete Gesicht und Hals, das Funkeln der Sterne jedoch blieb unverändert scharf.

Aus der unbeleuchteten Villa zur Linken, von der sie lediglich durch eine hohe Hecke getrennt waren, erklang plötzlich ein bekanntes Lied: »I can't stop loving you . . .«, sang Ray Charles. Auf der anderen Seite der dicht gedrängt stehenden Villen, jenseits der Hecke zur Rechten, war von Zeit zu Zeit schrilles Lachen zu hören. Bresnitz entschied sich für die rechte Seite, näherte sich der Hecke und versuchte, mit seinem Blick das dichte Gestrüpp zu zerteilen, um dem Gehörten optische Eindrücke hinzuzufügen.

»Wasser- oder Honigmelone, mein Schatz?« fragte eine Frau dort mit weicher, femininer Betonung.

»Ist mir egal«, schnitt ihr eine männliche Stimme kurz angebunden das Wort ab.

»Aber worauf hast du Lust, mein Liebling? Die Wassermelone schmeckt wunderbar, und die Honigmelone ist auch wahnsinnig gut. Wonach ist dir mehr?«

»Ist mir egal. Was einfacher für dich ist.«

»Nimm auf mich keine Rücksicht, denk nur an dich selbst und sag mir, worauf du gerade jetzt mehr Lust hast.«

»Ich will Honigmelone, hörst du?« schrie die männliche Stimme wutentbrannt und hieb mit der Faust auf den Tisch, daß es weithin hallte. »Honigmelone, jetzt und sofort, oder du kannst was erleben!«

»Sofort, mein Liebling – du mußt es mich nur wissen lassen.«

Ein Lachanfall beendete die Episode. »So geht das bei denen die ganze Zeit, von morgens bis abends«, erstickte die Frau fast vor Lachen, mit nun vollkommen veränderter Stimme.

»Wo hat die Hochzeit stattgefunden?« wollte eine zweite männliche Stimme wissen.

Bresnitz bekam die Antwort nicht mit, weil von links erneut das Lied von eben herüberschallte, als sei dort jemand bemüht, so lange seine Botschaft unter das Volk zu bringen, bis man endlich verstanden hatte. Offenbar inspiriert durch den blinden Sänger, jonglierten unterdessen die Grüppchen in der Mitte mit überraschenden Namen. Jemand, der irrtümlicherweise angenommen hatte, Borges sei blind zur Welt gekommen, versuchte sich nun mehr schlecht als recht aus der Affäre zu ziehen, indem er Mosche Dajjan und Ödipus in die Schlacht warf. Bresnitz gelang es kaum, außer den Namen selbst auch die jeweiligen Begründungen aufzuschnappen, doch schon bald gewann das kleine Drama auf der rechten Seite wieder die Oberhand.

»Ungefähr ein, zwei Monate ist sie schon mit ihm zusammen, und nichts passiert ...«, fuhr die weibliche Stimme von eben fort, ihr Netz zu spinnen. »Und er ist so ein richtiger Mann, Berufssoldat glaube ich.«

»Eher in Richtung Geheimdienst«, berichtigte der erste.

»Kurzum, worüber man nicht spricht«, resümierte die dritte Stimme.

»Ab und an ein Küßchen, ständig Händchenhalten und viele schöne Worte ... aber ansonsten Fehlanzeige. Davon abgesehen könnte ihr Verhältnis gar nicht besser sein. Die reine Liebe. Doch sie fängt langsam an, unruhig zu werden. Zu guter Letzt sagt sie zu ihm: ›Hör zu, ich weiß nicht, was dich bedrückt, was dich hemmt, aber wir kennen uns ja nicht erst seit gestern. Also raus damit, mach aus deinem Herzen keine Mördergrube! Vertrau mir. Was ist los mit dir? Was ist dein Geheimnis? Ich bin immerhin keine Fremde für dich. Du weißt, was ich für dich empfinde. Du kannst ganz offen sein, hab keine Angst.‹ Kurz und gut, er schüttet ihr sein Herz aus, und es stellt sich heraus, daß er ein kleines Problem hat . . .«

Aus übertriebener Rücksichtnahme senkte die Sprecherin jetzt die Stimme. Auf der anderen Seite dagegen wurden die Stimmen lauter.

»Ja, Ivanhoe«, beharrte die Dichterin auf ihrer Meinung.

»Warum ausgerechnet er?« wunderte sich jemand.

»Das ist die grandioseste Szene der gesamten westlichen Literatur. Vor einer Woche habe ich darüber im Radio geredet, hat jemand mich gehört? Das ist die Szene, in der Ivanhoe verwundet und vom Fieber geschüttelt auf Burg Torquilstone liegt, und Rebecca, die exotische, dunkle Jüdin, die reife, schöne Frau, aus dem Fenster blickt und ihm, ohne von dem Geschehen viel zu verstehen, die Schlacht zwischen dem Bauernheer unter der Führung des Schwarzen Ritters und den Mannen von Sir Front-de-Beuf schildert.«

»Cherchez la femme«, grinste jemand.

»C'est la femme qui falt la musique.«

»Si vous pensez vraiment comme ça, vous êtes même plus original que beau.«

Inzwischen waren die Stimmen zur Rechten wieder lauter geworden.

»›Pfui Teufel‹ sagt sie zu ihm«, spuckte die Sprecherin mit gespieltem Zorn aus. »›Schämst du dich nicht? Geschlagene zwei Monate bringst du mich jetzt schon um den Verstand und bist dabei jenseits von Gut und Böse. Was glaubst du denn, wer ich bin? Verschwinde sofort aus meinem Leben!‹«

»Und so hat sie den armen Wicht rausgeworfen« – wieder bog sich dort jemand vor Lachen. »Denkt nur, was für ein Problem er jetzt hat.«

»Auf Mörderjagd?« wollte plötzlich jemand vertrauensselig wissen, der sich unbemerkt neben Bresnitz vor dem undurchdringlichen Blätterwall aufgebaut hatte. Es war einer der Dozenten von Dolevs Lehrstuhl, den Bresnitz so gut wie nicht kannte. Bresnitz lächelte, der andere lächelte ebenfalls, blickte sich um, lächelte erneut und verschwand dann.

»Ich jage keine Mörder«, legte sich Bresnitz eine Antwort zurecht – als der Frager längst verschwunden war. »Ich entlaste Unschuldige. Jeder Mörder, den ich kriege, versetzt mich in die Lage, alle übrigen zu entlasten. Sie auch.«

»La vérité«, fuhr dort drüben irgend jemand fort. »Je vis seulement pour garder l'illusion que j'existe.«

Bresnitz durchquerte den Vorgarten, ging an den dort Versammelten vorüber und schlüpfte in das Zimmer des Jungen, was drinnen einen freudigen Aufschrei auslöste. Er wippte einige Male auf einem winzigen Stühlchen hin und her, kippte dann nach hinten um und schlug einen Purzelbaum wie ein großer Bär. Danach erzählte er dem Jungen von dem wagemutigen Sprung des »Weißen Fürsten« über die Klippe und bediente sich dabei der noch frischen Erinnerung seines kleinen Zuhörers, wann immer das Gedächtnis des Erzählers ihn im Stich ließ.

»Ein Gespräch für Inspektor Bresnitz«, ließ ihn Dolevs Frau mit ironischer Betonung wissen. »Du kannst vom Eßzimmer aus sprechen, da bist du ungestört. Es ist zwar finster dort – das Auswechseln kaputter Lampen ist nicht gerade Nachums große Stärke –, aber hören kann man etwas.«

»Boß, ich habe sie«, sprang ihn vom anderen Ende der Leitung Beinstocks Stimme an. »Ich mußte ihretwegen bis nach Tiberias fahren, eine Schwester von ihr lebt dort. Sie hatte gehört, daß wir sie suchen, und dachte wohl, wir würden sie dort nicht finden. Ich hab sie nur mit Mühe loseisen können, die haben mir dort eine regelrechte Intifada bereitet ...«

»Ist sie auch vom Fach?«

»Wer, die Schwester?«

»Ja.«

»Nein, sie ist Kindergärtnerin oder so was. Willst du über die Schwester Druck ausüben?«

»Ich weiß noch nicht.«

»Nicht nötig. Noch schweigt sie, aber wenn wir uns erst mal ernsthaft mit ihr beschäftigen, wird sie schon noch reden. Kommst du?«

»Morgen früh. Geh jetzt schlafen.«

»Keine Angst, Boß. Ich heb sie für dich auf. Allerhöchstens, daß ich das Objekt schon mal ein wenig weichklopfe. Es ist nur so, daß Becher schon mehrfach hier herumgeschlichen ist.«

»Was wollte er?«

»Er will es bei ihr auf seine Weise versuchen, sagt er. Um sie zum Reden zu bringen. Ich will hier am Telefon nicht auf Einzelheiten eingehen.«

»Rede!«

»Er will ihr ins Gesicht pissen, dieser Psychopath. Das wirkt immer, sagt er, und hinterläßt keine Spuren.«

»Sag Becher«, Bresnitz' Stimme erreichte fast Sopranhöhe, »wenn er ihr zu nahe kommt, schneide ich ihm eigenhändig seinen Schwanz ab.«

Die dunkle, konturlose Masse auf dem Sessel rechts neben ihm nahm mit einem Mal Form an, zeigte Gesicht und Lebensgeist. Es war die Fotografin. Sie ließ ein gedehntes, hartes Lachen erklingen, das schon bald nach hysterischer Überspanntheit klang. Eine dünne Glutschlange schwang mit ihr hin und her, während sie lachte – das Glimmen einer Zigarette, die sie bis eben hinter der hohlen Hand verborgen hatte und die den schwachen, aber unverkennbaren Duft von Haschisch verströmte. Das Lachen hörte nicht mehr auf. Bresnitz ging einen Schritt auf sie zu und dann noch einen, vollführte eine halbe Drehung zu ihr hin und ließ sich mit seinem ganzen Gewicht auf ihren Knien nieder. Sie stöhnte vor Überraschung und Schmerz, versuchte, ihn mit der Zigarette zu verbrennen, um sich von der Last zu befreien. Er aber hielt ungerührt weiter ihre Hand gepackt, wobei er ihren hellen Augen so nah war, daß er sich nur mit Mühe zurückhalten konnte, nicht noch näher an sie heranzukommen. Einen Augenblick lang rangen sie schweigend miteinander, bevor er sich – mit der Zigarette in der Hand als Begründung – deutlich langsamer als erforderlich von ihr erhob und sie ihre Knie wie ein kleines Mädchen rieb, während er den glimmenden Stummel mit dem Absatz austrat.

»Bist du hier, Dani?« ertönte hinter ihm die Stimme seiner Frau. »Ich hatte schon Angst, du seist bereits gegangen.«

Entgegen ihrer sonstigen Gewohnheit legte sie die Hand auf seinen Arm und lehnte sich vor der anderen an ihn. Ihre Rückkehr in den Kreis der inzwischen trübsinnigen Gästeschar verschaffte Dolev, der bei weitem nicht so betrunken war, wie er vorgab, eine ausgezeichnete Gelegenheit, eine kleine Rede zu halten.

»Da steht der Mann«, begann er und zeigte dabei auf Bresnitz, »der sich nicht einmal durch den beschissenen familiären Hintergrund seiner zukünftigen Frau hat abschrecken lassen und dem Ruf der Liebe gefolgt ist.«

»Es reicht, Nachum«, zischte Bresnitz' Frau flehend und wurde dabei krebsrot.

»Nur unter einer Bedingung«, ließ sich der Bruder erweichen. »Daß Bresnitz etwas zum besten gibt. Er ist der einzige hier, der wirklich etwas zu erzählen hat. Er soll uns also einen Knochen oder irgendein anderes Körperteil hinwerfen.«

Bresnitz ließ die Hand in die Tasche gleiten, zog das Foto hervor und legte es auf den Tisch. Genau wie jene unbelehrbaren Väter, die mit den Bildern ihrer vermißten Söhne auf den Gängen des Reviers umherschlichen. Schweigend reichte man die Aufnahme weiter. Blicke, die von Entsetzen, Verwirrung und Neugierde, von vorgeschobener Gleichgültigkeit zeugten, gesellten sich zu dem strafenden Blick seiner Frau. Als er das Foto schließlich zurückbekam, hatte Bresnitz dennoch das untrügliche Gefühl, das eine Auge blicke ihn voll Dankbarkeit aus dem Netz schwarzer Fäden an, von dem es umgarnt war.

»Ist einem von Ihnen der Mann bekannt?« fragte er noch. »Ich suche sowohl nach ihm als auch nach dem, der ihn ermordet hat.« Dann aber weigerte er sich strikt, weitere Informationen zu dem Fall zu geben.

»Das erinnert mich an etwas, das genau in dieselbe Richtung geht«, beeilte sich Dolevs Frau, die Situation zu retten, als sich bedrücktes Schweigen breitzumachen drohte. »Nachum haßt es, wenn ich diese Frage stelle. Wenn ihr die Wahl hättet – was würdet ihr vorziehen? Erfolg und grandiose Bekanntheit jetzt sofort, aber nach hundert Jahren würde kein Mensch mehr etwas von euch und euren Büchern wissen – oder unbekannt zu sterben und später dann zu unsterblichem Ruhm zu gelangen?«

Am nächsten Morgen wachte Bresnitz ungewohnt früh auf. Er hatte unruhig geschlafen, eingehüllt in Träume, von denen ihm nicht mehr als ihre bloße Existenz in Erinnerung geblieben war. Wie immer wälzte er sich auf den Rükken, richtete seinen Blick auf einen unbestimmten Punkt an der gegenüberliegenden Wand und wartete vorsichtig darauf, daß die verstreuten Überreste des Traums zurückkommen und sich wieder zu einem Ganzen zusammenfügen würden. Heute morgen wartete jedoch die Nutte auf ihn, Mufids Hure. Eine englische Rose aus Tiberias mit dem Faden der Ariadne in der Hand, der zu dem Mörder führte. Dieser erwachte jetzt irgendwo nach einer durchträumten Nacht in seinem Bett, während Bresnitz mit langsamen, schlafwandlerischen Bewegungen auf ihn zugeschwommen kam, ein Bär im luftleeren Raum, der seine Arme behutsam einsetzte, um nicht plötzlich in einer Welt ohne Anziehungskraft davongetrieben zu werden. Bresnitz erwachte ein zweites Mal, schreckte in den grauenden Morgen hoch, der ihn umgab. Die beiden großen Füße am anderen Ende des Bettes waren tatsächlich seine. Neben ihm zog seine Frau im Schlaf die Decke über den Kopf, als wollte sie sich nicht bloß vor der Kühle des Morgens schützen.

Im kleinen Café unten an der Ecke blickte ihn über dampfende Kaffeebecher ein Trupp Bauunternehmer an, die nach einem frühen Bad im Meer geläutert und rein bei ihrer Morgenbesprechung saßen. Sein Wagen parkte um die Ecke, in der Parallelstraße, und Bresnitz verspürte Lust, in wildem Trab zu ihm hinzustürmen, so wie er sich in seiner Kindheit aus dem Hotel seiner Eltern gestürzt hatte und im Sprung über Dornenhecken, schiefe Metallpfähle und rostige Blechgrabplatten gesetzt hatte, die auf dem verlassenen Grundstück neben dem ihren herumstanden. Dennoch verlangsamte er seine Schritte. Ein stattlicher Polizeioffizier in der ganzen Pracht seiner Uniform konnte nicht einfach nur so über die Straße hasten, als wäre die schreckliche Tat – ein Mord, der ein halbes Jahr zurücklag – erst gestern begangen worden. Am Ende würde womöglich noch jemand die Polizei rufen. Als Bresnitz die Straßenecke erreicht hatte und von dem Hauswinkel und dem orangefarbenen Müllcontainer vor Blicken geschützt war, gestattete er sich doch noch ein paar ängstliche Laufschritte, als nähme er an einer Übung in bebautem Gelände teil, nur daß man dabei ohne Deckung lief und nicht mit. Im Wagen dann rang er die ganze Dizengoff-Straße über nach Luft.

Der Parkplatz vor dem Revier war bis auf Beinstocks Fahrzeug leer. Nicht zu glauben, der Kerl war bereits da. Am Eingang zog Bresnitz den Kopf ein und stieg die Treppe zum Zellentrakt hinab. Sie sind oben, signalisierte ihm der verschlafene Wachhabende. Jetzt war er gezwungen, nicht nur den ganzen Weg, den er herabgestiegen war, wieder zurückzugehen, sondern zu allem Überfluß auch noch bis zum Verhörzimmer mit den abgetretenen Treppenstufen des Reviers zu kämpfen, die alle genau gleich aussahen, so daß, kaum er eine von ihnen gemeistert hatte, diese wieder an den Anfang der Reihe lief und dort auf ihn wartete.

Heftig stieß er die Tür auf, um sie und ihn zu überraschen. Beinstock hatte nicht gewagt, die Tür abzuschließen, aber der Tisch, der wie zufällig im Türbereich stand, fing die ganze Wucht des Stoßes ab, schwankte hin und her und stürzte dann um, was Bresnitz' Auftritt weitaus bedrohlicher machte, als von ihm geplant. Etwas verkrampfte sich in ihm, eine Entschuldigung, die von selbst aus ihm herausgeplatzt wäre, hätte er nicht den schuldbewußten Blick der beiden aufgeschnappt, die sich gerade voneinander lösten. Bresnitz erfaßte lediglich die hastige Bewegung, Beinstocks bleiches Gesicht, aus dem das Blut wie durch einen inneren Sog entwich, und dazu die feine, purpurfarbene Linie, die sich wie eine zarte, kunstvolle Stickerei über ihre Stirn zu ihrer Augenbraue zog.

»Nimm dich vor ihr in acht, Boß«, konnte Beinstock gerade noch sagen, ermutigt durch den Umstand, daß sein Vorgesetzter ungerührt in der Tür verharrte, als sei die Angelegenheit noch nicht entschieden. Doch das war lediglich die Ruhe vor dem Sturm: Bresnitz packte Beinstock und hob ihn einfach hoch, öffnete ungeachtet des Sicherungsriegels mit heftigem Rütteln das Fenster – und warf ihn hinaus. Die ganzen anderthalb Stockwerke über schrie Beinstock vor Überraschung und Todesangst, bis er zu seinem Glück – oder aber weil Bresnitz kräftig ausgeholt hatte – neben dem gepflasterten Gehweg auf dem lockeren Sand landete. Dort blieb er einen Augenblick lang wimmernd liegen, betastete seine Blessuren und verstummte dann angesichts der kleinen, fassungslosen Gruppe von Polizisten und Polizistinnen, die sich um ihn geschart hatte. Als erster war ausgerechnet der arabische Gärtner zur Stelle. Bresnitz selbst erschien derart schnell, daß er offensichtlich nicht einen Augenblick gezögert hatte und wie ein Wahnsinniger die Treppe hinuntergestürzt sein mußte. Er bahnte sich einen Weg durch die Menschen, die um Beinstock herumstanden, beugte sich über seinen Untergebenen, nahm ihn wie ein Kind auf den Arm und trug ihn den ganzen Weg zurück in das Verhörzimmer. Beinstocks Kopf schwang in einer Art trägen Zufriedenheit hin und her, vielleicht war es auch Stolz, da keiner so genau wissen konnte, wie es um ihn stand – obwohl es nur eine angebrochene Rippe und einen verstauchten Fuß zu beklagen gab.

Nacheinander traten sie ein und wurden von den weit aufgerissenen Augen der Hure empfangen, die man sofort in eine Zelle nach unten schaffte, mit einem Pflaster quer über die Stirn, das sie der wütenden Anweisung des Oberinspektors zu verdanken hatte. Außerdem erschienen ein Sanitäter sowie Michal, die Bresnitz und seinem Stellvertreter mit zwei Fingern ein aufmunterndes Siegeszeichen machte, bevor sie unter Verwünschungen von dem Oberinspektor vor die Tür gesetzt wurde. Becher seinerseits begnügte sich mit einer fachmännischen Bemerkung zu dem zerbrochenen Sicherungsriegel, ehe auch er verschwand. Bresnitz blieb die ganze Zeit über schweigsam und verfolgte mit sichtlicher Passivität das Geschehen – eine Taktik, die sich letztlich auch als am ehesten geeignet erweisen sollte, dem Oberinspektor zu begegnen. Dieser hatte Blut gerochen. Und obgleich er es haßte, eine Sache zu Ende zu bringen, wäre er dieses Mal möglicherweise zum Äußersten fähig gewesen, hätte Bresnitz sich nicht gehütet, seinen Zorn weiter anzufachen. Außerdem wußte der Oberinspektor sehr wohl um den Wert seines Untergebenen. Anderenfalls hätte er Beinstock in Bresnitz' Abwesenheit nach allen Regeln des Gewerbes in die Mangel genommen. Da er dies nicht tat, überraschte Beinstock sie beide mit einer eigenen, unter den gegebenen Umständen grob gestrickten Version des Vorfalls, wobei er bemüht war, alle Fakten mehr schlecht als recht unter deren schmale Ränder zu kehren. Er berichtete, wie er und Bresnitz schließlich einen Weg gefunden hätten, das hartnäckige Schweigen jener Hure zu brechen, die er Susi nannte. Er, Beinstock, habe ihren Kopf – zugegebenermaßen härter als geplant – gegen die Wand gestoßen, um Bresnitz einen Grund zu liefern, die Beherrschung zu verlieren und seinen Untergebenen sozusagen – aus dem Fenster zu werfen, nur um ihn schweren Herzens – im letzten Moment noch einmal davonkommen zu lassen. Das Ganze hätte seine Wirkung auf sie nicht verfehlt. Nur sei es so gewesen, daß er, Beinstock, in seiner Beschränktheit die Hure durch die Dramatik der Aufführung besonders habe beeindrucken wollen. Nachdem Bresnitz ihn nur leicht durch die Luft geschwungen habe, sei er dem offenen Fenster regelrecht entgegengehechtet, um dann in allerletzter Sekunde den Fensterrahmen zu fassen zu bekommen und gerettet zu werden. Doch im entscheidenden Augenblick habe er die Koordination verloren, sei abgerutscht und habe sich im freien Fall wiedergefunden, weswegen er um Nachsicht und Verzeihung bitte – in erster Linie seinen Boß. An dieser Version hielt er hartnäckig fest und verfeinerte sie zusehends unter dem Hagel wütender Fragen von seiten des Oberinspektors. Und da Bresnitz, wenn auch nur mundfaul, die Geschichte seines Stellvertreters bestätigte und nicht einmal die Drohung, sie beide an den Lügendetektor anzuschließen, fruchtete, bedachte der Oberinspektor mit seinen Sanktionen listigerweise allein Beinstock.

»Sehr schön, Beinstock. Sie wissen ja gar nicht, wohin Sie aus diesem Fenster gesprungen sind: gleich ab nach Gaza. Dort wird man sich entsprechend um Sie kümmern, bis ich zu dem Entschluß gelangen sollte, daß Sie hier vonnöten sind. Und sagen Sie nicht, ich hätte Sie nicht gewarnt.«

Sollte der Oberinspektor erwartet haben, Bresnitz würde spätestens jetzt aus seiner Erstarrung erwachen, hatte er sich getäuscht. In Beinstocks feuchtem Blick konnte er Verbitterung lesen, Schuldeingeständnis, ja sogar eine gewisse Panik, vor allen Dingen jedoch eine tiefe Erleichterung angesichts dieses Urteils, das eine Trennung zwischen ihm und seinem Boß bedingte und ihn von der übermäßigen Last dieses Mannes befreite. Bresnitz war klar, daß man auf Kosten einer Einstellung – oder zumindest Eingrenzung – der Untersuchung und unter Preisgabe des unbekannten Toten zugunsten der Lebenden noch immer seinen Stellvertreter hätte auslösen können – und daß es genau das war, worauf der Oberinspektor abzielte. Seit Mufids Auftauchen war dessen Verlangen, »diese lausige Leiche ein für allemal zu begraben« und Bresnitz auf seine eigenen Toten anzusetzen, fast zu einer Obsession geworden. Wären da nicht die ständigen Grabenkämpfe gegen seine eigenen Vorgesetzten gewesen, die jede Gelegenheit suchten, seine Abteilung zu beschneiden, und außerdem die Furcht vor einem sofortigen Kündigungsschreiben, mit dem zu wedeln Bresnitz bei den letzten Auseinandersetzungen zwischen ihnen beiden nicht gezögert hatte, hätte er diesen umgehend zu entsprechenden Schritten gezwungen. Im Moment war der Oberinspektor jedoch so erzürnt, daß es sehr fraglich erschien, ob derart weitsichtige strategische Überlegungen ihn tatsächlich davon abgehalten hätten, wenn nicht eine weitaus irdischere Angst hinzugekommen wäre – die Furcht nämlich, ebenfalls von diesen riesigen, außer Kontrolle geratenen Händen aus dem Fenster befördert zu werden. Daran änderte auch die Tatsache nichts, daß Bresnitz inzwischen still, friedlich und bis zu einem gewissen Grad in sich gekehrt wirkte, wozu auch der brennende Schnitt an seinem Daumen, den der Fensterriegel ihm zugefügt hatte, das seinige beitrug. Die Wunde ließ ihn einen stechenden Schmerz verspüren und diente als eine Art Desinfektion und Erste Hilfe für sein in Mitleidenschaft gezogenes Seelenleben.

Nicht von ungefähr also schwiegen die beiden Polizeioffiziere, während sich Beinstock, dessen ambulante Behandlung abgeschlossen war, unter Ächzen und Stöhnen erhob und, von dem Sanitäter gestützt, in Richtung Ausgang hinkte.

»Geben Sie auf sich acht«, meinte er, schon an der Tür angelangt, voller Ironie, in die sich mit Mühe zurückgehaltene Tränen mischten, wobei er auf ein tröstendes Wort zum Abschied aus dem Munde seines Vorgesetzten hoffte. Und als Bresnitz tatsächlich irgend etwas murmelte, humpelte Beinstock zur Antwort und zum Dank sogleich noch stärker – vielleicht aber auch, um seinen Befehlshabern an der Intifadafront schon einmal einen Vorgeschmack darauf zu geben, was sie erwartete.

»Witzbold«, spuckte der Oberinspektor voller Abscheu aus, sobald die Tür hinter Beinstock zugefallen war. »Und das alles Ihretwegen.«

Bresnitz schwieg.

»Was wollen Sie mit dieser Untersuchung denn noch bezwecken? Können Sie mir das mal erklären?«

»Den Mörder fassen.«

»Wir haben doch bereits einen.«

»Der ist es nicht gewesen.«

»Wollen Sie meine Meinung dazu hören?« Es kostete den Oberinspektor sichtlich Mühe, seine Nerven im Zaum zu halten. »Sie werden in dieser Sache keinen besseren Mörder finden. Und falls Sie dennoch einen finden sollten, wird vor allen Dingen Ihr Araber teuer dafür zahlen müssen. Sie selbst wissen das am besten. Und am Ende, am Ende wird es auch auf Sie zurückfallen. Sagen Sie dann nicht, ich hätte Sie nicht gewarnt.« Ob als Mißfallensbekundung oder aber als Zeichen seiner Zustimmung – Bresnitz schloß nur die Augen vor seinem Vorgesetzten und schwieg.

Bresnitz nahm Susis Verhör umgehend wieder auf, da er zum einen die Zeit, die durch den – nun ausgestandenen – Zwischenfall vergeudet worden war, zurückgewinnen wollte und zum anderen die noch greifbare Verstörtheit zu nutzen gedachte, die das Geschehen ohne Zweifel bei dem Verhöropfer hinterlassen hatte. Um Protokoll zu führen und übler Nachrede vorzubeugen, so jedenfalls argumentierte er vor sich selbst, zog er Michal hinzu, die auch nach zwei Jahren bei der Polizei – zugegebenermaßen nur in der Abteilung für Jugendkriminalität – derlei Gelegenheiten noch immer mit einem Zittern begieriger Aufgeregtheit wahrnahm.

Bresnitz nutzte die einleitenden Routinefragen, um endlich auch einen prüfenden Blick auf sein Verhöropfer zu werfen. Er hatte im Wörterbuch nachgeschlagen und herausgefunden, daß der Begriff »english rose« – die Bezeichnung, die ihr Mufid zugedacht hatte – sich auf eine ganz besondere Art britischer Kultiviertheit bezog, wie sie von Töchtern der aristokratischen Oberschicht verkörpert wurde, die zu einer zartgelblichen Rosigkeit neigten, der jedwede vulgäre, plebejische Sinnlichkeit abging. Ohne großartig die Phantasie zu bemühen oder sich sonderlich von Edelmut leiten zu lassen, war es überraschender- und vielleicht auch ironischerweise möglich, diese Beschreibung bei ihr, der Tiberianerin, verkörpert zu finden. Edelmut, da sogar in ihrem allem Anschein nach von Natur aus goldfarbenen Haar mehr als nur eine Andeutung jener kühlen Weichheit englischer Gärten verborgen war, die sich ausgerechnet in den gelockten, von der Sonne gebleichten Spitzen zu konzentrieren schien – wollte man hierfür nicht die Strapazen der letzten Tage verantwortlich machen, die sie in der Untersuchungszelle verbracht hatte. Was aber am ehesten an das angelsächsische Vorbild denken ließ und zugleich die deutlichste Abweichung davon aufwies, war ihr Gesicht: dieser rosige, etwas zu süßliche Teint mit den blaugrauen Augen, die spröden Wangenknochen – spröde und nicht etwa gebrechlich wirkend –, deren Linie sich verschmitzt zu verbergen suchte und in eine Andeutung von verstecktem Grübchen mündete, als wollte sie – wie es in einer bestimmten Sorte von Romanen hieß – seine stöbernden Lippen einladen. Daran vermochte auch der etwas entrückte, abwesende Gesichtsausdruck nichts zu ändern, der an eine gefangene Tochter aus adligem Hause denken ließ, ebenso wie dieses – in Anbetracht ihres Gewerbes so überraschende – In-Sich-Ruhen, bei dem man förmlich den Schatten des Strohhuts auf ihrem Gesicht spüren konnte, das Flechtwerk aus Farnen in der Gartenlaube vor Augen und den Duft der Blumenrabatten in der Nase hatte. Dies zumindest war die begeisterte, erregte Assoziation, die Bresnitz in den Sinn kam, der sich zum Ausgleich beeilte, die Frau mit den Augen Michals zu betrachten: diese zu stark gespannte Gesichtshaut etwa oder die kräftige, zu breit geratene Linie der Nase, die herabhängende Unterlippe, die sich vor der vollkommen geratenen Oberlippe zu erniedrigen schien, welche auf zugegebenermaßen makellos weißen, wohlgeformten Zähnen ruhte, die dem sanften, melancholischen und ein wenig unnatürlichen Eindruck, den das Gesicht als Ganzes erweckte, eine wohltuende Frische entgegensetzten.

Man konnte unmöglich behaupten, daß ihre Stimme perfekt zu ihrem Erscheinungsbild paßte. Warf man einen Blick zurück oder lauschte vielmehr in die Vergangenheit, so schwang darin in der Tat der vor langer Zeit eingesetzte Verfall mit. Ihre Stimme klang heiser, verraucht und zuweilen – besonders, wenn sie sich für etwas begeisterte – ein wenig vulgär, falls der Ausdruck in diesem Zusammenhang angebracht war. Zugleich aber war eine selbstverliebte Nuance herauszuhören, langsam und in die Länge gezogen, offenbar eine Masche, die sie sich zugelegt hatte, oder eine Folge ihrer momentanen Situation, die ihr furchtbar wie rätselhaft erscheinen mußte. Etwas an diesem Tonfall erinnerte an einen Hypnosezustand, auch wenn sich der Eindruck im weiteren Verlauf des Gesprächs immer mehr abschwächte. Eine bewußtlose Griechentochter, die ihrem Barbaren zu Füßen lag, dem großen Herkules, bei dessen Anblick Männer aus dem Fenster flogen wie Vögel. Ihm war sie auf Gedeih und Verderb ausgeliefert. Sie hatte alles Menschenmögliche getan, um ihr Geheimnis zu schützen, ihren Geliebten. Jetzt legte sie den Kopf ein wenig zurück und wartete auf das, was da kommen mochte.

Neben dem Künstlernamen »Susi«, unter dem sie in ganz Beit Schemesch und Umgebung bekannt war, führte sie in Tiberias, ihrer Geburtsstadt, nach wie vor ihren ursprünglichen Namen – Tova Alkayyam. Ein Name, der sogleich eine – zumindest über weite Strecken – absolut banale Biographie nach sich zog, die ausführlich und in allen Einzelheiten den Abstieg in die Prostitution nachzeichnete. Angefangen hatte alles mit einer kurzen Karriere als Aushilfsfriseuse in einem Damensalon, »aber wer kam, waren ausgerechnet die Männer. Wie die Fliegen, nein, wie Mücken kamen sie sogar von Tel Aviv her.« Und das Ganze endete mit Adi, dem augenblicklichen Zuhälter, »den ich mit keiner teile, der nur für mich da ist, weil er im Moment noch Taxi fährt, bis sein Onkel, den alle bei der Polizei kennen, von der Bildfläche verschwunden ist.«

Die Geschichte wurde mit großer Aufrichtigkeit, allerdings auch mit unverkennbarer Gekünsteltheit vorgebracht, mit einem Zuviel an Wiederholungen und melodramatischen Ausschmückungen, die bereits zu einem festen Bestandteil geworden waren. Ein Werdegang, der von der atemlosen Michal aufgezeichnet wurde, während Bresnitz – ungeachtet der kalten Teilnahmslosigkeit, die er ihr gegenüber zu empfinden begann – noch damit beschäftigt war, der Frau unter Aufbietung von Geduld und freundlicher Ermutigung weitere Einzelheiten zu entlocken. Hinzu kam diese fieberhafte Ruhelosigkeit, die ihn weiterdrängte, um endlich zu seinem Mann zu kommen, zu dem Opfer, seiner verlassenen und zerfressenen Leiche aus dem Unterholz. Allein die eiserne Selbstdisziplin des routinierten und findigen Ermittlers, der auf der Hut war, die Beute nicht aufzuscheuchen, verstärkt durch die Lust, sich selbst zu bestrafen, sich zurückzuhalten, bis es ihn vor Ungeduld zerreißen würde, half ihm dabei, unverdrossen eine Information der nächsten hinzuzufügen, die sie vertrauensvoll und umständlich über sich selbst mitteilte, als spiele Zeit keine Rolle. Bis er zuletzt keinen Grund mehr hatte, noch länger zu zögern, und unumwunden fragte:

»Warum also sind Sie nach Tiberias geflüchtet?«

»Weil ich mich der Gefahr nicht aussetzen wollte«, war die etwas überraschende Antwort.

»Welcher Gefahr?«

»Daß ich etwas sagen könnte, was Adi schadet.«

»Im Zusammenhang mit der Leiche?«

»Ja, über die Leiche, das, was ich Mufid erzählt habe.« Da er sie unverwandt und aufmunternd anblickte, fuhr sie fort, wobei sie ein listiges Lächeln unterdrückte.

»Über Mufid haben Sie doch von mir erfahren, hab ich recht?«

»Warum haben Sie Mufid davon erzählt?«

»Weil er ein Knauserer ist. Und weil er wie eine Klette an dir hängt und dich nicht in Frieden läßt. Und weil er Araber ist. Ich wollte, daß er verschwindet. Ich hatte Angst, Adi könnte wütend werden und am Ende käme wenig Gutes dabei raus.«

»Was genau?«

»Niemand kennt Adi so gut wie ich. Er ist jemand, der sich nichts hat zuschulden kommen lassen, ein Genie ist er. Jemand, der für Höheres bestimmt ist. Aber seine Umgebung und sein Onkel setzen ihn unter Druck. Und deshalb lebt er im Exil, wie die Juden. Aber die Leute begreifen das nicht. Sein Onkel erlaubt ihm nicht, auch nur einen Fuß nach Tel Aviv, Jerusalem oder Halfa zu setzen. Nirgendwo darf er hin – nur Beit Schemesch. Wissen Sie, wer sein Onkel ist?« Aus ihrer Stimme war eine Spur unverhohlenen Stolzes herauszuhören.

»Ja, ein großer Spitzbube.«

»Darum ist Adi in Schwierigkeiten. Weil ihm sein Onkel Druck macht. Und er hat jede Menge Probleme, das können Sie mir glauben. Aus dem Grund ist er auch in den Schlamassel mit der Leiche geraten, obwohl ich ihm tausendmal gesagt habe, er solle die Finger davon lassen. Glauben Sie mir?«

Bresnitz nickte.

»Sie werden ihm nichts anhängen, stimmt's? Er hat es so

schwer.« Sie ergriff Bresnitz' Hand, und Bresnitz entzog sie ihr langsam. Mit etwas zu offensichtlicher Gespanntheit wartete Michal ab, doch es bestand kein Grund zur Sorge. Die junge Frau hatte bereits beschlossen, ihr Schicksal in seine Hände zu legen.

»Er hat mir gesagt, er habe ihn getötet, weil das ein Polizeispitzel gewesen sei. Das war am Anfang. Danach wollte er davon nichts mehr wissen, und er behauptet nun – wegen Drogen. Ich verwette meinen Kopf, er lügt. Er weiß gar nicht, wie man einen umbringt. Er weiß nicht mal, wer der Kerl überhaupt ist. Fragen Sie ihn, und Sie werden feststellen, daß er keine Ahnung hat. Ich weiß nicht, wie er auf diesen Toten gestoßen ist, aber von dem Augenblick an, als er ihn hatte, ist er nicht mehr von ihm losgekommen. Richtig an ihn geklammert hat er sich. Bestimmt steckt diese Hexe dahinter – Lili. Seine Wahrsagerin. Mich allein hat er dreimal zu der Leiche geschleppt, obwohl ich nicht wollte. Ich hatte Angst. Auch einem Toten muß man seine Ehre lassen. Aber in dieser Hinsicht war er wie taub. Wie ein Kind, das sich etwas in den Kopf gesetzt hat, was kein Erwachsener da je wieder herausbekommt. ›Wegen dieses Toten werden noch große Dinge passieren‹, hat er zu mir gesagt. Aber glauben Sie jetzt nicht, daß er damit etwas Bestimmtes meinte. Er weiß nicht, wovon er spricht. Ich habe ihn mit eigenen Augen gesehen, wie er vielleicht eine geschlagene Stunde so neben dem Toten gesessen hat – mit gefalteten Händen, als wollte er mir beweisen, wie wenig er sich fürchtet. Deshalb hat er mich auch mit Gewalt zu der Leiche geschleift.«

»Wann war das letzte Mal, daß er Sie dorthin mitgenommen hat?«

»Wie soll ich das wissen? Das ist schon einige Monate her. Dreimal hat er mich mitgenommen. Danach, ich weiß nicht genau, warum, hat er vor irgend etwas panische

Angst bekommen und wollte mich nicht mehr dabeihaben. Er hat mir gesagt, ich solle die Sache für immer vergessen.«

»Wußte außer Ihnen beiden noch jemand davon?«

»Nein, wie kommen Sie denn darauf? Er war immer sehr vorsichtig und hat ihn tief unter Blättern begraben. Und auf dem Weg dahin ist er hundert Umwege gefahren, damit uns keiner verfolgen konnte.«

»Und er hat niemandem davon erzählt, seinen Freunden vielleicht?«

»Was für Freunden denn? Ich habe Ihnen doch gesagt, daß er mit keinem in einem Packen steckt. Er ist eine Karte für sich. Wen hat er denn sonst noch außer mir? Abgesehen von seinem Onkel, der dreimal am Tag anruft, um zu erfahren, was es gibt, und um sicher zu sein, daß Adi die Stadt nicht verlassen hat.«

»Warum hat er Sie mit zu dem Toten genommen?«

»Er sagte, ich sei nicht hart genug. Und auch damit ich sehe, was mit einem passiert, der ihn verrät. Als wollte er mich bedrohen, damit ich ihn nicht verlasse. Aber er hat das nicht so gemeint, er hatte nur Angst, daß ich ihm weglaufe. Ich hab ihm gesagt, daß der Himmel uns beide füreinander bestimmt hat und daß er ruhig seine Hexe fragen solle – was immer auch passiert, er ist wie für mich geschaffen. Aber er hatte ständig Angst. Auch davor, sein Onkel könnte es auf mich abgesehen haben, und so, wie sein Onkel ihn überwache, werde er auch jeden meiner Schritte kontrollieren. Aber nur wegen seines Onkels hat es keiner gewagt, uns in die Quere zu kommen, obwohl die anderen Mädchen von Neid zerfressen wurden, wenn sie sahen, wieviel Geld ich mache. Wegen mir gehen die Klienten mit Messern aufeinander los.«

»Und wo ist das ganze Geld?«

»Alles bei ihm. Jeden Pfennig hab ich ihm gegeben.«

Michal, die bis jetzt ihre Gefühle unterdrückt hatte, ließ einen leichten Seufzer vernehmen, was Susi nicht entging.

»Und was glaubst du denn, hat er mit dem Geld gemacht? Was meinst du wohl? Außer den Anzügen meine ich, die er bei seiner Position braucht? Na, sag schon, sag es mir! – Ist das Ihre Freundin?« wandte sie sich an Bresnitz.

»Sie arbeitet mit mir zusammen.«

»Trotzdem ist sie Ihre Freundin. Und sie kann von Glück sagen, denn Sie sind genau wie Adi – verrückt, aber für Ihre Freundin würden Sie auch tun, was er für mich getan hat. Sieh her!«

Sie fuhr mit den Fingern schnell in ihren Mund und zog mit einer hastigen, eingeübten Bewegung heftig etwas heraus. Die vordere Reihe ihrer weißen, kräftigen Schneidezähne verschwand und wurde mit siegessicherer Miene auf den langen, dicht beschriebenen Verhörbögen vor ihnen abgelegt, denen sie einen Speichelstempel aufdrückte. Ihre Oberlippe schien von dem lächerlich wirkenden Mund eingezogen zu werden, der Gaumen wurde mit einem Mal zu einer schwarzen Höhle, und sogleich schlich sich in ihre Rede eine gewisse komische Verzerrung ein wie das Schnattern einer alten Gans.

»Siehst du nun. Einer hat mir mal die Zähne eingeschlagen, absichtlich, alle. Ein Wahnsinniger, der Depressionen hatte. Ich hab mich verkrochen, wollte sterben und wußte nur noch nicht, wie. Aber Adi hat mich gefunden, hat mich wieder hervorgeholt, als ich fast schon unter der Erde war, und mir das hier anfertigen lassen. Mehr als einen Wagen hat es ihn gekostet. Das Beste vom Besten. Die Einnahmen von einigen Jahren, nur damit ich wieder ein Gesicht bekam.«

Sie setzte die Prothese wieder ein.

»Sie werden ihn niemals kriegen. Er ist zu intelligent für Sie. Suchen Sie, soviel Sie wollen, Sie werden ihn doch nicht finden. Es sei denn, sein Onkel fällt ihm in den Rücken.«

Bresnitz zog sich in seinem Wagen aus. Mit fieberhafter Ungeduld versuchte er, in dem engen Innenraum seine Uniform abzustreifen, wobei seine Ellbogen immer wieder an die Türverkleidung stießen und der Schweiß, von dem die heiße und feuchte Luft sich weigerte, auch nur einen Tropfen aufzunehmen, ihm in Strömen herablief. Wegen unbedeutender Nebensächlichkeiten in Rage zu geraten war ihm in letzter Zeit zu einer festen Angewohnheit geworden. Diese Unart eröffnete ihm eine Fülle von Möglichkeiten, zu schäumen und zu toben, ohne daß er sich selbst hätte eingestehen müssen, worüber genau und wozu. Dieses Mal jedoch war die Angelegenheit von vornherein zu lächerlich, als daß er sich seinem Unmut unbegrenzt hätte hingeben können. Der Wagen stand auf dem öffentlichen Parkplatz an der Kreuzung von Frischmann- und Ha-Yarkon-Straße, gegen Bezahlung, wie es sich für einen anständigen Bürger gehörte. Er hatte also keine andere Wahl, als sich in der Intimität seines Wagens der Uniform zu entledigen, um dann in einer Badehose zu einem gewöhnlichen Sterblichen zu werden. Da aber das Fahrzeug in unmittelbarer Nähe des Gehwegs parkte, auf dem sich der stetige Strom von Strandbesuchern zum Meer wälzte oder von dort zurückkehrte, fand er sich beim Akt des Entkleidens ungeschützt wie in einem Glaskasten wieder. Wenn schon auf der natürlichen Bühne des Strands ein schwergewichtiger Mann, der sich aus der gestärkten Amtstracht eines Polizeioffiziers mit in der Sonne funkelnden Rangabzeichen schälte, mit ziemlicher Sicherheit ein Schauspiel abgegeben hätte, das man sich nicht entgehen ließ, so mußte sein unbeholfenes Sichwinden, eingeschnürt und gefesselt in seine Uniformteile, die sich nicht herunterschälen lassen wollten, noch weitaus stärkeres Interesse erregen. Bresnitz wäre nicht im geringsten überrascht gewesen, hätte ihn eine versammelte Menge mit Beifall begrüßt, als er nach dem erfolgreichen Abschluß dieser Entfesselungsübung in Badehose, mit hochrotem Kopf und käseweißem Körper aus dem Wagen gestürzt kam – dem Meer entgegen.

Zu guter Letzt ließ sich Bresnitz auf einem dem Wasser zugewandten Liegestuhl nieder. Das Meer war glatt und still wie eine riesige Badewanne und so unbewegt, daß die vereinzelten winzigen Wellen, die weiß schäumenden Fältchen, die von Zeit zu Zeit auf den Strand gespült wurden, eher dem zu ausgelassenen Planschen einiger Schwimmer angelastet werden mußten als einer etwaigen Brise, auf die jeder Hinweis fehlte. Große, sommerliche Ruhe hüllte den entblößtem Polizeioffizier wie eine Zwangsjacke ein.

Nachdem er den Strand – soweit er blicken konnte – gründlich abgesucht hatte, um sicherzustellen, daß sich nicht Adi hier aufhielt, rieb Bresnitz seinen Körper mit Sonnencreme ein. Dabei wurde er das bedrückende Gefühl nicht los, die ganze Zeit über beobachtet zu werden – eine bei alleinstehenden Personen häufig auftretende Form von Einbildung. Tatsächlich waren um ihn herum fast alle zu Paaren oder Dreiergruppen angeordnet. Drei Soldaten, die sich auf dem heißen Sand wälzten, trennten sich eigentümlich hastig von ihren Kleidern, was ihn an das Ablegen der Fallschirmgurte erinnerte, nachdem man sicher in den Dünen gelandet war. Ein ältliches Touristenpärchen, Pensionäre mit nur noch wenig verbleibender Zeit, wetteiferte darum, möglichst hastig von einer gemeinsamen Traube die Früchte zu pflücken. Neben ihm ließen sich zwei junge Frauen nieder, die Bresnitz als leitende Sekretärinnen oder etwas Vergleichbares einschätzte. Außerdem gab es noch einige Paare von Beachballspielern und einen einzelnen jungen Burschen, nicht weit von ihm entfernt, der aussah, als schwänzte er die Schule, wofür sowohl das Hemd, das er achtlos neben sich abgelegt hatte, als auch sein angespannter Gesichtsausdruck sprachen. Eine ungewöhnliche

Miene für einen Ort wie diesen, mein teurer Watson, sinnierte Bresnitz vor sich hin, offenbarte sich seiner alten Theorie zufolge doch gerade am Strand der echte Israeli – wohlgemerkt nicht Jude – in all seinen Eigenarten und Wesenszügen: ein Mensch, der nicht an der Last der Vergangenheit oder Zukunft trug, der keine Identitätsprobleme oder schicksalhaften Bestimmungen kannte und Meer, Sonne und Sand so unbefangen nutzte, als seien sie nur für ihn gemacht. Genau wie jener Franzose in Algier, von dem in Camus' Skizzen die Rede ist.

Ein Mann, der mit dem Rücken zum Meer saß, den Bauch von Falten zerpflügt und ein Buch in der Hand, ließ ihn in diesem Augenblick allerdings ein wenig an seiner eigenen Theorie zweifeln. »Die Sünde Zions« von Abraham Mapu* konnte Bresnitz mit Mühe von seinem Platz aus entziffern, worauf er versuchte, nun selbst in einem Buch zu lesen, das er eigens zu diesem Zweck mitgebracht hatte. Doch erneut zeigte er sich der Aufgabe nicht gewachsen. »Wenn du nicht weiter darüber nachdenkst, wird es von selbst geschehen«, tröstete er sich und verstummte sogleich erschrocken, aber keiner der anderen Strandbesucher schien sich für ihn zu interessieren oder etwas gehört zu haben.

Er überließ sich der Untätigkeit und dachte über Adi nach, der sich wie ein Tier in seinem Bau vor der Treibjagd des Oberinspektors verbarg. Letzterer hatte sich von dem Augenblick an höchstpersönlich in die Ermittlungen eingeschaltet, da der hinlänglich bekannte Name des Onkels ins

* Abraham Mapu (1808–1867): gilt als Schöpfer des hebräischen Romans, der zu einem wichtigen Propagandainstrument von Aufklärung und jüdischem Nationalismus wurde. Lapid erlaubt sich hier einen kleinen Seitenhieb auf diesen zionistischen Pionier, indem er dessen zwei Romane zu einem verquickt: aus den beiden Romanen Mapus, »Ahavat Zion« (Zionsliebe) und »Aschmat Schomron« (Die Sünde Samarias), wird bei Lapid »Aschmat Zion« – »Die Sünde Zions«.

Spiel kam. »Ich werde Ihnen den Kerl gefaltet und verschnürt bringen«, hatte er Bresnitz versprochen und dabei seinen Kaugummi wie ein Detektiv aus einer Vorabendserie bearbeitet. »Danach ist es dann Ihre Show.«

Die Bälle der Beachballspieler pfiffen wie Querschläger über seinen Kopf, doch die Kinder stürzten sich mit Todesverachtung auf sie. Wäre Beinstock jetzt hier gewesen, hätten sie auch zu den Schlägern gegriffen, obgleich Beinstock die Sonne nicht bekam, da seine Haut zu dünn war. Etwa so wie in dem Buch, dessen Titel er bereits vergessen hatte, die Haut des blassen englischen Gentlemans, der sich im Schatten seines Anwesens verkriecht, während seine Gattin sich bronzefarben und nackt wie ein Tier unter der Sonne Süditaliens räkelt. Für Bresnitz' Frau dagegen begann in dem Augenblick, da sich die großen Chamssine* bleischwer herabsenkten, die Zeit der grausamen Migräneanfälle. Sie verkroch sich hinter heruntergelassenen Jalousien unter ihrer Plastikpyramide, um dort nicht nur mit ihren Tabletten und Tinkturen begraben zu liegen, sondern auch mit dem ihr zugeteilten Polizeioffizier.

Die zwei Sekretärinnen legten ihre Kleider ab, rieben sich gegenseitig mit Sonnenöl ein und packten ihre Habe anschließend sorgfältig in eine lange schmale Ledertasche, die wie eine schwarze Eidechse aussah und nun von ihren daneben postierten Sonnenbrillen bewacht wurde. Beide Frauen zogen die Köpfe ein, als sie unter der Flugbahn der Bälle hindurchschlüpften, stürzten sich dann aber nicht kopfüber in das kühlende Naß, sondern balancierten ängstlich auf Zehenspitzen und überließen ihre erhitzten Körper nur Handbreit für Handbreit dem Wasser. Obgleich Bresnitz sie die ganze Zeit über nicht aus den Augen ließ,

* Chamssin (arab. fünfzig): trockener heißer Wüstenwind, dessen Dauer allgemein auf fünfzig Tage angesetzt wird – daher sein Name.

meinte er plötzlich, wie von Zauberhand einen anderen Körper zu sehen – nackt, unbeteiligt und gleichzeitig aufreizend: seine Geliebte an glühendheißen Sommertagen im Halbdunkel ihrer Wohnung hinter verschlossenen Fensterläden.

Als sei er auf frischer Tat ertappt worden, beeilte er sich, die Augen fest zuzukneifen, und als er sie wieder öffnete, entdeckte er den die Schule schwänzenden Gymnasiasten, der vor den aufgehäuften Habseligkeiten der beiden Schwimmerinnen kauerte. Schnell schloß er die Augen wieder, bevor ihn der lauernde, argwöhnische Blick des Jungen treffen konnte, und hinter halbgeschlossenen Lidern verfolgte er, wie die noch kindlich schmal wirkende Hand in den Bauch der schwarzen Eidechse griff, die Finger dort tief im Innern umhertasteten und schließlich ein kleines rotes, aber prall gefülltes Portemonnaie hervorzogen, das wie ein pochendes Herz aussah. Dies alles geschah sehr behutsam und ohne Eile, um keinen Verdacht zu erregen, der etwa Bresnitz genötigt hätte, sich wie zufällig zu erheben, um dann aus heiterem Himmel über den Jungen herzufallen, ihn in flagranti zu erwischen und zu seiner Mutter zu schleppen . . . Aber Bresnitz fuhr lediglich fort, den Jungen verstohlen zu beobachten, als dieser zu seinem Platz zurückkehrte, das Portemonnaie in seinem Schulranzen verschwinden ließ und sich rasch davonmachte, in die Welt der Verbrecher, die nie gefaßt wurden.

Bresnitz, dem es in seiner langen und wechselvollen Polizistenkarriere noch nie passiert war, daß alle ihm antrainierten Alarmglocken so unheilvoll schwiegen, wischte wie nebenbei jedwede Möglichkeit beiseite, er könnte sich unwillkürlich mit dem langfingrigen Jungen identifiziert haben, könnte so etwas wie Nähe oder Sympathie verspürt haben. Nein, es war etwas anderes, das sich bei diesem unbeteiligten, eines gewöhnlichen Voyeurs würdigen Zuschauen gezeigt hatte: Aus einem verantwortungsvollen Polizisten, einem Hüter des Gesetzes, dem keine Sünde und kein Verbrechen fremd schienen, war ein Mann geworden, der nur noch eine Aufgabe, eine Mission kannte – der ruhelose Jäger eines einzigen Verbrechens.

Die Rauchschwaden über ihren Köpfen wurden immer dichter. Auf den Plänen an den Wänden steckten kleine Fähnchen, bunte Linien waren eingezeichnet und wieder ausradiert worden, wie bei einem Kriegsspiel. Der Oberinspektor hatte seine wenigen Truppen in alle Himmelsrichtungen ausgesandt, doch Adi war nach wie vor unauffindbar. Der Oberinspektor und ein Mann vom Nachrichtendienst referierten über den Stand der Untersuchungen. Ersterer berichtete über das von ihm eigenhändig durchgeführte Verhör von Adis Onkel, das ohne Ergebnis geblieben war. Becher dagegen behauptete nun schon zum wiederholten Male, daß Adi seinen Informationsquellen zufolge längst beseitigt worden sei. Der Oberinspektor schlug sich gedankenverloren mit der Faust an das schlohweiße Haupt und schloß für einen Augenblick die geröteten Augen. »Das Gefühl habe ich nicht«, sagte er. »Der Kerl hockt bestimmt irgendwo und macht sich über uns lustig. Wie dem auch sei – wir müssen ihn finden, tot oder lebendig. Sonst kommt diese Sache niemals zu einem Abschluß.«

An dieser Stelle warf er einen Blick auf Bresnitz. Sogleich brach eine bemerkenswert lautstark geführte, von beiden Seiten mit einer Fülle von Beispielen und Argumenten angereicherte Diskussion darüber aus, welche der zwei Sorten von Vermißten leichter aufzuspüren sei: eine zerfetzte Leiche oder ein quicklebendiger Mann, der sich zwar verbarg, gleichwohl aber Spuren hinterließ. Bresnitz dachte unterdessen mit versteinerter Miene an seine Geliebte.

An der Ampel, gleich hinter der Halacha-Brücke, schob sich ein kleiner Mann in einem Rollstuhl dicht an sein Wagenfenster heran, die Beine fest in eine Decke gehüllt, so daß man ihr Vorhandensein nur erahnen konnte. Wie ein Motorrad manövrierte er seinen Elektrorollstuhl zwischen den Fahrzeugen hindurch, bis er neben Bresnitz vorne an der Haltelinie angelangt war. Für einen Augenblick vergaß Bresnitz, der schon nicht mehr in Uniform war, daß er ungeachtet der Körpermaße kein Kind vor sich hatte, und warf dem Mann einen unterdrückten Blick ohne jegliches Repräsentationsgehabe zu, bis der andere ihm plötzlich verschmitzt zuzwinkerte und aufmunternd mit seiner verschrumpelten Hand winkte. Kaum hatte die Ampel auf Grün geschaltet, bahnte er sich schon wieder wie ein kleiner, geschäftiger Zwerg seinen Weg durch den Verkehrsdschungel. Diese Demonstration von einfachem, herzergreifendem Optimismus löste in Bresnitz Schamgefühle angesichts der eigenen Depression und Niedergeschlagenheit aus, führte ihm erneut sein kindisches Angewiesensein auf die Reaktionen der Außenwelt vor Augen, bis er fast so weit war, eine Kehrtwende zu machen und zurückzufahren, dann aber doch dem Drang widerstand und sich von dem fließenden Verkehr weitertreiben ließ. Als er die Kreuzung erreicht hatte, an der es links in die Abba-Hilel-Straße ging, wo er als Offiziersanwärter in den ersten Jahren bei der Polizei des öfteren postiert worden war, um bei Fußballspielen den Verkehrsstrom zum Stadion zu regeln, hatte sich seiner bereits wieder die ungeduldige Sehnsucht von zuvor bemächtigt.

Wie er sich verschwommen erinnerte, gab es dort, unweit der Erdgeschoßwohnung, in der sie zur Miete wohnte, einen kleinen, kahlen Park, in dem er ihr in einer besonders kühlen Nacht einmal eine Standpauke gehalten hatte, wobei er angesichts ihres verschlossenen, störrischen Blicks nur mit Mühe der Verlockung hatte widerstehen können, sie der Einfachheit halber in Haft zu nehmen. Er stellte den Wagen nicht weit entfernt ab. Da er ein anderes Fahrzeug als sonst aus der Fahrbereitschaft genommen hatte, bestand kaum Aussicht, daß sie es erkennen würde. Obwohl es mehr als unwahrscheinlich war, daß sie ihm Glauben schenkte, war es ihm angenehmer, wenn er sie – sozusagen – zufällig traf. Daher betätigte er den Klingelknopf und verschwand sofort hinter seinem Wagen. Die Tür ging auf, ein junger Mann in Shorts und Armeehemd schaute mit etwas dümmlichem Blick heraus und wurde dann wieder von der Finsternis des Hausflurs verschluckt. Es mußte sich um Ilan Ben Schlomo handeln – glaubte man dem Namensschild an der Tür, neben dem in gewaltigen, furchterregenden Lettern ihr Name prangte: Schira Marcus. Die Schwester seiner Geliebten.

Um sicherzugehen, daß sie nicht zu Hause war, mußte er, seinem unfertigen Plan folgend, ein zweites Mal schellen und sich erneut verbergen. Falls sie dennoch dasein sollte, würde sie dann sicher wutentbrannt herausgestürzt kommen. Da aber aus einem der gegenüberliegenden Fenster bereits einer der Nachbarn mißtrauisch hervorspähte, beschloß er, einen Augenblick verstreichen zu lassen, wandte sich um und ging zu der Parkanlage, wo er sich mit lang ausgestreckten Beinen auf eine Bank setzte, so als hätte er nichts Besseres mit seinem Leben anzufangen.

Als in dem Fenster gegenüber kein Lebenszeichen mehr auszumachen war, wiederholte er die vorherige Übung und erzielte genau dasselbe Resultat – von dem Armeehemd des jungen Mannes einmal abgesehen, das gegen ein weißes Unterhemd vertauscht worden war. Bresnitz ließ sich dann auf einer etwas weiter entfernten, halbverdeckten Bank nieder, wo ein Kleinkind mit einem Eimer in der Hand trotz der schwachen Proteste seiner Mutter nicht von dem Versuch abzubringen war, die eigenen Füße einzugraben. Bresnitz' Augen waren die ganze Zeit über auf den leeren Straßenabschnitt gerichtet, um sie nicht zu verpassen. Ihm kam die Geschichte von jenem chinesischen Kaiser in den Sinn, dem der Gedanke, daß er selbst schon nicht mehr unter den Lebenden weilen könnte, wenn all diese Kleinen einmal groß sein würden, so sehr zu schaffen machte, daß er alle Säuglinge in seinem Reich enthaupten lassen wollte. Tatsächlich, seufzte Bresnitz vor sich hin, war nicht entscheidend, daß auch eine Reise von tausendmillionen Kilometern mit einem einzigen Schritt begann, sondern daß selbst eine solche Reise irgendwann mit einem Schritt enden mußte. Sein lautes Nachdenken löste aufgeregtes Plappern bei dem Kind und einen mißtrauischen Blick von seiten der Mutter aus.

Vor lauter Verlegenheit strengte er daraufhin seine Augen übertrieben an und warf wie ein Wächter auf seinem Kontrollgang einen durchdringenden Blick in die Ferne, bis er nicht einmal mehr das unbeholfene Anschleichen der beiden Gestalten bemerkte, die plötzlich hinter ihm auftauchten und über ihn herfielen, als hätten sie eine fette Beute gemacht. Die zwei Beamten vom nahen Revier in Ramat Gan waren von dem umsichtigen Nachbarn aufgestachelt worden, der so hysterisch aus seinem Fenster auf ihn gezeigt hatte, daß er fast herausgefallen wäre. Leicht verstört, aber auch enttäuscht, entschuldigten sich die beiden wenig später bei Bresnitz, nachdem es diesem endlich gelungen war, seinen Dienstausweis zu zücken, wobei er sich das schmerzende Ohr rieb, das bei dem Kampf beinahe abgerissen wäre. All dies fand vor den angstvoll aufgerissenen Augen der Mutter statt, die ihr Kind an die Brust drückte, um es vor den Gefahren einer feindlichen Welt zu beschützen.

Glücklicherweise waren keine weiteren Zeugen bei diesem überflüssigen Zwischenfall zugegen, der zumindest aus Bresnitz' Sicht einen begrüßenswerten Effekt zeigte: Von nun an konnte er völlig darauf verzichten, so zu tun, als habe es ihn zufällig in diese Gegend verschlagen, und so ließ er sich auf einer anderen Bank vis-à-vis ihrer Wohnung nieder. Obgleich Bresnitz aus dem Gefühl heraus, nicht aufgeben zu dürfen, ernsthaft bemüht war, in einem Buch zu lesen, schweiften seine Gedanken sehr schnell von der ersonnenen Prosa, die er in den Händen hielt, zu der leibhaftigen Schira, ihrer für immer verlorenen Schwester, und allem anderen ab, was damit zusammenhing.

Der Auftakt – wie eigentlich auch das Ende – der Affäre war sehr dienstlich gewesen. Beinstock war es, der an einem seiner ersten Tage auf dem Revier zum ersten Mal mit den beiden Schwestern in Kontakt gekommen war und sich auch von dem dröhnenden Gelächter und den derben Scherzen der umstehenden Kollegen nicht hatte unterkriegen lassen, als sie seine Geschichte auseinandernahmen.

»Wenn mir das einer erzählt hätte, hätte ich es auch nicht geglaubt. Fahr nach Ramat Aviv, hieß es, eine Frau hat angerufen, sie werde geschlagen. Ich dachte natürlich, der Ehemann oder so ähnlich. Da hängt wohl mal wieder der Haussegen schief. Ich also hin – und was ist? Zwei Frauen, Schwestern auch noch! Die eine sieht wirklich gut aus, so eine Brünette. Die andere ist etwas jünger, blond, auch nicht übel – aber total verrückt. Sie ist durchgedreht, hat ihre Schwester verprügelt und die halbe Wohnung demoliert. Die Wohnung der Brünetten, meine ich. Die erzählt mir, das sei nicht das erste Mal, und sie könne einfach nicht mehr. Ich hab versucht, mit der Kleinen, die gerade mal ihren Armeedienst hinter sich hat, zu reden – aber völlig zwecklos. Vor meinen Augen hat sie der anderen eins übergezogen. Einen Schlag auf die Brust, daß ich dachte, ihr geht da drin was in Stücke. Ich hab sie regelrecht mit Gewalt zurückziehen und ihr Prügel androhen müssen. Und am Ende wollte die andere nicht mal Anzeige erstatten.«

Als wenige Tage danach ein erneuter panischer Anruf der angegriffenen Schwester eingegangen war, hatte eine Verkettung von Zufällen dafür gesorgt, daß es nun der – damals noch nicht besonders hochrangige – Polizeioffizier Bresnitz gewesen war, der losfuhr, um sich der Sache anzunehmen. Das Schicksal schien tatsächlich mehr als nur ein wenig nachgeholfen zu haben: Wegen der großen Friedensdemonstration auf dem Platz der Könige Israels war das Revier fast vollkommen verwaist gewesen, als der Anruf erfolgte. Hinzu kam, daß etwas an Beinstocks Schilderung ihn amüsiert, neugierig gemacht und – warum sollte er es verschweigen? – sogar gereizt hatte. Auf der anderen Seite wäre auch er mit ziemlicher Sicherheit zum Ort der Demonstration abkommandiert worden, um dort für Ordnung zu sorgen, hätte sich nicht am Morgen des besagten Tages jene überraschende Wendung in den Ermittlungen um den ermordeten Geldwechsler aus Cholon ergeben. Die Fingerabdrücke der Vorsehung waren also nicht zu übersehen oder vielmehr – bediente man sich des genauen Vergleichs seiner Geliebten, der entstanden war, als sie mit jener nur Verliebten eigenen Pedanterie darüber diskutiert hatten – die rundlichen, sinnlichen Fußspuren und der ausgestreckte Finger eines indischen Fruchtbarkeitsgottes. Dieser Vergleich ließ sich ohne weiteres auf ihre Tätigkeit als ewige Chefsekretärin des Lehrstuhls für Bildende Künste zurückführen, wobei der Titel eines Bakkalaureus, den sie dort erworben hatte, und der eines Magisters, den sie niemals bekommen würde, das Ihrige dazu beigesteuert hatten. Und das bei all ihrem Wissen, ihrem hervorragenden Gedächtnis, den unzähligen Vorlesungen, die sie im Lauf der Jahre gehört, den Korrekturen und Überarbeitungen, die sie den Publikationen der Dozenten hatte angedeihen lassen . . .

Wie dem auch sei – damals, als er das erste Mal dort hinkam, beschränkten sich seine Informationen auf das, was seine Augen wahrnahmen: Eine handgreifliche, wenn auch nicht weltbewegende Auseinandersetzung hatte in der Hauptsache vor seinem Eintreffen stattgefunden und zu einigen Blessuren, einer zerfetzten Bluse und beträchtlichem Sachschaden geführt. Die beiden Frauen schienen auf ihn wie auf einen Schiedsrichter gewartet zu haben, der nun das Spiel beenden oder wenigstens zur Halbzeit pfeifen sollte. Die eine, die dunkelhaarige Schönheit, war besorgniserregend blaß und stand wie angewurzelt da, um den nächsten Angriff der anderen zu parieren. Die wiederum schien herausfordernd darauf zu warten, daß man sie endlich verhaftete. Ihre Gesichtsmuskeln zuckten nervös, und ihre Hände waren grün verfärbt und klebrig, da sie die ganze Zeit über, während sie zwanghaft und ohne Unterbrechung redete, ein Blatt nach dem anderen von einer fleischigen Zierpflanze abriß und zerquetschte. So konnte man beinahe den Eindruck gewinnen, die eine sei in einer Art Stilleben gefangen, während die andere sich in geradezu filmisch anmutender Hektik bewegte. Mehr war nicht passiert – sah man einmal von den wenigen, reichlich komischen Ausnahmen ab, da Schira sich von ihrer eigenen Rede hatte mitreißen lassen und – ungeachtet seiner Anwesenheit – versuchte, ihrer Schwester noch einen Hieb oder kleinen Tritt zu verpassen. Die so Attackierte hatte geschickt, aber doch mit würdevoller Miene hinter seinem Rücken Zuflucht gesucht, so daß am Ende er, Bresnitz, den Schlag eingesteckt hatte.

Bemerkenswert war darüber hinaus natürlich die Ähnlichkeit und gleichzeitige Verschiedenheit der beiden, wie es manchmal bei zwei Schwestern der Fall war, auch wenn diese hier nicht von ein und demselben Vater stammten, was er aber erst später herausfinden sollte. Die Ähnlichkeit zwischen den Schwestern erreichte seiner Ansicht nach genau in diesem ersten Moment des gegenseitigem Kennenlernens ihren Höhepunkt. Je vertrauter Bresnitz in der Folgezeit vor allem mit der einen der beiden wurde, desto verschiedener erschienen sie ihm, woran auch die vereinzelten Augenblicke wiedergewonnener Ähnlichkeit nichts zu ändern vermochten. Vor allem nachdem die Brünette und er allein zurückgeblieben waren und sie allmählich wieder zu sich fand, entspannten sich ihre Züge und gewannen einen ganz anderen Ausdruck – jene Mischung aus Laszivität und Frechheit, die so typisch für sie war und bei jeder Gelegenheit hinter der dünnen Maske von Koketterie zum Vorschein kam. Schira dagegen sollte auch in Zukunft bei fast jedem der wenigen Male, da er ihr begegnete, diesen provozierenden Ausdruck unterdrückten Zorns beibehalten, diesen unverwandten Blick direkt in die Augen ihrer Mitmenschen, den sie niemals ablegte, außer vielleicht beim Schlafen, wenn sie wie eine ganz gewöhnliche kleine, hoffnungslose Verhaltensgestörte aussah.

Dies zumindest war Bresnitz' Eindruck gewesen, als er sie mit einem flüchtigen Blick durch ihr Fenster in jener Nacht hatte schlafen sehen, in der sie ihrer Schwester zuvor entschieden mitgeteilt hatte, sie werde Tabletten nehmen und sich umbringen, was sie auch noch den Eltern mitteilen wolle. Seine Geliebte hatte ihn daraufhin um zwei Uhr morgens zu Hause angerufen und in heller Aufregung dorthin geschickt, obwohl sie dabei mehrfach betonte, dies sei nicht das erste Mal und es bestehe keinerlei Hoffnung, daß es diesmal wirklich soweit sei.

Nachdem er hastig, so als handele es sich um einen Notfall, und vielleicht auch mit einer gewissen Portion Rachsucht im Hinterkopf die Fensterläden aufgebrochen hatte, war Zeit genug gewesen, sie zu betrachten, wie sie einen entsetzten Blick in den hellen Strahl seiner Taschenlampe warf, sich dann ein Laken über den Kopf zog, in das gehüllt sie wenig später wie ein Geist zu ihm in die Finsternis hinauskam. Hier, in dieser kleinen Grünanlage, hatte sie schließlich seine kleinlaute Standpauke mit einer ihrer konfusen, paranoiden und ambivalenten Haßtiraden neutralisiert, in der wie immer von ihrer verräterischen und scheinheiligen Schwester die Rede gewesen war, die vorsätzlich ihr Leben, ihr ganzes Leben zerstört habe. Inzwischen jedoch standen er und jene »verräterische« Schwester sich so nah, daß man sie beide getrost als Liebespaar bezeichnen konnte, weshalb er auch bereits über den Hintergrund der Geschichte im Bilde war. Wenn überhaupt von einer Geschichte die Rede sein konnte – denn genaugenommen war kein triftiger Grund für ihre häufigen Wutausbrüche und ihren schon als pathologisch zu bezeichnenden Haß auszumachen, einmal abgesehen vielleicht von einer latenten Wahrnehmungsstörung, durch die sich in ihrem fiebernden Hirn das Bild von der erfolgreichen, hochmütigen und dämonischen Schwester festgesetzt hatte, während sie selbst immer nur das häßliche, vernachlässigte und mißhandelte Entlein geblieben war.

Das Ganze war ein Fall für Psychologen und Psychiater, die Schira tatsächlich häufiger wechselte als ihre Männerbekanntschaften. Für die beträchtlichen Unkosten hatten ihre bemitleidenswerten Eltern aufzukommen, die nicht verstanden, wie dieses Unglück über sie gekommen war, und daher niemals ihre pathetischen Versuche aufgaben, die Fehde zwischen ihren ungleichen Töchtern zu schlichten. Zuweilen konnten sie sogar gewisse Erfolge verbuchen, denn nach allem herrschte zwischen den beiden Schwestern jenseits der gegenseitigem Ablehnung ein nicht zu unterschätzendes Gefühl von Zuneigung. In der Regel jedoch mußten die Eltern resigniert aufgeben. So wie an jenem Sederabend in ihrem Haus in Naharlyya, der mit einem mörderischen Streit geendet hatte, begleitet von einer Wolke zerbröselter Mazzen*, die – der sehr anschaulichen Schilderung seiner Geliebten zufolge – wie Schneeflocken durch das Zimmer geschwebt waren. Ein Bild, das Bresnitz besonders gut gefallen hatte.

Wir wissen nicht, wann sich sein Schlaf zu dem jäh vom Strahl seiner Taschenlampe unterbrochenen Schlaf Schiras gesellte, wann der Augenblick gekommen war, da ihm die geordneten Erinnerungen an den Beginn seiner Liebe wie ein Buch zu mitternächtlicher Stunde entglitten, worauf der Autor diese aufnahm, um dort fortzufahren, wo sein Held entschwunden war. Kurz gesagt, wann genau Bresnitz eingeschlafen war. Wie dem auch sei – als er erwachte, herrschte um ihn her bereits Finsternis. Im menschenleeren Park wiesen die vom Schein der umliegenden Fenster erzeugten schweren Schatten der Schaukelgerüste auf ihn. Das Licht erschien ihm zu hell, da er es vorgezogen hätte, völlig von der Dunkelheit umhüllt wie ein nutzloser Gegenstand auf der Parkbank zu liegen. Verworrene, ineinander verzahnte Gedanken, Gefühle und Eindrücke durchzogen in diesem Dämmerzustand mühsam sich einstellender Wachheit sein Hirn. Aus einem der nach innen gelegenen Räume von Schiras Wohnung drang schwacher Lichtschein, was ihn aus irgendeinem Grund zu der Überzeugung gelangen ließ, daß sie noch immer nicht da war – und sei es auch nur, weil sie ihn sonst vor ihrem Haus schlafend

* Mazzen (hebr.: Mazza, pl. Mazzot): ungesäuertes Brot, das für die Pessach-Tage vorgeschrieben ist und als Zeichen der Erinnerung an den Auszug aus Ägypten steht, der in solcher Hast erfolgte, daß man das Brot nur in ungesäuerter Form zu einfachen Platten backen konnte.

vorgefunden und mit Sicherheit aufgeweckt haben würde. Mit dem Blut, das wieder durch seine angewinkelten Beine zu strömen begann, überflutete ihn erneut die Sehnsucht nach seiner verlorenen Geliebten. Dieses Gefühl, das so beständig war, daß die Erinnerung an sie zuweilen abstumpfte, nahm ausgerechnet jetzt im Gefolge des sich verflüchtigenden Schlafes wieder seinen angestammten Platz ein, wodurch er ihr Bild überdeutlich vor Augen hatte. Das Verlangen ließ ihn regelrecht körperliche Qualen empfinden. War es das, was die Junkies, diese unglückseligen, halbtoten Kreaturen, durchmachten, auf die er ständig in den Gängen des Reviers traf? Als habe er vor wegzufahren, mühte er sich zum Wagen, schnallte sich an, ohne zuvor den Sicherheitsgurt geweitet zu haben, und fuhr fort, stumpfsinnig zu warten. Er fieberte nicht der Droge selbst entgegen, sondern jemandem, der damit in Berührung gekommen war, einer Dosis aus zweiter Hand, und hoffte, etwas von dem Geschmack, dem Geruch und der verlorenen Wärme seiner Geliebten zu finden, das vielleicht an ihrer Schwester haftete.

Die letzten verschwommenen Überreste eines Traums, den er von Adi geträumt hatte, verflüchtigten sich unterdessen, so wie ihm der Mann auch in der Wirklichkeit entschlüpft war. Eine Wirklichkeit, in der sich in diesem Augenblick eine gebeugte Greisin an seiner hochgekurbelten Scheibe vorbeischleppte, so daß das Bild wie in einem Traum von keinem Laut begleitet wurde. Dieser Anblick ließ seinen überspannten Verstand mit einer Intensität, die alles andere beiseite wischte, an das verängstigte, greisenhafte Gesicht seiner Geliebten denken, als sie ihm verstört jene Unterlage von der Bank, die verloren geglaubte Sparanleihe, aus der Hand gerissen und dann die Tür hinter sich ins Schloß geworfen hatte. Vielleicht war dies ja ihr wahres Gesicht, das sie schon immer gehabt hatte, und der Zauber, den er einst in ihrer Gegenwart verspürt hatte und an den er sich nur noch mit wachsender Mühe erinnerte, war nichts als ein Trugbild gewesen? Vielleicht war ja auch das geteilte, von Fäulnis zerfressene, geschwärzte Gesicht der Leiche deren wirkliches Konterfei, mit dem sie geboren worden und gestorben war? Obwohl diese groteske letzte Übertreibung keinen anderen Zweck verfolgte, als den Eindruck der vorherigen etwas abzuschwächen, wurde er durch das verwirrende Zusammenspiel dieser Halluzinationen, diese Flut schwindelerregender Bilder, von einer derart heftigen rauschhaften Sehnsucht gepackt, daß es nur noch zwei Möglichkeiten für ihn gab: umgehend etwas zu lesen oder verrückt zu werden.

Bresnitz zog abermals das Buch von Hawthorne aus der Tasche, und beim schwachen Schein der Innenraumleuchte – für einen Detektiv ein unverzeihlicher Fehler, da er so für jeden Passanten sichtbar, gleichzeitig selbst aber fast blind für das Geschehen draußen in der Dunkelheit war – las er mit großer Konzentration eine komplette Geschichte, wobei sich seine Lippen bewegten, als bete er zur Nacht: Ein junger Mann fällt erschöpft von seiner Wanderschaft am Stadtrand in den Schlaf. Während er noch schläft, findet sich dort zunächst ein älteres, kinderloses Ehepaar ein, das von dem schlummernden Burschen entzückt ist und ihn am liebsten adoptieren möchte, um ihm ein Heim und eine Familie zu geben. Wenig später ist es ein Mädchen aus wohlhabendem Elternhaus, das dem Anblick des Schläfers verfällt und beinahe so weit ist, ihm ihr Herz und ihre Hand zu schenken. Am Ende erwägt ein Räuber, ob er dem Schlafenden das Messer in die Brust rammen soll, um ihm so die Geldbörse entwenden zu können, die dieser unter seinem Kopf liegen hat. Doch nichts von all dem passiert. Der Mann erwacht aus seinem Schlaf und setzt seine Wanderschaft fort, ohne etwas von diesen drei Wegen zu ahnen, die ihm das Schicksal fast beschert hätte.

»Nicht schlecht«, murmelte Bresnitz annähernd versöhnt und ließ den Kopf nach hinten auf die Sitzlehne sinken. »Aber war es wirklich nur die Macht des Schicksals, die dafür sorgte, daß nicht eintraf, was hätte passieren können? Oder hat der junge Mann selbst etwas dazu beigetragen – durch seine Schlafstellung etwa, die genaue Lage seines Körpers und den Ausdruck seines Gesichts?«

Als Antwort erntete er ein mehrmaliges kräftiges Klopfen an die Windschutzscheibe. Mit großen Augen blickte er in ein Gesicht, das von draußen gegen das Glas gepreßt wurde, bis er erkannte, daß es die lang erwartete Schira war.

Sie trug eine große Zeichenmappe bei sich, wie sie Kunststudenten für gewöhnlich benutzen, ging zu ihrer Wohnung weiter, hielt die Tür offen, bis er eingetreten war, und warf sie dann hinter ihm mit Getöse ins Schloß. Die Küche mit der kleinen Eßecke vor ihnen war noch immer unbeleuchtet, aber unter der verschlossenen Tür zur Rechten konnte man einen Lichtstreifen sehen. Schira legte die Zeichenmappe aus der Hand, preßte ihr Ohr gegen die Tür und lauschte angespannt.

»Hat irgend jemand für mich angerufen?« rief sie durch die verschlossene Tür und stieß sie erst dann mit dem Fuß weit auf.

»Niemand, nur deine Mutter«, antwortete der junge Mann in vorsichtigem Ton. Er war über ein Bügelbrett gebeugt, auf dem er mit übertriebener Hingabe eine Armeehose bearbeitete.

»Den ganzen Tag bügelt er! Wie mir das auf die Nerven geht«, murrte Schira, ohne sich weiter um den jungen Mann zu kümmern, der mit einem trockenen Hustenanfall antwortete, seine Tätigkeit jedoch fortsetzte. Sie nahm die Zeichenmappe wieder und ging auf direktem Weg in ihr Zimmer, wo sie den Lichtschalter mit einem schnellen, kurzen Schlag betätigte, als wollte sie eine Mücke töten. Zum ersten Mal, seit Bresnitz aus dem Wagen gestiegen war, wandte sie ihm nun das Gesicht zu und taxierte ihn mit einem kurzen Blick, der sowohl Mißtrauen wie Furcht beinhaltete.

»Herein, herein!« sagte sie. »Beim letzten Mal hast du ja nur den Kopf reingesteckt.«

»Warum läßt du keine Gitter anbringen? Als alleinstehende Frau in einer Erdgeschoßwohnung?«

»Das macht mir nichts aus.«

Bresnitz ließ sich vorsichtig auf einem alten schwarzen Sessel nieder, dessen weißliche Innereien durch den zerrissenen Bezug quollen. Sie nahm ihm gegenüber auf dem Bett Platz, unter dem riesigen Poster eines Rockstars, der sein Sohn hätte sein können, lehnte sich in die Ecke zurück und rollte sich dann in diesem Betonschoß zwischen zwei Wänden zusammen. Eine kleine und etwas untersetzte Frau in Jeanslatzhose, die ihre blonde Mähne, ihr weithin sichtbares Erkennungszeichen, aus welchem Grund auch immer in der Zwischenzeit rötlichschwarz gefärbt hatte, wobei ein Ton herausgekommen war, der der Haarfarbe ihrer Schwester ähnelte. Im Unterschied zu dieser aber hatte sie ihr Haar so radikal kurz geschnitten, daß man sie in einem der Standardpolizeiprotokolle mit Sicherheit als »Glatze« oder »Punkerin« bezeichnet hätte. Trotzdem konnte Bresnitz, der jetzt eigentlich auf der Suche nach eher weiblichen, mütterlichen Zügen war, bei ihr eine Veränderung zum Besseren feststellen. Diese ungeglätteten, ja auf eine gewisse Art sogar wilden Elemente in ihrem Gesicht, wozu vor allem die wie mit spitzem Bleistift hingekritzelten Lippen gehörten, erschienen inzwischen weniger dominant, so als hätte sie zu guter Letzt doch noch ein zu ihr passendes Äußeres gefunden, ein Gesicht, mit dem man in Frieden leben konnte. Obgleich sein Besuch deutliche Anzeichen von

Nervosität und Anspannung bei ihr auslöste, strahlte sie dieses Mal mehr Sicherheit und Stärke aus. Und als sei dies noch nicht genug, konnte man in ihrem Mienenspiel ab und zu das Gesicht der Schwester wiedererkennen.

»Was willst du?« wollte sie schließlich wissen.

»Ich weiß es nicht«, gestand er mehr oder weniger aufrichtig. »Ich ruh mich nur eine Minute aus und verschwinde wieder.«

Sie musterte ihn mit dem mißtrauischen Blick eines kleinen Mädchens.

»Bist du im Dienst?« fragte sie.

»Nein«, sagte Bresnitz. »Ich bin nicht im Dienst.« Fast hätte er hinzugefügt: »Und du?« – so wie er ihrer Schwester immer auf genau dieselbe Frage geantwortet hatte.

»Also, was willst du?« fragte sie erneut.

Bresnitz' Gesicht verzog sich zu einem bitteren Lächeln.

»Ich geh ja schon«, meinte er, ohne sich jedoch von seinem Platz zu erheben.

»Warte einen Moment hier«, befahl sie ihm. Sie verließ das Zimmer in Richtung Küche. Bresnitz, der vor Hunger schon ganz schwach war, verspürte große Lust, sich unterdessen auf ihr Bett zu legen.

Wenig später kam sie mit einer Scheibe Brot, einem Stück Käse, Oliven und einem randvollen Glas Kakao zurück. Den Teller stellte sie neben ihm auf dem Boden ab.

»Du siehst blaß aus«, sagte sie. »Iß etwas. Ich hab dir einen Kakao gemacht. Er ist von letzter Woche, müßte aber noch gut sein.«

Bresnitz trank mit langsamen Schlucken den säuerlichen Kakao, bevor er sich dem Essen zuwandte. Das Mißtrauen war noch nicht ganz aus ihrem Blick verschwunden, als sie unterdessen durch den Raum wanderte und mit dem Klappern ihrer Holzschuhe einen Takt vorgab, der von dem Husten des jungen Mannes jenseits der Wand begleitet wurde.

Wären wir jetzt in einem amerikanischen Gangsterfilm – überlegte Bresnitz mit einem Gefühl der Erleichterung und Dankbarkeit, das mit jedem hastigen, gierigen Abbeißen stärker wurde –, würde sich wegen des Schlafmittels im Kakao das Zimmer zu drehen beginnen. Und wenn ich dann versuchen würde, mit letzter Kraft hochzukommen und zu verschwinden, würde das Bürschchen von nebenan erscheinen und mir das Bügeleisen über den Schädel ziehen.

»Du siehst verwahrlost aus«, stellte Schira fest. »Man kümmert sich nicht um dich.«

»Ja«, bestätigte Bresnitz. »Niemand kümmert sich mehr um mich.«

»Bist du schon wieder ganz gesund, nach dem Unfall?«

»Völlig gesund.«

»Warum hast du keine Kinder?«

»Am Anfang wollte ich keine. Und danach hat es nicht geklappt.«

»Manchmal habe ich wirklich Lust, deine Frau kennenzulernen. Ich habe das Gefühl, sie ist mir ähnlich. Nicht genau gleich, aber doch ähnlich. Mein Typ eben.«

»Und was ist dein Typ?«

»Eher schwermütig, kaputt irgendwie. Als ich einmal hörte, daß einer gestorben ist, hab ich mir gesagt: lucky bastard – das war es, was mir durch den Kopf ging. Es gibt auch gute Tage, das will ich gar nicht bestreiten. Aber das ist nichts Dauerhaftes, weil jeder neue Tag gleich schwer ist. Darum muß man ein Rambo sein und wie Rambo durchs Leben gehen.«

Bresnitz ließ seinen Blick umherschweifen.

»Hast du angefangen zu malen?«

»Ja, zuerst hab ich als Aktmodell für sie gearbeitet. Und jetzt studiere ich dort auch. Außerdem hab ich mich bei ›Iman‹ eingeschrieben. All die Therapien und Psychologen können mir inzwischen gestohlen bleiben. Ich nehm nur noch Tabletten, und das war's. Die saugen mich jetzt nicht mehr aus.«

»Laß mich mal sehen«, bat Bresnitz, wobei er mit dem Kopf auf die große Zeichenmappe wies.

Es war das erste Mal, daß er sie erröten sah. Mit einer Geste instinktiver Bescheidenheit legte sie ihre Hand auf die Mappe, als wollte sie sie verteidigen.

»Bisher kann ich so gut wie nichts. Ahuva meint zwar, ich hätte Talent dafür, aber das sagt sie nur so.«

»Wie geht es ihr?« Seine Stimme klang fest und sicher, aber einen Lügendetektor hätte er nicht überlistet.

»Hast du seitdem nichts mehr von ihr gehört?«

»Nein«, gestand Bresnitz, »rein gar nichts.«

»Tatsächlich rein gar nichts?«

»Ich schwör's!«

Sein Fuß, der an dem Bemühen teilhaben wollte, angesichts ihres skeptischen Blicks überzeugend zu wirken, schnellte nach vorn und stieß das noch halbvolle Glas Kakao um. Im selben Moment brachen auch bei ihr alle Dämme.

»Du hast sie fertiggemacht. Auch wenn ich nicht weiß, was genau du ihr angetan hast. Seit ihr nicht mehr zusammen seid, ist sie ein anderer Mensch. Am Anfang sah es ganz übel aus, sie war wie ich geworden. Was sage ich – hundertmal schlimmer noch. Du hast ihr das Licht ausgeblasen. Eine Katastrophe. Wenn mir das einer erzählt hätte, ich hätte es nicht geglaubt. Das ganze Leben wird sie daran zu knabbern haben. Ich hätte sie fast bei irgendeinem Psychoheini in Behandlung gegeben, aber sie wollte nicht. Jetzt hat sie sich etwas beruhigt. Ich hab zu ihr gesagt: Wenn dich das so fertigmacht, hol ihn dir zurück, und damit basta. Aber sie wollte nicht mal, daß man deinen Namen erwähnt.«

Bresnitz schwieg. Der Schweiß lief ihm geräuschlos in Strömen den Rücken hinunter.

»Was hat sich diese Schlaumeierin denn gedacht? Wie oft hab ich zu ihr gesagt: Du läßt ihn Tag und Nacht ran, aber heiraten wird er dich im Leben nie. So einer wie der hat doch schon längst einen Doppelgrabstein für sich und seine Frau bestellt. Ich hab ihr gesagt – mach ihm wenigstens ein Kind. Und dann packst du ihn bei den Eiern. Aber davon wollte sie nichts wissen. Weißt du, was sie zu mir gesagt hat? ›Auf dieses Niveau lasse ich mich nicht herab.‹ Was glaubst du wohl, welches Niveau gemeint war? Meines natürlich. Solange ich zurückdenken kann, hat sie sich nicht auf mein Niveau herabgelassen. Und wo ist sie schließlich gelandet, und wer hat ihr dann geholfen? Wenn es darauf ankommt, ist das alles, was übrigbleibt – die Blutsbande. Aber Verzeihen, das ist eine ganz andere Sache. Als ihr Vater sich aus dem Staub gemacht hat, hat sie einfach meinen genommen. Sie hat mir meinen Vater gestohlen. Das hat sie dir sicher nie erzählt . . .«

Schiras Stimme nahm den gewohnten Tonfall an, doch abgesehen davon schienen die Dinge nicht zusammenzupassen. Aber vielleicht lag es ja auch an ihm und seiner fortschreitenden Antriebsschwäche. Bresnitz schloß die Augen. Die Allgegenwart seiner Geliebten und die Anwesenheit dieser Frau zwischen ihnen beiden erschöpften ihn zu Tode. Allmählich beruhigte sich ihre Stimme und verstummte schließlich. Er spürte, wie sie ihn betrachtete.

»Ich weiß, daß du wach bist«, meinte sie in etwas versöhnlicherem Ton. »Aber behalt die Augen ruhig geschlossen, und ich erzähle dir von einem Traum. Seitdem ich nicht mehr in Behandlung bin, habe ich keinen, dem ich davon erzählen kann. Ich hab geträumt, ich stehe auf so einer Brücke wie in England, einer Zugbrücke, und plötzlich beginnt sie hochzuklappen. Auf der anderen Seite steht Ahuva und rührt sich nicht von der Stelle. Weißt du, woran ich mich erinnert habe, als ich aufgewacht bin?«

Unter seinen geschlossenen Lidern begann sich das Zimmer zu drehen, und nur die harten Stoppeln seines schwarzen Bartes, durch die seine Finger fuhren, stellten so etwas wie einen sicheren Halt dar. Und natürlich ihre Stimme, in der eine gewisse Verlockung mitschwang.

»Als Kind habe ich die Geschichten von ›Yotem dem Zauberer‹ geliebt. Mein Vater mußte sie mir tausendmal vorlesen, weil ich nichts anderes hören wollte und schrecklich gerne selbst Zauberer geworden wäre. Besonders gut hat mir die Geschichte gefallen, in der Yotem plötzlich ohne nachzudenken wünscht, daß die Brücke hochgeht. Die Brücke klappt auf, und alle – Männer, Frauen, Kinder und Autos – werden getötet. Danach bestimmt er, daß keiner seiner Zaubersprüche wirksam werden soll, bevor er ihn nicht zweimal aufsagt, damit er genug Zeit zum Nachdenken hat. Als ich älter war, bin ich dann durch Nahariyya gelaufen, wo es jede Menge Brücken gibt, und habe andauernd gesagt: ›Die Brücke möge aufgehen, die Brücke möge aufgehen.‹ Dabei habe ich mir vorgestellt, daß alle – vor allem Vater und Ahuva – auf der Brücke sind. Ich hätte alles darum gegeben, daß sie hochklappt. Mach die Augen auf.«

Bresnitz öffnete die Augen. Sie saß auf der anderen Bettkante – mit entblößtem Oberkörper. Die Träger der Latzhose hingen seitlich herab, und das T-Shirt war beiseite geworfen. Er schwieg, hielt den Atem an, damit der Sessel unter ihm nicht ächzte.

Schira richtete sich auf, kniete sich hin und verringerte so den Abstand zu ihm, aber noch lag fast die ganze Breite des Bettes zwischen ihnen.

»Komm«, sagte sie mit aller ihr zur Verfügung stehenden Sanftheit und Süße zu ihm. »Komm her, Dicker, komm einmal nur zu mir.«

Das Telefon klingelte. »Es ist Alon«, rief der junge Mann aus dem Nebenzimmer. »Er will dich.«

»Ich bin jetzt beschäftigt.«

»Aber er sagt, daß er dich dringend sprechen muß.«

»Ich kann jetzt aber nicht, Schwachkopf. Begreifst du das denn nicht?«

Von widerstreitenden Kräften gebannt, verharrte Bresnitz im Sessel. Zum einen war da die fast unwiderstehliche Verlockung, mittels der Schwester wieder von seiner Geliebten Besitz zu ergreifen. Denn allein deshalb war er ja hergekommen. Und zugleich barg diese Wiedervereinigung mit etwas, das ihm wie ein Körperteil ausgerissen und abgetrennt worden war, auch das genaue Gegenteil in sich. Sollte noch irgendeine Aussicht bestehen, den Riß zwischen ihm und seiner Geliebten zu flicken, so wäre – und das wußte er genau – diese letzte Chance in dem Augenblick vertan, da sie erführe, daß er etwas mit ihrer Schwester gehabt hatte. Auf der anderen Seite – wenn er jetzt zugriff, würde das vielleicht endlich genau die Schockwelle bei ihm auslösen, die er nach dem Dahinsiechen ihrer Beziehung so nötig hatte. Außerdem waren da natürlich auch noch die Brüste als solche, die ihn mit der ganzen Schönheit ihrer Jugend ansahen.

Inzwischen war Schira vom Bett gestiegen, hatte sich vor ihm aufgebaut und zog jetzt seinen Kopf zu sich her, bis seine Stirn auf ihren Brüsten ruhte. Bresnitz legte den Kopf in den Nacken, umfing ihren Körper, so daß seine Hände auf ihrem bloßen Rücken zu liegen kamen, und bewegte dann wieder und wieder seine Stirn gegen ihre Brust, vor und zurück wie ein Betender. Diese Kopfstöße wurden immer heftiger, bis sie wie schwere Schläge gegen ihre Brüste klatschten. Er glich einem Kind, das seinen Kopf in ein Kissen rammt. Und erst, als sie ihn energisch zurückstieß, sprang er auf und machte sich überstürzt aus dem Staub, rannte an dem jungen Mann vorbei, der ihn verstört anstarrte, und stürzte schließlich nach draußen in die tiefe, laue Finsternis.

Da er auf dem Weg zu seinem Wagen direkt an ihrem Fenster vorbei mußte, war die Angelegenheit noch nicht ausgestanden, denn dieses Mal war sie es, die ihm mit einem heftigen Stoß die Fensterläden entgegenschleuderte.

»Herr Inspektor«, rief sie ihm mit merkwürdigem Glucksen zu. »Ich sterbe!« Dann ließ sie sich in einer schwungvollen Bewegung nach hinten auf das Bett fallen. Ihre Brustwarzen, die einen Bogen beschrieben, und ihren nackten Leib, der nach hinten wegsackte und dann rücklings auf dem Bett landete, bekam er noch zu sehen, dann war Bresnitz bereits in seinem Wagen und raste davon, wobei er mit heulender Sirene und Blaulicht die Ampeln passierte, die sich ihm in den Weg stellten.

Wenn Susi eine »englische Rose« war, konnte Adi ohne weiteres einen arabischen Prinzen abgeben, zumindest auf einem Maskenball. Seine schwarzen Augen empfingen Bresnitz mit einem kurzen, kühnen Blick, um dann von den schönsten und längsten Wimpern verschleiert zu werden, die er jemals gesehen hatte. Am Ende schloß er ungewöhnlich lange die Augen, was an verträumte Hingabe denken ließ. Bresnitz hegte den Verdacht, daß sich Adi diese Pose ursprünglich für den Umgang mit Frauen zugelegt hatte und sie ihm dann mit der Zeit außer Kontrolle geraten war. Als Adi bei einer grandiosen Razzia, die der Oberinspektor höchstpersönlich leitete, in einer Jerusalemer Yeschiva* für Neubekehrte, auf die sie ein anonymer Anrufer hingewiesen hatte, gestellt wurde, trug er Strejmel** und Kaftan, und seine Wangen waren bereits von einem gepflegten schwarzen Bart bedeckt. Schon dort wurde ihm auf seine flehentlichen Bitten hin gestattet, in seine weltliche Kluft

* rabbinisches Lehrhaus
**pelzbesetzter Hut der orthodoxen Juden

überzuwechseln, wie er es nannte. Später rasierte er sich in der Untersuchungszelle, ließ aber einen dünnen, schwarzen Schnurrbart stehen und unterschied sich äußerlich somit etwas von jenem Mann, dessen Anblick Bresnitz von dem überall im Land aushängenden Fahndungsfoto vertraut war. Jetzt saß er Bresnitz im Verhörzimmer gegenüber: ein dünnes weißes Hemd über den Oberkörper eines orientalischen Tänzers gestreift, tadellos gepflegt und sauber, was offenkundig der Einfluß und das nötige Kleingeld des Onkels möglich gemacht hatten, welcher – die Erklärung stammte von Adi selbst – »bereit ist, das Nest mit Gold zu polstern, solange das Vögelchen im Käfig sitzt«.

Bemerkenswert war, daß dieses prinzenhafte Erscheinungsbild nicht nur durch Adis Kleidung und Auftreten bedingt wurde – wenn es so etwas überhaupt gab, wie Bresnitz bei sich dachte. Trotz der tatsächlichen Stellung des Mannes – ein kleiner Taxifahrer in einem Provinzstädtchen, Zuhälter mit einer einzigen Nutte – konnte man nicht umhin festzustellen, daß er beträchtlichen Zauber ausübte und ein Charisma verbreitete, als sei er zum Minister oder Bankpräsidenten geboren, zumindest aber wie dafür geschaffen, eine solche Rolle zu spielen, wenn es darauf ankam. Bresnitz nahm an, daß ein Gutteil dieses Prinzengehabes nur für ihn bestimmt und auf das ausgezeichnet entwickelte Gefühl dieses Mannes für die theatralischen Erfordernisse der Situation zurückzuführen war.

Als Bresnitz auf seine gewohnte Art das erste Mal hereingekommen war, war der Verhörraum nur spärlich beleuchtet gewesen, so daß er unvermittelt als riesenhafte, schwarzgesichtige Gestalt dastand, die im Halbdunkel ihren schweren Schatten auf das Verhöropfer warf – selbst hartgesottene Klienten wären bei diesem Anblick auf ihren Stühlen zusammengefahren. Bei Adi dagegen konnte man fast den Eindruck haben, als hätte dieser bühnenreife Auftritt ihn erst richtig zum Leben erweckt und an Größe gewinnen lassen. Unter dem Verhörtaktstock eines anderen, Bechers zum Beispiel, wäre er sicherlich geschrumpft und zu einem kleinen, heuchlerischen Dieb geworden. Und dennoch, ungeachtet all dieses aristokratischen Zierrats, trug er auch einen harten Kern in sich – nach kurzem Zögern entschied Bresnitz, daß der Begriff »Qualität« der Sache wohl am nächsten kam. Gleichgültig, ob es sich nun dabei um Qualität pathetischer oder mondsüchtiger Natur handelte, auf jeden Fall war da irgendeine Form von Qualität zu spüren. Adi, der – wenn wir für einen Moment zu seinen schwarzen Augen zurückkehren – in der Regel einem Duell mit Blicken aus dem Weg ging, indem er geistesabwesend durch einen hindurchstarrte, war nicht von ungefähr zuweilen in der Lage, jemanden unverwandt, energisch und fast herrisch anzusehen, so wie er es gleich zu Anfang mit Bresnitz machte, als er ein sehr resolutes und auf wundersame Weise zugleich verworrenes Statement abgab.

»Eins müssen Sie wissen – ich habe ihn nicht getötet! Ich hätte ihn niemals töten können, und nicht nur, weil ich ihn jetzt kenne – obwohl ich ihn niemals lebend kennengelernt habe –, sondern auch vorher nicht.«

Der Bursche hatte zweifellos Charme – zumindest, wenn jemand bereit war, sich umgarnen zu lassen. Bresnitz ließ ihn mehr oder weniger ungestört seine Verführungstänze abziehen, weil er annahm, eine solche Verhörstrategie führe im vorliegenden Fall am ehesten zum Erfolg. Außerdem schien – zumindest in Adis Vorstellung, wenn man diese Allegorie der Verführung weiter strapazieren will – außer ihnen beiden auch der Onkel immer anwesend zu sein und mit ihm der Vater. Diese beiden Gestalten überlappten sich für Adi, obgleich er formal sehr genau zwischen ihnen zu unterscheiden wußte, so wie man eben zwischen einem Toten und einem Lebenden unterschied. Der

Vater, eine Unterweltgröße, war höchstwahrscheinlich vor dem Hintergrund seiner dunklen Geschäfte aus dem Weg geräumt worden, als Adi ungefähr zehn Jahre alt war. Seine Leiche hatte man bis heute nicht gefunden. Der Onkel, der von dem Vater sowohl die Stellung im Syndikat als auch die Vormundschaft über Adi und die Aufgabe, den Jungen zu erziehen, geerbt hatte, hielt diesen in Beit Schemesch »möglichst weit weg von der Action« in »Schutzhaft«.

»Damit ich nicht in schlechte Gesellschaft gerate, läßt er mir den Kopf durch alle möglichen Lehrer und Erzieher vollpumpen, kauft mir ein Taxi, erlaubt mir aber nicht, damit zu fahren – nur Beit Schemesch und Umgebung stehen auf dem Programm.« Adi hatte dem Onkel von Anfang an nicht diese Erziehungsmär abgekauft, da er sicher war, daß sein Onkel beim Verschwinden des Vaters die Finger im Spiel gehabt hatte. Dabei handelte es sich um ein weitverbreitetes Gerücht, von dem keiner genau wußte, worauf es sich eigentlich gründete. Adi wurde nicht müde, dieses Thema zu drehen und zu wenden, obwohl er sonst fast nie vergaß, sich bedeckt zu halten, und ständig auf der Hut war, keine belastenden Details über die anderen zweifelhaften Machenschaften seines Onkels preiszugeben. In gleichem Maße enthielt er sich auch jeder Stellungnahme zu seiner Mutter, einer Gestalt, die sich mit dem Tod des Vaters in nichts aufgelöst zu haben schien, als sie sich in Begleitung irgendeines Mannes ins Ausland abgesetzt hatte, um dem Onkel zu entkommen, der für eine Weile versucht hatte – vielleicht sogar mit gewissem Erfolg, wie Adi andeutete –, den Vater auch auf diesem Gebiet zu beerben.

So sehr sie auch darum herumstrichen, im Zentrum lag noch immer die Leiche aufgebahrt, oder zumindest ihr Foto, das Adi mit einer stillen, fast herzergreifenden Blässe betrachtete. Sollte dieser Ausdruck nur gespielt sein, dann war es in der Tat die Aufführung des Jahres – dieses Schauspiel innerer Andacht und Besinnung. Ohne Zweifel lag hier einiges vor, worauf man sich besinnen konnte: angefangen bei jener Nacht, in der er ein Treffen mit jemandem – anfänglich weigerte er sich zu sagen, mit wem genau – im Waldgebiet bei Beit Schemesch vereinbart hatte, unweit der Stelle, an der wenig später dann die Leiche aus einem unerkannt gebliebenen Fahrzeug abgeladen wurde, bis hin zu der Art und Weise, in der er angefangen habe, »sie zu schälen« – dieser von Adi benutzte Ausdruck blieb genauso nebulös wie die ganze Geschichte an sich, obgleich die grundsätzlichen Fakten, so wie er sie darstellte, durchaus einleuchtend klangen.

Adis Version der Geschichte zufolge hatte er in der Nacht vom zehnten zum elften Oktober, einem Donnerstag, für zwei Uhr morgens ein Treffen mit einer nicht näher bezeichneten Person im Wald bei Beit Schemesch vereinbart. Adi behauptete, den Namen dieser Person preiszugeben, bedeute für ihn »Lebensgefahr«, ließ sich dann aber herab zu erzählen, daß es sich um einen Gangster aus dem Dunstkreis seines Onkels handele, der jedoch ihm – Adi – als Verbindungsmann gedient habe, ein Mitstreiter in einer möglicherweise sich anbahnenden Konspiration. Dieser Gangster habe aber kein doppeltes Spiel betrieben, wie der Onkel irrtümlicherweise angenommen hatte, weshalb er diese Treffen auch miteinfädelte, sondern habe vielmehr auf eigene Rechnung gearbeitet und – wie sich schließlich herausstellen sollte – Adi gegen den Onkel benutzt und nicht umgekehrt. Ziemlich schnell fiel dann auch der Name des besagten Mannes, und eine diskrete Überprüfung bestätigte Adis Version von dem Treffen, das zwischen ihnen beiden stattgefunden hatte. Das Problem der doppelt oder sogar dreifach gespaltenen Loyalität war nämlich durch die unzweideutige Anwerbung als Polizeispitzel aus der Welt geschafft worden. Damit war der Mann der erste seiner Art im Dunstkreis des Onkels und direkt dem Oberinspektor unterstellt. Letzterer bezeichnete das Ganze als den bisher größten Erfolg in der laufenden Untersuchung und verglich die Rekrutierung des Informanten überraschenderweise sogar mit dem technologischen Fortschritt, der aus Flügen ins All resultierte.

Um Viertel vor drei sei der Mann weggefahren, Adi hingegen sei in seinem Taxi sitzen geblieben, um eine Zigarette zu rauchen und über das Leben nachzudenken.

»Bei mir läuft der Taxameter nicht. Alle anderen hasten umher, ›jeder mit seinem kleinen Joker in der Hand‹, wie Susi es nennt. Und ich sitze herum und grübele. Mein Onkel wußte schon, was er tat, als er mich wie einen Schmetterling in einen Glaskasten sperrte. Auch ein Schmetterling hat jede Menge Zeit, um nachzudenken. Und manchmal kann es passieren, daß du vor lauter Nachdenken über eine Sache die Lust daran verlierst. Ich hocke also dort in meinem Taxi, die Zigarette glimmt in der Dunkelheit, draußen ist es so still, als schliefen sogar die Bäume – einem König könnte es nicht besser gehen. Dabei denke ich über das nach, was der Mann mir erzählt hat, und über meinen Vater, der unversehens aus einem fernen Land zurückkehrt, wie ich es mir als Kind immer vorgestellt habe, und dann auch noch über diese Yeschiva für Neubekehrte. Fragen Sie mich nicht, wieso. Ich konnte ja damals noch gar nicht wissen, daß ich eines Tages dort landen würde. Aber so ist es gewesen. Ich dachte über das Leben nach, das ist alles.«

Während er so in seinem Wagen saß, habe Adi plötzlich das Geräusch eines näherkommenden Fahrzeugs gehört, das dann unweit von ihm zum Stehen gekommen sei. »Nicht so ein amerikanischer Schlitten wie der von dem, mit dem ich mich getroffen habe, sondern irgend etwas Kleineres.« Er habe sofort begriffen, daß etwas im Gange sei, da »eine unbescholtene Seele um diese Zeit dort nichts zu suchen hatte«. Zu Fuß habe er sich vorsichtig herangeschlichen und gerade noch den anderen Wagen verschwinden sehen, wegen der Dunkelheit aber nichts erkennen können. Unweit der Stelle jedoch, an der der Wagen gehalten hatte, habe unter den Bäumen, wenn auch nicht besonders gut versteckt, die Leiche eines Mannes gelegen.

»Glauben Sie nicht, ich hätte mich nicht erschrocken. Im ersten Augenblick habe ich sogar geschrien, dem Toten direkt ins Gesicht. Doch bereits da konnte ich fühlen, daß sich etwas Großes abspielt. Und daß man mir diese Leiche nicht so schnell wegnehmen durfte, weil sie mir gehörte. Einen Moment lang hatte ich Angst, der Onkel habe das Ganze für mich inszeniert, da er ein großer Spezialist im Verstreuen von Leichen ist. Aber wie hätte er wissen können, daß ich nach dem Treffen mit dem Typ dort noch mindestens eine gute halbe Stunde sitzen bleibe und über das Leben nachdenke? Nein, das konnte wirklich nur von oben gekommen sein. Von ganz oben. Ich holte das Taxi und hievte ihn mit Mühe ins Auto. Glauben Sie mir, der war höllisch schwer, obwohl er nur so schmächtig war. Mit dem ganzen Blut auf dem Gesicht und diesen Augen . . . völlig unnatürlich. Ich hatte mein Lebtag noch keine Leiche gesehen. Bei der Armee war ich nicht – mein Onkel hat das für mich geregelt –, und jetzt habe ich hier eine im Arm und schleife sie durch die Gegend. Ich hab ihn dann nicht weit weggefahren, bloß dahin, wo Sie ihn vermutlich gefunden haben. Dort hab ich ihn so tief wie möglich unter die Bäume und ins dichteste Gebüsch gezogen. Kaum war ich damit fertig und nichts mehr von ihm zu sehen, hab ich's plötzlich mit der Angst zu tun bekommen und bin geflüchtet, ohne auch nur einen Blick zurückzuwerfen. In der nächsten Nacht bin ich mit einer Taschenlampe wiedergekommen. Ich leuchte ihn an – ein ganz anderes Gesicht. Ich war wie gelähmt und bekam vor lauter Schreck Schüttelfrost. Ich mach die Augen zu und wieder auf. Der Mann von gestern hatte Haare auf dem Kopf und der hier keine. Und dann dämmert es mir: Als ich ihn unter die Bäume geschleift hatte, war sein Haar an einem Strauch hängengeblieben und heruntergerissen worden. Der Kerl trug eine Perücke. Aber eine so echt wirkende hatte ich noch nie gesehen. Ohne sie sieht er gleich zwanzig Jahre älter aus. Sie war mit den paar Haaren, die er noch hatte, verflochten gewesen und hing jetzt seitlich herab. Im ersten Moment hab ich versucht, sie ihm wieder aufzusetzen, aber das brachte nichts. Also hab ich sie ihm abgenommen und auch die Uhr. Sonst hatte er gar nichts bei sich. Kein Portemonnaie, keine Papiere, kein Hemd, nicht mal Schuhe. Nur die Hose und Strümpfe.«

»Und trotzdem haben Sie etwas bei ihm vergessen«, bemerkte Bresnitz so leise, daß sowohl Adi als auch die Stenotypistin ihn baten, den Satz zu wiederholen. Aber Bresnitz zog es trotz der wachsenden Unruhe der beiden vor, stumm zu bleiben. Adi fuhr mit der einen Hand durch seine gepflegte Haarpracht, eine immer wiederkehrende Bewegung bei ihm, die man als Verlegenheit deuten konnte.

»Meinen Sie nicht, daß ich ihm diese Sachen abnehmen mußte?« fragte er schließlich.

»Warum fragen Sie?«

»Auch der Rabbi in der Yeschiva pflegte mir immer mit einer Frage auf meine Fragen zu antworten. Waren Sie schon einmal in einer Yeschiva?«

»Nein.«

»Reizt Sie das nicht?«

»Nein.«

»Mich auch nicht. Die Yeschiva, in der ich war, ist ein guter Ort für Leute, die mit dem Leben bereits abgeschlossen haben. Ich habe meines noch nicht einmal begonnen.«

»Und die Perücke und die Uhr?«

»In der Yeschiva haben wir auch über Raub gesprochen. Ich fragte den Rabbi, wie das Urteil über einen lautet, der etwas genommen hat, das ihm nicht gehört. Hätte er es aber nicht genommen, wäre es nutzlos verlorengegangen. Der Rabbi sagte, daß so etwas – in allerletzter Konsequenz – erlaubt sei. Unter der Bedingung, daß ich versuchen müßte, den zu finden, dem das Ganze gehört. Was ich ja getan habe. Der Mensch war zwar mausetot, aber die Sachen waren noch ganz lebendig, abgesehen von dem bißchen Blut, das man bei der Perücke auswaschen mußte. Und schließlich sind es Sachen, die Mördern oder Erben viel Geld wert sind. Haben Sie eine Ahnung, wieviel Geld ich für etwas bezahlen würde, das meinem Vater gehört hat? Etwas, das er bei sich hatte, als er starb? Aber ich konnte weder Mörder noch Erben auftreiben, weil diese Perücke im Ausland gekauft worden war – soviel kann ich Ihnen ja verraten. Und die Uhr – wer hätte mir was sagen können? Zweimal bin ich nur deswegen nach Tel Aviv gefahren. Ich hab mein Leben aufs Spiel gesetzt. Am Ende habe ich sie für einen symbolischen Preis verkauft, nur um sie loszuwerden, und habe angefangen, um die Leiche herumzuschleichen – vielleicht würde der Mörder ja zum Ort des Verbrechens zurückkehren. Aber er kam nicht. Wissen Sie auch, warum?«

Adi blinzelte seinem Ermittler listig zu.

»Eine Ahnung, warum?« wiederholte er seine Frage.

»Warum?«

»Weil das gar nicht der Ort des Verbrechens war. Vergessen? Dort wurde er ja sozusagen nur beigesetzt. Unter den Ästen und Blättern zerfiel er ganz langsam. Ich habe zugeschaut, wie es passierte, wie der Regen kam und ihn jedesmal wieder saubergewaschen hat. Mit einem Mal fing es an zu gießen. Eine wahre Sintflut. Erinnern Sie sich an die Regenfälle vom Oktober?«

»Nicht so ganz.«

»Wieso?«

»Ich lag im Krankenhaus.«

»Jedes Ding unter der Sonne hat seine Zeit«, erwiderte Adi und seufzte. »Ich war fast jeden Tag bei ihm. Ich konnte sehen, wie er seinen Körper dem Schöpfer zurückgibt. In seiner Totensprache hat er zu mir gesprochen. Manchmal kam auch Susi mit. Wir haben nichts angefaßt. Wenn irgendein größeres Tier auftauchte, habe ich es verscheucht. Deshalb hat er sich vielleicht so gut gehalten. Und wegen der Kälte. Bis dann einer vorbeikam – er möge zur Hölle fahren – und ihm das Ohr abschnitt. Als wäre er nur so ein Araber. Danach bin ich weggeblieben und nicht ein Mal mehr wiedergekommen. Was sagten Sie vorhin, hätte ich bei ihm vergessen?«

»Dies hier.« Bresnitz zog einen gefalteten Umschlag aus der Akte und entnahm ihm vorsichtig einen zerknitterten Papierfetzen. »Das steckte in seiner Hosentasche, als wir ihn fanden. Eine Taxiquittung. Kommt sie Ihnen bekannt vor?«

Mit würdevoller Geste verschränkte Adi die Hände vor der Brust. »Wie stellt ihr euch das vor«, sagte er genüßlich, wobei er seine Worte irgendwo in die Leere zwischen Bresnitz und der Stenotypistin schickte. »Meint ihr etwa, ich hätte den Taxameter angestellt, als ich ihn von der Stelle, wo sie ihn abgeladen hatten, zu dem Versteck gefahren habe?«

Als sie sich am nächsten Morgen auf den Weg nach Beit Schemesch machten, empfing sie überraschender Sommernebel, der alle Landschaftszüge ringsum vermischte und nur die schwarze Linie der Straße unangetastet ließ, die unablässig von dem eintönigen weißen Dunst verschluckt wurde. An Beinstocks Stelle fuhr einer von Bechers Leuten den Wagen. Auf der Rückbank saßen Bresnitz und Adi, ihre Hände mit Handschellen aneinandergekettet. Damit wurde einer Bedingung des Oberinspektors entsprochen, über die er nicht mit sich hatte reden lassen. Anfangs hatte er für diese Reise auf den Spuren der Leiche vollen Polizeischutz gefordert, was möglicherweise auch ein oder zwei Journalisten als Begleitung miteingeschlossen hätte. Zu guter Letzt war er bereit gewesen, darauf zu verzichten – »allerdings nur unter der Bedingung, daß Sie persönlich an ihn gekettet sind, Bresnitz. Sollte er stiften gehen, will ich sicher sein, daß ich auch Sie ein für allemal vom Hals geschafft bekomme.«

Bresnitz hatte dem Fahrer strikt verboten, das Radio anzumachen, um ihn für Beinstocks Verbannung zu bestrafen. Folglich fuhr der Mann in wütendes Schweigen gehüllt, was es Bresnitz ermöglichte, die ganze Sache noch einmal ungestört zu durchdenken. Auch Adi schien entgegen seiner sonstigen Gewohnheit nicht zum Reden aufgelegt, woran die Rückkehr in sein Exil schuld sein mochte, vielleicht aber auch die übergroße Nähe zu Bresnitz, die ihm von den Handschellen verordnet wurde. Wegen des Luftzugs im Wagen trug Adi eine schwarze Sonnenbrille. Ein junger Emir und sein fülliger Leibwächter. Nach einigem Gezerre ruhten nun die beiden zusammengeketteten Hände – die eine schlank und dunkelhäutig, die andere groß und weiß – in einem sonderbaren Status quo nebeneinander. Jede von ihnen sah aus wie eine Mißbildung der anderen.

Bresnitz hatte im Unterschied zu seinem Gefangenen bereits seit zwei Tagen nicht mehr geduscht, aber die gestärkte und gebügelte Uniform und der ständige Luftaustausch im Wagen überdeckten dieses beschämende Geheimnis. Bresnitz' andere Hand hing leblos aus dem Fenster. Als Kind hatte ihn seine Mutter immer gewarnt, wer beim Fahren die Hand aus dem Fenster strecke, müsse damit rechnen, daß diese irgendwann einmal von einem entgegenkommenden Fahrzeug abgetrennt werde.

»Wie verlor Trumpeldor seinen Arm?« fragt die Lehrerin Mussija. Und der kleine Bresnitz zeigt stolz auf: »Er ist mit dem Bus gefahren und hat die Hand hinausgehalten.« Die Lehrerin Mussija hatte als erste gelacht, und ihr waren Tränen die Wangen hinabgelaufen. »Mussija Kußhand kam aus Rußland«, sangen die Kinder immer. Wenn er nachts im Bett lag, meinte er manchmal noch diesen Reim zu hören.

Ahuva hatte ihm einmal gesagt: »Daher kommt dein obsessives Lesen, damit du nicht noch einmal auf dem falschen Fuß erwischt wirst.« Und von Tzvija, der Physiotherapeutin, stammte die Aufforderung: »Locker die Seelenmuskulatur, locker die Seelenmuskulatur!« Das war im Krankenhaus gewesen. Ihr Körper hatte wie hängende Gärten über ihm geschwebt. Zu jenem Zeitpunkt hatte der Tote seine Seele schon gründlich ausgehaucht und lag bereits im Wald, seit der Nacht vom zehnten auf den elften Oktober, drei Tage nach Bresnitz' Unfall. Wäre er nicht gestorben, sondern nur verletzt worden, hätten sie beide möglicherweise Bett an Bett im Krankenhaus gelegen.

Wir haben sechs Monate gebraucht, um uns zu begegnen, dachte Bresnitz. Wundersam waren die Wege der Vorsehung. Wenn es so etwas wie Vorsehung überhaupt gab. »Es gibt nur eine einzige Sache, die sicher ist«, hatte sein Vater ihm immer gesagt. Vielleicht rührte Bresnitz' Hang zur Skepsis ja daher. Er fing sein Gesicht im Spiegel über dem Lenkrad auf. Großer Gott, was für ein finsteres und düsteres Gesicht. Depressiv sein heißt schlechten Geschmack demonstrieren, und jetzt stellte er selbst diese Floskel noch in den Schatten. Unterwegs auf der Fährte eines Mordes, die kein Ende finden wollte. Je weiter man sich in das Bild hineinbegab, desto mehr zog sich der Hintergrund zurück. Bis man rief: Genug! Laßt sein! Wir haben den Mörder. Wie ein Fisch, den man aus dem Wasser zieht, zappelt er einem in den Händen. Wie? Nicht gut? Dann wirf ihn zurück ins Wasser und fang einen anderen. Nur erwartet man, daß du ihn an Land wirfst. Wieviel bekommt man für den Raub einer Uhr und das Herunterreißen eines Toupets, Rabbi? Nicht nur der Preis ist symbolisch, mein Prinz! Die ganze Angelegenheit ist symbolisch. Die Uhr, die du ihm abgenommen hast, ist der kleine Zeiger und das heruntergerissene Toupet der große Zeiger auf dem Zifferblatt. Jahr um Jahr vor und zurück, und die Würmer zählen die Sekunden. Als Bresnitz' Vater im Sterben gelegen hatte, war dem Sohn mitten auf dem Schädel eine kleine Glatze entstanden, die hinterher wieder verschwand.

»Mach dich auf den Weg, mein Kind. Eine gute Reise sei dir bestimmt. Eine Kindergärtnerin bleibt nun zurück, eine Lehrerin begleitet dich auf dem nächsten Stück.« Das war Dolevs größtes dichterisches Meisterwerk, verfaßt zur Abschiedsfeier seines Sohnes aus dem Kindergarten. Und der kleine Zuhälter sitzt Tag für Tag an seiner Seite und läßt das Gras den Toten überwuchern. Weshalb? Wofür? Auf welche Zeichen wartet er denn? Welche Stimmen hofft er zu hören?

Sie verließen die Schnellstraße und kamen auf der schmalen Landstraße wegen eines Lasters, der leere Geflügelkäfige geladen hatte, aus denen immer wieder kleine Wolken Federdaunen stoben, nur noch langsam voran. Ein Laster, der seine Fracht nur in eine Richtung transportierte. Bresnitz zog dem Mann an seiner Seite ziemlich grob die Sonnenbrille von den Augen und fixierte ihn streng.

»Ich bin's nicht gewesen, Bresnitz«, sagte dieser, Gedanken lesend, als sei er einem Roman von Edgar Allan Poe entsprungen. »Ich habe meinen Mord noch nicht begangen. Vielleicht ist es soweit, wenn Sie schon aus dem Dienst ausgeschieden sind. Sehe ich für Sie wie ein Raubvogel aus? Wie ein Adler? Ich bin nur der schwarze Rabe, der hoch oben im Baum sitzt und krächzt. Herunterkommen oder sitzen bleiben . . . herunterkommen oder sitzen bleiben . . . das ist hier die Frage. Gestern hat mich mein Onkel besucht. Wir waren ganz allein in der Zelle, nur er und ich. Dieser Kerl, wen steckt er nicht alles in die Tasche? Doch wenn man ihm seine Maßanzüge und seine Schläger nimmt, was bleibt dann noch von ihm übrig? Ein kleiner Mann mit einem langen Hals. Er blieb eine ganze Weile und hielt mir eine Moralpredigt. Und ich? Ich hab mir immerzu auf die Lippen gebissen, hab die Fäuste geballt und mir die Knöchel wundgeknetet. Und wie er gekommen ist, ist er auch wieder gegangen. Nicht ein Härchen haben sie ihm gekrümmt.«

Als sie sich dem Waldgebiet näherten, übernahm Adi das Kommando, dirigierte den Fahrer mit der Verschlagenheit eines Einheimischen durch verwirrende Abkürzungen, gewundene staubige Feldwege und unter Kiefern hindurch, deren Zweige hart an den geschlossenen Scheiben des Wagens kratzten wie Leoparden bei einer Safari. Diese erzürnte Metaphorik stammte von Bechers Fahrer, den die Konstellation, die knappen und autoritär gehaltenen Anweisungen Adis befolgen zu müssen, zur Weißglut brachte.

»Anhalten!« befahl Adi plötzlich. »Hier ist es. Hier habe ich gesessen und nachgedacht, nach dem Treffen.«

Sie ließen den Wagen halb verdeckt von dem eintönigen, sie umgebenden Grün stehen und legten in scharfem Tempo – die Hände in einem Paar Handschellen vereint, so daß sie immer wieder gereizt aneinander zerrten – eine Strecke von hundert bis zweihundert Metern bis zu der Stelle zurück, wo die Leiche abgeladen worden war. Sie marschierten einen ansteigenden, zu beiden Seiten mit dicht stehenden Bäumen gesäumten Pfad hoch, der zusehends schmaler wurde, aber immer noch breit genug blieb, um mit einem Wagen durchzukommen. An einer bestimmten Stelle, die sich in nichts von anderen unterschied, blieb Adi stehen und deutete wortlos mit einem Kopfnicken an, daß man angekommen sei.

»Hier hat er gelegen. Auf dem Rücken. Er war halb zu sehen, aber nur, wenn man ganz dicht an ihm vorbeiging.«

Bresnitz forschte, reklamierte und insistierte, während Adi das wenige erzählte, das er schon mehrfach zum besten gegeben hatte. Die beiden mit Handschellen aneinandergefesselten Männer umkreisten die Stelle und vermaßen sie in Schritten. Die trockenen Reisignadeln explodierten genau wie damals – unter ihren Füßen, und die Bäume, die seinerzeit geschwiegen hatten, schwiegen auch jetzt beharrlich. Entsprechend verhielt sich auch der Fahrer, der das Geschehen mit gewisser Schadenfreude verfolgte. Zunächst hatte er reglos im schmalen Schatten eines Baumes gelehnt, bis er von Bresnitz verpflichtet wurde, sich an ihrer Suche zu beteiligen, bei der jedoch nicht der geringste Fund oder Anhaltspunkt verzeichnet werden konnte.

Bresnitz hätte zum Wagen zurückkehren und die Strecke fahren können. Da sie sich aber bereits in unmittelbarer Nähe zu dem Ort befanden, um nicht zu sagen erstaunlich nahe, beschloß er, wenn überhaupt, dann zu Fuß dorthin zu gehen. Adi schleifte er hinter sich her, und Bechers Fahrer schloß sich ihnen an – die Anweisung des Oberinspektors, die beiden nicht aus den Augen zu lassen, tat unzweifelhaft das Ihrige. Diesmal erreichten sie die rundliche, abfallende Waldlichtung von der anderen Seite der Schlucht aus – wenn man denn von »erreichen« in einer Situation sprechen konnte, in der das Ganze für zwei der drei beteiligten Personen nicht mehr als ein willkürlicher

Marsch mit einem nicht nachzuvollziehenden Halt vor einem beliebigen großen Felsen war, um den einige Kiefern herumstanden. Da manche Leute ja hinter allem eine Bedeutung suchen, wirkte die ganze Angelegenheit aus ihrer Warte mit ziemlicher Wahrscheinlichkeit wie Bresnitz' offen zur Schau gestellte Führerallüren: War denn nicht die Fähigkeit, Menschen zu einem x-beliebigen Ziel zu führen, die Quintessenz von Führerschaft? Möglicherweise nahmen die beiden auch an, daß sie zu einem Treffen hergebracht worden waren, das dann nicht zustande kam, womit sie – in gewissem Sinne – nicht weit von der Wahrheit entfernt waren.

Tatsächlich war dieser Felsen, dieses Kunstwerk der Natur und ihrer Hände Arbeit, Bresnitz selbst – sei es unter dem suggestiven Einfluß seiner Begleiter oder aufgrund der trübenden Wirkung der Zeit – noch niemals derart unbedeutend und trivial vorgekommen. Ein großer, verwitterter Felsblock, der Länge und Breite nach zerfurcht und entstellt von Spalten und Rissen, die sich nicht einmal annähernd zu jenem Bild zusammenfügen lassen wollten, das sich seiner Erinnerung eingebrannt hatte. Bresnitz, der Adi unverändert an seinem Arm hängen hatte, warf einen vorsichtigen Blick auf den Felsen und gleich noch einen hinterher, doch sooft sich der Eindruck in der Vergangenheit auch von selbst eingestellt haben mochte, dieses Mal tat er es nicht. Über nichts haben wir weniger Kontrolle, als was uns vollkommen selbstverständlich erscheint, dachte Bresnitz. Da ihn die ganze Sache bei weitem weniger sachlich ankam, als hier der Eindruck entstehen könnte, ließen ihn Schmerz und Panik ein Würgen in der Kehle verspüren. Natürlich verlor sein Gesicht angesichts der an ihm hängenden Augenpaare jedoch zu keinem Zeitpunkt jenen Ausdruck vollkommener Teilnahmslosigkeit. Schließlich wandte er sich mit einer abrupten Bewegung ab, um mit seiner Eskorte an den Fersen von dort zu verschwinden, wodurch Adis an ihn gefesselter Arm zu voller Länge gestreckt wurde und beinahe abgerissen wäre. Als sie den Rand der Lichtung erreicht hatten, drehte er sich um und warf einen letzten Blick zurück. Und siehe da, durch die Gunst des Augenblicks oder aber bedingt durch den nun veränderten Blickwinkel geschah es: Der riesige Fels veränderte sein Antlitz und gewann wieder seine ganze sonderbare Schönheit. Nur einen Schritt weiter, und das Bild verschwand erneut.

Sollte dies ein Fingerzeig gewesen sein, so verstand Bresnitz seine Botschaft nicht. Vielmehr überkam ihn unvermittelt das Gefühl einer süßen Trauer, wie er sie schon lange nicht mehr gekostet hatte. Seit geraumer Zeit kannte er nur noch den Geschmack gemischter und verworrener Gefühle, die kaum einzeln zu benennen waren. Hier und jetzt jedoch dominierten lediglich zwei Grundströmungen: Die eine war bestimmt durch die Wiedervereinigung mit seiner Geliebten, angefangen bei dem Betreten der Lichtung bis hin zu jenem flüchtigen, gnädig gewährten Blick auf den Felsen. Die andere hingegen speiste sich aus der – durch Adis Vermittlung ermöglichten – Begegnung mit seinem Toten. Für Bresnitz, der bislang lediglich die entseelte Reduktion gesehen hatte – das abgerichtete Konterfei des geteilten Gesichts –, nahm der Tote in dem Augenblick Gestalt an, da Adi mit ihnen gemeinsam die Vorgänge rekonstruierte, indem er Detail für Detail das Verladen der Leiche in seinen Wagen veranschaulichte sowie deren Transport über kaum befahrbare Wege bis zu dem Versteck im unzugänglichen Unterholz, wo man sie später dann gefunden hatte – lange nachdem sie von Adi ihrer Uhr und Perücke beraubt worden war. Zum Schluß kam man noch einmal auf jene beharrliche, Tag für Tag sich wiederholende, sonderbare Totenwache neben der Leiche, für die Adi auch jetzt noch keine überzeugendere Erklärung geben konnte, als es bisher der Fall gewesen war.

Als sie den Wald hinter sich gelassen hatten, fuhren sie weiter in das von der Hitze betäubt daliegende Beit Schemesch. Nachdem sie den großen, menschenleeren Platz im Zentrum der Ortschaft ein paarmal umkreist hatten, stellten sie den Wagen an einer seitlich gelegenen, diskreten Einmündung ab – neugierigen Blicken entzogen, soweit es eben möglich war. Dort aßen sie Steaks in Pitabroten, die der Fahrer auf Bresnitz' Kosten von einer nahen Grillstube geholt hatte. Vom Ausflug in den Schoß der Natur waren sie zu hungrig, um noch sprechen zu können. Ein Junge mit einem Gipsarm lief langsam quer über den Platz, wobei sein Arm die ganze Zeit über wie eine weiße Flagge auf und nieder schwang. Die Furchen verschlafener Stille schlossen sich wieder hinter ihm, als er vorüber war.

Bei jemandem, der hier gegen seinen Willen festgehalten wurde und jeden Tag in seinem Taxi die Grenzen dieses Exils abfuhr – überlegte Bresnitz –, konnte eine Leiche, die plötzlich in sein Leben geworfen wurde, tatsächlich Aufregung und Erwartung auslösen. Ein Rettungsanker, ein Zeichen des Himmels, ein Rätsel, dessen Auflösung mit dem eigenen Leben zu tun hatte. Offenbar gingen ihnen allen dreien in diesem Augenblick dieselben Gedanken durch den Kopf, denn der Fahrer, der als erster seinen Imbiß verschlungen hatte, fing nicht von ungefähr an, Adi nun wegen seines vom Onkel verordneten Zwangsurlaubs hier aufzuziehen. Nicht einmal die Nasenspitze lasse der ihn herausstrecken, »aber wenn Adi ein richtiger Mann wäre . . .«

Adi erwiderte darauf nur, daß selbst hochrangige Lokalpolitiker bei seinem Onkel vorstellig würden, um Anweisungen zu erhalten – »von kleinen Eunuchen wie dir gar nicht zu reden«. Angesichts der aufschäumenden Wut des

Fahrers änderte er jedoch die Tonart, legte sein Essen und sein Getränk beiseite und sagte:

»Meinem Onkel gehört alles, fast ein halbes Königreich. Und ich habe keine Mutter und keinen Vater mehr, nur noch einen Onkel. In dem Moment, da ich keinen Onkel mehr hätte, hätte ich deshalb gar nichts mehr – selbst wenn mir dann all das gehören würde, was er jetzt besitzt. Denn ein Mensch, der zwischen sich und dem Jenseits keinen Vater, keine Mutter und nicht mal mehr einen Onkel hat, ist schon so gut wie halbtot.«

»Das heißt ...«, fragte der Fahrer in merklich verunsichertem Ton, wobei er Bresnitz' Augen suchte, der schweigend dasaß und bedauerte, das Gesagte nicht aufschreiben zu können.

»Das heißt, mein Onkel hat alles – alles außer innerer Ruhe. Die Angst frißt ihn auf. Die Angst vor seinen Leuten, seinen Feinden, vor der Polizei, die er gekauft hat; die Furcht vor meinem Vater, der von den Toten auferstehen und ihn an der Gurgel packen wird – und vor mir. In dem Augenblick, in dem seine Angst so groß, so fürchterlich geworden ist, daß er zu allem bereit ist, nur um sie loszuwerden; wenn diese Klinge der Angst ihn so gründlich ausgehöhlt hat, daß nur noch eine dünne Hülle von ihm übrig ist, die auf den erlösenden Hieb wartet – in diesem Augenblick werde ich erscheinen. Dann wird er mich ansehen und sagen: ›Du siehst jetzt genauso aus wie damals dein Vater.‹ Und mit haßverzerrtem Gesicht wird er mir helfen, ihm das Messer in den Bauch zu rammen. Wenn ich dazu bereit sein sollte. Denn wie Sie sicher festgestellt haben, bin ich als Mörder nur ein kleines Licht. Ein ganz kleines Licht.«

»Ja, du hast es lieber, wenn sie schon tot sind ...«, grinste der Fahrer. Aber Adi blickte durch ihn hindurch in die Ferne, und seine schwarzen Locken klebten ihm an der verschwitzten Stirn. Ein Zittern durchfuhr ihn, eine Art Be-

ben. Bresnitz konnte es deutlich über seine angekettete Hand spüren, wie den Herzschlag eines gefangenen Spatzen, den man in der hohlen Hand hält. Mit der anderen, freien Hand fischte er den Schlüssel aus seiner Hemdtasche und schloß wortlos die Handschellen auf.

»Sind Sie verrückt geworden?« Wie von einer Schlange gebissen, schreckte der Fahrer hoch. »Ich werde das melden, sage ich Ihnen. Ich mache eine Meldung. Und der Oberinspektor . . .

Aber Bresnitz hatte bereits mit einer geschickten Bewegung wie ein Zauberer ihre Hände – die des Prinzen und seines Fahrers – hinter dem Vordersitz zusammengeführt und die Handschellen einrasten lassen. Die beiden waren so aneinandergekettet, daß sie sich anblicken mußten.

»Ich bin sofort zurück«, meinte er nur. »Wartet hier.« Und ohne dem aufgeregten Protest, der hinter ihm losbrach, Beachtung zu schenken, stieg er aus dem Wagen. Ganz allein überquerte ein massiger Mann in Polizeiuniform den Platz. Die dort herumlungerten, warfen ihm für einen Moment einen Blick zu, um die Augen sogleich wieder zu Boden zu richten.

Wie mochte eine Wahrsagerin wohl aussehen? Block 3, Beit Schemesch, lautete ihre Adresse. Bresnitz stieg die Stufen eines Hauses hinauf, das von einem Gerüst umklammert wurde, auf dem einige arabische Bauarbeiter mit Renovierungs- und Reparaturarbeiten zugange waren. Die Tür zu ihrer Wohnung stand offen, und in einer Art Wartezimmer, in dem wie bei einem Zahnarzt Zeitschriften verstreut lagen, saß eine uralte Frau, von der man nicht hätte sagen können, wieviel Zukunft ihr noch bestimmt war.

Bresnitz war unschlüssig, ob er sofort eintreten und damit das Orakel bei seinem Werk stören sollte oder aber wie einer der anderen Ratsuchenden zu warten hatte. Schließlich ließ er sich nieder und wartete, blätterte bereitwillig in den bunten Journalen aus der großen weiten Welt und las über deren verblaßten Glanz.

Es dauerte nicht lange, und die Wahrsagerin öffnete ihm die Tür. Eine Frau mit feinen, blassen, fast kränklich wirkenden Zügen, einem Gesicht, das für den Schatten und nicht für die Sonne geschaffen war. »Und nicht für Beit Schemesch«, war er geneigt zu sagen. Ihr Körper war verfettet, wohl von der teuren Schokolade, deren silberne Papierchen über ihren Tisch verstreut lagen. Der Tisch selbst war merkwürdig gebogen, umgab den Kunden in einer Art Halbmond und zog ihn so in seinen Bann. Ohne erkennbare Ordnung lagen darauf Karten ausgebreitet, alle mit der Rückseite nach oben, so daß die kunstvollen, schwarzweißen Ornamente zu sehen waren – alle bis auf einen goldgeprägten levantinischen Prinzen und einen Joker, der wie ein Satyr aussah und Bresnitz herausfordernd anblickte. Die Bauarbeiter in seinem Rücken, die zwischen Himmel und Erde herumturnten, erschienen ihm wie verkleidete Geheimagenten, die jeden Augenblick durch das Fenster gestürzt kommen würden, um sie beide zu verhaften. Es war, als ob etwas Unrechtes geschähe.

Falls sie wußte, wer er war, ließ nichts in ihrem Verhalten darauf schließen. »Nehmen Sie eine Karte«, sagte sie mit schwerem französischem Akzent.

»Lieber nicht. Ich mag es nicht, gleich die letzte Seite aufzuschlagen.«

»Geben Sie mir Ihre Hand.« Er zögerte. Doch zuletzt überließ er seine Hand ihren Fingern, die weitaus mehr Wärme verströmten als ihre Augen.

Eine ganze Weile betrachtete sie seine Handinnenfläche. Gegen seinen Willen wuchs die Anspannung in ihm. Dann vernahm er das pfeifende Zischen eines tiefen Atemzugs von ihr, begleitet vom schweren Duft eines Parfüms. Ein in diesen Dingen versierter Detektiv hätte dessen Namen gewußt.

»Es gibt da eine Frau. Auch wenn sie ist jetzt fort. Ein tiefer schwarzer Abgrund trennt. Aber sie liebt Sie. So viel Sie auch meinen zu lieben – sie liebt noch mehr.«

»Blödsinn«, sagte Bresnitz ungehalten und fügte mit Bauernschläue hinzu: »Das ist meine Hand und nicht die der Frau. Woher wollen Sie also wissen, wie sehr sie mich liebt?«

Sie lachte leise, schnurrend wie eine alte Siamkatze. »Am allerbesten möglich festzustellen Liebe bei dem anderen. Bei Ihnen sieht man, wieviel sie liebt Sie. Alle Linien sind ganz. Es gibt auch jemanden *mort*. Tot. Schrecklich.«

»Das haben wir Ihrem Freund zu verdanken, Adi«, sagte er vorwurfsvoll, zog aber nicht seine Hand zurück. Ihr Atem ging weiterhin demonstrativ schwer, fast als wollte sie sein Mitleid erwecken.

»Soll ich ihn herbringen, damit Sie auch ihm die Hand tätscheln können?«

Jetzt spürte er, wie sich ihre Fingernägel, die bislang von den weichen Fingerkuppen abgepolstert worden waren, in sein Fleisch bohrten. Etwas huschte über ihr Gesicht, nein, es huschte nicht einmal, sondern flackerte nur um die Augen und löste sich auf. Doch nach allem war Bresnitz auch ein guter Ermittler. Er hatte es hier mit einer Frau zu tun, der alle Männer die Hand gaben und sie irgendwann von ihr wiederbekamen. Und der junge Prinz war ja so hilflos und hatte so wunderbar lange Wimpern.

»Er geht mit Ihnen ins Bett, das kleine Küken. Er hat es mir erzählt. Sie können also ganz offen sprechen.«

Schlagartig breitete sich Farbe über ihr Gesicht aus. Sie errötete. Aus irgendeinem Grund kam Bresnitz das Bild eines dörflichen, träge dahinfließenden Flusses in den Sinn. In einem fernen Land bahnte er sich geheimnisvoll seinen Weg durch das Schilf, und ein Paar ließ sich in einem Kahn von ihm treiben. Adi ruderte, während sie zu seinen Füßen lag, den Strohhut neben sich. Und wer beobachtete sie dort aus seinem Versteck heraus? Sie ließ seine Hand auf den Tisch sinken.

»Alles, was er hat, er muß zerstören«, sagte sie vorwurfsvoll. »Wenn nicht, das erschreckt ihm. Erschreckt ihm, sagt man?« Sie schaute ihn fragend an. »Er ist zart, so wie ein teurer Fächer. Und sein Onkel ist ein alter Mann, das er hat Ihnen bestimmt gesagt. Bei ihm alles ist *exquise*. Ein *criminel pacifiste*. Die Hauptsache, nicht tun, was muß sein. Aber seit dem Toten er ist *fou . . .* total *fou*. Diese Schlampe er schleppt in den Wald, die aus Tiberlas. Bewacht den Toten. Redet mit seinem *papa*. Und nichts er hört. Sie sind ein harter weicher Mann, nicht das Gegenteil.« Sie ergriff erneut seine Hand.

»Sind Sie auch im Wald gewesen, bei dem Toten?«

»Nein«, sagte sie, »ich bin nur hier mit ihm.« Das Rascheln des Silberpapiers verriet sie. Hastig holte sie ein Stück Schokolade aus der Schublade und ließ es wie eine Beruhigungstablette in den Mund gleiten.

»Einmal, ich bin gewesen, am Anfang.«

»Weswegen?«

Sie wirkte noch immer unschlüssig und verängstigt, aber in ihrer Stimme schwang auch eine Spur Stolz mit.

»Es war meine Idee, mein Überfall – *pardon,* Einfall.«

»Was für ein Einfall? Was haben Sie dort gemacht?«

»Die Hand sehen. Die Hand lesen. Vielleicht ich würde etwas finden.«

»Wessen Hand?« fragte Bresnitz, obgleich er schon verstanden hatte.

»Von dem Toten, *le mort.*«

Bresnitz befreite seine Hand und blickte in das bleiche Gesicht der Frau.

»Und, haben Sie etwas gefunden?« fragte er schließlich so desinteressiert wie möglich.

Sie ließ ihr Triumphgefühl hinter einem flinken kleinen Lächeln verschwinden. »Es ist gewesen sehr *bizarre* – so eine tote Hand, das ist sehr schwer. Entweder du siehst, oder du siehst nicht, Hilfe du hast keine. Er war eine diskreter Mann, *le mort*. Frauen er hat nichts über Männer gesagt und Männern nichts über Frauen. Er hat sich versteckt vor allen. Genau wie Sie. Geheimnisse er gibt erst in der Erde preis. Ich sagte zu Adi, er soll so eine Mann suchen, wo es gibt Artisten, aber er wollte *adresse*. Ich sagte ihm, daß in der Hand es gibt Straßen des Lebens, nicht der Stadt. In Französisch das ist ein Spiel mit Wörtern. Können Sie Französisch? Kommen Sie zu mir und lernen. Wie Adi. Er selbst nicht weiß wieviel. Ein Stein, den du wirfst, denkt, daß er fliegt von alleine. Und am Ende er geht zu der Schlampe. Warum Sie haben Angst, eine Karte zu nehmen? Meinen Sie, ein Mensch nicht wirklich kennt *la dernière page?*«

Spielte sie mit ihm oder etwa mit sich selbst, als ihre Stimme jetzt nach und nach an Lebhaftigkeit verlor und den monotonen, theatralischen Tonfall annahm, den man für gewöhnlich mit Wahrsagerinnen in Verbindung brachte? Vielleicht war es auch nur der einfachste Weg, Bresnitz loszuwerden, diesen hünenhaften, heruntergekommenen Polizisten, dessen breiter Ellbogen auf allem, was er berührte, große Schweißflecken hinterließ.

»Und was hatte Susi dort zu suchen? Warum hat er sie dorthin mitgenommen?«

Es überraschte kaum, daß sie diese Frage aufbrachte. »Wenn die Lust ist schwach – ein Ort wie das gibt viel Lust. Und es gibt Frage ohne Antwort – warum ein Mensch kämpft gegen seine Karten? Warum er träumt Tel Aviv und nicht Paris, weit, weit fort, mit Lili, wo der Onkel niemals ihn findet? Und warum er nimmt das ganze Geld und gibt es für die Zähne von einer Nutte?«

»Weil er sie liebt«, schlug Bresnitz vor. Das pfeifende Keuchen wurde zu einem unterdrückten Husten. Ihr kalkweißes Gesicht verdüsterte sich wieder.

»In der Liebe Sie sind ein kleiner Detektiv. In dem *mystrère* von *le cœur.* Wer, Sie glauben, hat der Schlampe eingeschlagen die Zähne? Wegen Araber. Die schönen Zähne aus Tiberias, und aus dem Mund das Blut lief wie aus Wasserhahn.«

»Ich weiß nicht«, gestand Bresnitz, konnte aber das Zittern kaum verbergen, das ihn durchlief.

»Sie wissen, Sie wissen«, meinte sie abschätzig. »Man muß nur wissen, was man weiß.« Sie ergriff seine Hand und führte sie zu den Karten wie eine Frau die Hand eines zaudernden Mannes zu ihrem Körper. »Nehmen Sie«, befahl sie.

Von der Neuigkeit noch ganz erschüttert, nahm Bresnitz eine Karte auf, und dann ihrer Anweisung folgend eine zweite. Hinter ihrem Rücken blickte von dem Gerüst eine nachtschwarze Visage herein, während sie noch die beiden Karten mit ihrem unnatürlich bleichen Gesicht studierte.

Sie las sein Schicksal und Bresnitz ihr Gesicht. Er wartete auf sein Urteil. Die schwarze Visage war wieder an die Arbeit gegangen und warf nur noch ab und zu einen schielenden Blick auf sie beide. In der nun um sich greifenden Stille vernahm Bresnitz zum ersten Mal das durchdringende, rhythmische Schlagen der Pendeluhr, die die ganze Zeit über hinter ihm an der Wand gehangen hatte; daneben Bilder von ihr, auf denen sie der gleichen Beschäftigung in vergangenen, fernen Tagen und an anderen, fernen Orten nachging. Dann erst bemerkte Bresnitz plötzlich, daß sie weinte. Eine einzelne große Träne glitt wie eine Perle über ihre Wange. Ohne auch nur eine Sekunde länger zu warten – wie von einer Tarantel gestochen, könnte man sagen –, sprang Bresnitz von seinem Platz auf, stieß den Tisch zur Seite und verließ fluchtartig den Raum.

»Lassen Sie ihn mir«, rief sie ihm vom obersten Treppenabsatz nach. »Ich gebe acht auf ihn. Er macht nicht Probleme. Ich verspreche.«

»Sie waren bei Lili«, meinte Adi, kaum daß er den Wagen erreicht hatte. »Glauben Sie ihr nicht. Sie bekommt Geld von meinem Onkel, wie alle.«

Der inzwischen von den Handschellen befreite Fahrer fixierte Bresnitz und seinen Gefangenen mit einem haßerfüllten Blick, massierte mit großer Hingabe sein malträtiertes Handgelenk und blieb die ganze Fahrt über schweigsam. Nur seine Lippen bewegten sich geräuschlos, während er bereits den vernichtenden Einsatzbericht formulierte. Adi hingegen, der im Austausch für eine knochige und feindselige Hand eine fleischige und etwas wohlgesonnenere erhalten hatte, ließ seinen Kopf auf Bresnitz' Schulter sinken und schlief den Rückweg über wie ein Baby.

Zum Ausgleich versuchte Bresnitz, in den folgenden Tagen einen möglichst routinemäßigen Tagesablauf einzuhalten, als sei er auf den Gedanken verfallen, die Routine könnte – oder müßte – helfen, die Dinge wieder ins Lot zu bringen. Bresnitz war sich der Tatsache wohl bewußt, daß, während die Untersuchung stetig Fortschritte machte, seine persönliche Situation immer öfter Rückschläge erlitt. Er gab sich keinen Illusionen über die gedrückte und schwer zu fassende Gemütslage hin, die ihn seit dem Unfall, der Trennung oder dem Beginn dieser Ermittlung immer stärker beherrschte. Hinzu kam – als Ursache oder aber Resultat dieser Niedergeschlagenheit – die wachsende Einsamkeit, unter der er im Kollegenkreis litt. Auch wenn er dort schon immer als kauzige, einzelgängerische Kreatur gegolten hatte, deren Absonderlichkeit Unbehagen hervorrief, so hatte es in der Vergangenheit dennoch stets durch die Zusammenarbeit zwangsläufig entstehende Kontakte, allgemeine Verhaltensregeln, sachlich orientierten Austausch und einen grundsätzlich höflichen Umgang miteinander gegeben. Er hatte sogar eine kleine Gemeinde treuer Verehrer gehabt, die ihm nachliefen – ein jeder aus ganz persönlichen Beweggründen, von Beinstock gar nicht zu sprechen. Doch zuletzt schien sich alles gegen ihn verschworen zu haben: die gegenwärtige Ermittlung, von der er sich um keinen Preis abbringen ließ; Beinstocks wundersamer Fenstersturz mit anschließender Verbannung; Becher, der zunehmend einen Privatkrieg gegen ihn führte, seine Leute fast ohne jede Verschleierungstaktik auf Bresnitz hetzte, wie Hunde auf einen verwundeten Bären, und darauf wartete, daß er ein für allemal zu Boden stürzte; und natürlich der Oberinspektor, der es sich zur Angewohnheit gemacht hatte, lautstarke Diskussionen mit Bresnitz bei offenen Türen zu führen.

Als Folge all dessen wurde Bresnitz der am meisten gemiedene Mann des ganzen Reviers, einsam wie die greisen Nachbarn in seinem Haus in Tel Aviv, ausgestoßen wie ein Politiker, den das Glück verlassen hatte. Er wurde die einzige Person, die in der kleinen Kantine des Reviers auch zu Stoßzeiten einen kompletten Tisch für sich allein beanspruchen konnte! Hatten in der Vergangenheit überraschende Erfolge seine unkonventionellen Methoden aufgewogen, so bedurfte es jetzt eines wahrlich dramatischen Triumphes, um dieses Ergebnis noch einzufahren. So reichten auch die ermutigenden Anzeichen in der gegenwärtigen Ermittlung nicht mehr aus, um die Lage großartig zu verändern. Selbst Michal, seine glühendste Verehrerin, lief ihm auf den Fluren des Reviers nicht mehr über den Weg. Eigentlich war sie ja zu bemitleiden, da auch sie verzweifelt auf einen spektakulären Triumph von seiner Seite angewiesen war, der seine unbewiesene Größe untermauern und jenen Sex-Appeal ausstrahlen würde, den nur der Erfolg dem Mann verleiht. Ganz zu schweigen davon, daß sie es leid war, darauf zu warten, bis sich jene zögerlichen, leichtfertigen Annäherungsversuche, die er ihr gegenüber an den Tag gelegt hatte, endlich zu einem eindeutigen Akt verdichteten – wozu er jedoch entweder nicht in der Lage oder aber nicht gewillt schien.

Es überrascht daher nicht, daß vor diesem Hintergrund die Routine nicht besonders routinemäßig ausfallen konnte. Obwohl Bresnitz darauf brannte, sich unverzüglich an die Fährte der Uhr und des Toupets zu heften, mußte er sich zunächst einmal des bislang schwersten Angriffs durch den Oberinspektor erwehren. Die Komplimente, die ihm sein Vorgesetzter wegen der Verhaftung Adis und dessen vielversprechender Abkunft gemacht hatte, waren in einen Sturm der Entrüstung umgeschlagen, als dem Oberinspektor aufging, daß man aus Bresnitz' Sicht der Dinge nicht nur des Ermordeten »noch nicht habhaft geworden war«, sondern daß auch der Mörder erst noch ermittelt werden mußte. Bresnitz fiel es schwer, den gedrungenen, graumelierten Mann nicht zu verstehen, der in erregtem Ton auf ihn einredete und den gesunden Menschenverstand, getroffene Vereinbarungen und die allgemeine Ordnung ins Feld führte. Alles, was er selbst als Argument dagegensetzen konnte, war eine vage Intuition in bezug auf die Unschuld des Verdächtigen, der er durch die unmißverständliche Mitteilung Gewicht verleihen wollte, er selbst werde als Entlastungszeuge vor Gericht aussagen, sollte man versuchen, seinem Häftling den Mord anzuhängen.

Der Oberinspektor mühte sich vergeblich, ihn von der eindeutigen Schuld Adis zu überzeugen – »Helfen Sie ihm noch ein wenig, und er wird von alleine gestehen«. Seine Wirkung verfehlte auch der Hinweis, der Onkel würde durch die Verurteilung seines Neffen einen vernichtenden Schlag einstecken, was einen glänzenden Erfolg für die ganze Abteilung abgäbe. Sogar der verzweifelte, mit unerwarteter Verschlagenheit vorgetragene Versuch mißlang, einen Zugang zu dem zu finden, was er für Bresnitz' verquere Logik hielt, indem er ihn davon zu überzeugen suchte, eine Verurteilung wegen Mordes sei exakt das, was sein Schützling gerade jetzt am nötigsten hätte. »Erstens wird so anstatt eines kleinen, armseligen Zuhälters ein Mörder aus ihm. Und zweitens, überlegen Sie mal, was er in den fünf, zehn mickrigen Jahren im Bau alles lernen kann. Über mehr reden wir hier doch gar nicht, wenn man die besonderen Umstände und Erleichterungen alle berücksichtigt. Und wenn er dann eines Tages freikommt, als richtiger Mann, möchte ich nicht in der Haut seines Onkels stecken, oder wer immer das dann sein wird.«

Als Bresnitz auf seiner Weigerung beharrte, jedoch in konzessionsbereitem Tonfall bemerkte, im Augenblick konzentriere sich die Ermittlung ohnehin auf die Identität des Ermordeten und weniger auf die des Mörders, versuchte der Oberinspektor ihn mit der möglichen Begnadigung Beinstocks zu bestechen. Dann verfiel er darauf, ihn mit zum Teil sonderbaren Drohungen einzuschüchtern, um ihn wenig später eindringlich zu bitten, er möge das Wohl »seines Arabers« bedenken. »Wenn Adi wegen Mordes in den Bau kommt, haben sie keine andere Wahl, als den Araber an die frische Luft zu setzen.« Verbittert bemerkte der Oberinspektor, Bresnitz sei schlicht undankbar in Anbetracht der Rückendeckung – »unbezwingbar wie eine Staumauer« –, die ihn hier vor einer wahren Flut von Repressionen und Beschwerden schütze. »Das reicht vom Schabbak bis zu Bechers Fahrer.« Am Ende werde man bestimmt mit Wucherzinsen dafür zu zahlen haben, da »die Eintreiber, die Sie aus der Unterwelt kennen, im Vergleich zu den Eintreibern, die von oben zulangen, die reinsten Waisenknaben sind«.

Bresnitz konnte sich dennoch nicht des Eindrucks erwehren, daß ungeachtet der nicht enden wollenden Warnungen, Versprechungen, offenen und verdeckten Schachereien, mit denen sein Vorgesetzter ihn zunächst bedrängte, um schließlich von ihm abzulassen, der Tatbestand »Veralberung des gesunden Menschenverstandes« und die Verunglimpfung der hochgelobten simplen Logik die beiden Punkte darstellten, mit denen sich sein Gegenüber nicht abfinden konnte. Aus der Sicht des Oberinspektors stellte Bresnitz' Hartnäckigkeit eine ernstzunehmende Herausforderung seiner Maxime dar: »Wenn ich einen Mann und eine Frau nackt im Bett erwische und ihre Körper sind noch mitten in einer bestimmten Bewegung, dann spielt es auch keine Rolle, ob ich nun genau weiß, wer er ist und wer sie und worin präzise ihre Beweggründe und ihre Motivation liegen. Für mich gibt es in so einem Fall nur eine einzige Möglichkeit. Und das ist es genau, was Sie in Ihrem Wahn nicht einsehen wollen.«

»Denken Sie an Philby«, erwiderte Bresnitz in versöhnlichem Ton, während er selbst in diesem Augenblick ausgerechnet an Pasteur denken mußte, den Helden seiner Kindheit. Hatte nicht auch Pasteur, allen Spöttern zum Trotz, darauf bestanden, daß Schmutz und die richtige Temperatur allein nicht ausreichten, um bei hermetischer Abschottung krankheitserregende Bakterien entstehen zu lassen? Aus nichts kann sich nichts bilden, war seine These gewesen. Entsprechend konnte sich aus dieser blutarmen Anhäufung von Beweisen und Indizien, auch wenn man sie noch so sehr ausquetschte, nichts machen lassen, solange man nicht die wahre Geschichte aufgedeckt hatte. Die augenblickliche Version, in der von dem bösen Onkel und dem zaudernden Prinzen die Rede war, paßte nach Bresnitz' Auffassung ganz und gar nicht hierher, mußte man doch den Eindruck haben, als sei sein Toter in der Rolle des Geistes nur rein zufällig in die ganze Affäre verstrickt worden. Und wenn Adi eine etwas weniger degenerierte Ausfertigung jenes dänischen Prinzen gewesen wäre, hätte sich ohne weiteres das Eindringen fremder Elemente verhindern lassen, die seine Geschichte so weit vermischt hatten, bis der falsche Verdacht an ihm hängengeblieben war.

»Was hat Philby mit der Sache zu tun?«

»Jahr um Jahr sitzt er in einem Büro wie dem ihren, bewegt sich genauso, wie Sie es tun, und sieht von hinten, von vorne und aus jeder erdenklichen Perspektive exakt aus wie ein Mann, der eine bestimmte Sache tut. Und was stellt sich am Schluß heraus? Daß alles zusammengenommen einen ganz anderen Sinn ergibt. Eine vollkommen andere Geschichte kommt heraus.«

Der Oberinspektor blickte Bresnitz geraume Zeit an und wälzte das Gesagte in seinem Kopf.

»Sie und Ihr Gequatsche«, fauchte er Bresnitz schließlich an. »Am Ende werden Sie teuer dafür bezahlen.«

Und so zu guter Letzt doch noch mit dem Einverständnis seines Vorgesetzten ausgestattet, die Ermittlungen in diesem Fall fortzusetzen, während Adi weiter in Untersuchungshaft blieb, machte sich Bresnitz noch am selben Tag auf die Suche nach der Uhr und der Perücke.

Die Uhr fand er nicht. Der Käufer – Adis Aussage zufolge ein kleiner Händler aus dem Süden der Stadt – war in der Zwischenzeit mit seinem Geschäft nach Kanada ausgewandert. In der Vergangenheit hätte Bresnitz möglicherweise die erforderlichen Maßnahmen bewilligt bekommen, um ihn dort aufzuspüren, doch daran war jetzt nicht einmal mehr zu denken. Daher setzte er nun seine ganze Hoffnung auf die Perücke.

Den kleinen, aber feinen Betrieb für »Herstellung, Anpassung, Reparatur und Verkauf von Perücken« entdeckte Bresnitz, Adis genauer Beschreibung folgend, in einem Hinterhof der Dizengoff-Straße, im Schatten dieser lärmenden Einkaufsmeile, wie es sich für ein dynamisches Geschäft diskreter Natur gehörte. Einst, in ruhigeren Zeiten, hätte Bresnitz dem Ausdruck ironischer, etwas herablassender Höflichkeit, mit dem der Inhaber seinen gewichtigen Kunden empfing, mehr Interesse entgegengebracht, hätte registriert, wie der andere seine wilde Mähne und den ungestutzten Backenbart musterte, als gehe er im Geist sein Sortiment auf der Suche nach einem kultivierteren Ersatz durch. Nun aber verfolgte er eher pragmatisch, wie sich dieser Ausdruck sehr schnell in eine Miene verschreckter, argwöhnischer Anspannung verwandelte, als die tatsächliche Identität des neuen Kunden zutage trat. Bresnitz lauschte weiter den entschuldigenden Erklärungsversuchen, als der Mann wiederholt und mit einer Inbrunst, die für sich genommen schon verdächtig war, schwor, er habe nicht den geringsten Grund gehabt, an der einwandfreien Herkunft der exklusiven Perücke zu zweifeln. Während Bresnitz noch dabei war, die Adresse des neuen Besitzers der Perücke aus der Kundenkartei in sein Notizbuch zu übertragen, sinnierte er, wie sich wohl Beinstock sein Gegenüber hier vorgenommen hätte, um ein für allemal den nötigen Respekt vor Polizeigewalt und Gesetz sicherzustellen. Ganz nebenbei spürte er, wie ihm die überraschende Sehnsucht nach seinem Stellvertreter einen Stich versetzte.

Dies alles war nicht mehr als ein harmloses Geplänkel im Vergleich zu der Fortsetzung, die an der Ecke Bograssoff- und Ha-Yarkon-Straße über jenen Unglücksraben hereinbrechen sollte, auf dessen Kopf inzwischen die geraubte Perücke glänzte. Der Mann betrieb eine Agentur für Models, Stripperinnen oder etwas in der Art. Ein süßlicher Strahlemann, aalglatt, der in Bresnitz' Augen nicht besser oder schlechter abschnitt als tausend andere seiner Sorte, die mit flinken Fingern ihre Laptops bearbeiteten und dubiosen Import-Export-Geschäften nachgingen. Anfangs jagten Ekel und Grauen dieser bemitleidenswerten Person ein Schaudern über den Rücken, als Bresnitz mit trockenen, erbarmungslosen Worten die Odyssee der Perücke vom blutüberströmten Schädel des Ermordeten zum Kopf ihres jetzigen Besitzers schilderte. Dieses Schaudern wich nacktem Entsetzen, als Bresnitz den Mann anwies, auf der Stelle das besagte Beweisstück auszuhändigen, um eine Fortsetzung der Ermittlungen zu gewährleisten. Vergebens fauchte der Ärmste vor Wut und Scham, pochte auf sein Recht, seine Persönlichkeit und Würde schützen zu dürfen, alarmierte telefonisch seinen Rechtsanwalt und jemanden »von ganz oben« aus dem »nationalistischen Lager« und drohte zuletzt, auch er werde nun auswandern. Dies alles erfolgte selbstverständlich im Flüsterton, damit der Inhalt der Unterhaltung nicht einem guten Dutzend dürrer, welker Models zu Ohren kam, die sich in heller Aufregung vor der Tür versammelt hatten und die Polizei rufen wollten, ehe ihnen klar wurde, daß diese bereits eingetroffen war.

Bresnitz klammerte sich an die Perücke wie ein Indianer an den Skalp eines Feindes, drohte seinerseits damit, sie dem Mann gewaltsam vom Kopf zu reißen und ihn dann wegen Besitzes von Diebesgut und Strafvereitelung festzunehmen. Als der andere daraufhin eingeschüchtert von Drohungen zu Tränen überging, willigte Bresnitz ein, genau eine Stunde »und nicht eine Sekunde länger« zu warten, bis jener Händler – oder Hehler, wenn es sein mußte – mit einigen Ersatzperücken eingetroffen sei.

Wenig später spielten sich hinter der verschlossenen Tür Szenen ab, die an Doktor Jekyll denken ließen, der verzweifelt versucht, sein ursprüngliches Aussehen wiederzugewinnen, bevor er von seinen Bekannten entdeckt wird. Der Händler und sein Kunde führten einen Kampf gegen Bresnitz' Uhr, probierten eine Perücke nach der anderen aus und stritten sich dabei die ganze Zeit über den aus der ganzen Angelegenheit resultierenden finanziellen Schaden, bis zuletzt ein Modell gefunden war, das mit sehr viel Wohlwollen dem Vorbild ähnlich sah. Bresnitz lehnte ein letztes, verzweifeltes Angebot ab, sich anstelle des Originals mit diesem Ersatz zu begnügen – »gegen ein oder zwei Models . . .«

Nachdem er die heiß umkämpfte Perücke in einer eigens dafür mitgebrachten Papiertüte verstaut hatte, verließ er schließlich das Büro und schritt wortlos zwischen zwei Reihen Frauen hindurch, die draußen darauf warteten, daß ihr Boß herauskam.

Als Bresnitz auf dem Revier eintraf, wartete eine Nachricht von seiner Frau auf ihn, er möge sie umgehend anrufen. Obwohl so etwas eher selten vorkam, eilte er zunächst ins Labor, um die Perücke untersuchen zu lassen. Vielleicht stießen sie ja doch noch auf etwas, trotz der vielen Zeit, die seit dem Mord verstrichen war. Danach stöberte Bresnitz die für Fahndungszeichnungen zuständige Beamtin auf, eine vormals schwergewichtige Graphikerin, die inzwischen fromm geworden war, stark abgenommen hatte und nun in Kedumim* wohnte.

Anfänglich weigerte sich die Frau »aus Prinzip«, sich wegen eines Mordes, der vor mehr als einem halben Jahr begangen worden war, unter Druck setzen zu lassen. In der Vergangenheit hatte – wie sie es nannte – »stillschweigendes Einvernehmen« zwischen ihnen geherrscht, zwei »ver-

* religiöse Siedlung in den besetzten Gebieten, in unmittelbarer Nähe zu Nablus gelegen

folgten Künstlern« in einer »inquisitorischen Einrichtung«. Damals war es ihr – zugegebenermaßen ohne größere Schwierigkeiten – gelungen, Bresnitz in immer neue Diskussionen über dieses Thema zu verwickeln, in deren Verlauf sie gebannt verfolgt hatte, wie er seine Ausführungen mit ausladenden, gewundenen Bewegungen untermauerte. Doch als sie zu welchem Glauben auch immer zurückfand und von Stund an nur noch unter besonderen Konditionen eine halbe Stelle bei der Polizei bekleidete, war dieses Kapitel ihrer Beziehung ein für allemal abgeschlossen. Nun, da sich abgrundtiefes Unverständnis zwischen ihnen auftat, hatte Bresnitz Mühe, ihr plausibel zu machen, weshalb sie den Auftrag noch heute ausführen sollte. Als Erklärung konnte er nichts als seinen bloßen Wunsch vorbringen.

»Nein und nochmals nein, Bresnitz«, wiederholte sie unerbittlich und wandte ihm ihre kantigen, unzugänglichen Züge zu, die sich so sehr von dem Gesicht unterschieden, das er in der Vergangenheit gekannt hatte.

Bresnitz, der ihr dürftiges Arbeitspensum aus eigener Erfahrung kannte, hielt seinen lodernden Zorn im Zaum und wedelte statt dessen mit einer besonders anspruchsvollen professionellen Herausforderung: mit der freien Gestaltung eines Gesichts, »das, aus Asche gemacht, wieder zu Asche ward«. Schließlich bat er sie inständig und mit gesenktem Blick, mit ihm ins Labor zu gehen, damit sie die Perücke sehen könne und »die ganze Sache im Nu vom Tisch hätte«. Während sie weiterhin wie nebenbei kleine groteske Porträts von ihm anfertigte – eines davon zeigte ihn als wilden Stier –, willigte sie ein, ihn zu begleiten, sobald er zugegeben habe, daß das eigentliche Problem in »seiner schweren persönlichen Krise« bestehe. Sie stritten eine Weile, bis das Geständnis schließlich erpreßt war und sie zum Labor eilen konnten. Dort untersuchte man bereits mit leuchtenden Augen einen mikroskopisch kleinen Blutspritzer, der allen

Spülungen und Reinigungsaktionen getrotzt hatte, denen die Perücke auf ihrer Odyssee ausgesetzt gewesen war. Und als Bresnitz noch mit gewissem Vorbehalt Zeuge wurde, wie auf ihrem Zeichentisch diese hohe, an einen Mönch erinnernde Stirn, die durch die Verdoppelung der unversehrten Gesichtshälfte entstanden war, unter einem modisch eleganten, fast lebendig wirkenden Haarteil verschwand, kam aus dem Labor die Mitteilung, man habe die Blutgruppe identifizieren können. Da der gefundene Typ allerdings sehr verbreitet war, mußte die Nachricht ernüchternd wirken. Bresnitz jedoch machte den Eindruck, als habe er selbst eine Bluttransfusion erhalten und sei zu neuem Leben erwacht, denn mit lautem Schmatzen küßte er nun den Nacken der Graphikerin und schien vergessen zu haben, was in der Zwischenzeit mit ihr geschehen war.

Als er kurz darauf zum Telefon hastete, um seine Frau anzurufen, antwortete ihm am anderen Ende der Leitung ihr Bruder. Dieser klärte ihn auf, seine Frau habe einen schweren Migräneanfall gehabt und – weil Bresnitz sich verspätete – »den zweiten Mann in ihrem Leben zu Hilfe gerufen. Nach ihrem Vater . . .«, beeilte er sich anzumerken. Bresnitz sagte, er komme sofort, wurde von seinem Schwager jedoch gebeten, zuvor noch in der Arztpraxis mit angeschlossener Apotheke vorbeizuschauen, in der sie arbeitete. »Sie hat rein gar nichts im Haus. Deine Apothekerin ist clean.«

Die späte Nachmittagsstunde hatte der Sonne so gut wie nichts von ihrem Zorn genommen. Bresnitz manövrierte den Wagen in eine enge Parklücke und eilte der relativen Kühle der Praxis entgegen. Die Apotheke war wegen des plötzlichen Ausfalls seiner Frau noch überfüllter als sonst. Das riesige Bild einer weißgekleideten Apothekerin, die ihm direkt in die Augen schaute und zum Zeichen der Stille ihren Finger auf die Lippen legte, die mürrischen Greise auf den hochlehnigen Holzstühlen, jeden Augenblick bereit aufzuspringen, der Chor aus Räuspern und Husten, Rascheln und Flüstern, das Betasten und Befühlen des eigenen Körpers, mit dem ein jeder hier seine schwindende Gesundheit unterstrich: Dies alles erinnerte Bresnitz an seinen für das schmale Bett im Krankenhaus zu groß geratenen Körper. Zuviel Schmerz für eine schwache Seele.

»Eine Nummer, eine Nummer«, stieß ihn ein Mann von rechts an und wies auf die Rolle schlaff herabhängender Papierstreifen an der Wand. »Die Nummer ist die Warteschlange«, deklamierte eine Frau zu seiner Linken, und die anderen fielen bekräftigend mit ein. Die Apothekerin warf einen entnervten Blick auf den Unruheherd, erkannte Bresnitz trotz seiner Zivilkleidung sofort und winkte ihm zu, er solle direkt zu ihr kommen. Bresnitz war einen Augenblick lang unschlüssig, welche der beiden Verpflichtungen schwerer wog: die gegenüber seiner leidenden Frau oder die mit Blick auf die öffentliche Ordnung. Als er schließlich von seinem Stuhl aufstand, brachte ihm dieses Zögern einen von allen Seiten auf ihn einstürzenden Schwall böser Bemerkungen ein. Wie bei einem Kind füllte die Apothekerin seine Hemdtasche mit bunten Pillen, und als sich Bresnitz dann mit schnellen Schritten davonmachen wollte, wobei er bemüht war, die Blicke der Anwesenden zu meiden, wäre er fast mit der Putzfrau zusammengestoßen, die wie aus dem Boden gewachsen plötzlich vor ihm stand. Am Ende stolperte er nach draußen, der glühenden Sonne entgegen.

Während er in seiner Hosentasche noch nach dem Wagenschlüssel tastete, röhrte der Motor eines anfahrenden Omnibusses laut auf, und er sah seine Geliebte mit dem Rücken zu ihm trockenen Fußes wie die Kinder Israels durch ein Meer von Fahrzeugen schreiten. Als wäre sie in

Reichweite, streckte Bresnitz die Hand aus, um sie anzuhalten, fiel dann sofort in Laufschritt und stürzte hinter ihr her. Die rote Ampel sprang genau in der Sekunde auf Grün, als er sie ohnehin überqueren wollte. Er umkurvte einen Stand mit antiquarischen Büchern, ohne auch nur einen Blick darauf zu werfen, überholte eine Dame mit Hündchen, erreichte die Straßenecke – und da war sie: Ungewohnt energisch schritt sie aus und wirkte schlanker denn je. Als er den Abstand zu ihr verkürzt hatte und jetzt auf Zehenspitzen schlich, um sie nicht zu erschrecken, war er noch unschlüssig, ob er ihr dunkles Haar oder aber ihre Schulter berühren sollte.

»Ahuva«, ächzte er – auch wegen der körperlichen Anstrengung – und faßte ihre Hand.

Die Frau fuhr herum. Es war nicht sie, sondern eine Fremde. »Was wollen Sie?« fragte sie.

Bresnitz keuchte, versuchte wieder zu Atem zu kommen. »Sie ... sie sind bei Rot über die Ampel gegangen«, stammelte er schließlich.

»Was geht Sie das an?«

»Ich bin Polizist«, sagte er und zeigte ihr seinen Ausweis. »Geben sie mir bitte Ihre Personalien.«

Wieder und wieder verglich sie ungläubig sein Gesicht mit dem Bild in seinem Ausweis. »Haben Sie mich nicht vorhin mit einem anderen Namen angesprochen?« fragte sie vorsichtig.

»Ja«, gestand Bresnitz. »Geben Sie mir bitte Ihren Personalausweis.«

Sie nickte langsam, während er notierte. Sie hatte intelligente Augen, und ihr Gesicht wirkte ungewöhnlich reif für ihr Alter.

»Machen Sie sich keine Sorgen«, sagte sie, als er fertig war, und hielt mit beiden Händen ihre Handtasche auf. »Sie werden sie schon noch finden.«

»Danke«, sagte Bresnitz. Er ließ ihren Ausweis in die Tasche gleiten – und danach auch den improvisierten Strafzettel, den er ihr ausgestellt hatte. Dann kehrte er gemessenen Schrittes zu seinem Wagen zurück. Nie zuvor hatte der Dizengoff-Platz ihm eine solche Niedergeschlagenheit und Trauer vermittelt.

Im zweiten Stock seines Hauses wartete die alte Bracha, lauerte auf den Erstbesten, der mit ihr sprechen würde. Sie warf einen flehenden Blick auf den wuchtigen Mann, der ihr irgendwie bekannt vorkam und nun an ihr vorbeischlüpfen wollte. »Der Kühlschrank, er geht nicht auf«, wisperte sie mit dünner, erstaunlich sanfter Stimme, die sich in all den Jahren nicht verändert hatte. Bresnitz zögerte nicht nur wegen des schwachen modrigen Gestanks, der ihn abstieß, oder weil er an seine Frau dachte, die oben auf ihn wartete. Etwas Unangenehmes, fast Beängstigendes ging von dem Halbdunkel hinter ihr aus, das an eine finstere schwarze Hölle denken ließ, in die ihn die alte Frau mit dem wirren weißen Haar locken wollte. »Komm«, sagte sie, als spürte sie sein Zaudern, »ich mache Tee mit Honig, wie du ihn liebst.«

Schließlich trat er ein, ging an stinkenden Essensresten vorbei in die Küche und öffnete und schloß vor ihren Augen die Tür des halbleeren Kühlschranks. »Es geht doch, Frau Bracha«, sagte er. »Sehen Sie?« Dann verließ er ihre Wohnung so schnell, wie er gekommen war, wobei er darauf achtete, nichts zu berühren. Noch bevor er seine eigene Wohnung erreicht hatte, hörte er, wie sie ihm nachrief: »Sagen Sie mir nur, welcher Tag heute ist, mein Herr. Ich muß etwas überprüfen.«

»Dienstag«, antwortete Bresnitz, und während er noch damit beschäftigt war, seinen Schlüssel zu suchen, vernahm er bereits das fieberhafte Rascheln ihrer Zeitung, dem der erzürnte, scheinbar erstaunte Ausruf folgte: »Sie haben mir schon wieder die Zeitung von letzter Woche verkauft.« Den Abschluß bildete ein kurzer Lachanfall, eine Art dämonisches, rollendes Hehehe, das reichlich selbstzufrieden klang.

In seiner Wohnung war es ähnlich finster wie in der, aus der er gerade kam. Die Fensterläden waren geschlossen, die Vorhänge zugezogen, alles war hermetisch abgedunkelt, als genüge allein der Schutz vor dem beißenden Sonnenlicht, um die Qualen seiner Frau zu lindern.

»Dani«, rief sie sofort, als er eintrat. »Ich hab mir schon Sorgen um dich gemacht.«

»Was Dienstliches«, erwiderte er kurz angebunden. »Ich bring dir ein Glas Wasser, damit du die Tabletten schlucken kannst.«

Der Wasserhahn in der Küche tröpfelte langsam vor sich hin. Bresnitz gab einem brennenden Durst nach, den er plötzlich verspürte, trank das erste Glas und füllte dann ein zweites für sie.

Sie richtete sich langsam im Bett auf, um nicht durch eine hastige Bewegung eine plötzliche Schmerzwelle auszulösen, schluckte die Tabletten und trank wie ein braves Mädchen das Glas in kleinen Schlucken leer. Auch wenn der Abgespanntheit ihres Gesichts zu entnehmen war, daß der eigentliche Anfall bereits hinter ihr lag.

»War es voll in der Apotheke?« fragte sie und ließ sich vorsichtig zurück in die Kissen sinken.

»Ja«, sagte Bresnitz. »Man konnte sehen, daß du nicht da warst.«

Er ließ sich auf einen Stuhl neben ihrem Bett fallen.

»Nachum ist gerade erst gegangen. Schade, er hätte dich zu gern getroffen. Er war begeistert von dir, als wir bei ihnen auf der Feier waren. Er meint, den Satz, den du ihm gesagt hast – deine Aufgabe sei es, die Unschuld der Leute zu beweisen, oder so ähnlich –, würde er überall zitieren.«

»Ich kann mich nicht erinnern, ihm so etwas gesagt zu haben«, murmelte Bresnitz, peinlich berührt und ein wenig niedergeschlagen.

Sie setzte ein stilles Lächeln in der Dunkelheit auf.

»Warum lächelst du?«

»Ich hab's fast hinter mir«, sagte sie leise.

»Soll ich dir noch etwas zu trinken bringen?«

»Nein«, sagte sie, »danke.«

»Waren die Schmerzen schlimm?«

»Ja«, sagte sie, »fürchterlich.«

Bresnitz erinnerte sich an das neue Aussehen des Ermordeten, und seine Lippen wären beinahe von selbst aufgesprungen.

»Wie läuft die Arbeit?« fragte sie schnell.

»Geht so.«

Auf dem Stuhl ihm gegenüber war ein heller Fleck auszumachen, ihr Kittel aus der Apotheke. Und unter dem Saum ihres dunklen Nachthemds schauten zwei weitere, kleinere helle Flecken heraus – ihre nackten Füße.

Bresnitz nahm ihre Hände in seine. Sie fuhr mit dem Finger über eine harte Schwiele, die er schon seit geraumer Zeit am Daumen hatte.

Bresnitz beugte sich hinter ihrem Rücken zu ihr hinunter, und nur das Knarren seines Stuhls verriet ihn, da sie die Augen geschlossen hatte. Seine Lippen berührten ihre Stirn.

»Warte«, sagte sie, nahm ihre Brille ab und legte sie, ohne den Kopf zu wenden, unter das Kissen neben sich. Die Schweißperlen, die während ihrer Qualen die Stirn bedeckt hatten, waren bereits getrocknet und hatten einen salzigen Geschmack hinterlassen. Ihr Hals dagegen schmeckte nach nichts und verströmte nur einen fast vergessenen Duft. Bresnitz schlief mit seiner Frau.

Bresnitz war unterwegs ins Jisraeltal. Eine Familie aus dem

örtlichen Moschav hatte das Bild in der Zeitung erkannt und die Polizei in Afulla benachrichtigt. Sie waren nicht die einzigen. Der Akte war zu entnehmen, daß aufgrund des zuvor angefertigten Fahndungsbildes im Verlauf mehrerer Monate lediglich zwei Hinweise eingegangen waren, die sich beide als falsch erwiesen hatten. Dieses Mal jedoch hatte das aktualisierte und mit dem Haarteil verzierte Porträt innerhalb von nur zwei Tagen zu fünf verschiedenen Hinweisen aus allen möglichen Ecken des Landes geführt. Nicht einer davon war aus Tel Aviv eingegangen. Ehefrauen, besorgte Eltern, Kinder, Geschäftspartner – ein jeder von ihnen schien jemanden zu vermissen. Als Bresnitz die provisorischen, anhand der Gesprächsnotizen angefertigten Berichte in seinem Büro fächerförmig vor sich ausbreitete, sah er sich mit fünf unterschiedlichen Identitäten des Mannes aus dem Wald konfrontiert. Verschiedene Namen, ebenso viele Altersangaben und eine ganze Palette von Berufen. Sollte ein Mensch sich tatsächlich über die Summe der ihm zugedachten Identitäten definieren lassen, sinnierte Bresnitz, dann haben wir unseren Ermordeten ja bereits so gut wie gefunden. Aber sein Herz schlug angesichts dieser Erkenntnis vollkommen gleichmäßig weiter, wünschte er sich doch auf eine rührend naive Weise den einen, für ihn Bestimmten, die eine, klar umrissene Identität.

Während er darauf wartete, daß die Telefonistin ihn mit der ersten Nummer verband, machte ihm nach wie vor die Frage zu schaffen, ob nicht alle Befunde lediglich nur ein Spiegelbild des Toten zeichneten: die persönlichen Hinterlassenschaften, die Menschen, die sich nach seinem Ableben um ihn geschart hatten, derjenige, der ihn ermordet hatte – und in gewisser Hinsicht sogar das zuletzt angefertigte Bild des geteilten Gesichts.

Das Telefon klingelte. Am anderen Ende der Leitung war eine Frau aus Kiriyat Gat, die sehr zögerlich, als müßte sie sich für etwas entschuldigen, den Toten auf dem Zeitungsbild als Eli Weiß identifizierte, der sie und die Kinder vor einem Jahr verlassen habe. Er sei nach Amerika gefahren, hieß es, doch daran habe sie niemals geglaubt. Und tatsächlich habe man ihr vor einigen Monaten bei ihrer Bank in Kiriyat Gat mitgeteilt, er sei dort aufgetaucht und habe Geld abheben wollen. Danach sei er wieder spurlos verschwunden ... Vor genau drei Monaten sei das gewesen, sie täusche sich ganz bestimmt nicht, da ihr Sohn Ran genau einen Tag vorher drei Jahre alt geworden sei. Bresnitz erklärte ihr behutsam, daß die Leiche vor deutlich mehr als drei Monaten gefunden worden sei, um dann auf einer zweiten Leitung mit jemandem zu sprechen, der in einem Kibbuz bei Netanya für den Arbeitseinsatz der ausländischen Volontäre verantwortlich war. Der Mann hatte einen starken argentinischen Akzent und erzählte von Steve, der schon seit zehn Monaten spurlos verschwunden sei, und jetzt – das Foto in der Zeitung sei ihm wirklich sehr ähnlich. Natürlich habe er ihn längst als vermißt gemeldet ... Nun, er glaube nicht, daß Steve als schottischer Goi beschnitten gewesen sei, dessen sei er sich fast sicher, dasselbe habe man ihn auch schon einmal gefragt, aber sicherheitshalber habe er doch noch einmal anfragen wollen.

Direkt danach ging ohne jegliche Vorwarnung der Anruf von jemandem ein, der sehr erregt wissen wollte, warum nicht das Foto seiner Tochter veröffentlicht werde, die schon seit mehr als einem Jahr verschwunden sei, ehe er dann in Tränen ausbrach. Anschließend beschloß Bresnitz, die Spur aus jenem Moschav in der Jisraelsenke zu verfolgen. Das Telefon klingelte endlos lange, bis endlich jemand vom Feld oder aus dem Kuhstahl kam und abhob. Der Mann am Hörer war sehr wortkarg in seinen Ausführungen: Er habe seinen Sohn Jonathan (mit Betonung auf der letzten Silbe, wie es sich gehörte) seit mehr als einem Jahr nicht mehr gesehen. Er habe auch nicht nach ihm gesucht. Der Fahndungszeichnung nach müßte er es sein, einmal abgesehen von der Brille, die Jonathan getragen habe und die auf dem Bild fehle. Nein ... auch nachdem das Bild in der Zeitung erschienen sei, habe er nicht nach ihm gesucht. Er hätte nicht gewußt, wo. Schweigen. Bresnitz fragte nach den Einzelheiten, die ihm bereits aus dem vor ihm liegenden Bericht vertraut waren – Augenfarbe, Körpergröße und Alter, die mehr oder minder mit denen des Ermordeten übereinstimmten. Der Mann meinte, das habe er alles schon einmal zu Protokoll gegeben, worauf er es spürbar verstimmt ein zweites Mal tat. Dann herrschte erneut bedrückendes Schweigen in der Leitung, wobei im Hintergrund die undeutliche Stimme einer Frau zu hören war. Bresnitz seinerseits schwieg ebenfalls beharrlich, bis der Mann schließlich fragte, ob die gefundene Leiche echtes oder künstliches Haar habe, so formulierte er es. Bresnitz fragte, welche Art von Haar es denn sein müsse, damit es sich um Jonathan handele – auch er betonte den Namen auf der letzten Silbe –, und der Mann erwiderte, kunstlich, um sofort zu verbessern, künstlich, spürbar verärgert über seinen Fehler. Bresnitz bestätigte das und fragte dann nach besonderen körperlichen Merkmalen des Sohnes. Der Mann und die Frau berieten sich einige Augenblicke, was jetzt deutlich zu hören war, da die Frau mit seltsam hoher, fast verzweifelter Stimme etwas von »Appendix« sagte. Der Mann fragte nach einer Blinddarmnarbe, was Bresnitz ebenfalls bestätigen konnte, ja es sei eine Narbe bei ihm gefunden worden, die auf eine solche Operation schließen lasse. Wieder ertönte die Stimme der Frau, worauf der Mann sonderbar distanziert wissen wollte, ob es einen Schönheitsfleck auf der linken Wange gäbe. Bresnitz antwortete, nachdem er einen Augenblick lang die passende Formulierung gesucht hatte: »Diese Seite des Gesichts war nicht zu identifizieren.« Der Mann verstummte, doch die Frau im Hintergrund verlangte eine Antwort, woraufhin Bresnitz hören konnte, wie der Mann Wort für Wort seine Formulierung wiederholte. Die grausame Direktheit eines Bauern, dachte Bresnitz und lauschte, wie jene Frau dort irgendwo im Jisraeltal mit erstickter, sehr ferner Stimme schluchzte. Danach kam es noch zu einem kleinen Mißverständnis, das den vermißten Sohn fast wieder zum Leben erweckt hätte: Die Frau wollte hartnäckig einen gespaltenen Zehnagel am linken Fuß bestätigt haben, den Bresnitz in der Akte nicht finden konnte. Er konnte nicht einmal einen Nachweis entdecken, daß es einen solchen Nagel gegeben haben mochte – der Zustand der Leiche ließ diesbezüglich keine Rückschlüsse zu. So wurde noch einmal die Hoffnung geweckt, daß trotz allem vielleicht ja . . . oder womöglich lag einfach bloß ein Irrtum vor. Doch allen Beteiligten war klar, daß das Ganze nicht mehr als eine plumpe, verzweifelte Verzögerungstaktik war, die die Frau – durch ihren Mann als Sprachrohr – letztlich selbst aufgab.

Da der Ermordete, wie sich herausstellte, keinen Militärdienst geleistet hatte, holte man wenig später dann Informationen bei den Hausärzten der Familie ein. Ihre Angaben zur Blutgruppe und zu erfolgten Zahnbehandlungen machten die Identifizierung eindeutig, oder wie der Oberinspektor – der verlangt hatte, auf dem laufenden gehalten zu werden, und folglich als erster das ärztliche Gutachten zu sehen bekam – es formulierte:

»Na, endlich haben Sie einen lebendigen Toten.«

Bresnitz saß den Eltern seines Ermordeten gegenüber und redete. In der Luft hing leichter Schimmelgeruch, und Bresnitz vermutete, daß unten im Hof etwas vor sich hin brodelte, das als Gärfutter bezeichnet wurde. Sie saßen im

Wohnzimmer im zweiten Stock des Hauses. In der unteren Etage wohnte – wie es in Moschavim häufig der Fall war – der Großvater. Diesem, so hatte Bresnitz noch am Telefon versichert, werde er nichts sagen, es sei denn, es sollte zwingend erforderlich werden. Der alte Herr erholte sich gerade von einem zweiten Herzinfarkt, und wie Se'ev, Jonathans Vater, es ausgedrückt hatte, gab es keinen Grund, daß »ausgerechnet sein Enkel derjenige sein muß, der ihm den Rest gibt«.

Zwiya, Jonathans Mutter, hatte Bresnitz, kaum daß er eingetreten war, in einen Schaukelstuhl gesetzt und ihm ein Glas stark gesüßten Zitronensaft gebracht, der seinen Durst nur noch verstärkte. Außerdem war Bresnitz sehr hungrig. Er hatte es nicht mehr geschafft, vorher zu Mittag zu essen. Als er zur Tür hereingekommen war, hatte er auf dem Küchentisch Reste einer Mahlzeit gesehen, die sie allem Anschein nach unmittelbar vor seinem Eintreffen beendet hatten. Wie im Märchen glänzte der Teller von Vaterbär fast sauber geleckt, der von Mutterbär war zur Hälfte leergegessen, und ein dritter Teller stand noch unberührt, so daß Bresnitz im ersten Augenblick glaubte, dieser sei für ihn bestimmt – vergeblich. Zum einen, weil ihm keiner diese Portion anbot, und zum anderen, da bei genauerem Hinsehen doch zu erkennen war, daß jemand bereits ein wenig davon gegessen hatte. Also hockte Bresnitz mit knurrendem Magen da und schwitzte.

Im Tal herrschte fürchterliche Hitze, die in diesem Raum den Siedepunkt zu erreichen schien. Seine Gastgeber hielten es nicht für nötig, die große Klimaanlage einzuschalten, die an der nach Osten gehenden Wand über einem Bücherregal hing, auf dem einige austauschbare Bildbände über Krieg und Naturschönheiten standen. Daneben stand das gerahmte Foto eines jungen Mannes, eingelassen in die geschmacklos häßliche Konstruktion einer Holzschnitzerei, wie sie die Jungs vom Hinterbliebenenverein – in wirklich gutem Glauben – für eine Familie anfertigten, die ihren Sohn verloren hatte. Das Foto zeigte nicht Jonathan, sondern dessen älteren Bruder, was Bresnitz erfahren hatte, noch bevor er hierhergekommen war. Aus diesem Grund bat er weder um etwas zu essen noch um eine kühlende Brise aus der Klimaanlage, da ihm die Sorge um seine Grundbedürfnisse unpassend, vielleicht zu diesseitig erschien angesichts einer Umgebung, in der – wenn man es unumwunden sagen wollte – kaum Leben zu spüren war.

Das soll allerdings nicht heißen, daß seine Gastgeber selbst etwa leblos wirkten. Schließlich gehörte wenigstens eine gehörige Portion Energie dazu, einen Hof wie den ihren mit Viehwirtschaft und Ackerbau zu betreiben. Auf seine Bitte hin hatten sie ihm zuvor das Anwesen gezeigt, zwei gelblich-grüne Streifen, die sich vom Haus aus weithin erstreckten, bis sie irgendwo in andere Streifen übergingen und sich mit ihnen wie der Strahl von zwei Scheinwerfern vereinten. Demnach wäre es zu einfach gewesen, die geschmacklose Schlichtheit, die das Haus und die Gerätschaften ringsum ausstrahlten, sowie das gespannte, aber passive Zuhören der beiden zu nehmen und dies alles, die furchtbare Hitze miteingeschlossen, als leblos zu beschreiben, nur weil er schon vorher von dem doppelten Schicksalsschlag erfahren hatte, der auf dieses Haus niedergegangen war. Zu einfach wäre es, sich mit einer Skizzierung der zornigen, düsteren Schwerfälligkeit des Ortes zu begnügen, ohne darüber hinaus etwas auszusagen, sich in sie hineinzuversetzen.

Man mußte die beiden von innen heraus beschreiben – zunächst den Mann: Er hatte tatsächlich etwas Bärenhaftes an sich, war von ähnlicher Statur wie Bresnitz, hatte sich jedoch »besser gehalten«, wenn man das über einen Mann sagen konnte, der nicht jünger als Bresnitz war und bereits fast weiße Locken auf dem Kopf und tiefe Furchen im Gesicht hatte. Vor allem wegen der im Vergleich zum Rest des Körpers zu schmal ausgefallenen Augen haftete ihm ein leicht mongolischer Ausdruck an. Falls Augen wirklich ein Spiegel der Seele waren, sagte sich Bresnitz, dann mußte es bei diesem Mann etwas anderes sein – die Hände vielleicht oder die mächtige, breite Stirn, die von Entschlossenheit zeugte.

Die Frau trug dagegen ein für ihr Alter und die besonderen Umstände zu dünn ausgefallenes Trikothemd, ihr rötliches Haar war ausgeblichen, die Augen standen ein wenig hervor und hatten in ihrer Jugend vielleicht einmal eine exklusivere Heirat verhindert. Ihr Gesicht schien von einer besonderen Empfindsamkeit überzogen, einer schweißgetränkten und mit einem Netz feiner Äderchen bedeckten Empfindsamkeit, die an eine Landkarte oder an Gitterstäbe denken ließ.

Bresnitz redete und redete, zum einen, weil er angesichts der Informationen, über die er bereits verfügte, annehmen konnte, daß diesen beiden hier das Reden besonders schwerfallen würde, und zum anderen, da ihm ihr Schweigen aus unerfindlichem Grund und trotz seiner reichen Erfahrung zu schaffen machte. Diese Erfahrung hatte er als Ermittler und – was lange zurücklag – als Begleiter seines Brigadekommandanten sammeln können. Jener hatte ihn später zur Polizei gebracht, bevor er selbst dort ausstieg, und während ihrer gemeinsamen Zeit bei der Armee stets darauf bestanden, ausgerechnet Bresnitz zu Kondolenzbesuchen bei den Hinterbliebenen mitzunehmen. Keiner sei besser für diese Aufgabe geschaffen als Bresnitz, hatte er immer behauptet, keiner könne den trauernden Eltern so genau erklären, was sich zugetragen habe, und sie zum Schluß mit einem würdigen und ehrenvollen Bild der Toten vor Augen zurücklassen.

Im Gegensatz dazu ersparte er jetzt diesen beiden hier so gut wie nichts. Er hoffte, sie auf diese Weise zu erschüttern, sie zum Reden zu bringen und die Mauer ihres Schweigens um der Ermittlung willen zu durchbrechen. Außerdem suchte er bei ihnen irgendein Gefühl der Anteilnahme, des Interesses an seiner armseligen, verwaisten Ermittlung denn mit wem sonst sollte er ein solches Gefühl teilen, wenn nicht mit ihnen? Gleichzeitig achtete er aber nach allen Regeln der Kunst darauf, ihnen einige kritische Details vorzuenthalten, die sich zu der wenig plausiblen Möglichkeit zusammenfügen ließen, am Ende könnte der Verdacht, am Tod des Sohnes schuldig zu sein, an ihnen hängenbleiben. Wenig plausibel, denn nach Bresnitz' Einschätzung würden ein Vater und eine Mutter – egal ob Juden oder Nichtjuden –, die unter welchen Umständen auch immer ihren Sohn getötet und ihm den Schädel eingeschlagen hätten, seine Leiche hinterher mit Sicherheit nicht monatelang im Wald bei Regen und Kälte liegenlassen.

Sie schwitzten nicht weniger als er, Seite an Seite auf ihren Korbstühlen, während er selbst bemüht war, nicht die Kontrolle über seinen Schaukelstuhl zu verlieren. Sie bestraften sich entweder selbst, wobei nicht klar war, wofür, oder aber sie hofften, er werde gehen, werde an ihrem Schweigen zerbrechen, an seinem Durst und der schrecklichen Hitze. Bereits seit seinem Eintreffen zappelte ein kleiner Schmetterling geblendet von dem grellen Licht in dem weitmaschigen Netz vor der Balkontür. Jetzt hielt er inne und stellte seine Bemühungen ein. Vielleicht eine Motte, dachte Bresnitz und verstummte zu guter Letzt auch selbst.

»Also, was wollen Sie von uns?« fragte Se'ev. Seine Stimme klang anders als am Telefon, sie war etwas höher und würde in einigen Jahren die Stimme eines mürrischen, zänkischen alten Mannes sein.

»Wann haben Sie ihn zuletzt gesehen?«

Die beiden zögerten, blickten sich an, und der Mann zog unwillig die Schultern hoch.

»Vor Jahren«, sagte er schließlich.

»Ein Jahr? Zwei? Fünf Jahre?« wollte Bresnitz wissen.

»Jonathan wohnte nicht mehr hier, seit er siebzehn war.« Ihr »Jonathan« war auf der vorletzten Silbe betont, als versuchte sie, ihren Worten einen besonders trockenen Ton zu verleihen. Über ihre rechte Wange rann ein Träne, die sie nicht fortwischte, so wie andere eine lästige Fliege über ihr Gesicht spazieren lassen.

»Ich glaube, es war im April vor zwei Jahren, am Todestag seines Bruders«, sagte Se'ev. »Das Jahr darauf ist er nicht erschienen.«

»Er war in England«, ergänzte sie.

»Wie groß war der Altersunterschied zwischen ihnen?«

Für einen Moment kam sie durcheinander, denn das unterschiedliche Alter der beiden Söhne – das nicht gleichzeitig angehalten worden war – verwirrte sie. Ihre beiden Söhne hatten jetzt bereits vier verschiedene Alter.

»Eli war viereinhalb Jahre älter als er«, entschied sie sich am Ende.

»Und die Schwester?«

»Sie ist jetzt siebzehn.«

»Was machte Jonathan? Wovon lebte er?« fragte Bresnitz.

»Er hat ein bißchen fürs Theater gemalt, Graphik . . .«, sagte sie, ließ aber den Satz unvollendet in der Luft hängen.

»Er hatte alle möglichen Beschäftigungen«, sagte der Vater, »wovon wir nichts wissen.«

Bresnitz wischte sich mit dem Ärmel über die schweißnasse Stirn. »Und wovon wissen Sie etwas?« fragte er dann.

»Daß er uns mit siebzehn verlassen hat und seitdem nur noch amtlich als unser Sohn geführt wird«, antwortete

Se'ev. Seine Frau machte eine leichte Bewegung, als wollte sie etwas sagen, blieb aber stumm.

»Er wollte sich vor dem Wehrdienst drücken, also habe ich ihm gesagt, wenn er nicht zur Armee geht wie jeder andere auch, wie sein Bruder vor ihm, dann hat er nichts mehr bei uns zu suchen. Diese Geschichte ist doch bekannt.«

»Bekannt ist auch, daß er homosexuell war«, sagte Bresnitz so sanft es seine trockene Kehle zuließ.

»Wenn Sie schon alles wissen, warum fragen Sie dann?« knurrte der Mann, stand auf und begann, im Zimmer auf und ab zu gehen. Er ging etwas gebeugt, als trage er eine Last auf dem Rücken. Nicht der geringste Luftzug kam durch die offenen Fenster, nur der dumpfe Lärm eines sich nähernden Traktors.

»Wir sind Bauern, wir haben keine Zeit zu verschenken. Schnüffeln Sie doch bei seinen Freunden.«

Der Lärm des Traktors wurde immer lauter, bis er direkt unter dem hinteren Fenster zu hören war. Se'ev stürzte zum Fenster.

»Mach ihn aus!« schrie er. Ein langgezogener, hallender Schrei, und für einen Augenblick senkte sich Stille über den Hof. Dann erhob sich das Brüllen der Kühe wie eine Totenklage für den Ermordeten.

»Silence!« schrie ihnen unten jemand zu und schüttelte sich vor Lachen.

»Das ist Baruch, unser Knecht«, sagte die Frau, als wollte sie Frieden stiften. »Jonathan war immer sehr verschlossen, schon von Kindheit an: weder wo er wohnte noch was er machte – gar nichts hat er uns erzählt. Vielleicht wollte er uns ja nicht weh tun.«

»Angst hatte er, ich könnte ihm mit dem Traktor in seine Bude gestürmt kommen«, brummte der Vater. Sie schwiegen von neuem, ein Gespann wie aus einem Guß, beide verschanzt hinter verkniffenen Lippen.

Bresnitz zog schwungvoll sein lang ausgestrecktes Bein an, worauf er sich unverhofft in seinem Schaukelstuhl vor und zurück schaukelnd wiederfand. Vooor . . . und zurüüück, summte es in seinem Kopf. Schwarzer Nebel zog auf und tanzte vor seinen Augen, oder war es vielleicht Rauch, der aus seinem Körper aufstieg? Wie hieß noch gleich dieser Araber, den er verhört hatte? Vergeblich versuchte er, sich an den Namen zu erinnern. Auch dem hatte man nichts zu trinken gegeben, aber in seinem Fall hier handelte es sich um Dursten aus freien Stücken, um willentlichen Verzicht, da ihn nur einige wenige Schritte von der Küche trennten. Tausend Worte und ein Schritt. Ein riesiger Schweißfleck breitete sich auf dem blauen Trikothemd der Frau aus, eine Tintenlache zwischen ihren Brüsten. Ihn überkam ein heftiges Gefühl von Unbehaglichkeit, ja sogar Ekel beim Anblick dieser übertriebenen, jegliches Maß überschreitenden Körperlichkeit.

Hoch, runter . . . hoooch und ruuunter . . . Er beschloß aufzustehen, um diesen verdammten Schwingungen Einhalt zu gebieten, doch kaum begann er sich aufzurichten, mußte er feststellen, daß sich das Schwanken mit ihm erhob, das Blau wandelte sich zu Schwarz, das Schwindelgefühl zu einem durchsichtigen Nichts, und schon war er bereits wieder auf dem Weg nach unten und sackte in seiner ganzen Massigkeit zu Boden. Zu seinem Glück schlug seine Wange im Fallen auf die Tischkante, denn der dröhnende Aufprall, der brennende Schmerz und das Blut, das sich sofort auf seiner Haut ausbreitete, ließen ihn mit vereinten Kräften umgehend wieder zu Sinnen kommen.

Anfangs überließ er seinen Kopf noch für einen Augenblick ihren Händen, als sie den Schnitt in seinem Gesicht erbarmungslos mit Jod reinigte, während Se'ev als verärgerter Riese – so jedenfalls wirkte er auf Bresnitz, der halb aufgerichtet auf dem Boden lag – die Überreste des zerbrochenen Glases in eine gefaltete Zeitung fegte. Danach trank Bresnitz drei Gläser Wasser. Dies erfolgte auf seinen ausdrücklichen Wunsch und war zudem Bestandteil der wiedergewonnenen Klarheit, ebenso wie die Tatsache, daß er sofort ihre Absicht – oder vielmehr mögliche Absicht – verstand, als sie sagte: »Gehen Sie zu der Sanitäterin, neben dem Silo. Das muß behandelt werden, bei der Sanitäterin.«

Unten auf dem Hof lief ihm Baruch der Knecht über den Weg. Ein kleiner Mann mit einem großen, lächerlichen Hut und einem schwarzen Gummischlauch, den er wie einen Schwanz hinter sich herschleifte. Von dem Großvater und der Tochter war nichts zu sehen. Im Erdgeschoß waren die Fensterläden geschlossen, aber von drinnen war deutlich das Brummen der Klimaanlage zu hören. Bresnitz stieg in seinen Wagen und fuhr auf dem schmalen Weg langsam in Richtung des Futtersilos, den er zwischen den Gärten und Hecken immer wieder aus den Augen verlor, um ihn dann erneut durch die völlig ungeordnet stehenden Dattelpalmen zu sehen, über die in Reih und Glied stehenden Hinterteile der Kühe in der Melkstraße hinweg und unter mit Grünzeug und Milchkannen beladenen Anhängern hindurch. Ein kleiner Junge trieb einen Schwarm kampflustiger Hennen in einen halb umzäunten Hühnerstall, einige Hunde bellten seinen Wagen heiser an, während andere hinter ihm herjagten, als hinge ihr Leben davon ab. Ihre Besitzer dagegen würdigten den dahinschleichenden Wagen nicht einmal eines Blickes; sie waren mit ihrer Arbeit beschäftigt und bewegten sich wegen der Hitze oder der drükkenden Schwüle ganz gemächlich, aber ohne Unterlaß. Das Leben konnte warten, die Arbeit nicht.

Unterdessen war Bresnitz nah an den Mischsilo herangerollt und stellte den Wagen auf der freien Fläche daneben ab. Dann begab er sich zu Fuß zu der Sanitätsbaracke, wobei er der Anweisung eines Schildes Folge leistete und den schmalen Fußweg benutzte, der von ovalen Blumenrabatten eingerahmt wurde. Zwischen ihnen flatterten bunte Schmetterlinge nach Herzenslust umher, und darüber rankte sich dürftiges Weinlaub, das sich beim Überdachen des Weges völlig verausgabt zu haben schien. Als kleiner Junge hatte sich Jonathan bestimmt abseits dieser Wege verdrückt, hatte sich vor dem Zorn der mengenden Sonne hier im Gebüsch verborgen, bevor er dann als Erwachsener von anderem Gebüsch umfangen wurde, unter den Ästen des Pistazienbaums und der Kiefer, im Wald von Beit Schemesch. Bis sein geteiltes Gesicht dort Wurzeln schlug, unweit des riesigen Felsens, den Bresnitz selbst ein-, zweimal mit seiner Geliebten besucht hatte, die sich so als ungebetener Gast plötzlich, noch ehe dieser gewundene Satz vollendet war, in seine Gedanken stahl, um einige süße, schmerzvolle und unendlich lange Sekunden bei ihm zu verweilen. Es war, als würde man einen zu heißen Kochtopf in den Händen halten.

Zwei junge Mädchen kamen im Laufschritt aus der Baracke gestürmt und wären fast mit ihm zusammengestoßen. Drinnen saß die Sanitäterin und strickte bei glühender Sommerhitze etwas Wollenes. Sie ließ ihre Nadeln sogleich sinken, als sie seine blutverschmierte Wange sah.

»Der arme Teufel«, sagte sie nur, als er Jonathans Namen erwähnte. Während ihre kühlen Finger mit den brüchigen Nägeln noch dabei waren, ein Wundpflaster auf seine Haut zu pressen, fixierten ihre Augen bereits etwas jenseits seiner Schulter. Zwiya, die Mutter, nahte. Geräuschlos kam sie auf einem Fahrrad auf sie zu, eine blaue Flamme unter all dem hellen Grün ringsum, bis sie vor ihm anhielt. Er stand neben ihr, während sie auf dem Rad sitzen blieb und sich an den dünnen Weinranken abstützte. Sie sah jetzt jünger aus als zuvor im Haus.

»Ich hab ihn ungefähr zwei Wochen vorher getroffen ...

bevor er starb.« Sie sprach mit leiser Stimme, ohne jedoch zu flüstern. »Im Café ›Tamar‹ in der Sheinkin-Straße in Tel Aviv. Ich weiß, daß er dort in der Nähe wohnte, aber nicht einmal mir wollte er sagen, wo genau. Wie sein Vater, der auch glaubt, alle Welt beschäftige sich nur mit ihm, hat er keinem vertraut.« Sie verstummte einen Augenblick, wurde sich wohl der Bedeutung ihrer Worte bewußt. »Alles war ganz normal. Mehr als normal sogar. Er sagte, die Wunde fange an zu verheilen, und schon bald könnten wir uns ganz offen treffen. Er bestand darauf, mich dieses Mal auf seine Rechnung einzuladen. Zum Schluß meinte er noch, daß wir uns in drei bis vier Monaten wieder treffen würden, doch dann rief er nicht an. Ich dachte, er sei in Frankreich. Er hatte gesagt, daß er vielleicht fahren würde . . .«

»Hat er von irgendwelchen Problemen gesprochen? Streitigkeiten, die er mit Leuten hatte?«

»Nein. Das hätte auch nicht . . . zu ihm gepaßt.«

»Lebte er mit jemandem zusammen?« fragte Bresnitz, obwohl es jetzt nicht mehr weiter schwierig gewesen wäre, dies auch ohne sie herauszufinden.

»Er hat so gut wie nie über diese Dinge gesprochen«, sagte sie beinahe entschuldigend. »Aber ich weiß, daß er in dieser Richtung . . . alle möglichen . . . auch . . . ich meine, ihm ist mal rausgerutscht, daß er auch mit Arabern . . . Also vielleicht . . .«

Die strickende Sanitäterin räusperte sich vernehmlich, als hätte sie drinnen von ihrem Platz aus das Gesagte verstanden. Unmittelbar darauf ertönte auch hinter ihnen ein Warnsignal – das Rattern eines nahenden Traktors.

»Das ist unsrer«, fuhr Zwiya herum. »Ich verschwinde besser.« Tatsächlich machte sie zunächst eine Art aufgeregten Satz nach vorn, hielt dann aber mitten in der Bewegung inne, fiel Bresnitz in einem plötzlichen Gefühlstaumel um den Hals, küßte und umarmte ihn heftig. »Ich danke Ihnen«, sagte sie fast schluchzend, um ihn dann nochmals zwischen Oberlippe und Nase zu küssen. »Danke« – und schon war sie auf ihr Fahrrad gesprungen, preschte vorwärts über den schmalen Pfad, umkurvte die Sanitätsbaracke und verschwand zwischen den Büschen. Schon ratterte von der anderen Seite ein roter Traktor auf den Platz vor dem Silo, vollführte eine halbe Runde auf der nahezu freien Fläche und kam kaum einen Schritt hinter Bresnitz' Wagen zum Stehen. Se'ev stieg vom Traktor und ließ die gnomenhafte Gestalt Baruchs rittlings auf dem Kotflügel hocken, den Hut noch immer auf dem Kopf.

Tatsächlich hatte dieser massige Mann etwas Gebeugtes an sich, wie er jetzt ohne Eile und mit schweren Schritten auf ihn zukam – ein verwachsener Schwerathlet. Genaugenommen war nicht mehr zu sehen als ein gekrümmter Körper, ein verspannter Muskel im Rücken oder im Herzen – und dennoch strahlte die Person eine gewisse innere Stärke, etwas Majestätisches aus und wirkte gleichzeitig – oder fast gleichzeitig – vernachlässigt, nichtsnutzig und geschlagen. Wodurch geschlagen? fragte sich Bresnitz, obwohl sich die Antwort von selbst verstand. Da auch Gedanken einen bestimmten Raum einnehmen, wenigstens in der zeitlichen Dimension, war der Mann inzwischen herangekommen und stand vor ihm – zwei gefesselte Tanzbären Auge in Auge. Die große Hand verschwand in einer engen Tasche und zog einen Umschlag heraus, der Bresnitz mit einer schwungvollen Bewegung übergeben wurde, was ihn an Zwangsvorladungen zu Gerichtsterminen erinnerte, wie man sie zumindest in Filmen bewundern konnte. Tatsächlich war diese Assoziation nicht ganz so abwegig, wenn sich auch herausstellen sollte, daß die Vorladung nicht ihm galt.

»Die Nummer hier auf dem Umschlag ist die Nummer

von Jonathans Postschließfach. Jeden Monat bekam er 500 Schekel von seinem Großvater und weitere 500 von mir. Außer uns beiden wußte niemand davon.«

»In bar oder als Scheck?« fragte Bresnitz.

»Als Scheck«, erwiderte Se'ev, »Monat für Monat, schon seit einigen Jahren.« Etwas an der Intonation dieses Satzes machte die Fortsetzung fast zwangsläufig, und Bresnitz spürte, wie ihm ein Schauder über den Rücken lief.

»Jeden Monat, zur Mitte des Monats, wurde der Scheck eingelöst – der letzte im jetzt laufenden Monat.« Er verstummte für einen Moment und fuhr dann mit gesenkter Stimme fort:

»Finden Sie den, der weiterhin die Schecks eingelöst hat – und Sie haben Ihren Mörder.«

Im Zeitlupentempo wandte er sich zum Gehen. Bresnitz sagte einfach, was ihm als erstes in den Sinn kam:

»Meinen? Nicht Ihren . . .?«

»Ganz sicher nicht. Ich brauche ihn nicht. Vielleicht hat ja meine Frau ein Bedürfnis nach ihm, als Ersatz für den Sohn.« Harte Worte, bei denen aber die Oberlippe zitterte und die Stimme vibrierte.

»Wann war das letzte Mal, daß Sie mit ihm gesprochen haben?«

»Mitte September. Er rief an und wollte seine Schwester treffen, was ich nicht zugelassen habe.«

»Weshalb wollte er sie treffen?«

»Er behauptete, das würde ihren Zustand verbessern. Ich sagte, das würde nur noch mehr Schaden anrichten. Er wollte auch mich treffen, und ich sagte ihm, daraus wird nichts, ich hab keine Zeit für endloses Gerede. Falls er aber Hilfe brauche, solle er es nur sagen.«

»Was wollte er?«

»Ich weiß es nicht.«

»Nicht mal eine Andeutung?«

»Vielleicht bereute er ja, gegangen zu sein.«

»Ist er damals von sich aus gegangen?«

»Er hat sich aus dem Staub gemacht. Irgendwann verschwinden sie doch alle. Sehen Sie den Clown dort auf dem Traktor? Am Ende werden nur noch er und ich hier sein.«

Eine rötliche, elförmige Frucht, die über ihren Köpfen gehangen hatte, löste sich und rollte langsam vor ihre Füße. Die Sanitäterin räusperte sich vernehmlich.

»Haben Sie Kinder?«

»Nein.«

Der Mann betrachtete ihn, als versuche er, Bresnitz' Wesen zu ergründen. Er wandte sich zum Gehen, hielt aber noch einmal inne.

»Wissen Sie, ab wann mir klar war, daß bei ihm etwas ...« – er suchte, fand aber keinen passenden Begriff – »nicht in Ordnung war?«

Sein Gegenüber rührte sich nicht.

»Er war zwölf, als wir ein befreundetes Paar in Kiryat Shmona besuchten. Mit ihm war ich zusammen in der Armee gewesen. Die beiden hatten drei Kinder, wie die Orgelpfeifen – drei, vier und fünf Jahre damals. Wir sind uns dann im Gemeindezentrum irgend so einen Vortrag anhören gegangen. Jonathan ist bei den Kleinen geblieben und sollte auf sie aufpassen. Damals war gerade wieder so eine unruhige Phase. Und plötzlich kamen zwei Katjuschas runter, eine davon nicht weit vom Haus unserer Freunde entfernt. Ich saß am nächsten zum Ausgang und bin wie ein Verrückter losgelaufen. Ich hatte so ein ungutes Gefühl. Als ich reinkomme, finde ich die drei Kleinen weinend oben im Haus und meinen Sohn, der sich unten im Luftschutzkeller verkrochen hat. Ich hab ihm eine runtergehauen und es gerade noch rechtzeitig geschafft, die drei Kleinen in den Keller zu schaffen, ehe die anderen da waren und ihn umarmt und geküßt haben. Seine Wange glühte noch, und er hat mich angesehen. Als er merkte, daß ich schwieg, hat er kein Sterbenswörtchen gesagt. Ich auch nicht, bis zum heutigen Tag.«

Bresnitz dachte daran, etwas zu erwidern. Aber der Mann reckte sich plötzlich und schrie der Sanitäterin in einem solch wütenden Ton zu, daß sie wohl nur schwerlich seine gute Absicht würdigen konnte: »Paß auf deine Augen auf!«

Ein paar Vögel flatterten aufgeschreckt über ihre Köpfe hinweg. Ohne ein weiteres Wort zu verlieren, machte Se'ev kehrt, blieb nach zwei Schritten stehen, ging dann aber weiter, eine Hand auf seiner schmerzenden Hüfte, streifte das dichte Blätterwerk um sich herum, bis er den Traktor erreicht hatte und übertrieben schwerfällig erklomm, als sei er sein eigener Vater.

»Hü«, rief sein Begleiter und gab dem Traktor mit einer gespielten Ausholbewegung die imaginäre Peitsche, worauf dieser mitspielte und in gestrecktem Galopp verschwand.

Bresnitz überkam ein starkes Verlangen, sich umzudrehen und noch einmal die Frau in der Sanitätsbaracke anzusehen, deren Blick in seinem Rücken brannte, als er den schmalen, dürftig überwucherten Pfad entlangging. Er beherrschte sich jedoch. Der Wagen glühte vor Hitze, und vergebens streckte Bresnitz den Kopf aus dem Fenster, lechzend nach frischer Luft, als er durch die Straßen des Dorfes fuhr. Der immer gleiche Anblick von Menschen, die ihrem Tagewerk nachgingen, kam ihm trostlos vor, und nur ein kleiner Junge, der mit geschlossenen Augen zwischen zwei hoch aufragenden Bäumen in einer Hängematte lag, die von einem Mädchen sanft geschaukelt wurde, weckte heftigen Neid in ihm.

Nachdem er so eine Weile kreuz und quer durch die gesamte Siedlung gekurvt war, fand er sich vor seinem Zielobjekt wieder, stellte seinen Wagen in sicherer Entfernung ab und stahl sich – mehr, als daß er ging – leise in den Innenhof. Im oberen Stockwerk standen die Fenster noch immer weit offen, um die flirrende Hitze einzulassen. Unten dagegen war alles verschlossen und verriegelt. Bresnitz umrundete das Haus, bis er einen Schlitz entdeckt hatte, durch den er hindurchspähen konnte und der sich – wie er feststellte – genau unter dem Kondenswasserschlauch der Klimaanlage befand. Die Kühe hinter ihm muhten vor Empörung, und unter der gemauerten Wand des Kuhstalls, im schmalen Spalt zwischen Mauerwerk und festgetretenem Boden, bewegte sich ein Paar schwarzer Gummistiefel. Doch Bresnitz nahm sein Herz in beide Hände und linste durch den Schlitz vor seiner Nase.

Ein sehr mageres junges Mädchen mit blutleerem Gesicht und ausgezehrten Zügen wie bei einem Skelett stand mit dem Rücken zu ihm und malte sich mit einem Lippenstift den Mund vor einem Spiegel an, in dem Bresnitz beinahe sein eigenes angestrengtes Augenpaar ausmachen konnte. Über ihm löste sich ein großer, schwerer Tropfen und landete direkt auf seinem Scheitel, von wo er in seinen Kragen wanderte, um dann auf seinem Rücken eine kühlende Linie zu zeichnen. Auf einem Bett im hinteren Teil des Raumes lag ein alter Mann, den Kopf mit einigen Kissen erhöht und bis zum Hals in eine Decke gehüllt. Ein weiterer Tropfen schlug auf Bresnitz' Nacken, und unter seinen Füßen ächzten einige fette bunte Blumen, die bis jetzt dank der Gabe aus der Höhe dort sprossen und gediehen. Den Lippenbewegungen nach zu urteilen, sagte der Greis jetzt irgend etwas. Das Mädchen wischte sich mit dem langen Ärmel ihrer Bluse über die Lippen, einmal, dann ein zweites Mal fester, bis fast nichts mehr zu sehen war. Ihr Gesicht, das sich aus dem Spiegel gelöst hatte, stieß nun beinahe mit Bresnitz' eigenem zusammen, da sie direkt auf ihn zugekommen war, als wollte sie ihre zertretenen Blumen vor seinen Füßen retten. Sie ging an ihm vorüber, körperlos wie ein Geist, verschwand für einen Moment in einem toten Winkel, und als sie wieder auftauchte, hatte sie etwas in der Hand, das für Bresnitz wegen ihres langsamen, behutsamen Gangs wie eine Suppenschale aussah. Sie ließ sich auf der Bettkante neben dem alten Mann nieder, der sich ganz vorsichtig in einer unendlich langsamen Bewegung aus seinen Kissen aufrichtete. Sein Gesicht besaß eine von Falten zerpflügte Anmut. Der Löffel wurde in die Schale getaucht und wanderte von dort zum Mund des Greises, der die Speise, so schien es, genüßlich schluckte und geräuschlos mit den Lippen schmatzte. Doch als ihm der nächste Löffel präsentiert wurde, schüttelte er abwehrend mit dem Kopf. Mit Sicherheit wechselten jetzt der alte Mann und das Mädchen einige Worte, denn auch sie bewegte verneinend den Kopf. Der Löffel mitsamt seiner Ladung schwebte unterdessen zwischen ihnen. Abermals zerplatzte ein Tropfen auf Bresnitz' Kopf, glitt ihm diesmal ausgerechnet die Stirn hinunter, und gleich darauf folgte noch einer, der über seine Wange rann, bevor sich dort drinnen etwas Neues ereignet hatte. Das Mädchen drehte den randvollen Löffel ganz langsam zu sich und verschlang seinen Inhalt auf einmal. Nun war die Reihe an dem Alten und danach wieder an ihr. Erneut drehte sie verweigernd den Mund weg, worauf auch er nicht zu bewegen war, den seinen aufzumachen. Erst als sie ihre Portion geschluckt hatte, tat er es ihr nach, so daß die Fußordnung ihren vorherigen Rhythmus wiedergewann.

Mit saubergewaschenen Wangen, Tau in seinem Haar und die Füße in der feuchten Erde verwurzelt, machte sich Bresnitz gewaltsam von seinem Platz los, ging auf demselben Weg, auf dem er gekommen war, um das Haus herum, verließ den Hof, stieß vorsichtig das Tor vor sich auf und wurde von seinem Wagen verschluckt.

Wieder war Bresnitz unterwegs, zunächst langsam und ohne Eile, wenig später dann aber in rasender Geschwindigkeit, bis die Bäume wie Schatten an ihm vorüberflogen und die Reifen in den Kurven um ihr Leben jaulten. Wovor floh er? Was wartete so dringlich auf ihn? Hinter ihm lag der kochende Talkessel und vor ihm, als Oase in der Wüste, eine kleine Raststätte. Unvermittelt brach er seitlich aus, schlüpfte unter der Nase eines Tankanhängers hindurch und hielt im Schatten eines ausladenden Baumes. Was konnte schon so wichtig sein, als daß er jetzt nach allem nicht in Ruhe etwas zu essen bekam, wie ein waschechter Bauer Kichererbsenbrei mit Sesampaste vertilgte, gefüllte Paprikaschote und feingeschnittenen Salat? Dennoch stieß die Gabel heftig zu und schaufelte emsig, bewegte sich der Kiefer hektisch, bis Bresnitz irgendwo sein Spiegelbild bemerkte und ruhiger wurde. Das Radio dröhnte mit übertriebener Lautstärke, füllte dieses beinahe pastorale Ambiente mit fremdartigen, herrschsüchtigen Tönen, doch Bresnitz kaute still vor sich hin und sagte kein Wort, obwohl gerade er als Polizeioffizier mit Leichtigkeit für Ruhe hätte sorgen können.

Eine weißgefleckte Katze schnurrte vor Hunger oder Zuneigung und strich Bresnitz zu dessen offenkundigem Mißfallen um die Beine. So jedenfalls wirkte es, denn der Besitzer beeilte sich, sie mit einem leichten Fußtritt zu verscheuchen. »Framboise«, rief der Mann die Katze, was jetzt, als er mit ihr schimpfte, auf »böse« endete. Von der Musik einmal abgesehen herrschte großes Schweigen, da keiner der wenigen Gäste sprach, obgleich sie alle sehr viel mehr nach Stammgästen aussahen als Bresnitz, dem beim Bezahlen das Klimpern der Münzen auf der Theke besonders durchdringend und einsam klang. Er machte noch einen Abstecher zu den Toiletten, wo jemand genau in Augenhöhe hingeschmiert hatte: »Wenn deine Freundin nicht zur Hand ist, laß deine Hand deine Freundin sein«, worauf Bresnitz fast aus der Hand gerutscht wäre, was diese gerade hielt. Danach spritzte er sich kaltes Wasser ins Gesicht und trat leidlich erfrischt auf den Parkplatz, ging zu seinem Wagen, der im Schatten stand, löste schwungvoll die Handbremse und ließ sich zunächst etwas zurückrollen. Sofort trat er auf die Bremse, doch es war bereits zu spät: Ein Rad hatte kurzerhand den sieben Leben der mageren weißen Katze ein Ende bereitet, die sich wieder einmal am falschen Ort herumgetrieben hatte. Nachdem er einen Blick auf die wenigen Gäste geworfen hatte, die drinnen speisten und von denen anscheinend niemand das kurze Aufheulen gehört hatte, betrachtete er noch für einen Moment das rote Knäuel, packte dann den schütteren Kadaver an der Schwanzspitze und schleuderte ihn in einen mit Sträuchern ausgepolsterten Graben zu seiner Rechten, unschlüssig, ob jemand wohl den kleinen Blutfleck bemerken würde, der zurückblieb.

Erst nachdem er wieder in seinen Wagen gestiegen war und mit einer halben Kehre über den Parkplatz zur Straße zurückgefunden hatte, bemerkte er den Soldaten, der die ganze Zeit über dort still auf sein Gewehr gelehnt am Rand gestanden hatte. Nun hielt er Bresnitz mit fordernder Geste an und stieg als blinder Passagier ohne jeglichen Dank hinten ein.

Der Nachmittag traf bereits erste Vorbereitungen für die Dämmerung. Bresnitz' Kopf war frei von Gedanken und gänzlich der Landschaft zugetan, doch umgekehrt schien ihm diese nicht wohlgesonnen, da die Ausblicke verschwammen und hinter riesigen Staubwolken verschwanden. Erst ganz allmählich legte sich der Staub, und das Bild klarte auf. Über die ganze Breite der Fläche tobte ein Kampf zwischen senkrechten und waagerechten Linien: Strom- und Telefonmasten stießen herausfordernd in den

Himmel und wurden von schlaffen, leicht im Wind pendelnden Kabeln am Boden gehalten; Wassersprenger streckten ihre langen silbernen Finger aus, die sich in der Höhe kreuzten und mit aller Kraft versuchten, einander oben zu halten, bis die ganze Pracht auseinanderbarst und als weißer Sprühregen zu Boden fiel; Hügelketten, die sich in die Ferne schwangen, kamen nicht weit, da sich welke Rasenflächen wie Flickenteppiche vor ihnen bis zum Horizont ausbreiteten; bunte Zeltbahnen flatterten wie Segel im Wind, waren jedoch durch Pyramiden aus Wassermelonen fest am Boden verankert, deren Spitzen stolz emporragten, bevor sie dann von fordernden Kundenhänden abgeschnitten wurden.

Bresnitz hätte mit dieser poetischen Landschaftsbeschreibung noch eine ganze Weile weitermachen können, hätte er sich nicht jetzt, so ganz nebenbei, an Nabokovs Helden erinnert, jenen verwirrten Schachspieler, dem sich am Ende die ganze Welt in weißen und schwarzen Feldern darstellt. In der Zwischenzeit war auch die aufrechte Figur des Soldaten hinter Bresnitz umgesunken, und man konnte von dort sogar ein leichtes Schnarchen hören. Am Talausgang zeigte sich bereits die erste purpurne Verfärbung am Horizont, als Bresnitz zu einem großen Panzertransporter aufschloß, wie er ihn einmal selbst mit seinem Jeep in die Schlacht geführt hatte – im Manöver wie im Krieg. Später sagte er sich, daß dies vielleicht einer der Gründe war, weshalb er – nach einem flüchtigen Blick auf die leere Straße vor sich und noch ehe er richtig herangekommen war – entgegen seiner sonstigen Gewohnheit ansetzte, um das riesige Gefährt zu überholen.

Der Motor dröhnte in höchsten Touren, und Bresnitz' Fuß trat das Gaspedal bis zum Anschlag durch. Jedes Überholmanöver war ein wenig Spiel um Leben und Tod, doch in seinem Fall standen die Wetten nicht gut. Die Straße vor ihm sah leer aus, die Sicht war gut, Bresnitz hatte bereits die Hälfte dieses unendlich langen Fahrzeugs hinter sich gelassen, als in der Ferne – oder vielleicht gar nicht einmal so weit entfernt – und nur für einen kurzen Moment hinter einer Hügelkuppe ein gelber Wagen auftauchte, näher kam und dann wieder verschwand. Was erschien kürzer – der Weg nach vorne oder der zurück? Doch ein Zurück gab es schon nicht mehr für ihn. Die Straße war nun so schmal, daß er bei dem kleinsten Schlenker Gefahr lief, mit dem stählernen Ungetüm aneinanderzugeraten. Die riesigen Räder neben ihm sprühten Funken in seine Richtung. Nur meterweise kam er vorbei, da der Transporter viel schneller fuhr, als es zunächst den Anschein gehabt hatte. Eine Welle verhaltener, kalter Angst breitete sich von seinem Magen kommend aufwärts aus. Sie hatten den Hügel umrundet, und plötzlich befand sich der gelbe Wagen unmittelbar vor ihm und darin ein Mann, eine Frau und ein Kind auf dem Rücksitz, bei denen man bereits erste Anzeichen von Angst erkennen konnte. Der Panzertransporter stampfte unverdrossen vorwärts wie eine Teufelsmaschine, ohne seine Geschwindigkeit im mindesten zu verlangsamen. Sollte es mir am Ende bestimmt sein, durch unsere eigenen Panzer zu sterben? lächelte Bresnitz verkniffen. Der Wagen vor ihm sandte wilde Signale mit der Lichthupe, als wollte er Geister vertreiben. Die Augen der Frau waren fest verschlossen und die des Mannes neben ihr blank vor Panik, während seine Hände das Lenkrad krampfhaft umklammert hielten. Bresnitz konnte nur hoffen, daß sie in dieser Haltung eingefroren waren, damit er selbst nicht im letzten Moment von der Straße abkam. Der Seitenstreifen war so schmal, daß nur ein Paar Reifen auf der Straße war, während das andere über dem äußersten Rand des Schotters schwebte. Der gelbe Wagen stieß in die Lücke, die zwischen Bresnitz und dem Transporter entstanden war, wobei er Bresnitz bedrohlich nahe kam, aus Angst vor dem riesigen Ungeheuer zu seiner Linken. Das Gesicht der Frau zischte wie eine Kugel vorbei. Bresnitz rückte noch einen Millimeter zur Seite, das eine Reifenpaar hing sozusagen schon über dem Abgrund, aber seine Hände waren stark genug und hielten das Lenkrad gerade. Der gelbe Wagen war bereits vorüber, als hätte es ihn niemals gegeben – der Mensch hatte gesiegt und nicht der Stahl.

Bresnitz schwenkte zurück zur Straßenmitte und glitt schrittweise nach rechts, bis er sich wieder auf seiner Fahrspur befand und den Panzertransporter hinter sich ließ. Er fuhr weiter, hielt nicht einmal an, doch seine Arme und Beine fingen jetzt mit Verzögerung an zu zittern. Nur der Soldat auf der Rückbank schlief noch immer, als sei nichts geschehen. Sie erreichten die Abzweigung zur alten Küstenstraße, der Soldat erwachte und stieg mit einem gemurmelten »Danke« aus, ohne zu ahnen, wie knapp er mit dem Leben davongekommen war. Bresnitz mußte nicht von ungefähr plötzlich an Hawthorne und seinen jungen Helden denken, der die schicksalsträchtigen Augenblicke verschläft. Er brach in ein teils boshaftes, teils erleichtertes Lachen aus, und ehe er sich's versah, fand er sich auf der Schnellstraße allein mit dem fließenden Verkehr wieder.

Es sollte nicht das letzte Mal sein, daß Bresnitz auf seiner Fahrt fast vom Weg abgekommen wäre. Eine Stunde später stand er mit seinem Wagen in einem nicht abgezäunten Kiesbett am Rand des Parkplatzes neben ihrer Wohnung in Ramat Aviv. Die Dunkelheit hatte gerade erst begonnen, sich über einen schier endlosen Tag zu senken. Draußen herrschte noch ziemlicher Trubel, Mütter mit schreienden Kleinkindern, das Scheppern von Töpfen und Pfannen, Kissen und Decken, die ausgeklopft wurden, das lärmende Getöse des Lebens. In ihrer Wohnung war kein Lebenszeichen auszumachen, abgesehen von der schwachen Beleuchtung in einem der nach innen gelegenen Räume, wie man sie zum Schutz vor Dieben brennen ließ. Saß er ihretwegen hier, einem Trugbild zuliebe, das er einmal besessen hatte? Vielleicht war es aber auch nur so, daß er, wenn er nicht mit sich allein sein wollte, keinen anderen Ort als diesen Winkel hatte, um ihr nahe zu sein. Unterdessen breitete sich die Dunkelheit schnell und ohne weitere Verzögerungen aus. Wenn deine Freundin nicht zur Hand ist, laß deine Hand deine Freundin sein ... fort ist deine Viktoria, fort ... gleich werden sie dir wieder die Polizei auf den Hals hetzen ...

»Haben Sie vielleicht mal Feuer?« Warum ausgerechnet jetzt? Rote Kuh. Er gab der Frau mit dem Zigarettenanzünder des Wagens Feuer. Sie machte jedoch keine Anstalten wegzugehen, sondern blieb an der Ecke stehen und beobachtete ihn. Die längste Spürnase des ganzen Viertels. Diese abstoßende Nabelschau – war es nicht genau das, was alle großen Schriftsteller letztlich gesagt hatten? Beschäftige dich nicht mit dir selbst, wende dich dem Leben zu! Bestell ein Feld, pflanze einen Baum, zeuge einen Sohn, bringe einen Mörder hinter Gitter, faß ihn! »Haßt du Araber?« – so hatten sie in diesen hirnlosen Diskussionen bei der Armee immer gefragt ... All diese elenden Hirnklempner ... erst schießen und dann weinen ... Jaaa, schrie etwas ihm, ich hasse meinen Araber, ich hasse den Mörder. Wenn ich ihn hätte, würde ich ihn mit bloßen Händen erwürgen, ich würde diese Kanaille zerquetschen. Bresnitz' Körper wurde unversehens von Krämpfen geschüttelt, die dieser plötzliche Haßanfall in ihm auslöste. Er ließ den Wagen an, um unverzüglich zum Revier zu fahren und seinen Haß in Taten umzusetzen, doch er fuhr so ungestüm an, daß riesige Mengen Sand zur Seite spritzten und wie eine Fontäne niedergingen. Kurz gesagt, er hätte sich beinahe dort eingegraben, wenn sich nicht jene beleibte Frau in Rot herabgelassen und seinen Wagen mit letzter Kraft angeschoben hätte, damit er nur bloß verschwand. Zu guter Letzt machte er sich aus dem Staub und fuhr gelassen und annähernd versöhnt nach Tel Aviv, direkt zum Revier.

»Auf Sie wartet eine Überraschung«, sagte die wachhabende Beamtin an der Pforte, fügte aber nichts Näheres hinzu. In einer Polizeiwache der sündigsten Stadt des Landes sollte es zur späten Abendstunde, oder aber in den frühen Morgenstunden, eigentlich noch wie am hellichten Tag zugehen. Diese Wache hier wirkte dagegen wie ausgestorben, bemerkte Bresnitz bei sich, und er überlegte, was wohl die Überraschung sein mochte. Ein offenbar benommener Häftling mit zottliger Frisur, der mit Handschellen an einen Beamten gefesselt unter heftigen Zuckungen hereingeschleift wurde, ließ sich von Bresnitz' ziviler Aufmachung täuschen und klammerte sich mit eisernem Griff an ihn, so daß die drei ein regelrechtes Knäuel bildeten, bis der Mann schließlich gewaltsam losgemacht und weitergezerrt wurde. Bresnitz stieg mit schweren Schritten die Treppen ein halbes Stockwerk hinunter und schleppte sich durch den halbdunklen Flur. Vielleicht schaffte er es ja noch, einige Papiere durchzusehen. Er fühlte sich nicht eigentlich müde, sondern richtiggehend gealtert. Das ganze Leben war nichts weiter als ein Flur ... auf einem Polizeirevier, geschlossene Zimmer und verriegelte Räume. Als kleiner Junge hatte er ein Bild über seinem Bett hängen gehabt – Bäume, eine halbverfallene Burg und ein hell leuchtender Pfad, der sich am Horizont verlor. Wohin hast du dich verirrt, Pfad der Kindheit? Vielleicht war er ja von vornherein mit dem Helden von jemand anderem vertauscht worden?

Bei Bechers Zimmer stand die Tür weit auf, er selbst saß hinter seinem Schreibtisch, auf dem sich Aktenberge türmten, und hatte die fliehende Stirn in die eine Hand gestützt.

Die beiden Männer sahen sich einen Augenblick lang mit müden Augen an, der Meister im Schwergewicht und der Meister ohne jegliches Gewicht. Ruhm, ja, nur der Ruhm. Feuerlöscher, jetzt bist du an der Reihe voranzupreschen. Seltsamerweise steht auch bei mir die Tür offen. Wem gehört diese Stimme, wer spricht da? Es ist Beinstock, Mylord, welch Überraschung. Und die Frau bei ihm? Es muß wohl Michal sein, die sich ein wenig verspätet hat. Wir sollten uns für einen Augenblick hier an die Seite setzen und wieder zu Kräften kommen.

Bresnitz ließ sich auf der flachen Bank neben seinem Büro nieder, dessen Tür sich behäbig hin zur Wand öffnete, an die gelehnt er saß, so daß er verdeckt wie in einer schummrigen Höhle hockte und dabei das Gespräch verfolgen konnte.

»Das sag ich dir nicht . . . du kannst mich umbringen, aber das werde ich dir nicht sagen . . .«

»Was soll das, Beinstock . . . ich hab auch mal Kurse in Psychologie belegt.«

»Ich bin nur noch fertig. Das kommt von dem ewigen Wacheschieben, den Hausdurchsuchungen und Verhaftungen. Ständig wecken sie dich auf, weshalb ich auch die ganze Zeit über schlecht geträumt hab'. Einen todtraurigen Traum hatte ich über Bresnitz, geheult hab' ich wie ein Kind. Im Traum. Jetzt kann ich mich schon kaum mehr daran erinnern, aber der Traum über dich ging auf jeden Fall in eine ganz andere Richtung . . .«

»›Wenn nicht im guten, dann im schlechten, hier kommt keiner raus, ohne zu berichten.‹ Na mach schon, Beinstock, du spielst doch absichtlich mit mir . . .«

»Schuld daran ist auch dieser Michael, der hat mich völlig verrückt gemacht . . . Noch nie hab ich solchen Quatsch gehört . . . über Orgasmusboxen und was weiß ich nicht, aber er ist ein Genie. Bresnitz müßte ihn mal treffen, die beiden würden gar nicht mehr aufhören zu reden. Allerdings haßt er Araber ... die sind Gift für ihn ... Bresnitz würde ausrasten, wenn er sähe, was da so läuft, und ich war von allen noch der größte Waisenknabe. Wie die sich dort gegenseitig fertigmachen ist die absolute Hölle.«

Es folgte ein kurzes Schweigen. An die Wand gelehnt, zusammengekauert im Halbdunkel, lauschte Bresnitz:

»Das kommt alles nur von den Fahrten mit dem Jeep, glaub mir. Du fährst durch die Gegend, und alles springt zur Seite. Nach einer Woche fängst du an, dich wie ein König aufzuführen – das wäre dir genauso gegangen. Und dann kommst du um die Ecke, und plötzlich fliegt dir so eine Brandbombe um die Ohren.«

Schweigen.

»Ich versteh' das nicht. Entweder hat er nicht zu Hause übernachtet, oder seine Frau hat ihm die Nachricht nicht übermittelt. Bist du sicher, daß du mit ihr gesprochen hast?«

»Sicher bin ich sicher. Ich hab ihr sogar noch diktiert, sie soll ihm mitteilen, es habe wichtige Fortschritte in der Ermittlung gegeben. Und sie kann schreiben, schließlich ist sie Apothekerin.«

»Bestimmt nur auf Latein ... Ich muß jetzt gehen.«

»Laß mich hier nicht allein. Los, wir warten noch ein paar Minuten, er kommt bestimmt.«

»Nur wenn du mir von dem Traum erzählst ...«

»So einfach verhökerst du Bresnitz, für einen Traum?«

»Wenn ihn doch bloß einer dafür kaufen würde ... Hier betrachten ihn doch alle als Verrückten.«

»Schwachköpfe.«

Schweigen.

»Seine Art ist einfach zu hoch für sie. Und seitdem der General, der ihn mitgebracht hat, weg ist, sieht es noch finsterer aus.«

Schweigen.

»Und daß er dich aus dem Fenster geworfen hat ...«

»Wer sagt dir, daß er mich rausgeworfen hat? Das geht nur ihn und mich etwas an ...«

»Ihr seid beide auf den Kopf gefallen.«

»Wart's nur ab. Nach dem Telefonanruf von vorhin werden wir den Fall morgen knacken. Und dann können sie alle mal schön in Reih und Glied antreten und ihm einer nach dem anderen einen lutschen.«

»Du bist jetzt wieder in der Zivilisation, Beinstock!«

»Und was meinst du, was in dem Traum passiert?«

»Du bist doch pervers!«

»Siehst du, sofort erschrickst du. Du willst es nicht ungeschminkt bekommen. Genau so, wie Michael gesagt hat. Damit fängt der ganze Schlamassel an.«

»Welcher Schlamassel?«

»Du mußt es so sehen: Fast alles kann der Mensch aus eigener Kraft bewerkstelligen. Du willst essen? Kauf dir was und iß. Du willst Musik hören? Mach das Radio an. Du willst schlafen? Geh ins Bett ... Kapierst du das Prinzip? Aber für diese eine Sache braucht man jemand anderes, richtig? Und man kann nicht einfach hingehen und sich eine nehmen, so einfach läuft das nicht. Da ist irgendwas faul.«

»Im Kopf dieses Michael ist etwas faul.«

»Nur zu deiner Information, er war Professor, bevor er Siedler wurde. Bresnitz hat mir mal von einem Buch erzählt, das ›Alleine stirbt der Mensch‹ heißt. Sterben kann man ohne Hilfe. Und genau das ist es, was Michael sagt: die beiden Sachen, bei denen ein Mensch auf jeden Fall einen anderen benötigt, sind Morden und Vögeln.«

»Langsam fängt es an, interessant zu werden.«

»Und weißt du, wie die Jungs dieses ganze beknackte Spiel nennen? Sie werfen mit Steinen nach dir, und *du* schießt mit Gas oder Maximum mit Gummimunition zurück, dann verfolgst *du* sie und *sie* dich ... Onanie nennen sie das. Michael hat mir das gesagt, ich hab das gar nicht mitgekriegt. Stunde um Stunde wird onaniert, wir und sie. Bis du einen in die Finger kriegst und ihn so richtig fertigmachst oder gleich mit scharfer Munition schießt. Oder aber *sie* fackeln dich mit so einem Cocktail ab ...«

Schweigen.

»Bist du anderer Meinung?«

»Ich will darüber nicht reden. Du und dieser Michael, ihr seid doch nur krank. Erzähl mir von dem Traum, und dann gehe ich.«

»Nein wirklich, was denkst du über die ganze Sache?«

»Versuch nicht, Zeit zu schinden.«

»Was du nur wieder denkst, ich hab dort jede Menge Zeit gehabt, über alles mögliche nachzudenken, über das Leben ...«

»Über das Leben mußt du schon Bresnitz befragen. Ich kann dir nur sagen, was ich mal in einer Kneipe gesagt habe, als ich zum ersten und letzten Mal in meinem Leben total betrunken war: ›Man darf das Leben nicht in einem Zug austrinken!‹ Das hab ich mal bei einem Kurs über Weine gelernt, als ich noch für das Außenministerium arbeiten wollte, und es hat mir ganz schön imponiert: die richtige Art, Wein zu trinken. Wenn ich jetzt welchen da hätte, würde ich es dir vormachen – man nimmt nur einen kleinen Schluck, spielt irgendwie mit der Zunge, und dann rutscht er von der Zunge zum Gaumen, steigt ganz langsam und gleitet schließlich den Rachen hinunter. Alle deine Nerven werden dabei gereizt. Nimm nur mal unser kleines Land hier – als ich als kleines Mädchen mit meinem Vater in den Staaten war, er gehörte damals zu der Delegation für Waffenbeschaffung, sind wir endlos durch die Gegend gefahren. Hier bei uns dagegen, wenn du das Land nicht tröpfchenweise erlebst, jeden Moment auskostest, ist der ganze Spaß im Nu vorbei . . . So, das war's, meine Zeit ist um. Ich muß jetzt wirklich gehen. Deine Frau wartet bestimmt auch schon auf dich.«

»Nur noch fünf Minuten.«

»Ich gehe jetzt. Bresnitz kommt mit Sicherheit nicht mehr.«

»Ich erzähl' dir auch von dem Traum.«

»Zu spät.«

»Die Wahrheit ist, es gibt gar keinen Traum. Ich hab' mir das nur ausgedacht.«

»Erzähl mir, was du dir ausgedacht hast.«

»Du meinst wohl, ich bin einer von deinen jugendlichen Klienten . . . Wenn ich es dir erzähle, wirst du niemals wissen, ob das die Wahrheit oder nur bloße Erfindung war.«

»Das könnte von Bresnitz sein.«

»Die Wahrheit ist, ich hab was geträumt, doch ich werde dir nie im Leben davon erzählen. Aber es war einfach wunderbar. Gleich nachdem das mit Bresnitz passiert war und ich im Traum heulte, hast du angefangen mich zu trösten und dann ganz langsam deine Bluse ausgezogen . . .«

Schweigen.

»Hab' kapiert. Ich gehe jetzt. Paß auf Bresnitz auf, er sieht schlecht aus.«

»Er wird schon wieder auf die Beine kommen, wenn er von dem Anruf hört. Hauptsache, der Oberinspektor macht keine Schwierigkeiten. Weißt du, daß der selbst dorthin fahren wollte, um den Typ eigenhändig zu verhören? Zum Glück haben sie vorher dort angerufen, und er war nicht zu Hause. Bresnitz weiß noch nicht mal was davon. Wo steckt der Kerl nur? Warum ist er nicht hier? Weshalb kommt er nicht?«

»Beruhige dich.«

»Ich hätte ihn zu gern schon heute getroffen. So lange

hab' ich darauf gewartet. Vielleicht ist ihm ja auf der Fahrt was passiert?«

»Du weißt doch selbst, daß das nicht der Fall ist. Er ist einfach nicht mehr hergekommen.«

»Ich hätte jetzt Lust, jemanden zu verprügeln, jemandem so richtig eine reinzuhauen.«

»Sag ihm nicht, daß ich gewartet habe, in Ordnung? ... Besser, wenn er das nicht erfährt.«

»Nur unter der Bedingung, daß du noch drei Minuten wartest, drei winzige Minuten nur, ich schwöre.«

»Ich geb' ihm fünf, nach der Uhr. Aber das war's dann endgültig.«

»Abgemacht. Aber komm, setz dich her zu mir.«

Jetzt verfiel man dort in längeres Schweigen, und Bresnitz selbst blieb noch einen Augenblick lang sitzen und wartete. Nicht, daß er nicht darauf erpicht gewesen wäre, einfach zu den beiden ins Zimmer zu marschieren, aber schließlich erhob er sich geräuschlos und stahl sich über den Flur nach draußen. Bechers Tür war bereits abgeschlossen, und auch die diensthabende Beamtin war zu seiner Freude inzwischen eine andere, so daß Beinstock nichts erfahren würde. Eigentlich war er aber gar nicht freudig gestimmt, ohne daß er hätte sagen können, was genau seine Stimmung ausmachte, während er das begrenzte, kurze Vergnügen eines Wiedersehens gegen die unendlichen Weiten eintauschte, die das Gefühl der Einsamkeit und Versäumnis mit sich brachte.

Draußen wartete die Dizengoff-Straße mit einer lärmenden, selbstverliebten Nacht auf ihn, aber er vergrub sich nur erneut in seinem Wagen. Innere Leere gesellte sich zu dem Drang, fliehen zu müssen. In Gedanken protokollierte er die Fahrt als eine Art abgehacktes Tagebuch: »Auf der Dizengoff grüne Welle, Ben-Jehuda dann Rot, am Meer entlang – HaYarkon-Straße.« Danach hockte er eine Weile in einer anrüchigen Bar, als sei er von der Sitte, und tatsächlich wurde der Besitzer, der sogleich den Polizisten in ihm erkannt hatte, sichtlich nervös. Er dagegen saß friedlich an der Bar und trank einige Biere, obgleich er wußte, daß schon ein Glas mehr als genug Wirkung bei ihm zeitigte, wie es sich für einen echten jüdischen Detektiv auch gehörte. Ein großer Mann eben, gewöhnlich und ein wenig vernachlässigt, dem der Staub und Schweiß vieler Fahrten am Leib klebte. Zumindest konnte man bei ihm sehen, daß er sich nicht rasiert hatte. Eine der Damen wäre fast zu ihm gekommen, hätte der Betreiber der Bar sie nicht gestikulierend davon abgehalten. Bresnitz dachte derweil darüber nach, daß auf dem Flur zu sitzen und mitanzuhören, was sie in aller Seelenruhe über einen erzählen, jenem Kindheitstraum nahe kam: zu sterben und dennoch dazusein, um die Reaktionen der anderen zu erleben. Er versuchte, sich zu erinnern, aus welchem Buch das stammte, doch all die kleinen Einzelheiten waren ihm in Vergessenheit geraten. Übrig geblieben waren allein die großen Geschichten.

In der Luft hing der süßliche Geruch von Müll, öliges Lachen zerrte an seinen strapazierten Nerven. Im Schein der trüben Lampen sahen die übrigen Gäste wie körperlose Schatten aus. Nur bei dem Barkeeper, wo Flüssigkeiten in den schillerndsten Farben zum Rhythmus seiner geschmeidigen Bewegungen den Platz tauschten, herrschten eindrucksvolle Pedanterie, fast schon pervertierte Hingabe an die äußere Form und obsessive Genauigkeit, so daß sich Bresnitz fragte, was damit vertuscht werden sollte, um letztlich zu dem Schluß zu kommen, hier liege wohl doch keine kriminelle Handlung vor. Ihm kam der bemitleidenswerte alte Jemenit in den Sinn, über den in einer der Zeitungen berichtet worden war und für den jede einzelne Bewegung derart schicksalsträchtig und bedeutsam war, daß er einen ganzen Tag damit zubringen konnte, sich für die geeignetste Variante des Schuhzubindens zu entscheiden. Dann dachte er an seine Geliebte, mit der er damals über den Artikel gesprochen hatte, und schließlich an Jonathan, den Mann, der sein Aussehen ablegt, um es später wieder anzunehmen. Sollte dies tatsächlich die letzte Nacht sein, in der der Mörder als gesichtsloser Niemand umherlief, ein Mensch wie ich und du, der jetzt vielleicht in einer ähnlichen Bar wie dieser hier saß und im Dunkeln sein Bier schlürfte? Konnte es nicht sogar der Barkeeper selbst sein? Einen Augenblick lang vergaß Bresnitz, wer er war, und warf auf seine Umgebung bohrende Blicke, die wegen seiner besonderen Profession eine tödliche Wirkung hatten. Der Besitzer unternahm einige unbeholfene Versuche, ihn bei Laune zu halten, aber da Bresnitz nicht zufrieden wirkte, ging der andere auf Nummer sicher und verkündete, er werde heute früher als gewöhnlich schließen.

Es war nach Mitternacht, als die relative Kühle am Meer Bresnitz wieder vollkommen klar denken ließ. Ihm wurde bewußt, daß er sich Beinstock gegenüber nicht richtig verhalten hatte, und sein Herz verkrampfte sich. Die Stadt pulsierte wie zur Mittagszeit, und bis er Beinstocks Haus in Ramat Gan erreicht hatte, verstrichen kostbare Minuten. Die neue Klingelanlage, die die Hausverwaltung am Eingang hatte installieren lassen, und besonders die kleinen Lämpchen, die neben jedem Namen brannten, erleichterten ihm die Suche. Entschlossen drückte er auf einen der Knöpfe, drückte und ließ nicht wieder los.

»Ja, Boß, ich komme«, kam es plötzlich verschlafen aus der Gegensprechanlage, und im Hintergrund war deutlich auch die Stimme einer Frau zu hören. Es dauerte wirklich nur einige Sekunden, bis sich hinter der Glasscheibe die Aufzugstür öffnete und Beinstock herausgestürzt kam, magerer als je zuvor, in Shorts und Unterhemd. Sie schüttelten einander die Hände und umarmten sich einen Moment lang – eine warme und beschämte Geste.

»Ich wußte, du würdest den Fall knacken, der hat nur auf dich gewartet«, sagte Beinstock begeistert und fing an, fieberhaft alles zu berichten, was Bresnitz andeutungsweise bereits gehört hatte. Angefangen bei einem Avi, der das Revier angerufen und mitgeteilt hatte, er kenne den Mann von dem Fahndungsbild, der habe mal mit ihm eine Wohnung geteilt und heiße Jonathan – aber das wisse Bresnitz ja schon. Bis Beinstock schließlich bei jenem Michael angelangt war. »Er ist fanatischer Anhänger eines gewissen Reich, kennst du den? Der ist noch verrückter als wir.«

Zu guter Letzt neigte sich auch dieses Kapitel dem Ende zu. Beinstock und Bresnitz gähnten einander an, ein jeder von seiner Seite des Schlafes aus, nachdem sie alles für den morgigen Tag verabredet hatten. Bresnitz schüttelte zum Abschied die wirklich erstaunlich magere Hand seines Stellvertreters, aber dann stellte sich heraus, daß Beinstock vor lauter Aufregung ohne Haustürschlüssel heruntergekommen war. Wieder wurde die neue Klingelanlage betätigt, diesmal jedoch mit sehr viel weniger befriedigendem Ergebnis, denn die Frau dort oben – weil sie die ganze Sache endgültig leid war oder weil sie wollte, daß man wenigstens einmal auch über sie sprach, und sei es nur darüber, daß sie nicht aufgewacht war – reagierte schlicht und ergreifend nicht auf das Klingeln.

Bresnitz mußte an die üblen Gerüchte denken, die im Kommissariat die Runde machten und denen zufolge Beinstocks Frau entweder taub oder deutlich älter oder sogar Nichtjüdin war.

»Du kannst ruhig verschwinden, Boß, wird schon schiefgehen«, meinte Beinstock schließlich mit einem etwas gequälten Grinsen.

»Vielleicht sollte ich ...«

»Nein, nein«, beharrte Beinstock, »ich komm schon klar, ich klingel einfach bei einem Nachbarn.«

»Na gut«, sagte Bresnitz, »dann Schalom.«

Genau in diesem Augenblick wurde die Tür geöffnet, sie verabschiedeten sich erneut, und Bresnitz war schon dabei wegzugehen, als Beinstock ihm nachrief:

»Denk nur an ihre Visage, wenn wir ihnen unseren Mann verpackt und verschnürt aufs Revier bringen.«

Bresnitz lächelte schwach und kam kaum zwei Schritte weit, da hielt Beinstock ihn mit sonderbar gehetzter, heiserer Stimme erneut auf.

»Boß«, rief er ihm zu, eine Hand an der halb geöffneten Haustür. »Eins noch – hast du mir wegen der einen Sache verziehen?«

»Ich hab keine Ahnung, wovon du sprichst«, antwortete Bresnitz und spürte ein Würgen im Hals.

Doch auch damit war noch kein Schlußpunkt unter diese schier endlose Nacht nach einem eben solchen Tag gesetzt. Denn nachdem Bresnitz zu guter Letzt bei sich zu Hause eingetroffen war, einem spontanen Bedürfnis folgend seine schlafende Frau, die sich jedoch nicht rührte, auf den Kopf geküßt hatte und dann bald neben ihr eingeschlafen war, wurde er noch von einem Traum heimgesucht: es fing mit der Sirene eines Krankenwagens an, der jaulend durch die dunklen Straßen raste und den Bresnitz in seinem Traum den ganzen Weg über begleitete, wobei die Sirene immer lauter wurde und näher kam, bis ihm endlich aufging, daß niemand anderes abgeholt werden sollte als er selbst.

Entgegen der Überzeugung seiner Mutter hatte Jonathan nicht in der Nähe der Sheinkin-Straße gewohnt. Avis und Jonathans Wohnung lag im dritten Stock eines Hauses auf der Gordon-Straße, unweit der HaYarkon-Straße. Auf dem Briefkasten im Hausflur standen in stark stilisierten, sehr professionell aussehenden Buchstaben, die allerdings schon vor geraumer Zeit angebracht worden waren, ihre beiden Namen – als sei nichts geschehen.

Bresnitz und Beinstock stiegen schweigend die neunundfünfzig Stufen empor – Beinstock verband die sonderbare, kindliche Angewohnheit, alles abzuzählen, mit dem nervtötenden Zwang, Bresnitz die Ergebnisse seiner Bestandsaufnahme lauthals kundzutun. »Schsch . . .«, brachte Bresnitz ihn verärgert zum Schweigen. Er liebte es, so überraschend wie möglich bei einem Verdächtigen aufzutauchen, zu klingeln und im gleichen Augenblick die Tür aufzustoßen, falls diese nicht verschlossen war. Nicht selten erwischte man dabei die betreffende Person im Inneren der Wohnung unvorbereitet, mit etwas beschäftigt, das eigentlich verborgen bleiben sollte, und noch bevor sie einen passenden Gesichtsausdruck aufsetzen konnte, was der anderen Seite von Anfang an einige Pluspunkte einbrachte. Dies galt sogar, wenn die Tür verschlossen war – allein das plötzliche Schellen ohne Vorwarnung reichte schon aus, ein wenig Druck zu erzeugen, die Vorbereitungsphase hastig zu beenden und ein gezwungenes Lächeln im allerletzten Moment entstehen zu lassen, bevor die Tür sich öffnete . . .

Nichts davon traf bei Avi zu. Nicht genug, daß die Tür verschlossen war – überraschenderweise warteten dort bereits zwei andere vor ihnen. Die Tür war von außen mit einer Art Aluminiumfolie oder etwas Ähnlichem verkleidet, was sie zu einem Spiegel machte, so daß Bresnitz und Beinstock sich vor ihrem eigenen Spiegelbild wiederfanden. Der Zauber dieses Zerrspiegels ließ den einen der beiden dicker und aufgeblähter denn je erscheinen, mit Augen, die sich weigerten, ihn anzusehen, während der andere noch dürrer und verschrumpelter als sonst wirkte, einen Augenblick ungeduldig von einem Fuß auf den anderen trat, um dann eine derart lange und schmale Hand auszustrecken, daß die Klingel das Fürchten bekommen konnte.

Die Tür wurde sehr schnell geöffnet, ohne daß zuvor beim etwaigen Versuch, noch schnell schmutzige Wäsche zu verstecken, panisches Umherrennen zu vernehmen gewesen wäre. Lediglich Musik war zu hören, irgend etwas Klassisches, Kammermusik mit einer enervierenden Geigenbegleitung, die mit einem Mal verstummte. Auch Avi selbst sah bestens vorbereitet aus: ein helles, ziemlich formelles Hemd und eine dunkle Hose bildeten einen Aufzug, der wohl dazu gedacht war – wenn auch unaufdringlich –, Eindruck zu schinden, für berufliche Zwecke mit Sicherheit, während sein glattes Haupthaar streng gekämmt am Kopf klebte, der hinten abgerundet und nach vorne spitz zulaufend war, als wollte sein Besitzer – aus Gründen, die nur ihm bekannt waren – so wenig wie möglich von seinem Gesicht preisgeben. Beinstock, der den Mann vom ersten Augenblick an nicht ausstehen konnte, sollte ihn Bresnitz gegenüber später als »kalten Fisch« bezeichnen. Bresnitz selbst faßte seine Eindrücke in der Wendung »blinder Wurm« zusammen, obgleich der Mann viel eher grau als blaß war. Vielleicht war ja die Anspannung daran schuld.

Bresnitz stellte sich selbst und Beinstock in aller Kürze als ermittelnde Beamte der Mordkommission vor, um dann zu verstummen, so daß der bedeutungsschwere Begriff in der Luft hängen blieb. Bresnitz hatte den Eindruck, ihr Gegenüber wühle nervös mit seiner Zunge im Mund herum – eine Art Beruhigungsübung –, was ihm jedoch rein äußerlich kaum anzusehen war.

Übertrieben langes Schweigen setzte ein, das – wie Bresnitz schnell bemerkte – durchaus charakteristisch für den Mann war, eine Mischung aus Verlegenheit und unterschwelliger Aggressivität. Das Wohnzimmer, in dem sie saßen, war makellos sauber und mit einer gewissen trockenen Nüchternheit möbliert, die eine nicht ganz ausgewogene Neigung zu Glas und Stahl aufwies. Außerdem gab es noch eine Stehlampe aus indiskutabel buntem Plastik und ein eher gewagtes Poster, das allerdings sehr pittoresk wirkte und in einer Art Zugeständnis zur Hälfte von einem großen Schallplattenschrank verdeckt wurde, dessen Türen aus schwarzem Holz mit Stoffbespannung an einen Thoraschrein erinnerten.

»Wir sind noch hier«, ließ sich Bresnitz schließlich vernehmen.

»Das Bild, das in der Zeitung veröffentlicht wurde«, sagte Avi, »das ist Joni, mein Mitbewohner.« Wenn sich überhaupt eine Form von Anspannung bei ihm feststellen ließ, dann vielleicht nur in der übertriebenen Gefaßtheit, in der ungewöhnlichen Starre der Gesichtszüge, nicht aber im Gegenteil, überlegte Bresnitz bei sich. Neben ihm zeigte Beinstock bereits erste Anzeichen aufkommender Unruhe.

»Wie können Sie derart sicher sein?« feuerte er drauflos.

»Es ist ihm sehr ähnlich, auch wenn die Brille fehlt, und er . . . ist verschwunden.«

»Seit wann?« fragte Bresnitz.

»Vor ungefähr neun Monaten . . .«

Der Kerl hatte Nerven, wenn er jetzt schwieg. Bresnitz beeilte sich, mit seiner Frage Beinstock zuvorzukommen. Er versuchte, die Sicherheit des anderen etwas zu erschüttern, indem er eine sofortige Stellungnahme zu diesem Sachverhalt vermied, der danach eigentlich geradezu schrie.

»Erzählen Sie mir von sich selbst – und von ihm.«

»Er war Graphiker, hat an der Kunsthochschule Bezalel studiert, aber keinen Abschluß gemacht. Er war aus einem Moschav im Jisraeltal, während ich ursprünglich aus einem Kibbuz komme.« Seine schmalen Lippen öffneten sich zu einer Art Lächeln. »Ich bin am See Genezareth aufgewachsen, nicht sehr weit von ihm entfernt. Ich bin Gutachter für Versicherungsgesellschaften, Hausratversicherungen, Wohnungen, Wertgegenstände ...«

»Sind Sie Ökonom?«

»Nein, ich habe einen besonderen Kurs zum Gutachter besucht. Auf der Abendschule. Vorher habe ich Politologie studiert.«

»Ja ...«

»Das ist alles ...«, sagte Avi zögernd. Ab und zu schlug er seine Knie aneinander, doch gerade in diesem Moment achtete er darauf, sie sorgfältig zusammengepreßt zu halten.

»Das ist alles?« fragte Bresnitz und zog ironisch die Augenbrauen hoch.

»Was mich und ihn betrifft?«

»Hmm ... hmm«, brummte Bresnitz. Vielleicht um sich zu beruhigen, inspizierte Beinstock in der Zwischenzeit den Inhalt des Plattenschranks aus der Nähe.

»Das Wesentliche habe ich mehr oder weniger schon gesagt.« Avi warf einen gehetzten Blick auf Beinstock, der nun im Inneren des Schranks zugange war, schwieg jedoch.

»Was war er für ein Typ? Welche Vorlieben, welche Hobbys hatte er?«

»Graphische Zeichnungen ... Kunst ... Er war verrückt nach Filmen ... die verrückte Lampe da gehört ihm und das Poster dort ... und die Tür ...«

»Was für Filme?«

»Alles mögliche, nur so zum Entspannen und auch anspruchsvolle Filme. Er ging oft in die Cinemathek.« Seine Knie schlugen wieder gegeneinander, stellte Bresnitz fest, vielleicht ja deshalb, weil überraschenderweise das Thema »Behinderung der Ermittlung« bislang noch nicht zur Sprache gekommen war, vielleicht aber auch nur, weil Beinstock begonnen hatte, mit seinen fettigen Fingern eine Platte aus ihrer Hülle zu ziehen. Er machte Beinstock ein Zeichen, sich noch etwas zu gedulden.

»Mit Ihnen zusammen?«

Avi zögerte einen Augenblick und entschied dann, daß er die Frage verstanden hatte. »Nicht immer. Er gehörte zu denen, die das Leben liebten.« Er schwieg einen Moment, sich sehr wohl bewußt, daß er diese letzten Worte so nicht im Raum stehenlassen konnte. »Einer, der nicht bereit war, auf irgend etwas zu verzichten.«

»Und Sie?«

»Wenn es sein muß ...«

»Sie sind fast doppelt so alt wie er ...«, bemerkte Bresnitz sanft.

»Ungefähr. Ich bin schon über Vierzig.« Erneut ein schwaches Lächeln, das nicht zum Gesagten paßte.

»Auf welchem Klo habt ihr euch kennengelernt«, landete Beinstock, das böse Kind, einen Hieb unter die Gürtellinie. Zudem war er mehr oder weniger bedrohlich näher gekommen.

Avis Hals verfärbte sich dunkelrot, und die Knie fanden wieder zueinander.

»Wir haben uns in einem Club kennengelernt«, sagte er schließlich. »Ein gemeinsamer Freund brachte ihn mit, und ...«

Nun folgte längeres Schweigen. Das Verhöropfer kauerte auf seinem Platz, Beinstock blickte seinen Boß fragend an, und dieser schien völlig in Gedanken versunken.

»Sie haben einige schöne Platten ...«, sagte er schließlich.

»Ja ...«, brachte Avi leise hervor. Die Anspannung schien den Mann von innen zusammenzuziehen, und die in seinem Mund gefangene Zunge unternahm alle Anstrengungen, die eingefallenen Wangen wieder nach außen zu stülpen. Vielleicht deshalb – vielleicht aber auch aus völlig anderen Gründen – stieß er plötzlich kurz und scharf auf. Nun warteten alle drei gespannt, und dann folgte das zweite Aufstoßen. Beinstock belustigte die Angelegenheit.

Und Avi errötete zu guter Letzt doch noch über das ganze Gesicht.

»Holen Sie sich ein Glas Wasser«, schlug Bresnitz vor.

Entgegen seiner Prognose sprang der Mann nun nicht mit einem Stoßseufzer der Erleichterung von seinem Platz auf, sondern erhob sich mit einer verhaltenen, wohlorganisierten Behutsamkeit, indem er wie von einem Computerprogramm gesteuert nacheinander seine Gliedmaßen anzog. Die Küche grenzte an das Wohnzimmer, und Beinstock leistete ihm auf seinem Gang dorthin Gesellschaft: man konnte nie wissen, was ein Verdächtiger mit den Segnungen des dritten Stocks anfing. Ein Glas stieß irgendwo an, Wasser lief ins Spülbecken, und dann war ein kurzes, durchdringendes Summen zu hören. »Was war das?« kam Beinstocks mißtrauische Frage aus der Küche.

»Was war was?«

»Das Summen und die rote Lampe?«

»Eine Anlage zur Wasseraufbereitung«, lautete die Antwort.

»Dann haben der Inspektor und ich auch Durst.«

Kurz darauf saßen alle drei wieder im Wohnzimmer und nippten still an ihren Gläsern. Beinstock leerte das halbe Glas in einem Zug und schob dann den Rest mit einem Ausdruck demonstrativer Geringschätzung von sich. Bresnitz dagegen trank derart geistesabwesend, daß ihm sogar ein wenig Wasser in den Kragen lief, denn seine Augen waren unverwandt auf Avis ausgeprägten Kehlkopf gerichtet, der sich rhythmisch auf und ab bewegte, als sei er ein Teil jener hygienischen Filteranlage.

»Wem gehört die Wohnung?«

»Die ist gemietet. Der Besitzer lebt schon seit geraumer Zeit in New York.«

Was war unter geraumer Zeit zu verstehen? Und wer hatte überhaupt nach der Zeit gefragt? Neun Monate wartete der Mann nun schon auf eine Antwort, neun Monate und eine halbe Stunde, die letzte halbe Stunde nämlich. Geraume Zeit mithin. Die angespannten Muskeln schlafften abwechselnd ab und traten hervor – das Gefühl aufkommender Erleichterung wurde offenbar immer wieder von einem inneren Warnsignal und latenter Panik verdrängt; eine wilde, unbegründete Hoffnung setzte sich trotz aller Versuche, sie zu verscheuchen, immer mehr fest, begleitet von einem unhörbaren Flehen, man möge endlich fragen, damit die Sache ein für allemal ausgestanden war. Warum haben Sie geschwiegen? Warum sind Sie untätig geblieben, als er verschwand? Einen Monat, zwei, neun Monate! Und was ist mit dem Geld, Mann! Wäre es allein von Bresnitz' Entscheidung abhängig gewesen, hätte er diese Zusammenkunft beendet, ohne auch nur mit einem Wort danach zu fragen, hätte eine weitere Unterredung und noch eine folgen lassen, tagelang ohne ein Wort zu sagen, bis der Mann wie Wachs in seinen Händen gewesen wäre. Aber Beinstock, der Oberinspektor und wohl auch seine eigenen Nerven standen dem entgegen ... Andererseits: Zeugt dieses Sichfestbeißen an der Tatsache, daß der Mann das Verschwinden seines Mitbewohners nicht gemeldet hat, nicht davon, daß ich es höchstwahrscheinlich für sein einziges Vergehen halte? fragte sich Bresnitz. Würde ich tatsächlich annehmen, er sei der Mörder, stünde nicht dies im Mittelpunkt, sondern alles andere: mögliche Motive, belastende Indizien und was sonst so dazu gehört. Sollte er ihn wirklich ermordet haben, müßte er noch dämlicher sein, als er ohnehin schon aussieht, um nicht sofort »Hammas« zu schreien, alle Welt wegen seines verschwundenen Freundes verrückt zu machen und so jeglichen Verdacht von sich abzulenken. Auch wenn ihn das tausend Schekel im Monat gekostet hätte, von denen er aber ohnehin nicht mit Bestimmtheit wußte, wie lange sie noch fließen würden. Auf der anderen Seite – wenn du dich schon schuldig machst, indem du das Verschwinden deines Freundes schweigend übergehst, tröstest du dich bestimmt damit, daß ohnehin nichts Schlimmes passiert ist. Und sollte tatsächlich etwas passiert sein, würde es ohne Zweifel bald bekannt werden und wäre damit schnell passé. So vergeht die Zeit, und du rutschst immer tiefer in den Sumpf. Um dich herum lebt alle Welt damit, als sei tatsächlich nichts geschehen – warum sollst du da aus der Rolle fallen? Andererseits könnte ein besonders raffinierter Kopf natürlich dies alles von vornherein bedacht und genau diese Reaktion vorhergesehen haben, was aber immer noch nicht besagt ...

»Boß«, sagte Beinstock voll ehrfürchtiger Ungeduld, »paß auf, daß du dein Glas nicht runterwirfst.«

Bresnitz beschloß, die Schraube behutsam anzuziehen und den Finger in die Wunde zu legen.

»Wie kommt es«, fragte er unverfänglich, »daß das Bild bereits vor vier Tagen in der Zeitung war, Sie sich aber erst gestern bei uns gemeldet haben?«

Ein vager Schatten zog über das Gesicht des Mannes, der den Mund öffnete, um zu antworten.

»Es war so, daß ich an dem Tag, als das Bild abgedruckt war, sehr viel zu tun hatte und außer Überschriften nichts von der Zeitung zu Gesicht bekommen habe. Zufällig wollte ich am nächsten Tag abends was im Wirtschaftsteil vom Vortag nachlesen, mache die Zeitung auf und sehe es ... Irgendwie erschien es mir da nicht passend, noch am gleichen Abend anzurufen. Also habe ich die Sache auf den nächsten Tag verschoben.«

»Bis um zwei Uhr nachmittags?«

»Ich kann mir auch denken, daß hier ... daß ich ein Problem damit hatte.«

»Und das wäre?«

»Zum einen der Schock, die Weigerung sich einzugestehen, daß er es wirklich ist. Immerhin bestand ja nur eine allgemeine Ähnlichkeit mit dem Bild.« Er hielt für eine Sekunde inne. »Und vielleicht war da auch ein gewisses Schuldgefühl . . .«

Eine ausgezeichnete Antwort, die zur nächsten, sich aufdrängenden Frage führen mußte, auf die garantiert auch eine bereits vorformulierte Erwiderung wartete. Dennoch lag im Ton des Mannes auch ein gewisser bitterer Beigeschmack, die Selbstkritik einer prinzipientreuen Persönlichkeit, die sich einer Schwäche gebeugt und noch einmal hinausgezögert hatte, was in dem Augenblick, da das rekonstruierte Foto in der Zeitung erschien, nun wirklich unvermeidlich war. Und dies lediglich für einen, maximal zwei weitere Tage Ruhe, für die er mit Sicherheit jetzt würde bezahlen müssen.

»Wir wollen uns einmal die Wohnung ansehen«, sagte Bresnitz und erhob sich.

Im Gänsemarsch liefen sie zu dritt durch die vollgestopfte, unbelebte Wohnung. Es fanden sich einfach zu viele Sachen auf zuwenig Raum. Jonathans Arbeitszimmer war klein und schmal, auch wenn es durch das Fenster, das man zum Meer hin ausgestemmt hatte, sehr viel größer wirkte. Ganz offenkundig das Zimmer eines Graphikers, daran konnte wohl niemand zweifeln angesichts des erhöhten Hockers, der Zeichenplatte und der Skizzen an den Wänden, der bunten Postkarten, der farbigen Heftzwekken, der prachtvollen Bucheinbände und der ausdrucksstarken Poster, die ringsum wie in einer Tropfsteinhöhle von der Decke hingen. Doch vor lauter Reizüberflutung verwischte sich die Gegenwart desjenigen, der hier sein Reich gehabt hatte, und entzog sich, anstatt greifbarer zu werden. Ein Gefühl tiefen, aufrichtigen Bedauerns überkam Bresnitz für einen Augenblick, er seufzte wie ein alter Jude, und seine Hand tastete unbewußt nach seiner Hemdtasche, wo sich das entscheidende Bild befand. Diese unkontrollierte Bewegung war ihm in letzter Zeit zur Gewohnheit geworden, wie andere unbewußt nach Portemonnaie oder Schlüsselbund tasteten.

»Es ist alles unverändert geblieben, seitdem er ... weg ist«, verkündete ihr Führer und verfolgte mit kaltem Blick die Reaktion seiner Besucher. »Ich habe nichts angerührt, nur ab und an sauber gemacht.«

Aus dem Getöse von Farben stach ein Schwarzweißfoto des Verstorbenen heraus, das Bresnitz bis dahin noch nicht bemerkt hatte. Eine Vergrößerung, die in offenbar künstlich erzeugten, vergilbten Brauntönen gehalten war, um sie älter erscheinen zu lassen, als sie tatsächlich war. Jonathan als erwachsener Junge, der nicht von hier kommt, steht etwas nachlässig vor der Kamera stramm, die Brille in der Hand und seine Lippen zusammengepreßt, als beherrsche er sich, um nicht zu weinen oder zu lachen. Ein rührendes Bild trotz des gelb strahlenden Heiligenscheins, der wie bei einer byzantinischen Ikone über seinem Kopf gezeichnet war – eine nachträgliche Zugabe. Kein Bild im Raum war von diesen nachträglichen Zugaben verschont geblieben, immer überlappten sich mehrere Lagen Zeichnungen, war eine Verzierung einem Foto hinzugefügt worden oder umgekehrt. Es schien, als hätte der hier Wirkende unter dem Zwang gestanden, seine Initialen jedem jungen Baum einzuritzen, solange er dazu noch in der Lage war. Mit Mühe unterdrückte Bresnitz das Verlangen, hier irgendwo auch das Foto anzuheften, das er über dem Herzen trug. Hinter ihnen war die ganze Innenseite der Tür von einem einzigen großen Plakat bedeckt: eine Reproduktion in aufwendigem weißem Rahmen, die vom Blau eines verlassenen Schwimmbeckens bestimmt wurde, ein einzelner leerer Stuhl und ein Sprungbrett, das ins Bild ragte. Aus dem Becken spritzte Wasser auf, als sei jemand hineingesprungen, aber keiner war zu sehen. »Für Avi zu seinem Unabhängigkeitstag von Jonathan«, hieß es links unten in großen roten, etwas verblichenen Buchstaben, eingerahmt von einer Israelflagge, die man auf Kosten der passenden Wasserpartien dort aufgedruckt hatte. Bresnitz sah Avi fragend an, der mit einem verlegenen Schulterzucken antwortete:

»Das war zu meinem Geburtstag. Zufällig bin ich genau am Unabhängigkeitstag geboren, und er hat immer viel Wirbel darum gemacht. Auch darum, daß ich zur Armee gegangen bin. Und dann hat er zum Schluß das Poster für sich behalten.«

»Wieviel zahlt ihr für dieses Loch?« fragte Beinstock, als sie ins Wohnzimmer zurückkehrten.

»Fünfhundert Dollar im Monat«, antwortete Avi in leicht vorwurfsvollem Ton, als böte sich ihm endlich einmal eine Gelegenheit, Gesetzesvertretern seine Empörung über diesen Preis kundzutun. »Davon hat Joni zweihundert gezahlt. Das ist das Schlafzimmer. Im Oktober läuft der Vertrag aus, und diese Blutsauger haben mir bereits mitgeteilt, daß sie eine deutliche Mieterhöhung wollen ...«

Offensichtlich war der Redeschwall dazu gedacht, von dem verschlossenen Schlafzimmer abzulenken, an dem Avi auf verdächtig nonchalante Art vorbeigegangen war. Bresnitz stoppte vor der Tür und streckte die Hand nach der Klinke aus.

»Ich zöge es vor, wenn Sie diesen Raum ausließen«, sagte Avi hastig. »Es schläft dort jemand ... ein Freund.«

»Wir sind hier, um einen Mordfall aufzuklären«, sagte Bresnitz, drückte aber noch immer nicht die Klinke herunter. Es lag eine nicht zu leugnende Befriedigung darin, diesen Mann schließlich und endlich doch noch aus der Fassung zu bringen. Zudem hatten sie – genaugenommen – keinen Durchsuchungsbefehl in der Tasche, und es sah so aus, als sei sich der Gutachter dessen bewußt.

»Ich bitte Sie«, sagte Avi beinahe herausfordernd, den Blick gesenkt. »Wenn dem Gesetz nach keine absolute Notwendigkeit besteht ...«

Bresnitz ließ die Klinke los. Beinstock schleppte sich hinter ihnen her zurück ins Wohnzimmer, und seine Schuhsohlen schlurften zornig über den Fußboden.

»Wann genau ist er verschwunden?« fragte Bresnitz sogleich, als sie wieder einander gegenüber Platz genommen hatten. Zuvor hatte er seinen Sessel zu dem Mann hingerückt, bis sich ihre Knie fast berührten.

»Er ist damals eigentlich nicht verschwunden, sondern einfach gegangen.«

»Wann?«

»Das ist es ja, ich kann mich beim besten Willen nicht an den genauen Tag erinnern«, stürzte sich Avi auf die Frage. »Damals war es nicht unbedingt etwas Besonderes, und hinterher konnte ich mich einfach nicht mehr erinnern. Es muß in der zweiten Oktoberwoche gewesen sein. Ich meine, nein, ich bin fast sicher, daß es zwischen neun und halb zehn abends war, denn die Nachrichten im Fernsehen liefen gerade, aber so sehr ich mich auch angestrengt habe – ich konnte mich danach nicht mehr an das genaue Datum erinnern. Obwohl ich fast überzeugt bin, daß es zum Wochenende hin war, vielleicht Donnerstag, möglicherweise Mittwoch ... maximal Dienstag. Ich hab wirklich versucht, selbst drauf zu kommen, aber man glaubt gar nicht, wie schwer es ist, einfach einen Tag zu nehmen, irgendein persönliches Erlebnis oder ein Ereignis, und nach einiger Zeit das genaue Datum zu bestimmen. Gerade, wenn es sich um einen ganz gewöhnlichen Tag handelt, der erst im nachhinein plötzlich ungeheuer wichtig wird – obwohl das damals zugegebenermaßen nicht ganz alltäglich war, aber eben auch nicht wer weiß wie bedeutungsvoll. Ich hab's mit anderen Ereignissen versucht, und dabei ist genau dasselbe herausgekommen.«

»Zur Sache«, sagte Bresnitz und erntete einen flüchtigen Augenaufschlag.

»Er meinte, er fahre jemanden besuchen, wollte aber nicht sagen, wen, und nahm von mir ein paar kleine Scheine fürs Taxi. Er hat selbst keinen Wagen und kann nicht mal fahren. Als er nicht zurückkam, dachte ich, er hätte dort übernachtet, was ich auch noch nach einigen Tagen geglaubt habe. Danach nahm ich an, er hätte mich verlassen.«

»Und alles, was er hatte, hiergelassen . . .?« fragte Beinstock höhnisch und beugte sich zu dem Mann herab, hinter dem er stand.

»Sie kannten ihn nicht. Er wäre zu so etwas durchaus in der Lage gewesen.«

»Und du bist durchaus in der Lage, dir gleich eine zu fangen«, sagte Beinstock aus dem Stegreif.

Der Mann legte die Hände ineinander und wartete auf die nächste Frage. Da sein Hals wegen der Anspannung nach vorne gereckt war, erschien er Bresnitz jetzt wie eine Eidechse.

»Was hatte er bei sich, als er ging?«

»Nichts Besonderes, eine Zahnbürste oder so. Außerdem eine Mappe – so eine dicke Kladde, die er ständig bei sich hatte, um Einfälle festzuhalten. Sie fiel runter, als er gehen wollte, deshalb erinnere ich mich daran.«

»Und was war mit dem Streit . . .«, versuchte Bresnitz sein Glück mit einem uralten Detektivtrick. »Ihre Nachbarn erzählen . . .«

»Das war gar kein Streit«, protestierte Avi sofort. »Wir sind nicht mal richtig laut geworden.« Da die beiden Ermittler schwiegen, fuhr er fort: »Er nannte mich ›Seelenschätzer‹ . . . ›Taschenrechner‹ . . . und ähnliches mehr, wie immer, wenn er sich aufregte. Ich sagte nur, ich hätte eine solche Behandlung nicht verdient . . .«

»Worüber regte er sich auf?«

»Ich kann mich nicht genau erinnern, es hatte irgendwas mit Geld zu tun. Er hatte kaum Einnahmen, hob aber ständig Geld ab, und ich verlangte von ihm, daß er auf jeden Fall mindestens vierzig Prozent der Miete bezahlen solle . . . worauf er die ganze Angelegenheit sofort zu einer grundsätzlichen Beziehungsfrage verdrehte . . . er wußte, daß mich das hochbringt. Er sagte, er fahre zu jemandem, der ihn als Mensch behandeln würde und nicht nur als . . . und ich sagte: ›Hoffentlich kriegst du ihn nicht hoch!‹ Darüber mußte er lachen. Er sagte irgend etwas über den Beruf desjenigen, zu dem er wollte, und daß keine Gefahr bestehe. Das habe ich nicht verstanden – er hatte immer so kindische Spitzfindigkeiten, Wortspiele eben.«

»Weiter . . .«, sagte Bresnitz.

»Nach einigen Tagen war er immer noch nicht zurück, und ich fing an herumzutelefonieren, obwohl ich nicht genau wußte, mit wem ich eigentlich sprechen sollte. Ich verstand – oder glaubte zumindest, ich würde verstehen –, daß er mich unter Druck setzen wollte. Zuvor war er schon einmal mit jemandem nach Eilat gefahren . . . für eine Woche. Danach kamen dann ein paar Anrufe mit Aufträgen, die er angenommen hatte, unter anderem irgendein Katalog für die Universitätsvideothek. Er machte damals so gut wie gar nichts, behauptete immer, er fühle sich unverstanden, und tatsächlich riefen kaum Leute wegen Aufträgen an. Ich kam zu dem Schluß, er müsse bei seinen Eltern im Moschav* sein. Zuvor waren ja am Horizont erste Anzeichen für eine Versöhnung zu sehen gewesen. Trotzdem wollte ich dort nicht anrufen, damit nicht der Eindruck entstände, sein Lo-

* Moschav, pl. Moschavim. Ein israelisches Genossenschaftsdorf, bei dem jede Familie ihren Hof auf volkseigenem Boden möglichst ohne Lohnarbeit selbst bestellt. Einkauf und Vermarktung dagegen erfolgen genossenschaftlich. Die Mitglieder der Dorfgemeinschaft sind zu gegenseitiger Hilfeleistung verpflichtet, und besonders größere Maschinen befinden sich im Besitz der Allgemeinheit.

ver spioniere hinter ihm her ... und um seinen Vater nicht nervös zu machen. Doch dann traf das Geld ein, wie jeden Monat.« Er schwieg für einen Augenblick, was zur Kunst eines glaubwürdigen Erzählers gehörte.

»Daraus schloß ich, daß er nicht dort war ... Ich dachte, vielleicht sei es besser, zur Polizei zu gehen. Doch dann stellte ich mir vor, wie sie jede Menge Fragen über uns beide stellen würden, sich über mich lustig machen und bestimmt auch in der Zeitung davon berichten würden. David und Jonathan. Vor anderen nannte er mich immer ›David‹. Noch so eine von seinen Spitzfindigkeiten. Außerdem weiß ja meine Kundschaft überhaupt nichts davon, die Versicherungsfirmen ... Auch seine Eltern wären vor Scham im Boden versunken. Und dann wäre er plötzlich wieder aufgetaucht, gesund und munter. Dazu war er in der Lage. Ich suchte nach seinem Paß und konnte ihn nicht finden. Weg. Er war einige Male in London und Paris gewesen und ist dort bestens klargekommen. Er hatte eine Begabung für Sprachen. Ich dachte, er hätte vielleicht irgendeinen reichen Kerl abgeschleppt ...«

»Und die Bilder in der Zeitung?« fragte Bresnitz so beiläufig er konnte.

»Was für Bilder?«

»Von Ihrem Partner, in den Zeitungen«, sagte Bresnitz. »Alle Zeitungen haben es gebracht. Sein Konterfei mit der Bildunterschrift: ›Wurde tot aufgefunden. Sachdienliche Hinweise bitte an ...‹«

»Habe ich nicht gesehen«, behauptete Avi.

»Können Sie uns das erklären? Sie haben doch damals mit Sicherheit besonders aufmerksam Zeitung gelesen.«

»Weiß nicht. Wenn es ein richtiges Bild von ihm gewesen wäre, hätte ich es bestimmt bemerkt ...«

»Und wenn es kein *richtiges* Bild war?«

»Kommt drauf an.«

»Kommt worauf an?«

»Wie stark es verfälscht war.«

»Auch für den Mann, der ihn geliebt hat? Der unzählige Male mit seinen Blicken dieses Gesicht gestreichelt hat, der es tausendmal mit seinen Küssen bedeckt hat ... Der Tag und Nacht nach diesem verlorenen Antlitz in den Gesichtern anderer sucht, in jeder Silhouette, jedem Fetzen Zeitung?«

Beinstock verzog den Mund zu einem angewiderten Grinsen, während Avi seine Lippen ohne zu lächeln kräuselte und langsam grau wurde. »Fest steht, daß auch seine Eltern ihn auf dem ersten Bild nicht erkannt haben«, sagte er schließlich. »Gerade, wenn man jemanden sehr liebt ...«

Das Höchstmaß an Erregtheit, das sich dieser Mann öffentlich gestattete, war jetzt erreicht. Beim Sprechen stoben Speichelfetzen aus seinem Mund.

»Und vor allen Dingen, wenn unverändert das Geld eintrifft ...«

»Das ist auch mein Postfach, und seinen Anteil an der Miete mußte er ja weiterhin bezahlen ... Er hat keinem gesagt, er werde ausziehen. Ich hielt das für eine Geste von ihm, daß er bald zurückkäme ...«

Beinstock versuchte ärgerlich zu werden, was ihm gelang. Avi suchte Zuflucht bei Bresnitz und sprach ihn direkt an, redete nur noch mit ihm.

»Er hatte eine Obsession, was das Verschwinden angeht, sage ich Ihnen. Bestimmt wegen seines Bruders. Erinnern Sie sich an dieses Bild von Hockney, das er für mich gekauft hatte und dann für sich behielt? Ein Schwimmbecken, weit und breit niemand zu sehen, nur diese Spritzer über dem Wasser. Als sei gerade jemand hineingesprungen und verschwunden. Später hat er dazu eine ganze Serie von Skizzen angefertigt, genau dasselbe Motiv, aber verdoppelt oder verdreifacht. Er nannte es ›Gleichung mit zwei Verschwundenen‹ oder ›mit drei Verschwundenen‹. Außerdem gab es da einen Film, zu dem er mich immer in die Cinemathek geschleift hat, irgendwas Italienisches. Auf einer Insel verschwindet eine Frau, ertrinkt – oder so ähnlich – und taucht nicht wieder auf. Jedesmal, wenn der Film auf dem Programm stand, ging er ihn sich anschauen. Und dann plötzlich spielt er mir selbst den Verschwundenen vor . . .«

»Ich muß gleich kotzen . . .«, explodierte Beinstock. »Ich hätte nicht übel Lust, dich und diesen stinkenden Schrank auseinanderzunehmen, wenn du nicht langsam anfängst, ein bißchen konkreter zu werden.« Er schlug mit der Faust gegen den schwarzen Schallplattenschrank, daß es nur so dröhnte. Avis Augen waren währenddessen geschlossen und öffneten sich erst nach dem Schlag wieder, er zog sich noch etwas weiter in sich zusammen, achtete aber darauf, seine Position vor Bresnitz nicht zu verändern, und befeuchtete mit der Zunge seine Lippen.

Bresnitz bemühte sich, die Niedergeschlagenheit zu verbergen, die allmählich von ihm Besitz ergriff. Mit einiger Anstrengung konnte man vielleicht das Zutrauen dieser schleimigen, ausgetrockneten Schnecke erkaufen, um mit in ihr Gehäuse zu kriechen; oder aber sie irgendwie für einen Moment nur herauslocken, wenn man nicht kurzerhand ihr Gehäuse knacken und sie zu einem kleinen klebrigen Fleck zerquetschen wollte. Fraglich war nur, ob Avi überhaupt die Wahrheit parat hatte. Bresnitz beugte sich vor, legte seine große Hand auf das Knie des Mannes und sagte: »Es wartet noch eine lange Untersuchung auf Sie. Erzählen Sie mir etwas, das ich noch nicht weiß, irgend etwas Wichtiges, das Sie uns bislang verschwiegen haben. Das könnte Ihnen im weiteren Verlauf helfen.«

Die Antwort ließ auf sich warten. Avi schloß für einen Moment die Augen und öffnete sie dann wieder. Nichts hatte sich verändert.

»Ich geh in sein Zimmer, um mir dieses Bild einmal näher anzusehen«, verkündete Beinstock mit gewisser Ironie.

»Wir sind uns schon mal begegnet, erinnern Sie sich nicht?« fragte Avi hastig, kaum daß Beinstock den Raum verlassen hatte. »Sie waren Verbindungsoffizier oder so etwas Ähnliches im Regiment, und ich hatte gerade den Offizierslehrgang hinter mir und war der Adjutantur der Panzerabwehr zugeteilt worden, bevor diese dann aufgelöst wurde. Erinnern Sie sich wirklich nicht?«

»Sie sind in großen Schwierigkeiten, wissen Sie das?« erwiderte Bresnitz.

Avi gab keine Antwort. Er führte eine Hand zum Rükken, um sich dort zu kratzen, dann die andere von der entgegengesetzten Seite, so daß es für einen Moment aussah, als umarme er sich selbst. Für einen Sekundenbruchteil nahm sein Gesicht jenen kindlich unschuldigen Ausdruck von einst an, als die Fluten des Sees Genezareth an seinen Füßen geleckt hatten und die Körper seiner Freunde, alle sonnengebräunter als er selbst, schwungvoll durch die Wellen geglitten waren. Aus Jonathans Arbeitszimmer kam das dumpfe Geräusch einer Schublade, die zugestoßen wurde. Auch Beinstock saß nicht untätig herum.

»Als er ging, ließ er die Tür offen stehen, damit ich gezwungen war, aufzustehen und sie zuzumachen, denn es hatte ihn geärgert, daß ich während der ganzen Diskussion vor dem Fernseher sitzen geblieben war. Aber vielleicht wollte er damit auch nur sagen, er käme bald zurück – ich weiß es nicht. Für alles gibt es eine gute und eine schlechte Erklärung, aber an den Tatsachen ändert das nichts. Manchmal stellst du fest, daß ein Wagen einen Unfall hatte, worauf die Leute anfangen, dir zu erklären, wieso und weshalb, und dir alle möglichen Geschichten auftischen. Der Preis ändert sich dennoch nicht ... Bis zwei Uhr nachts konnte ich nicht einschlafen. Ich saß im Wohnzimmer und wartete, bis ich schließlich doch ins Bett ging. Um drei Uhr wurde ich durch das Telefon geweckt, das ganz lange schellte. Ich wußte, daß er es war, also bin ich nicht drangegangen. Ich lag im Bett und hab' mich nicht gerührt, bis es aufhörte. Nach einigen Sekunden hat es noch einmal geklingelt, aber diesmal viel kürzer. Und das war's. Mehr ist nicht passiert. Und wenn ich Ihnen das jetzt erzähle, obwohl niemand davon wissen kann – außer vielleicht derjenige, der in dem Moment bei ihm war –, dann deshalb, weil mehr einfach nicht passiert ist. Was kann man mir also schon groß anhängen? In der ganzen Sache hab ich mir nichts zuschulden kommen lassen. Ich hab zu Hause gesessen und absolut nichts verbrochen.«

In der Stille, die jetzt im Raum herrschte, konnte Bresnitz beinahe jenes Klingeln des Telefons von damals hören. Ein Zittern lief durch seinen Körper.

»Und was ist Ihre Vermutung? Zu wem ist er in jener Nacht gefahren?« fragte Bresnitz leise, fast schon flüsternd.

»Ich habe keine Ahnung. Er war ein so schrecklich ... verschlossener Typ. Manchmal konnte einen das um den Verstand bringen.«

»Hatte er Feinde?«

»Nein«, sagte Avi, als spreche er zu sich selbst. »Er wurde geliebt. Von mir.« Sehr aufrecht und blaß saß er auf seinem Stuhl, doch der Replik wurde nicht die Zeit zugestanden, die sie verdient gehabt hätte. Aus dem Flur, der zu Jonathans Arbeitszimmer und dem verschlossenen Schlafzimmer führte, drang großer Lärm, in den Beinstocks Stimme und eine andere, unbekannte verwickelt waren.

»Sieh mal, was ich gefunden habe, Boß«, rief Beinstock triumphierend und stieß einen blutjungen Burschen mit dem Rücken zu ihnen ins Zimmer, nackt wie ein Baby am Tage seiner Geburt. Bresnitz spürte, wie der Zorn in ihm aufstieg – Beinstock war mit seinem gewaltsamen Eindringen in diese widerliche Intimsphäre rückfällig geworden. In diesem Augenblick aber drehte Beinstock den Jungen herum, als wollte er ihn in seiner ganzen Nacktheit präsentieren, und Bresnitz' Zorn verwandelte sich in Schrecken und Abscheu. Die Nase des Jungen und der größte Teil seines Gesichts waren von dicken, weißen Verbänden bedeckt, so daß oben nur die Augen und etwas tiefer die Unterlippe zu erkennen waren. An den Rändern dieser dicken, weißen Schale war die Haut blau und rot verfärbt – Blutergüsse, ganz eindeutig.

»Sie . . .!« Bresnitz packte Avi, zog ihn mit einem gewaltigen Schwung aus dem Sessel hoch und schüttelte ihn, bis dem Ärmsten fast die Augen aus dem Kopf traten. »Sie Ungeheuer!«

»Hören Sie auf . . . Was wollen Sie von mir? . . . Das geht Sie nichts an«, murmelte Avi verstört und versuchte, sich vor dem Orkan, der mit ihm spielte, irgendwo festzuhalten. Auch der nackte Bursche, der ebenfalls wie betäubt war, soweit man das seinem Gesicht entnehmen konnte, versuchte, sich loszumachen und sich an Avi festzuhalten.

»Das soll uns nichts angehen?« fragte Bresnitz zornentbrannt. »Leg ihm Handschellen an, Beinstock.« Wegen der Anstrengung atmete er schon schwer. Beinstock ließ hocherfreut den sich windenden Jungen los und legte gerade Avis Hände in Eisen, als dieser völlig unerwartet in ein kurzatmiges, kreischendes Lachen ausbrach, wie es nur Leuten zu eigen ist, die wenig lachen.

»Sie glauben, ich hätte dich geschlagen«, hechelte er die nackte Maske an. »Sie meinen, ich hätte dir bei irgendeiner Orgie das Gesicht zermatscht, mit einem Hammer oder so – das ist es, was sie glauben. Aber es ist doch nur das Näschen, nur das Näschen.« Avis polierte, blitzende Porzellanzähne schlugen hörbar aufeinander. »Der Junge wollte eine kleine, feine Nase. Die ursprüngliche gefiel ihm nicht mehr.

Also hat man sie ihm ein bißchen kürzer gemacht. Fragen Sie Professor Stein! Es war nur eine Schönheitsoperation ...«

Auf einen Schlag von seinem Schock erholt, begann sich nun auch der Nackedei zu rühren. »Hilfe ...«, schrie er, und seine sichtbare Unterlippe preßte sich mit aller Kraft an ihren bedeckten Gegenpart. »Ich darf nicht lachen ... die Nähte ... o Mama, was tut das weh ... tut das weh.« Er krümmte sich vor Lachen, ohne sich seiner Blöße im geringsten zu schämen. »Bring mich nicht zum Lachen ... ich kann nicht mehr«, flehte er den gefesselten Avi an, der langsam wieder zu sich kam und einen verängstigten Blick auf die beiden schweigenden Polizisten neben sich warf.

Beinstock warf seinem Boß einen fragenden Blick zu und legte es als Antwort aus, daß Bresnitz ihm weder Zustimmung noch Einspruch signalisierte. Beinstocks Gesicht war vor Wut rot angelaufen, aber sein Koordinationsvermögen hatte keinen Schaden genommen. Mit der einen Hand umfaßte er von hinten den Kopf des Jungen, beugte sich zu ihm hin, als wollte er ihn küssen, und mit der anderen drückte er nur einmal ganz sanft genau im Zentrum dieses mit Mull verpackten Gesichts zu. »Gegen das Lachen«, sagte er dabei, noch bevor aus den weißen Lagen ein schmerzverzerrtes Stöhnen drang. Die Hände bedeckten das verbundene Gesicht, und der nackte Körper krümmte sich zu einer Embryonalhaltung zusammen. Bresnitz befreite Avi von den Handschellen, und die beiden Paare gingen ihrer Wege.

Bresnitz und Beinstock warfen die – auch als Spiegel dienende – Tür hinter sich ins Schloß und stiegen, ohne einen Blick zurückzuwerfen, die Treppen hinab. Schweigend nahmen sie die Stufen, einer in den Fußstapfen des anderen. Beim Anblick seines in sich gekehrten Assistenten und noch beim Abstieg, erfaßte Bresnitz plötzlich den eigentlichen Grund für sein ständiges Verlangen, sich unbemerkt in die Hausflure von mutmaßlichen Verdächtigen, in seinen eigenen und sogar in den seiner Geliebten zu schleichen. Dieses Sichhineinstehlen sollte ihn vor Verlegenheiten bewahren, vor unangenehmen Situationen – er war sich nicht ganz sicher, hatte nur erneut eine vage Assoziation aus den Tagen seines Militärdienstes vor Augen: Als grüne Rekruten waren sie mitten in der wildesten Geländeübung von den Ausbildern ohne vorherige Warnung in ein überhitztes, überfülltes Zelt gestoßen worden, wo völlig überraschend eine Art gemeinschaftliche Feier aus Anlaß irgendeines Festes begangen wurde. Wie auf einem stumpfsinnigen Pfadfinderausflug hatten sie gemeinsam gesungen, begleitet von einem Akkordeon, das der Führungsoffizier irgendwo aufgetrieben hatte. Kaum war die Feier zu Ende und die hohen Offiziere waren gegangen, hatte der Spieß bereits wieder hysterisch aus heiserer Kehle geschrien, in soundso viel Sekunden hätten alle abmarschbereit zu sein ... übergangslos, als sei dieses abrupte Rein- und wieder Rausspringen geeignet, sie vor einer Zwischenstufe, einem weniger genau definierten, verlegenmachenden, menschlicheren Zustand zu bewahren. So wie jene Volontärin aus Frankreich, deren Freundin vergewaltigt worden war, ihm gegenüber einmal die besondere Spezies des hüpfenden, känguruhähnlichen Israelis beschrieben hatte: »Sie sitzen mit dir im Zimmer und reden dabei über etwas ganz anderes – und plötzlich, aus dem Stand, bespringen sie dich, wenn du dich nicht schnell genug bewegst, um dir die nächste, weniger angenehme Phase zu ersparen, dieses beängstigende Zwischenspiel aus zögerlichem Andeuten und Tasten. Wenn du außerdem noch Französin bist ... versteht es sich von selbst, daß ...«

»Nicht ich, das bin ich nicht«, legte Bresnitz sofort innerlich gegen sich selbst Protest ein. »Was habe ich mit diesen verkommenen Kindern zu tun?« Und wie zur Bestätigung faßte er sich an sein weichstes Körperteil und versicherte sich hastig, daß in diesem seinem spezifischen, beschämten Anschleichen – egal, ob in Treppenhäusern oder nicht – ein persönliches, existentielles Bedürfnis zum Ausdruck käme, sowenig Raum wie möglich einzunehmen, damit kein Engel oder Sensenmann auf ihn aufmerksam würde. Vor allen Dingen nicht während jener unzureichend definierten Zwischenstufen, in denen man eigentlich, in gewissem Sinne, am intensivsten existierte, denn . . . Doch an diesem Punkt hatte sich sein Gedankengang bereits heillos verwirrt, da es ihm zum einen in letzter Zeit zunehmend schwerer fiel, sich auf eine bestimmte Sache länger als nur einige Sekunden zu konzentrieren, und weil sie zum anderen bereits im Wagen saßen und fuhren – genauer, Beinstock fuhr, und er saß daneben. Gerade verscheuchte Beinstock mit mörderischem Gehupe einen bemitleidenswerten Fußgänger, der allem Anschein nach die Möglichkeit in Erwägung zog, in Kürze vor ihnen auf die Straße zu treten. Doch dann beruhigte sich sein Partner wieder, verlangsamte deutlich das Tempo und ließ erneut der Stadt, ihren lebenslustigen und – wie die Schlange vor einer Bude bezeugte – Eis liebenden Bewohnern den Vortritt.

Sie schwiegen einvernehmlich noch eine ganze Weile auf dem Weg zurück zum Revier, bis Beinstock – was sonst nicht seine Art war – dem Inspektor an seiner Seite den Ellbogen in die gut gepolsterten Rippen stieß.

»Sag mal, Boß«, fragte er in jenem aufgesetzten, kauzigen Tonfall, in dem er besonders bedeutsam Erklärungen abzugeben pflegte. »Diese Homosexuellen, stimmt das wirklich?«

»Was stimmt wirklich?«

»Ich meine, treiben sie es tatsächlich miteinander? Ich

dachte immer, das Ganze sei nur ein großer Bluff, und eigentlich seien sie insgeheim auch hinter Frauen her, wie jeder normale Mensch.«

Bresnitz zuckte mit den Achseln in der Annahme, die Angelegenheit sei damit beendet, aber wie sich herausstellte, hatte Beinstock noch nicht einmal richtig angefangen.

»Weißt du was, Boß«, sagte er, »wenn das auch nicht unser Mann ist – obwohl ich meine, er ist es, selbst wenn ich dir ansehe, daß du ihn für sauber hältst –, vielleicht sollten wir dann den ganzen Fall besser begraben. Nicht, weil ich nicht glaube, daß du irgendwann den Richtigen findest ich bin sicher, du würdest es schaffen. Aber ich hab irgendwie ein schlechtes Gefühl dabei, wie der Ball hier von einem zum nächsten geht, und jeder schneidet sich sein Stückchen raus. Und wenn ich dir die Wahrheit sagen soll – du wirst mich sicher dafür umbringen –, aber von dem Augenblick an, als ich erfahren hab', daß Jonathan eine Schwuchtel war, er und dieser Avi und all die anderen, und daß es bestimmt irgendeine interne Sache zwischen ihnen war, seitdem stinkt mir dieser Fall. Genauso, wie du manchmal einen Mord hast, der im ersten Moment spannend und interessant aussieht, solange man nichts Genaues weiß, bis sich plötzlich herausstellt, daß es eine interne Abrechnung der Arabuschim* – 'tschuldigung, der Araber – untereinander war. Das ist dann nicht mehr dasselbe, auch wenn man natürlich die ganze Sache untersuchen und den Kerl drankriegen muß, der es getan hat ... Mal ganz ehrlich, Boß, hast du nicht mal ansatzweise dasselbe Gefühl? Schon vorhin hattest du ein paarmal so einen Blick drauf, den ich nicht an dir kenne.«

»Ich habe das Gefühl«, sagte Bresnitz genüßlich, »du sehnst dich nach Gaza zurück ...«

* diskriminierende Bezeichnung für »Araber«

Beinstock kicherte, doch dann verfinsterte sich seine Miene – nicht nur wegen der beiden jungen Mädchen in Badekleidung auf einem Fahrrad, die an der Ampel vor ihnen die Straße überquerten, das Gesicht nach Westen gewandt, zum Meer hin, das ihnen zwischen den Häusern hindurch zuzwinkerte, während die beiden Polizisten ihren Weg nach Norden, zum Revier, fortsetzten.

»Es hilft nichts, Boß. Etwas, das du weißt, ist nicht wie etwas, das du nicht weißt«, erklärte Beinstock geduldig, wie es der Neger Jim immer bei Huckleberry gemacht hatte – oder umgekehrt. »Zum Beispiel, als ich noch ein Kind war, haben ich und all die anderen kleinen Jungen aus unserem Viertel immer Tauziehen gegen meinen Vater gemacht. Ein ganzer Haufen kleiner Kinder ist gegen ihn angetreten, und plötzlich sehe ich, daß er dabei ist, zu verlieren, daß wir ihn im nächsten Moment von den Füßen holen werden. Ich war schockiert, hätte nie im Leben gedacht, daß so etwas passieren kann. Dann hab ich angefangen, ohne daß einer was bemerkte, in seine Richtung zu ziehen, nicht mehr gegen, sondern mit ihm, und so hat er uns schließlich doch noch alle geschafft – schwitzend wie ein alter Gaul. Keiner hat was davon erfahren, nicht mal er selbst, aber ich hab' es gewußt, und dagegen kann man nichts machen, von dem Wissen kommt man einfach nicht mehr los. Also ich sage dir, ich hab' das ungute Gefühl, wir haben uns schon zuviel mit diesem Fall beschäftigt. Laß uns die Sache, wenn nicht ganz begraben, so doch ein bißchen zurückstellen und dafür einige heißere Geschichten mit mehr Fleisch dran nehmen, um es diesem Becher und dem Oberinspektor mal wieder richtig zu zeigen, so wie früher ... Was sagst du dazu?«

Inzwischen hatten sie bereits hinter dem grauen, gedrungenen Komplex geparkt, der sich niemals zu verändern schien und still und verlassen dalag wie ein gewöhnliches, verschlafenes Bürogebäude. Nur einige Polizeifahrzeuge, die vor dem Eingang standen, verrieten, daß sich Ungewöhnliches in diesen Räumlichkeiten abspielen mußte. Bresnitz hatte es nicht eilig zu antworten, sondern blickte seinen erregten Assistenten an, den Kopf ein wenig zurückgelegt wie im Kino, wenn man zu nah an der Leinwand saß.

»Mach dir keine Sorgen, Stockbein«, wählte er eine Bezeichnung, die manchmal in solchen Fällen herhalten mußte, und klopfte Beinstock auf die schmächtige Schulter, wobei nicht klar war, wen genau er ermutigen wollte. »Wir kriegen unseren Mann schon noch, und wenn es das letzte ist, was ich tue.«

Am nächsten Tag kam Avi in Untersuchungshaft, mit amtlichem Stempel und allem, was sonst noch so dazugehörte. In der darauffolgenden Woche wurde er geschlagene sieben Tage lang von allen gemeinsam bearbeitet, wobei man einander wie üblich im Schichtdienst ablöste. Bresnitz, Beinstock, der Oberinspektor höchstpersönlich sowie ein Beamter aus der Abteilung für erkennungsdienstliche Arbeit, der extra zu diesem Zweck ausgeliehen worden war, führten das Verhör. Sie nahmen ihn sich gnadenlos vor, ohne Schläge allerdings, da Bresnitz sich wohl geweigert hätte. Davon abgesehen bestand dazu auch keine Notwendigkeit, denn Avis dröge Halsstarrigkeit erwies sich am Ende als sehr mürbe und zerbröselte unter ernsthaftem Druck wie eine Mumie, die man aus ihrem Sarkophag nimmt. Er war einem pausenlosen Hagel bohrender Fragen und wenig angenehmer Antworten, die sie selbst an seiner Stelle gaben, ausgesetzt, mußte, um alle Lebenskraft aus ihm herauszusaugen, endlose Stunden ohne Schlaf verbringen, ohne sich an irgend jemandem oder irgend etwas aufrichten zu können. Stundenlanger, nicht abreißender Lärm wurde von absoluter Stille abgelöst, übertriebene Hitze von eisiger Kälte, so daß ein wenn auch nur latentes Schuldgefühl ihn innerlich auffraß wie ein Virus. Das Foto der Leiche wurde ihm immer wieder vorgehalten, wobei sich ausgerechnet Bresnitz zurückhielt. Letzterer installierte dagegen – angeregt durch eine absonderliche Eingebung, die vielleicht einiges über seine Einstellung zum gesamten Fall aussagte – in der Zelle des Untersuchungshäftlings einen sich ständig wiederholenden Radiomitschnitt, in dem ein Professor mit großer Ausführlichkeit und schwerem deutschem Akzent über eine Reihe von Wahrheitsfindungsmaßnahmen aus der Zeit des Mittelalters dozierte, wie das Verbrennen des Beschuldigten, das Ertränken und ähnliches mehr. Als Ergebnis all dieser Bemühungen erzählte Avi alles, was er nur erzählen konnte: vom Lebenslauf seines Geliebten, seinen Gewohnheiten, Eigenarten, Freunden, Hobbys, seinen Vorlieben im Bett und allem, was darunter fiel, bis die einstmals schmale Akte, die Bresnitz übernommen hatte, zu ansehnlicher Dicke angeschwollen war und sogar die Überreste von Jonathans verschwundenem Paß enthielt. Wie sich herausstellte, hatte Avi ihn an dem Tag, als das Bild in der Zeitung abgedruckt worden war, überstürzt vernichtet, um sich eine überzeugende Erklärung zu verschaffen – für seine Untätigkeit angesichts des Verschwindens seines Partners selbstverständlich. Und nicht für den Mord. Obgleich er in dieser Phase, hätte man noch ein wenig nachgeholfen, durchaus bereit gewesen wäre, auch diesen auf sich zu nehmen, damit man ihn nur in Ruhe ließe. Denn nicht einmal »eine französische Hure kann mehr geben, als sie hat« – wie der Oberinspektor immer zu sagen pflegte –, »aber ein Häftling kann dies und noch viel mehr, wenn man ihn nur an der richtigen Stelle zu drücken weiß«. Entsprechendes hätte er auch zweifellos veranlaßt, wäre er hier nicht erneut auf Bresnitz' altmodische, überaus halsstarrige Einstellung zu diesem Punkt gestoßen.

Beim Anblick eines Häftlings, der inzwischen unter der Dampfwalze einer Tag und Nacht ununterbrochen über ihn hinwegrollenden Vernehmung regelrecht verlöschte, so daß man zuweilen, aber wirklich nur zuweilen, geneigt war zu vergessen, wer das Verhör durchführte und wer es über sich ergehen ließ, kamen Bresnitz ganz andere Analogien in den Sinn. Schon seit längerem fühlte er sich nicht mehr besonders heimisch in diesem Gebäude.

Jetzt saß er mit Beinstock und Michal in der Kantine zusammen und gab seine eigenen Verhörallegorien zum besten, redete über die Brüchigkeit des Menschen, über dessen jämmerliche Zerbrechlichkeit. »Aus welcher Höhe kann ein Mensch stürzen und am Leben bleiben?« hielt er ihnen vor. »Aus zwei, drei oder sogar zehn Metern?« Erst bei Beinstocks etwas betretenem Versuch, die Frage aus eigener Erfahrung zu beantworten, ging ihm dann auf, daß es keine besonders eindrucksvolle Taktbekundung gewesen war, dieses Thema ausgerechnet vor ihm zur Sprache zu bringen. Daher bearbeitete Bresnitz verlegen seine unter den Bartstoppeln juckende Gesichtshaut, bis sie sich rot verfärbte, schenkte Michal, wie einst, zum Abschied einen warmen Händedruck, genoß, solange es eben ging, dieses schmerzlich vermißte Gefühl, die Hand einer Frau zu halten, und kehrte dann zu seinem Häftling zurück, der zu dieser Stunde – als letzter Akt des Verhörs – an den Lügendetektor angeschlossen war. Doch auch der Wahrheitsfindungsmaschine gelang es nicht, dem Mann mehr nachzuweisen, als er tatsächlich getan hatte – oder genauer genommen, wie er von Anfang an nicht müde wurde zu verkünden, mehr, als er eben nicht getan hatte. Dann erst wurde er endgültig auf freien Fuß gesetzt, da klar wurde, daß man – dem trockenen Gesetzestext zufolge – nur sehr wenig gegen ihn in der Hand hatte.

Der wirklich letzte Akkord in Sachen Avi sollte jedoch

erst einige Tage später erklingen. Es war Beinstock, der ihn von seinem Platz hinter dem Lenkrad als erster bemerkte, wie er zu nächtlicher Stunde gehetzt die Yehuda Ha-Makkabi-Straße entlangschritt. Dieses hastende Gehen des Mannes – noch dazu in einer Gegend, die sich außerhalb seines angestammten Territoriums befand – mußte jedem interessierten Beobachter verdächtig vorkommen. Bresnitz gab daher dem begeisterten Gestikulieren seines Assistenten nach. Sie ließen den Wagen stehen und schlichen vorsichtig nur ein sehr kurzes Stück durch die unbeleuchtete Straße, bis Avi überraschenderweise – aus der Sicht des Verfolgers mußte so etwas immer überraschen, sinnierte Bresnitz – in die Stricker-Straße abbog. Dort wurde er zusammen mit noch einigen Personen sogleich von dem Gebäude des Konservatoriums verschluckt, denn er war, wie sich nun herausstellte, auf dem Weg ins Konzert.

Der enttäuschte Beinstock fluchte und schimpfte, wollte unverrichteter Dinge sofort wieder verschwinden, was aber an Bresnitz scheiterte, der genau Gegenteiliges im Sinn hatte, da er einerseits seinem jungen Assistenten ein wenig Kultur angedeihen lassen wollte, andererseits selbst von einem plötzlichen Verlangen nach dieser anderen Form von Zeitrechnung ergriffen worden war, der das Publikum in einer Art verhaltenen Feierlichkeit bereits huldigte. Diese unterschied sich deutlich von der pompösen Feierlichkeit des Opernsaals, wohin ihn seine Geliebte zuweilen mitgenommen hatte, indem sie die Freischeine benutzte, die ihr als Fakultätssekretärin in die Hände fielen. Wie dem auch sei – er wartete, bis die letzten Konzertbesucher eingetreten waren, hielt dann dem Ordner mit gewichtiger Miene seinen Dienstausweis hin und zog genau in dem Augenblick, da die Musiker auf der Bühne bereits anfingen, ihre Instrumente zu stimmen, Beinstock hinter sich her in den Saal.

Da sie als Letzte eintraten, traf sie Avis Blick sofort.

Auch wenn er am anderen Ende des kleinen, halbrunden Saals saß, konnte man sehen, wie ihm die Farbe ins Gesicht stieg – oder genauer gesagt, aus diesem entwich –, und die erstarrte, wenig vorteilhafte Haltung bemerken, die er plötzlich einnahm. Doch sehr bald wurde sowohl sein als auch Bresnitz' Ausdruck weicher, machten sie es sich beide gleichermaßen in ihren Sesseln bequem und gaben sich dem Zauber der Musik hin. Trotzdem mußte stark angezweifelt werden, ob es der Musik tatsächlich gegeben war, alles außer ihr selbst unwesentlich erscheinen und vergessen zu lassen, so wie es sich zum Beispiel die Liebe anmaßte, grübelte Bresnitz; und beinahe hätte er heftig mit dem Kopf geschüttelt, um seine Zweifel zu unterstreichen. Dabei beobachtete er aufmerksam die drei alten, hochbetagten Streicher, die einbalsamiert in ihren schwarzen Fracks mit blütenweißen, gestärkten Kragen steckten. Der Geiger und der Bratschist hatten ihr schneeweißes Haupt auf die Instrumente gelegt, die von Halsmulde und knochiger Schulter gehalten wurden, und schickten gemeinsam mit dem bejahrten Cellisten zu stark gedehnte, übertrieben vibrierende und aufdringlich ächzende, stöhnende Töne, die förmlich abzustürzen drohten, in Richtung des deutlich jüngeren Flötisten, der sein Instrument in einer Art vor schnellen, selbstvergessenen und sehr privaten Überheblichkeit zu spielen schien. Dennoch traf dieser mit bemerkenswerter Präzision die sich brechenden Töne auf ihrem Weg nach unten, schickte sie wie mit einer Zirkusschaukel immer wieder hoch hinauf in die Höhe zu den schweren Holzbalken, die kreuz und quer unter der Decke verliefen, bereit, die wilden Klänge, die sich an ihnen brachen, mit einer gewissen nordischen Gelassenheit in Empfang zu nehmen. All dies wurde zur gleichen Zeit von Avi verfolgt, den Bresnitz keine Sekunde aus den Augen ließ und der einen wie aus einer anderen Zeit entlehnten Gesichtsausdruck aufgesetzt hatte – ein in weiches, sinnliches Licht getauchtes Gesicht voll innerer Hingabe, mit fast geschlossenen Augen.

Die Augen des bemitleidenswerten Beinstock dagegen waren fest verschlossen. Er erwachte jetzt mit dem plötzlich losbrechenden Applaus, fuhr sofort hoch, um sich an Avis Fährte zu heften. Letzterer applaudierte mit strahlendem Gesicht, jedoch ganz und gar nicht frenetisch, sondern in einer leicht verträumten Langsamkeit, bis er sich mit einem Mal davonmachte, durch die Reihen drängte und nach draußen schlüpfte, während die Musiker noch dabei waren, wieder zurück auf die Bühne zu kommen, dem immer noch anschwellenden Beifall entgegen.

»Er flieht, er haut ab, Dani«, flüsterte Beinstock. Er war schon von seinem Platz aufgesprungen, um sich durch die dicht gedrängt stehende Zuschauermenge zu kämpfen und, begleitet von dem rhythmischen, allerdings allmählich schwächer werdenden Klatschen, dem flüchtenden Verdächtigen nachzusetzen. Doch die blitzschnelle Bewegung seines Bosses hielt ihn auf, der Beinstock genau in der Sekunde packte, als dieser von seinem Sitz hochkam, und ihn mit einem harten Griff zurück in die Polster beförderte, bis sich das Gesicht des Assistenten vor Schmerz verzerrte.

»Was soll das, Boß? Du hast mir fast die Hand gebrochen«, flüsterte Beinstock wütend und rieb sein lädiertes Handgelenk. »Hast du nicht gesehen, wie er abgehauen ist? Wie ein Mörder ist er getürmt ...«

»Er wollte ganz einfach nicht, daß wir ihm den Abend versauen ...«, sagte Bresnitz und tätschelte entschuldigend Beinstocks lädierte Hand, während der nun ersterbende Applaus von dem unruhigen Scharren der Menge auf ihrem Weg nach draußen abgelöst wurde, wohin sich schließlich auch Bresnitz und Beinstock begaben, die unermüdlichen Jäger des Unbekannten.

Wie aber erjagte man das Unbekannte, das Ungewisse? Irgendwo im undurchsichtigen Dunkel verbarg sich ein Mord – oder das, was von ihm übrig war. Ahuva hätte es sicher gewußt – sie, eine begeisterte Jägerin von Träumen, Versprechern und demaskierenden Witzen. Welche Träume paßten zu einem Mord? Und wo steckte der Witz, der ihn aufdeckte? Nach Avis Vernehmung hatten sie jetzt unzählige Fäden in der Hand, die sich alle im Nichts verloren. So schien es zumindest. Von morgens bis spät in die Nacht durchkämmten sie die Stadt, suchten Nachtclubs, Bars und Graphikagenturen auf, sprachen mit diskreten und weniger diskreten Freunden, Arbeitskollegen und jedem, der in irgendeiner Verbindung zu dem Toten gestanden hatte. Eine Reise zurück durch die lange Geschichte des kurzen Lebens von Jonathan, dem verlorenen Sohn. Dabei benötigten sie genaugenommen nichts weiter als einen einzigen, kleinen Namen – den Namen des Mannes, zu dem er an jenem Mittwoch oder Donnerstag gefahren war, zu dem er aus jenem Haus an der Ecke Gordon- und HaYarkon-Straße aufgebrochen war, ohne die Tür hinter sich zuzumachen – die letzte Fahrt vor der wirklich allerletzten Reise. Doch es wollte ihnen einfach nicht gelingen, diese Route zu rekonstruieren. Erneut gaben sie sich mit den Taxifahrern aus Tel Aviv und Umgebung ab, dieses Mal jedoch ausgerüstet mit dem einigermaßen genau zu bezeichnenden Ort, an dem der Fahrgast zugestiegen war, dem ungefähren Datum der Fahrt – einem Mittwoch oder Donnerstag in jener Oktoberwoche – und wichtiger noch: dem richtigen Foto des Passagiers. Aber keiner der Fahrer vermochte – oder versuchte ernsthaft –, ihn zu identifizieren.

Und so blieb dieser eine kleine Name weiterhin der große Unbekannte. Ein Unbekannter, bei dem man sich jedoch nicht sicher sein konnte, ihn nicht schon einmal gesehen, mit ihm gesprochen, ihn verhört zu haben, eines der unzähligen Gesichter, die jetzt in schneller Abfolge im Verhörzimmer die Runde machten. Mal führten sie Blitzverhöre, überprüften lediglich bereits vorhandene Informationen, dann folgten wieder lang andauernde, intensive Befragungen, sobald auch nur eine Spur von Verdacht vorlag. Sie beförderten alles zutage, was zwei einzelne Männer dem störrischen Gedächtnis aller Beteiligten nur entlocken und abringen konnten, Menschen, die nicht mehr als unbedingt nötig von einem ermordeten Schwulen wußten oder wissen wollten. Und dies alles war im Grunde ein Rennen gegen die nicht unbegrenzt zur Verfügung stehende Zeit, da Becher mit frischem Mut sein Intrigenspiel auf dem Revier wiederaufgenommen und der Oberinspektor eine nervöse Manieriertheit entwickelt hatte, indem er zynische Selbstgespräche führte, sooft Bresnitz in seiner Umgebung auftauchte. Dennoch enthielt er sich zu diesem Zeitpunkt noch jeglicher Einmischung. Denn letztlich hatte ein durch eine nicht enden wollende Ermittlung neutralisierter Bresnitz in gewisser Hinsicht auch seine Vorzüge.

Am meisten zu bemitleiden war ohne Zweifel Beinstock, der, als sich abzeichnete, daß ihnen ihr Mann erneut durch die Lappen ging, zwischen seiner wirklich maßlosen Enttäuschung und der unerschütterlichen Loyalität zu seinem Boß hin- und hergerissen war, worüber er unvermindert intensive Gespräche mit Michal führte. Diese Gespräche sollten, wenn es eben ging, Bresnitz' Kenntnis verborgen bleiben, da dieser, je mehr sich die Dinge verschlechterten, ihr gegenüber eine wachsende Abneigung entwickelt hatte, einen geradezu paranoiden Verdacht, sie hintergehe ihn, was aber niemals bewiesen werden konnte. Hinzu kamen die bissigen Bemerkungen durch alle möglichen anderen Gestalten auf dem Revier, für die Beinstock so etwas wie der treue Hund eines unantastbaren Herrn war, den man trat, wenn sich die Gelegenheit dazu bot, oder den man mit einem saftigen Knochen zu verführen suchte, damit er seinen Besitzer im Stich ließ – eine Bitte, die der Oberinspektor nur zu gern gewährt hätte. Vor lauter Verzweiflung machte sich Beinstock sogar sicherheitspolitische Argumente von der Art zu eigen, die auf Bresnitz' Zustimmung hoffen durfte. »Das ist genau dasselbe wie mit den vierzig Kilometern im Libanon«, behauptete er. »Je weiter wir dort einrücken, desto mehr Probleme bekommen wir. Und am Ende müssen wir den ganzen Weg wieder zurück, mit heruntergelassenen Hosen. Komm, laß uns was anderes anfangen. Du hast selbst gesagt, es gibt Fälle, die sich nicht aufklären lassen.«

Aber Bresnitz zog den Kopf nur noch tiefer zwischen die Schultern und durchforstete weiter den Blätterwust auf der Suche nach dem erlösenden Hinweis, ging wieder und wieder die Zeugenaussagen durch, um neue Verknüpfungen zu suchen, wandte sich nach den Zeugen zweiter Klasse denen der dritten und wenig später jenen der fünften Klasse zu – Leuten, die vielleicht von anderen gehört hatten, die ihrerseits welche kannten, die vielleicht jemanden gesehen hatten ...

Doch auch der hartnäckigsten und emsigsten Ermittlungsarbeit mußte am Ende die Luft ausgehen, wenn die Resultate zu lange auf sich warten ließen. Zumal in einer Welt wie der unsrigen, in der »du's packst oder nicht«, sagte Bresnitz in bewußt gewähltem amerikanischem Akzent zu sich selbst. Wie in jenen trostlosen Tagen vor seinem Unfall hatte er wieder angefangen, pausenlos mit sich selbst zu reden.

»Auch wenn wir – gemessen am Endergebnis – alle Nieten sind«, stellte er jetzt sinnierend und leidlich versöhnt in Gegenwart der verschlafenen Kellnerin fest, die ihm seinen bitteren Kaffee brachte, während er noch auf Beinstock wartete, mit dem er hier verabredet war. Diese innere Ruhe kam einer strichweisen Aufklärung am tiefschwarzen Himmel seiner Niedergeschlagenheit gleich und bedeutete für ihn auch die kurzzeitig zurückgewonnene Fähigkeit, mit Sympathie die kleinen Dinge des Alltags zu beobachten, ohne gleich haarspalterisch über sie zu philosophieren. Zum Beispiel die Frau, die auf dem Balkon gegenüber Wäsche aufhing und dabei jeden Augenblick wieder zurück in die Wohnung eilte, als zöge eine unsichtbare Macht an ihr. Oder die Muße zu haben, wieder einmal einen ganzen Roman zu lesen und ohne Groll in Ruhe darüber nachzudenken. Er las gerade, einer alten Empfehlung Ahuvas folgend, Henry James, der ihm aus irgendeinem Grunde wie ein Mann erscheinen wollte, welcher mit den Händen seine Schamteile bedeckt, während er zusätzlich darauf bedacht ist, vollständig bekleidet zu bleiben.

Einmal war der Nachbar, ohne zuvor an die Tür zu klopfen, eingetreten, als Ahuva gerade nackt durch ihre Wohnung lief. »Und was hast du gemacht?« hatte Bresnitz später mit unverhohlenem Vergnügen wissen wollen. »Ich hab' die Augen zugemacht und ihm gesagt, ich würde bis drei zählen, und wenn er dann noch da sei, Gnade ihm Gott ...« – »Was passierte dann?« – »Als ich die Augen wieder aufgemacht habe, war er nicht mehr da. Vielleicht war er auch gar nicht dagewesen.« – »Das glaube ich einfach nicht«, hatte Bresnitz gelacht. »Warum hast du dich nicht mit den Händen bedeckt, wie es alle machen?«

»Muß ich ihm zeigen, was ich zu verstecken habe? Mit den Händen markieren, was ich verberge?« Sie hatte gesprochen, als zitierte sie sich selbst. »Meinst du, er wußte das nicht auch so?« hatte Bresnitz gefragt und die beiden Hände ergriffen, von denen die Rede war. »Nein«, hatte sie geantwortet, »für mich war er jemand von einem anderen Stern.«

»Tolle Weisheit«, murmelte Bresnitz und trommelte mit

den Fingern auf den Buchrücken. Hätte er sich nur ein wenig angestrengt, würde er jetzt, jenseits des schriftstellerischen Nebels, begriffen haben, worauf genau Henry James seine Hände legte. Aber wenn er sich anstrengte, konnten seine Wunden wieder aufbrechen, und außerdem mußte Beinstock jeden Augenblick erscheinen. Der war schon jetzt spät dran. Die Kellnerin brachte ihm ein riesiges Glas eiskaltes Wasser, das er in großen Schlucken austrank, unfähig innezuhalten, bis sein Hirn wie ein Eisberg auf dem Wasser zu schwimmen begann. Die Wäscherin drüben wrang jetzt mit der kalten Grausamkeit von Teppichklopferinnen ein rotes Hemd über der Straße aus, warf ihre schwarze Mähne nach hinten und blickte mit besorgtem Gesicht auf einen unbestimmten Punkt in der Ferne, ehe sie hastig in ihre Wohnung zurückkehrte. Als Bresnitz noch ein kleiner Junge gewesen war, hatte ihm sein Vater zuweilen das Buch mitten in der Lektüre weggenommen die schlimmste Strafe, die es gab. Und jetzt, Jonathan, mein Sohn, hat uns jemand die letzten Seiten aus deinem Buch herausgerissen.

Von irgendwoher war das schwache Heulen einer Sirene zu hören. Beinstock kündigt sein Kommen an, lächelte Bresnitz bei sich, erkannte dann aber, daß es sich um einen Krankenwagen handelte – noch bevor dieser tatsächlich eingetroffen war und den Bordstein erklommen hatte, um auf dem Gehweg der anderen Straßenseite zu parken. Gemeinsam mit allen anderen verfolgte Bresnitz das kleine, hinlänglich bekannte, aber dennoch stets von neuem dramatische Schauspiel, bei dem zwei junge Männer, die im Grunde zu jung für die schwere Last wirkten, und ein weiterer Mann mit einem geheimnisvollen Kasten in der Hand vom Hausflur des gegenüberliegenden Gebäudes verschluckt wurden. Der Krankenwagen, auf dessen Dach ein unangemeldeter Vogel gelandet war, wartete unterdessen mit weit aufgerissenen Türen ebenso gespannt wie alle anderen. Die verschlafene Kellnerin kam langsam näher, bis sie ihm völlig die Sicht versperrte. Bresnitz sandte einen Schwall böser Gedanken in ihre Richtung, worauf sie sich zögerlich etwas zurückzog, die Hände vor Aufregung an die Brust gedrückt angesichts der kleinen Prozession, die nun drüben erschien – die beiden jungen Sanitäter, die sich sichtlich mit der Trage abmühten, auf der ein stattlicher Mann mit hochrotem Gesicht lag. Sein Kopf hing schlaff nach hinten, und zu beiden Seiten wurde er eskortiert von dem Mann mit dem Kasten und der Wäscherin von oben, die hartnäckig ihren Blick zu Boden gerichtet hielt, als wollte sie keinerlei Kontakt zu den Schaulustigen. Dabei hatte sie, wie Bresnitz sehr wohl feststellte, noch Zeit genug gefunden, ihre Bluse von vorher zu wechseln. Auch der Vogel war inzwischen weitergeflogen und hatte sich auf einem anderen Fahrzeug niedergelassen. Doch das eigentlich Überraschende geschah erst jetzt. Während sich die beiden Träger mit der Trage im Kreis drehten, um sie regelgerecht in den Wagen hineinzubugsieren, richtete der Kranke plötzlich den Blick auf seine Betrachter und zwinkerte mit dem rechten Auge der Kellnerin zu. Zumindest war Bresnitz so sehr davon überzeugt, daß er ihr in einem detektivischen Reflex nachstürzte, als sie schnell ihren Platz verließ und in der kleinen Kombüse im hinteren Teil des Cafés verschwand, von wo Tellergeklapper und arabische Laute zu ihm drangen. Erst jetzt kam Bresnitz wieder zu sich, und er kehrte nach kurzem Zögern an seinen Tisch zurück. Allein, diese kurze Abwesenheit hatte Beinstock schon genügt, der mit dem sich entfernenden Sirenengeheul eingetreten war und Bresnitz nun in unerwarteter Erregung um den Hals fiel.

»Dani«, keuchte er, »ich hab mich so erschrocken . . . Ich war sicher, du bist das . . .«

Am Tisch angekommen, hatte er sich fast wieder beruhigt, auch wenn Bresnitz ihn lange nicht mehr so außer sich gesehen hatte. »Ich hab ihn nur von weitem gesehen. Er hätte du sein können, von hinten genau dieselbe Frisur ... Und du warst nicht da ... Der Laden hier war vollkommen leer ... Ich hab' gedacht, das war's, von jetzt ab bin ich ganz allein ... für immer und ewig ... Das war, wie einen Knüppel über die Rübe zu bekommen ...«

Später dann, als er einen Schluck von seinem Kakao genommen hatte, fuhr er mit etwas gefestigter Stimme fort: »Ich wußte, ich hätte nicht mal sagen dürfen, daß ich es mir überlege ...«

»Was überlege ...?« fragte Bresnitz, sein schweres Haupt auf die Handfläche gestützt.

»Der Oberinspektor hat mich noch aufgehalten, deshalb bin ich auch zu spät gekommen. Er meinte, Eitan geht, und er will, daß ich das Dezernat an dessen Stelle übernehme.

Ich ... ich wußte nicht, was ich sagen sollte, also hab ich gesagt, ich würde es mir überlegen, und er hat mir Bedenkfrist bis zum Abend gegeben.« Eine verdächtige Feuchtigkeit trat in seine Augen. »Ich ruf' ihn gleich an und sag' ihm, er kann sich den Job sonstwohin stecken ...«

»Nein«, sagte Bresnitz und gähnte das erhabene und mächtige Gähnen eines alten Löwen. »Du rufst ihn an und sagst zu.«

»Kommt nicht in Frage. Ich bleibe bei dir bis zum bitteren Ende ...«

»Du rufst ihn sofort an, das ist ein Befehl!«

Sie stritten noch eine Weile, bis Beinstock schließlich nachgab, sich die Augen rieb und Bresnitz' Ratschlag folgend gleich von dem Telefon des Cafés aus anrief. Der Oberinspektor befahl ihm, sofort bei ihm anzutreten, aber er und Bresnitz blieben noch geraume Zeit zusammen sitzen und beobachteten die Passanten.

»Gib mir über jede Neuigkeit Bescheid, und wenn du Hilfe oder sonstwas brauchst ...«, sagte Beinstock schließlich und zog sich mühsam vom Tisch hoch, wie ein kleines Kind an seiner Mutter zieht. »Und wenn du ihn dir greifst, laß es auch mich wissen ...« Er fügte noch ein halb trauriges, halb schiefes Lächeln hinzu, bevor er endgültig verschwand und seinen Boß zurückließ, der noch einen Kaffee trank und dann noch einen. Dabei gähnte er immer wieder, wie jemand, der alle Zeit der Welt hatte.

Es folgten müde, undramatische Tage ohne jegliche Begeisterung. Wie die stets gleichbleibenden, wohlüberlegten Abläufe, mit denen ein alter Mann seine Tage zubringt. Ausgerechnet jetzt, da das Ende schon greifbar nahe schien, hatte die Niederlage etwas Lähmendes. Dennoch hegte Bresnitz den Verdacht, dieses Gefühl permanenter Müdigkeit beherrsche nicht nur ihn. Schon seit Jahren hatte er nicht mehr soviel ferngesehen, zumeist bis spät in die Nacht, und die Massen von Juden, die unablässig in dieses Land strömten, führten ihm vor Augen, daß die Kraftlosigkeit um ihn herum inzwischen sogar die größten kollektiven Jubelfeierlichkeiten mit ihren blassen Farben übertönte. »Frohsinn ohne Fröhlichkeit, blutarme Kaltblütigkeit«, sagte er zu den matten Augen, die ihn aus dem Spiegel anblickten, während er Zahnpasta auf die Bürste drückte. »Apathie, Auflösung, Abscheu«, murmelte er ein paar Mal wie ein alter, zahnloser Zauberer im Rhythmus des Putzens. Dieser Staat ist genauso alt wie du, mein Vater, lächelte er sich an und hielt den Kopf ins Waschbecken. Auch wenn er dafür keine schlüssigen Beweise hatte, hegte er den Verdacht, daß letztlich just jene bemerkenswerte Fähigkeit – mit dem blutigen Konflikt, der gleich um die Ecke tobte, in Frieden leben zu können, so als passierte dies alles auf einem anderen Stern – für diesen Zustand der Gesellschaft verantwortlich zu machen sei. So wie jener Knopf an Funkgeräten oder alten Plattenspielern, mit dem man das Rauschen und Knistern unterdrücken konnte, gleichzeitig aber auch alle anderen Töne einebnete. In seinem Wagen schaltete er das Radio an und stolperte sogleich über die Stimme seines Schwagers, der dort in ironisch-radiophonem Ton über seine letzte monumental-zeitgenössische Studie sprach: »Über die Mittelmäßigkeit« – ein Essay zu hiesiger Kunst und Kultur.

Als Bresnitz an einem der letzten Tage nach Hause gekommen war, mußte er feststellen, daß seine Frau ohne vorherige Streitigkeiten oder Schreiereien die gemeinsame Wohnung verlassen und nur einen kleinen Zettel hinterlassen hatte, der mit Streichungen und Verbesserungen übersät war, was Bresnitz an jene Frau denken ließ, die auf dem Abschiedsbrief »Ich entschuldige mich« gegen »Es tut mir leid« ausgetauscht hatte, bevor sie ihrem Leben ein Ende bereitete.

Nach und nach füllte sich das Spülbecken, Bresnitz aß immer weniger, bis er eines Tages kurzentschlossen in einer großen Reinemacheaktion alles dreckige Geschirr in einen Beutel verschnürte und in die Mülltonne warf. Doch just in diesem Moment kehrte seine Frau zurück, und mit vereinten Kräften bargen sie die Überreste und spülten sie ab.

Dennoch ließ Bresnitz nicht einfach alles hinter sich zurück, als sei nie etwas geschehen, als habe niemals dort, nicht weit von ihrem Skulpturfelsen entfernt, ein verschwundener Jüngling gelegen, ein Auge zum Himmel gerichtet und das andere leer, während das Wurzelwerk ihm eine Decke strickte, die fremde Hände dann zerrissen hatten. Wer Bresnitz wirklich kannte, hätte ihn niemals dessen verdächtigen können. Oberflächlich betrachtet mochte die Ermittlung bereits zum zweiten Mal in ihrer Geschichte mausetot sein. Sein Büro suchte Bresnitz nur noch aus administrativen Gründen auf. Es gab Berichte, die abgeschlossen werden wollten, und andere, die – trotz allem und irgendwie – noch immer ihren Weg auch zu ihm fanden. Aber unter der Oberfläche brodelte es unvermindert heftig in ihm. Der Kopf arbeitete noch. Waghalsige Berechnungen und atemberaubende Kombinationen. Der Bildschirm zeigte kein Lebenszeichen, aber tief im Inneren liefen die detektivischen Platinen aus eigenem Antrieb weiter.

Dies zeigte sich auch in anderen Ausdrucksformen: Eines Nachts wachte er unvorhergesehen gegen zwei Uhr auf und war beim besten Willen nicht in der Lage, wieder einzuschlafen. Geraume Zeit blieb er still in seinem Bett liegen – eine dreiviertel Stunde, um genau zu sein –, ging dann ins Nebenzimmer und ließ genau um Viertel vor drei so lange unerbittlich klingeln, bis Avi den Hörer aufnahm. »Hallo . . .«, flüsterte er mit schlaftrunkener Stimme in wilder, verzweifelter Hoffnung. »Wer ist dort . . .?« Bresnitz erlöste ihn von seinen Qualen und legte auf. An einem anderen Tag machte er sich, ohne besonderen Grund, zur Universität auf und betrat die Fakultät für Bildende Künste im Mexiko-Gebäude. Einige Studenten irgendeiner Fachrichtung schienen mit ihrer Kamera nur auf ihn gewartet zu haben und fingen genau in dem Moment zu drehen an, als er hereinkam. Bresnitz konnte nur mit Mühe das Verlangen unterdrücken, sein Gesicht mit den Händen zu bedecken, bis er bemerkte, daß die eigentliche Action sich in seinem Rücken abspielte. Ohne Umwege fand er sofort zum Sekretariat.

»Entschuldigung, ich suche Ahuva.«

»Ahuva ist heute nicht da«, kam hinter seinem Rücken die Antwort von einem Mann, der dort mit irgend etwas beschäftigt war, wobei sein Hemd auf höchst unästhetische Weise aus der Hose hing.

»Ist nicht da...«, wiederholte Bresnitz und vermochte nicht ganz, seiner Stimme den Ton der Überraschung zu nehmen. Ausgerechnet diese Möglichkeit hatte er aus irgendeinem Grunde überhaupt nicht in Erwägung gezogen.

»Genau das sagte ich«, erwiderte der Mann und wandte sich halb zu ihm um. Beinstock würde ihm das Hemd in die Hose stopfen und eine Ohrfeige noch gleich mit auf die Rechnung setzen, dachte sich Bresnitz.

»Danke«, sagte er demütig und ging. Zu beiden Seiten des Flurs raschelten die Mitteilungsbretter verheißungsvoll mit ihrem Blattwerk aus Zetteln, Ankündigungen und verführerischen Angeboten, doch wegen der Semesterferien war keine Menschenseele weit und breit zu sehen.

»Bresnitz«, erklang es plötzlich hinter ihm. Eine nicht mehr ganz junge Frau hatte ihm von der Türschwelle nachgerufen. Er blieb stehen, und sie kam in einer Art verhaltenen Spontaneität heran, als überlegte sie noch, ob und was sie mit ihm reden sollte.

»Erinnerst du dich an mich?« fragte sie zögerlich mit südamerikanischem Akzent. »Wir sind uns schon mal begegnet, ich arbeite mit Ahuva zusammen.«

Er entsann sich, nickte bestätigend. »Chile«, sagte er. Sie lächelte leicht. Wie einfach es doch war, Menschen eine kleine Freude zu bereiten.

»Du bist wegen Ahuva hier... richtig? Ich war im Hinterzimmer und hab ein paar Sekunden gebraucht, bis ich deine Stimme erkannt hatte.«

»Ja...«, erwiderte er. »Ich hatte hier zu tun... und da...« Sie standen noch immer im Flur, aber sie war ein wenig näher an ihn herangetreten.

»Das ist wirklich schade... Es kommt äußerst selten vor, daß sie nicht da ist, und ausgerechnet heute...« Er zuckte mit den Schultern. »Sieh mal...«, sagte sie, kam noch etwas näher und senkte entsprechend ihre Stimme.

»Ahuva hat mir ein bißchen von euch erzählt ... obwohl sie nicht zu denen gehört, die ständig über solche Dinge reden ... nur wenn man so eng zusammenarbeitet wie wir. Ich glaube, das letzte Mal, daß sie richtig krank war und ein paar Tage gefehlt hat, war, als du deinen Unfall hattest. Das hat sie schrecklich mitgenommen. Sie hat sich zu Hause verkrochen und wollte mit niemandem sprechen. Völlig von der Außenwelt abgeschottet hat sie sich. Hier haben alle gedacht, sie sei nur so krank. Ich weiß nicht, ob du das gewußt hast. Ich weiß nur, daß sie dich nicht mal im Krankenhaus besucht hat. Ich hab' nicht verstanden, wie sie sich so verhalten konnte, aber sie wollte nicht darüber sprechen. Sie erwähnt dich nicht einmal mehr. Aber sie hat sich verändert, es geht ihr überhaupt nicht gut. Sie hat wieder angefangen zu studieren, dann aber aufgegeben, obwohl alle hier hinter ihr standen ... Ich weiß, wie das ist – so eine Trennung, ohne daß ...«

Es war ihm sehr unangenehm, aber Bresnitz spürte, wie ihm Tränen in die Augen stiegen, die jeden Augenblick an dieser barmherzigen und gütigen südamerikanischen Brust auszubrechen drohten. »Danke«, sagte er hastig, drehte sich in allerletzter Sekunde abrupt um und machte sich mit schnellen Schritten davon, wobei er mit dem Handrücken fortwischte, was trotz allem bereits übergelaufen war. Er hoffte, sie verstünde ...

Von dort kehrte er auf direktem Weg zum Revier zurück. Verstohlen schlich er sich hinein, damit er möglichst unbemerkt bliebe. Der Schattenmann kehrte zurück in den Schatten, in sein kleines, stockfinsteres Büro unter der Erde, zumal er keine Neigung verspürte, die Elektrizität der Polizei zu vergeuden, und hier alles hermetisch abgedichtet war, abgesehen von dem kleinen Klappfenster, durch das man aber nur blicken konnte, wenn man dazu auf einen Stuhl stieg. Lediglich die langen Finger der

Sonne fanden noch immer ihren Weg herein – ein dünner, scharfer Finger bahnte sich gerade seinen Weg durch die hohen Büsche und die Wand aus Gasflaschen, schlängelte sich an den Polizeiwagen draußen vorbei und landete auf der Kante des Schreibtischs vor ihm. Jemand klopfte sachte an die abgeschlossene Tür. Beinstock – dem Klopfen nach zu urteilen.

»Boß«, raunte er und rüttelte an der Türklinke. »Boß, bist du da?« Das »Boß« kam ihm in letzter Zeit leiser über die Lippen, sobald er befürchten mußte, andere könnten ihn hören. Dennoch erschien er regelmäßig mit verlegen gesenktem Blick, um sich nach Bresnitz' Befinden zu erkundigen. Jetzt ging er weg. Wie viele Sekunden hatte das Ganze gedauert? Zwölf? Oder nur zwei? Und schon war die Sonne gewandert.

Bresnitz zog sein Hemd aus. Es war drückend heiß, aber wenn er die lärmende Klimaanlage in Gang setzte, würde ihn das verraten. Der kleine, strahlende Punkt hatte sich nun auf der Tischplatte festgesetzt, bereit, im nächsten Augenblick die einzige darauf liegende Akte zu erklimmen. Bresnitz betrachtete ihn wie hypnotisiert – der glühende Lichtfleck schien die ringsum herrschende Dunkelheit noch zu vertiefen. Alles war in Finsternis getaucht, nur der feine, hellgelbe Streifen kroch langsam, aber stetig über seine Bahn. Jetzt wanderte er bereits über die dickbäuchige Akte und würde gleich das große Blatt Papier passieren, das Bresnitz vor sich ausgebreitet hatte, ein leeres Blatt mit einem beschämt in der Mitte ruhenden Stift. Und nachdem er dann eine kurze Strecke über den Fußboden gekrochen wäre, würde er ihn erreichen, langsam an seinen Beinen hochklettern, seine Brust überqueren und schließlich zu seinem Herzen gelangen. Ein Zeichen wofür, ein Hinweis auf wen? Würde ihn jemand im letzten Augenblick retten? Sollte das Telefon etwa klingeln, und Ahuva riefe an? Oder käme am Ende womöglich der Mörder hereingestürzt, um reumütig zu gestehen?

Ein Klopfen an der Tür – wie ein leiser Trommelwirbel mit den Fingern, aber deutlich zu hören. »Boß, Boß, laß mich rein«, flüsterte Beinstock. »Dein Wagen steht draußen, ich weiß, daß du da bist. Der Wachhabende hat gesagt, du seist noch nicht weg ... Ich will mit dir reden. Sitz nicht so im Dunkeln, das macht mir Angst. Boß, Boß ...«

In der Akte brodelten die Unterlagen, die protokollierten Zeugenaussagen lachten leise, das Bild des Ermordeten ging in Flammen auf, und der leuchtende Streifen glitt über das leere Blatt. Konzentriere dich, Bresnitz! Konzentriere dich, es bleibt dir nicht mehr viel Zeit! Gefesselt an den Steinaltar, wartete er auf den erlösenden Hieb. Konzentriere dich! Konzentriere dich, Bresnitz! Alle Details, alle Fakten durch einen Zauberstreich zu einer einzigen Sache verschmolzen – zu einem strahlenden Punkt in der Finsternis, zu einem winzigen Namen, der dich groß machen würde, ein Name gegen ein halbes Königreich. Doch in seinem Kopf wirbelten ausgerechnet zwei Namen umher: Ahuva, die sich in ihrem Zimmer verbarg, als er im Krankenhaus um sein Leben kämpfte, und der Mann, der zuschlug, die Leiche wegschleppte und im Wald ablud – der Mörder und Ahuva, Ahuva und der Mörder. Zwei parallele Linien in Bresnitz' einstürzender Galaxis. Die Hitze wurde immer schlimmer, das Zimmer kochte. Der Lichtstrahl wanderte bereits über den Fußboden, und das weiße, leere Blatt war wieder in Dunkelheit getaucht.

»Boß, Boß«, erklang es draußen wieder, diesmal schon nicht mehr ganz so selbstbewußt, begleitet von kratzenden Fingernägeln an der Holztür. Wie ein kleiner Nager ... »Bist du da drin, Boß? Warum schließt du dich ein wie in einer Einzelzelle? Laß mich einen Augenblick rein, nur einen Augenblick ... Boß, Boß.«

Er veränderte seine Sitzhaltung. In wenigen Sekunden würde der Lichtstrahl sein Herz treffen, und niemand kämpfte da draußen für ihn. In der Schublade hatte er seine Dienstwaffe und eine Schachtel Patronen: Würde sie sich auch dieses Mal gramgebeugt in ihrem Zimmer vergraben? War ihr Gefühl, an seinem Unfall schuld gewesen zu sein, damals wirklich so überwältigend? Hatte auch jener Mann, der seinen Geliebten beweinte, seinen Jonathan, sich vor aller Welt in die eigenen vier Wände geflüchtet? Jeder, der damals zu Hause geblieben ist, in jener Woche – einen Schritt vortreten: You are under arrest! Sie hatte nicht den Mut aufgebracht, an sein Krankenbett zu kommen, seinen verbundenen, zusammengeflickten Körper zu besuchen, hatte sich statt dessen wie eine Verbrecherin in ihr Zimmer eingeschlossen. Was hatte sie zu verbergen versucht? Sie und der Mörder. Der Mörder und sie.

»Mein Gott!« Der Lichtpunkt, funkelnd wie das Auge einer verrückten Katze in blubberndem Pech, kletterte schon an dem Stuhl hoch, auf dem er saß, und würde gleich seine Haut berühren. Sein großer, entblößter Körper ging wie ein weißer Berg in der Dunkelheit auf und nieder.

»Mein Gott ...«, ächzte Bresnitz erneut, fuhr von seinem Stuhl hoch und langte nach dem Lichtschalter, der auf einen Schlag alles, auch den leuchtenden Fleck, in leeres, kaltes, geschmack- und geruchloses Licht tauchte, das wie tödliches Gas war ... Aber Bresnitz hatte Metaphern jetzt gründlich satt.

»Mein Gott«, stöhnte er ein drittes Mal, das zutiefst gottergebene Stöhnen eines notorischen Ketzers. Die Punkte hatten sich überschnitten und waren zu einem geworden. Sie und der Mörder. Der Mörder und sie. Das konnte nicht sein. Es mußte ein Mann sein. Aber wie ließ sich das erklären? Beinstock hatte gesagt, vielleicht sind sie insgeheim auch hinter Frauen her. Sie hatte sich mit Sicherheit nicht meinetwegen eingesperrt. Was hast du mit Jonathan gemacht? Verfluchte, verkommene Frau! Bresnitz blätterte fieberhaft in der Akte. Jonathan hatte irgend etwas mit der Universität zu tun gehabt, Beinstock hatte sich darum gekümmert. Er fegte die Seiten eine nach der anderen um, als wollte er jemanden befreien, der darunter begraben lag, und schnitt sich dabei an einer der rasiermesserscharfen Papierkanten den Finger auf. Zum Teufel, vielleicht ließ ihn das ja wieder klar denken. Auch im Wahnsinn mußte Methode walten. Jetzt hatte er es: »Universität Tel Aviv gemeinschaftliches Projekt«. »Negativ«, verkündete Beinstocks unbeholfene Handschrift am Fuß der Seite. »Keine verdächtigen Befunde.« Bresnitz überflog das Manuskript, und das Blut schoß ihm ins Gesicht. Die Fakultät für Bildende Künste ... na, was war schon anderes zu erwarten gewesen? Ein gemeinschaftliches Versuchsprojekt, lediglich erste Gespräche hatten stattgefunden, »Jonathan ließ den Kontakt abreißen ...« – das war es, was sie damals gedacht hatten.

»Namen, ich will Namen«, murmelte Bresnitz, und seine Augen hetzten über das Blatt. Hier waren zwei – der eine ein Professor und der andere ein Doktor. Ihr Name tauchte nicht auf. Beinstock hatte mit Schwarz jeden weiteren Namen markiert, der in Zeugenaussagen vorkam, und mit Rot alle Stellen, die in irgendeiner Form Verdacht weckten. Jetzt waren alle rot eingefärbt, denn Bresnitz' Finger blutete unvermindert heftig. Es war am besten, Beinstock selbst zu fragen. Bresnitz stürzte zur Tür, hielt aber sofort inne. Nein, Beinstock durfte nichts erfahren. Dieser ganze Wahnsinn konnte sich am Ende als die Wahrheit entpuppen. Obwohl es unmöglich war. Es konnte einfach nicht sein. Reiß dich zusammen, Mann! Unter den Verletzten, die in den Operationssaal gebracht werden, finden sich plötzlich auch dein Sohn, deine Frau oder deine Geliebte. So was kommt vor. Deshalb darf die Hand mit dem Skalpell aber nicht zittern. Behalt' die Nerven, Mann! Zurück zur Akte. Adressen. Telefonnummern. Als erstes die Universität anrufen und mit der Fakultät sprechen. Um der Sache willen war man auch Student.

»Der Professor ist in Berkeley und kommt erst im November zurück. Aber der Doktor ist im Land, versuchen Sie es beim Lehrstuhl.« Mit dem dritten Anruf stieß er endlich auf seine Fährte.

»Nein, Sie können den Doktor nicht haben. Wir geben ihn nicht her ... ha ... ha ... ha ... Sprechen können Sie mit ihm, aber auch das ist im Augenblick nicht möglich. Er ist in einer Vorlesung.«

»Es ist sehr wichtig«, sagte Bresnitz, und seine Hand würgte den Hals des Telefonhörers. Es blieb ihm keine andere Wahl. Er zückte seinen polizeilichen Titel, und der Doktor wurde aus der Vorlesung geholt, erregt, neugierig und sehr verärgert. Was das solle? Wieder diese Geschichte? »Man hat uns doch dazu schon einmal verhört, so ein magerer Polizist war hier, und außerdem ist aus dem ganzen Projekt ohnehin nichts geworden.«

Vom Hals an war Bresnitz die personifizierte Ruhe. Der restliche Körper dagegen zitterte wie im Fieber. Er schickte einige beruhigende Worte durch die Leitung, wenn auch in energischem Ton, fügte eine ablenkende Frage hinzu, dann noch eine besänftigende, und fragte schließlich im denkbar gleichgültigsten Ton: »Und was ist mit den Sekretärinnen? Hatten sie irgend etwas mit dem Projekt zu tun? Eine von ihnen ist doch Südamerikanerin? ... Sind Sie sicher? Keinerlei Verbindung? Und die andere ... Die Chefsekretärin, Ahuva, genau ... Sind Sie sicher? ... Richtig, jemand muß ja halten, was die Professoren versprechen ... ja, am besten, wenn ich sie selbst frage.«

Der Schüttelfrost hatte sich von unten kommend nach

oben ausgebreitet. Jetzt zitterte auch Bresnitz' Stimme. Noch ein flüchtiges »Danke«, bevor es um sein Nervenkostüm geschehen war, dann hängte er ein. Ahuva, Ahuva. Wie hatte Beinstock das übersehen können? Bresnitz fuhr mit seinem Finger über die Zeilen, um nicht eine auszulassen. Hier: blau auf weiß, ohne Unterstreichung – Ahuva Marcus. Warum fehlte die Markierung? Nachlässigkeit? Zufall? Eine Frau – daran hatten sie nicht gedacht, auch Beinstock hatte nach einem Mann gesucht. Ahuva Marcus. Ihr Name hier in dieser Akte. Ihr bittersüßer Name. Bresnitz lief der Schweiß in Strömen, auf dem Boden hatte sich schon eine Pfütze gebildet. Er drückte den Schalter der Klimaanlage, und die kalte Luft schoß direkt auf seine nackte Haut. Stille.

Wie lange hatte Bresnitz so dagesessen, den Kopf zwischen den Händen, und vor sich hingestarrt? Nicht lange. Mit der Stille war es nun vorbei, von draußen kamen stetig lauter werdende Schläge. Nein, es war nicht Beinstock. Die Rede ist von schweren Stößen, die Himmel und Erde erzittern ließen. Betroffen war auch nicht nur die Tür. Der ganze Flur bebte. Bresnitz entnahm der Akte vorsichtig einen kleinen Umschlag, ließ ihn in seine Brusttasche gleiten, wo schon Jonathans Bild einen festen Platz gefunden hatte, und wandte sich zum Gehen. Anfänglich dachte er daran, Klimaanlage und Licht eingeschaltet zu lassen und die Tür abzuschließen, »um den Feind in die Irre zu führen«. Aber dann überlegte er es sich anders. »Schade um das Kind«, sagte er sich und schaltete alles aus, bevor er den Raum verließ. Am Ende des Flurs, im kleinen Treppenhaus, das zum Erdgeschoß führte, waren zwei arabische Arbeiter an der Mauer zugange und stemmten sie mit ihren Meißeln auf. Bresnitz passierte die Enge zwischen ihren freien, verschwitzten Oberkörpern, da befiel ihn plötzliche Panik.

Die scharfen Meißel schwebten über seinem Kopf, und sein Rücken verkrampfte sich, bereit für den Streich, der ausblieb. Der Staub aus Mörtel und Putz kratzte ihm in der Kehle. Draußen strotzte Tel Aviv vor Lebenslust, als sei es nur »ganz Jerusalem bestimmt, zu sterben.« Die Stadt badete im hellen Glanz eines sommerlichen Nachmittags. Ein riesiger, vielrädriger Bus hupte ihn an, damit er wieder zu sich fand. Bresnitz ging zu seinem Wagen, überlegte es sich dann aber anders – für die alles entscheidende Probe brauchte er ihn ohnehin nicht. Er beugte sich hinunter und warf einen Blick in den Seitenspiegel, um seine verwüstete Frisur ein wenig zu richten. Trotz der Hitze gefror ihm das Blut in den Adern. Sein Haar war fast weiß geworden, er war vollkommen ergraut – innerhalb eines Tages, im Verlauf kaum einer Stunde. Ein alter Mann blickte ihn mit trüben Augen aus dem Spiegel an. Doch Bresnitz faßte sich wieder und fuhr sich mit der Hand durchs Haar – Mörtelsplitter und Gipsstaub klebten an seinen verschwitzten Händen. Jetzt endlich lächelte er. Diese Hysterie fing an, ihn zu belustigen. »Was soll die ganze Aufregung«, hielt er sich selbst vor, als er furchtlos und aufrecht die Dizengoff-Straße in Richtung Gordon-Straße entlangmarschierte, bis sich mehrere Leute nach ihm umdrehten.

Ihr Name war in seiner Akte, in der Ermittlungsakte! Na und? Sie kannte den Verstorbenen! Was war natürlicher als das? Zwei bewaffnete Soldaten patrouillierten an den Schaufenstern vorbei. Aus Faradschs Fotopalast schauten ihm von oben Bilder fröhlicher Kinder nach. Warum hatte – von allen möglichen Fundorten – die Leiche ausgerechnet in unmittelbarer Nähe zu ihrem Skulpturfelsen gelegen, fast als wäre sie dem Felsen geopfert worden? Was hast du dazu zu sagen? Und das sonderbare Sicheinschließen in der eigenen Wohnung zur angenommenen Tatzeit?! Bist du wirklich nicht in der Lage zu begreifen, daß sie das deinetwegen gemacht hat? Für dich? Oder macht dir das vielleicht Angst? Zufall, alles bloß Zufall. Mein Unfall lag nicht mehr als zwei, drei Tage vor seiner Ermordung. In der Zeitung am nächsten Morgen war noch nicht ein Wort darüber zu lesen gewesen – was aus ihrer Sicht die Zeitspanne zwischen den beiden Ereignissen zusätzlich verkürzte. Zweifelhaft war, ob sich die Chilenin noch genau erinnern konnte, ab wann Ahuva gefehlt hatte. Für sie war der Zusammenhang ja klar – ihre Abwesenheit und meine Verletzung. Und was war einleuchtender?

Dieses Städtchen hatte man im Nu durchwandert. Schon ging Bresnitz die Gordon-Straße in Richtung Meer hinunter. »Susis indischer Kleiderbasar«, verkündete ein Zettel, der vor ihm an einen Baum geheftet war. »Die Preise purzeln.« »Wohin?« hatte eine unbekannte Hand in Rot darunter geschrieben. Ein Lockenkopf drückte ihm die Bekanntmachung einer Demonstration im Stadtzentrum in die Hand. Bresnitz ließ sie nach kurzem Zögern in seine Hemdtasche gleiten. Wenn überhaupt, würde Ahuva mit Sicherheit dort sein. Vor allem stellte sich doch die Frage, was in aller Welt Ahuva veranlaßt haben könnte, einem jungen Mann den Schädel einzuschlagen, der ihr Sohn hätte sein können. Ein junges Bürschchen, das ihr nichts anhaben konnte, selbst wenn es gewollt hätte. Und überhaupt, Ahuva ... Weißt du denn, von wem du da sprichst? Du armseliges Inspektorchen? Was hat sie mit deiner finsteren, abscheulichen Realität zu schaffen, in der es von eingeschlagenen Schädeln und abgeschnittenen Ohren nur so wimmelt? Welche geheime List führt dein Unterbewußtsein gegen sie im Schilde, welche Verschwörung, um sie zu dir zurückzubringen, koste es, was es wolle; um ihr Handschellen anzulegen und nach deinem Willen mit ihr zu verfahren? Konnte der Rachedurst des verletzten Stolzes, der enttäuschten Liebe wirklich so fürchterlich sein?

Damit endete das Plädoyer der Verteidigung. Und ebenso die Fahrt. Bresnitz hatte das Meer vor Augen. Die Anklage benötigte dagegen nicht viel Zeit: Ein einziges Bild wog tausend Worte auf. Das Meer, dieser unerlöste Riese, war unverändert mit tausendundeiner winzigen Welle an seine Gestade gefesselt. Doch nicht dies war das besagte Bild, sondern das Gesicht einer Frau, die innerhalb weniger Monate nur, im Verlauf eines halben Jahres, sichtbar gealtert war. Ein Gesicht, das sich im Spalt zwischen Tür und Rahmen zu verstecken suchte, Augen, die sich weigerten, einen anzuschauen, Züge, die durch ein furchtbares Geheimnis verurteilt waren.

Mit der schicksalhaften Rekonstruktion mußte er bis zur Dunkelheit warten. Die vom Meersalz angefressenen Häuser, deren Putz abblätterte, die an die Hauswände gedrängt stehenden Autos, die jede freie Stelle besetzten und mit ihren Rädern verstaubte, verdorrte Sträucher zermalmten, zwischen denen Katzen umherstreunten, die sich vor keinem Menschen mehr fürchteten – all das strapazierte Bresnitz' ohnehin schon angespannte Nerven. Er ging in Richtung Frischmann-Straße weiter und ließ sich mit Blick zum Meer auf einem Plastikstuhl auf der Strandpromenade nieder. Ab und an tastete er nach seiner Hemdtasche wie ein kleiner Junge nach seinem ersten Taschengeld. Um diese Uhrzeit war die Sonne bereits freundlich gestimmt, so daß man behaglich den Wellen zuschauen oder aber schlafen konnte. Bresnitz entschied sich für die zweite Möglichkeit.

Als er erwachte, hatte um ihn herum die Dämmerung bereits eingesetzt. Der Strand zu seinen Füßen war schon halbleer, aber für ihn war der richtige Zeitpunkt noch nicht gekommen. Ein Kind verfolgte mit großen, unerbittlichen Augen, wie Bresnitz sich streckte und den Wind sein zerknittertes, glühendes Gesicht kühlen ließ. Der Himmel trübte sich ein wenig ein, als sei auch ihm die Ausweglosigkeit der Lage bewußt. Ein junger Mann kam unter rhythmischem Auf- und Abschwingen der Arme aus dem Wasser, als balancierte er über ein auf dem Meeresgrund gespanntes Seil. Eine kleine, lautstarke Gruppe erwartete ihn am Strand. Ganz langsam kam er in einer absonderlichen Tanzbewegung aus dem Wasser. Er hatte nur ein Bein. Eine junge Frau in blauem, langem Kleid wanderte barfuß am Meer entlang. Von der anderen Seite kamen zwei Männer auf sie zugelaufen. Der beinamputierte junge Mann ließ sich seitlich auf einem Handtuch nieder, ohne überhaupt zu der lauten Gruppe zu gehören. Die beiden Läufer passierten die blau gekleidete junge Frau zu beiden Seiten und kamen lediglich in den Genuß, den Saum ihres Kleides zu streifen. Alles, was zuvor zusammengehört hatte, zerfiel wieder in seine Einzelteile. Hinter ihnen versank die riesige rote Sonne wie eine Wasserstoffbombe. Jedesmal, wenn sich die Wellen nach vorn geworfen hatten, um sich dann wieder zurückzuziehen, kam sie ihnen ein Stückchen näher.

»Noch einer, der sein kleines persönliches Ende mit dem der ganzen Welt verwechselt«, schnaubte Bresnitz verächtlich und blickte erneut auf die Uhr. Noch immer war der richtige Zeitpunkt nicht gekommen – jetzt hatte das aktuelle Abendmagazin gerade Halbzeit, der Nachrichtenblock war vorüber, und man machte sich auf, um die Spätvorstellung im Kino zu sehen. Inzwischen hatte die Dunkelheit alles eingehüllt, und nur Bresnitz saß noch auf seinem weißen Plastikstuhl und wartete. »Der Knabe ist noch nicht geboren, der die Zeit anhalten könnte«, hatte es in ihrer Militäreinheit immer geheißen. Um einundzwanzig Uhr zehn begann er, sich ganz langsam auf den Rückweg zu machen, um nicht zu früh anzukommen. Er erreichte die Ecke Ha-Yarkon-Straße und blieb stehen. Hier hatte der andere mit großer Wahrscheinlichkeit auf ein Taxi gewartet, nur wenige Schritte von seinem Haus entfernt. Die Taxis fuhren bereits im Schrittempo an Bresnitz vorüber, witterten Arbeit, aber die Stunde X war noch nicht angebrochen. Dreimal sprang ihm gegenüber das Ampelsignal um und tauchte sein Gesicht nacheinander in grüne, rote und gelbliche Farbe. Kriegsbemalung. Der Marterpfahl. Die indianische Rächerin.

Genau um einundzwanzig Uhr fünfundzwanzig streckte er mit einem Mal die Hand aus. Ein Taxi hielt unter maßlosem Kreischen der Bremsen. Er zwängte sich hinein wie durch einen spaltbreiten Höhleneingang. Von allen in Frage kommenden Fahrern saß ausgerechnet eine Frau hinter dem Steuer, was ihm einen Schauder der Gewißheit über den Rücken jagte: er würde auch bei der Frau, zu der er jetzt fuhr, einen Volltreffer landen. Die Fahrerin war ein junges Mädchen mit Zigarette im Mund und einem Trägerhemdchen über schmalen Schultern, in die hinein er nun den Namen der Straße warf.

»Ramat Aviv«, sagte sie sofort sachkundig, als verstünde sie, und er verfolgte pedantisch, wie sie den Taxameter in Gang setzte.

»Nachttarif?« vergewisserte er sich.

»Ja«, erwiderte sie. »Sie können ganz ruhig bleiben.« Dann drückte sie ihre Zigarette im Aschenbecher aus. Vor der Ampel an der Einmündung zur Nordau-Straße bremste sie – ein vollkommen normaler Bremsvorgang, und dennoch heulten die Bremsen auf. Im Rückspiegel fing sie Bresnitz' sich verfinsternde Miene auf.

»Müßte mal repariert werden«, sagte sie mit leichtem Schulterzucken. Anschließend rasten sie am Yarkon-Fluß entlang.

Die Ziffern auf dem Taxameter begannen schneller durchzulaufen, 4,60, 4,70, 5,60, 6,70 ... der Weg war noch weit. Im Radio wurde lautstark über Politik gestritten, und Bresnitz gelang es nicht, sich auf sich selbst zu konzentrieren, während er die nächtliche Küste seiner Heimat entlangrollte. Hier würden die großen Evakuierungsschiffe landen, wenn sie denn kämen. »Noch einer, der sein kleines persönliches Ende . . .« Für einen Augenblick überkam ihn eine Art Kurzatmigkeit, begleitet von einem leichten, schmerzhaften Stechen in der Brust. »Zu durchsichtig als Ausrede«, spottete er über sich selbst, indem er einen Satz benutzte, den sie ihm immer verpaßt hatte, wenn er von ähnlichen Schmerzen heimgesucht worden war. Das war ganz zu Beginn ihrer Beziehung gewesen, in einer Phase schrecklicher Streitigkeiten, die zu erster gegenseitiger Anpassung geführt, aber eigentlich niemals aufgehört hatten. Doch nicht dieser Satz war ihre schärfste Waffe in jenen Tagen gewesen, sondern: »Ich fühle mich wie ein junges Küken, das ein alter Hahn gepickt hat.« Davon abgesehen wußte sie ohnehin von Anfang an, daß die Angelegenheit hoffnungslos war. Er gehörte einer Welt an – oder wollte zumindest daran glauben –, in der Begriffe wie »Selbstdisziplin«, »Verantwortungsgefühl« und »ein bestimmtes Maß an Selbsteinschränkung« eine Schlüsselfunktion erfüllten. Nicht zu vergessen auch die Maxime, daß »nur oberflächliche Menschen die Dinge nicht nach ihrer äußeren Erscheinungsform beurteilen . . .«. Alles, was er ihr in dieser Phase zu vermitteln suchte, sollte sie ihm später dann nach und nach wieder an den Kopf werfen, nicht unbedingt spöttisch, sondern vielmehr verpackt in feine, geschaffene Ironie, die allein durch das genaue Zitieren seiner Aussprüche entstand.

Die Bremsen protestierten, aber das Radio sendete ungerührt weiter Politik . . . 7,30, 7,40, 7,50.

»Aha . . .«, bemerkte die dürre Fahrerin, »am Ende sind wir auch noch schuld an diesem Chaos . . .« Damit packte sie den Schalthebel, als steuerte sie einen Panzer. 7,60 – genau konnte man es nicht sehen, da ihre Kleingeldschachtel, die dort lag, ein wenig zur Seite gerutscht war und nun die letzte Ziffer verdeckte.

In ihrer Welt dagegen waren Spontaneität, Authentizität, Kompromißlosigkeit und narzißtische Kaprizen die Koordinaten, die ihr Leben und Liebesleben bestimmten. Natürlich nicht in der Fakultät – dort pflegte sie diese unter einer dicken Schicht Effizienz zu verbergen, die sie dann zu Hause extra seinetwegen wieder abstreifte, obwohl er darum gar nicht gebeten hatte, da ihn dieses Verhalten schlicht abstieß, ihm Angst machte. So hatten ihre mörderischen Streitigkeiten und Debatten begonnen, und auch jetzt konnte er spüren, wie in seinem Inneren die Sicherungen durchbrannten. Eine Rechnung, die er zweifellos eines Tages noch würde bezahlen müssen.

7,80. Aus dem Radio drang jetzt in unerträglicher Lautstärke Musik, die Töne brachen sich an seiner Stirn. Das Taxi raste als fliegende Diskothek über die Rokach-Schnellstraße. Während seiner letzten Monate bei der Armee war er – ob nun Schießübungen anstanden oder nicht – nur noch mit Ohrstöpseln herumgelaufen, wodurch ihm alle Leute wie Fische vorgekommen waren, deren Lippen sich geräuschlos bewegten, wenn sie ihn ansprachen.

8,00 und noch irgendwas. Sogar jetzt, aus räumlicher und zeitlicher Distanz, konnte er spüren, wie diese animalische Niedergeschlagenheit durch seine Poren eindrang, eine Art unmögliche Kombination, die sie an den Tag gelegt hatte, als sie plötzlich ihrer Schwester so ähnlich wurde, wie diese es selbst nicht war. »Ja«, stellte er fest, »genau das ist passiert.« Ohne wirklich etwas wahrzunehmen, glitten seine Augen über die vor ihm durchlaufenden Ziffern.

»Können Sie die Schachtel nicht wegnehmen, sie verdeckt mir den Zähler«, schrie er gegen die Musik an, worauf sie der Schachtel einen Stoß gab, daß die Münzen schepperten.

Darin lag der große Betrug: Die der Familie eigene Lust an der Selbstzerfleischung verbarg sich bei ihr unter der Hülle einer kühlen, verantwortungsvollen Sekretärin, einer – vom Potential her – brillanten Kunsthistorikerin, machte sich aber mitunter in hysterischer Apathie bemerkbar, zuweilen begleitet von zwanghaften Freßanfällen, die jedoch nicht auf Kosten des effizienten Funktionierens und der nützlichen Figur gehen durften. Hinzu kamen ganz gewöhnliche Krisen wie jene, als sie sie beide mitten in der Nacht in ihrem Schlafzimmer eingeschlossen hatte, um dann den Schlüssel aus dem Fenster zu werfen – er könne ja die Polizei rufen. Schon damals war dies nicht ganz so lustig gewesen, wie es sich vielleicht anhörte. War nicht die entscheidende Frage die, ob sie sich völlig normal gezeigt hatte, als sie so mit ihm umgesprungen war? Als sie plötzlich eine ungeahnte Kraft entwickelt hatte, nur um ihn loszuwerden?

Das Taxi glitt nun durch Ramat Aviv und folgte der ihm nur zu bekannten Strecke. Und plötzlich herrschte Stille, da das Radio mit einem Mal schwieg, als sähe es das Ende nahen. Er dachte an all die Kratzer, die er ihrer Seele und ihrem Körper zugefügt hatte, um diese Niedergeschlagenheit zu vertreiben und auszumerzen, indem er über sie hergefallen war, sie genommen hatte, um ihre verdorbene, abgestorbene Libido zu neuem Leben zu erwecken. War es das, was dich umgebracht hat, Jonathan? Die kleine Schwester in der großen, mein Satan, meine Frau, meine Geliebte? 9,70 – großer Gott, es stimmte beinahe!

»Ahuva!« stöhnte Bresnitz vernehmlicher, als beabsichtigt, und der ganze Wagen antwortete ihm kreischend, da die überraschte Fahrerin zunächst gebremst hatte, auf Bresnitz' hysterischen Ausbruch hin aber sofort weitergefahren war.

»Der Zähler . . . fassen Sie den Zähler nicht an! Hier ist es noch nicht . . . weiter bis zu dem Haus, dem zweiten nach der Ecke, genau bis zum Haus! Halten Sie hier, genau hier vor dem Lieferwagen.« Während das Taxi zum Abschied noch ein letztes, erschüttertes Kreischen hören ließ und dann zum Stehen kam, die Fahrerin ihm einen verängstigten Blick zuwarf, bevor sie den Taxameter drückte, schlug die letzte Ziffer noch einmal um und blieb auf 9,80 stehen.

»Licht«, flüsterte Bresnitz mit Mühe, als drückte ihm eine Hand den Hals zu. In Bresnitz' Gedächtnis waren die Ziffern unauslöschlich eingegraben, aber wer vertraute schon auf sein Gedächtnis? Aus seiner Hemdtasche fischte er alles, was sich darin befand, tastete geduldig, als wollte er Zeit gewinnen, nach dem gesuchten Gegenstand. »Stoppt sie, ehe es zu spät ist«, forderte der Demonstrationsaufruf von Schalom Achschav, dann kam Jonathans Bild und zuletzt, in einer kleinen Zellophanhülle, die Taxiquittung, die man bei ihm gefunden hatte. Nur der Fahrpreis war noch zu erkennen, allerdings so stark verblichen, daß Bresnitz ihn, zugegebenermaßen, hier an Ort und Stelle – angesichts des trüben Lichts und seiner nicht mehr ganz jungen Augen – wohl niemals hätte entziffern können, wenn ihm nicht sein Gedächtnis zu Hilfe gekommen wäre.

»9,90«, murmelte er unhörbar vor sich hin, »die kleine Abweichung des Zufalls.« Gepackt von einer Mischung aus Furcht und Erstaunen, war er schon auf dem Weg nach draußen, wurde aber sogleich durch den verärgerten Ausruf zurück ins Wageninnere geholt: »He! Was ist mit dem Geld, haben sie etwa nicht vor zu bezahlen?« Nachdem er ihr mit einer gemurmelten Entschuldigung die Münzen in die Hand gezählt hatte, wollte sie noch wissen: »Sind Sie so eine Art Kontrolleur?«

»Ja, so eine Art Kontrolleur«, antwortete er und stopfte die Quittung, die sie ihm aufdrängte, in besagte Hemdtasche – wohin auch sonst?

Das Taxi wendete, zog einen Lichtkreis um Bresnitz und ließ ihn dann allein in der Dunkelheit zurück. Über ihm tanzten die gelben Rechtecke der Fenster. Jeder Detektiv kennt die langen Stunden des Observierens, in denen er sich im Halbdunkel verbirgt und wartet, die Augen vor Anstrengung gerötet wie ein Wolf oder wie eine Hyäne. Und schließlich kommt der Augenblick, in dem seine Fäuste zu guter Letzt an die Tür des wohligen, von innen beleuchteten Nests hämmern. Im Namen des Gesetzes, macht auch mir auf! Erstaunlich, wie ruhig es ringsum war. Ja, auch ihr Fenster war erleuchtet. Das Blut in der Schläfe pochte noch einmal heftig und beruhigte sich dann. Wie viele bedeutsame Treppenhäuser hat ein Mensch in seinem Leben? Zwei? Drei? Fünf? Solche, bei denen sich die Namen der Nachbarn auf den Türen dem Gedächtnis einprägen wie Wegweiser – Blumenstein mit dem gebogenen, von Fettflecken bedeckten Namensschild, Chaja und Moti in dem winzigen schwarzen Doppelrahmen, Bat-Scheva Beyer mit dem Bleistift am Bindfaden, der an der Tür neben dem kleinen Mitteilungsblock hing, auf dem nie etwas stand. Bresnitz' Fuß stieß gegen eine Stufe, und seine Hand glitt am Treppengeländer ab. »Rechne niemals mit Stockwerken als Einheit«, sagte er sich, »denn das Leben ist eine Stufe nach der nächsten.« Schon war die oberste Etage erreicht. Kaum daß er geklopft hatte, öffnete sich ihm wie in einem Traum die Tür scheinbar von selbst. Ahuva stand vor ihm, blickte ihn an und schwieg.

»Ich weiß Bescheid«, sagte Bresnitz, lehnte sich an die Tür und rang nach Luft.

»Alles?« fragte sie, und ihre Augen suchten die Antwort in den seinen.

»Ich bin mir nicht sicher«, sagte Bresnitz.

Jetzt zog sie sich zurück, und er folgte ihr ins Zimmer. Beinahe ein Jahr war vergangen – sie wirkte weder älter noch jünger als damals, gehörte noch immer zu ihm wie ein verbotenes Körperteil, das er nicht anfassen durfte. Nur ihr Haar war leicht ergraut. Sie trug ein weißes, dünnes Sommernachthemd, das sie ein wenig wie eine Priesterin und ein wenig wie eine Jungfrau wirken ließ und sich bei Bedarf aufschwang wie ein Fallschirm vor der sanften Landung. Ihr Gesicht dagegen war von einer tiefen Röte überzogen, und ihre Augen flackerten unnatürlich.

»Du hast Fieber.«

»Ja«, nickte sie.

»Hat sie dich angerufen, deine Arbeitskollegin?«

Wieder nickte sie bestätigend und betrachtete ihn dabei aufmerksamer als er sie, musterte ihn mit unangenehmer Direktheit.

»Du hast abgenommen«, erklärte sie, »und zwar reichlich.«

Sie standen sich noch immer gegenüber, setzten sich erst jetzt, sie auf dem Stuhl und er auf dem alten Sessel.

Der Dornbusch vor ihm brannte, ohne vom Feuer verzehrt zu werden, ihre Hand, wohlgeformt und stark wie der Stamm eines jungen Baumes, ruhte ausgestreckt auf dem Tisch. Zwei Gläser Tee standen dort, das eine fast leer und das andere kaum angerührt. Heilkräuter hatten anstelle von Tabletten den Vorzug erhalten. Einige Zigarettenstummel lagen im Aschenbecher, der Fernseher lief ohne Ton, die Klimaanlage war eingeschaltet und das Fenster geöffnet. Hier hatte sie gesessen und auf sein Kommen gewartet, hatte sich nicht gestattet, ins Bett zu sinken, bis der große, schwere Mann mit den schwarzen Wangen erschiene, der so langsam und mühsam atmete. Bresnitz atmete tief ein, und die aus seinen Lungen entweichende Luft klang wie ein Stöhnen.

»Ahuva«, sagte er schließlich zu der ausgestreckten Hand, »wie ist es passiert?«

»Meinst du Jonathan?«

»Ich meine Jonathan.«

Die Hand ballte sich nicht zusammen, fächerte sich nicht auf, nahm nicht am Gespräch teil. Die Hand schwieg und so auch die Frau. Das Zimmer lag halb im Dunkeln. Außer den Vorhängen, die vom Luftzug der Klimaanlage bewegt wurden, rührte sich nichts. Ihre langen, nervös-sensiblen Finger mit den durchsichtigen Nägeln ließen sich zu keinerlei verräterischem Trommeln hinreißen. Dennoch wurde der Tisch und mit ihm das leere Glas durch irgend etwas erschüttert. Bresnitz' angegriffene Nerven dachten an Séance, meinten Töne aus dem jenseits aufzufangen, aber es war schlicht die entsetzlich greifbare Gegenwart des verlorenen Sohnes, der hier anwesend schien.

»Wieviel möchtest du wissen?«

»Alles.«

»Und was wirst du dann tun?«

Bresnitz antwortete nicht, und auch sie schien eigentlich nicht auf eine Antwort zu warten. Wegen des Fiebers ähnelte ihre Stimme eher einem Flüstern. »Die Universität ... ein gemeinsames Projekt ... finanzielle Unterstützung aus dem Ausland ... Graphik, zeitgenössische Kunst ... der Leitungsausschuß ... die ausführenden Instanzen ...«

Bresnitz verlor sogleich die Konzentration. Diese Einzelheiten waren offenbar gedacht, eher zu verschleiern, als etwas aufzudecken, das Ende weiter hinauszuschieben, anstatt es herbeizuführen, denn die Stimme, diese flüsternde Kohle, trennte es von innen Zelle für Zelle auf. Doch plötzlich war ihre Stimme vollkommen verändert.

»Dani, du hörst überhaupt nicht zu.«

Erneut antwortete Bresnitz nicht. Statt dessen beugte er sich in seinem Sessel vor und ergriff die vor ihm liegende Hand – oder wurde von ihr ergriffen.

»Laß uns mit dem Ende anfangen«, flüsterte sie, zog ihre

Hand nicht zurück, erwiderte aber auch nicht den Druck. »Hier hat er gesessen, wo du jetzt sitzt. Man konnte kaum was sehen – nur ein bißchen Blut hinten am Kopf und die Blässe im Gesicht. Unten hupte sein Taxi, ich dachte, das ganze Haus wacht auf. ›Laß es fahren‹, sagte er zu mir, und irgendwann war es dann weg. Ich hab ihm ein feuchtes Handtuch um den Kopf gelegt. ›Ich ruh mich zwei Minuten aus und bestell dann ein anderes Taxi‹, sagte er. Ich sagte, ich würde ihn rumfahren. Er machte ›nein‹ mit dem Kopf. Ich dachte, wenn er schon den Kopf bewegt, anstatt zu sprechen, kann es nicht so schlimm sein. Andererseits wurde er immer blasser. Ich sagte ihm, er sei blasser geworden, und vielleicht sollte ich besser einen Krankenwagen rufen, weil er mit Sicherheit genäht werden müßte. Aber er signalisierte wieder ›nein‹, und ich wollte nicht mit ihm diskutieren. Ich hoffte, es sei wirklich nicht nötig und die ganze Sache würde stillschweigend vorübergehen. Ich gab ihm was zu trinken. Er trank auch ein wenig und lächelte. Das hat mich furchtbar erleichtert. Ich hab ihn gefragt, warum er lächelt. ›Ich denke gerade daran, was mein Freund für ein Gesicht machen wird, wenn ich so zu ihm ins Bett komme, bei seiner blütenreinen Bettwäsche.‹ Er nahm noch einen Schluck und sah gleich besser aus, aber dann fing er auf einmal an zu husten, übergab sich auf den Tisch und wurde weiß wie die Wand. Ich hab dich dafür gehaßt, daß du mir nicht hilfst, wenn ich dich mal brauche. Ich wollte, daß er irgendwie verschwindet, daß er geht, ohne Krach zu machen, ohne die Nachbarn aufzuwecken, ohne alles. Ich wollte einfach, daß das alles niemals geschehen war. Ich holte einen Lappen, machte ihm vorsichtig das Gesicht sauber und teilte ihm mit, ich würde jetzt einen Krankenwagen rufen – oder ihn mit meinem Wagen zum Krankenhaus bringen was uns wenigstens die Sirene ersparte. ›Ruf Avi an‹, sagte er, ›er wird für alles sorgen.‹ Er sah nicht gut aus, sprach aber ganz fließend. Er gab mir die Nummer. Ich ließ sehr lange klingeln, weil es schon mitten in der Nacht war. Keine Antwort. Ich legte auf. ›Noch mal‹, sagte er zu mir, wobei er schrecklich angespannt wirkte. Ich wählte noch mal und ließ endlos klingeln. Nichts. Ich warf den Hörer auf die Gabel. Plötzlich war er irgendwie panisch. ›Du hast bestimmt die falsche Nummer gewählt‹, warf er mir vor, und das wirkte auf einen Schlag befreiend auf mich. ›Komm, ich bring dich ins Krankenhaus‹, hab' ich zu ihm gesagt und ihn gewaltsam aus seinem Sessel gezogen, damit er hochkam. Und dann, noch während ich ihn hochhievte, fing er auf einmal an, keine Luft mehr zu bekommen und so zu grunzen. Blut – aber nur so ein Tropfen – kam aus seinem Mund. Er blickte mich an wie . . . er blickte mich an, und das war's – plötzlich war er tot, man mußte kein Arzt sein, um das festzustellen. Er wurde hundertmal schwerer als sonst und rutschte mir aus den Händen. Er glitt mir ganz einfach aus den Händen und schlug mit dem Gesicht auf den Tisch. Weißt du, woran ich in dem Augenblick denken mußte? An diese Frau, von der du mal erzählt hast, der ihr Baby aus den Händen gefallen war, in Ramat Gan, glaube ich.«

»Givataym«, sagte Bresnitz. Ihre Hand brannte in der seinen. »Du glühst«, sagte er. »Laß mich mal deine Stirn fühlen.« Er erhob sich und berührte ihre Stirn mit den Lippen, wie seine Frau bei ihm immer Fieber maß. »Du loderst ja richtig«, sagte er, »wir müssen« – fast hätte er gesagt »einen Krankenwagen rufen«, besann sich aber gerade noch rechtzeitig – »etwas für dich tun.«

»Das ist gar nichts«, sagte sie in plötzlich entflammtem Zorn. »Willst du weiter hören, oder nicht?«

»Ja«, meinte Bresnitz, dem es weiterhin schwer fiel, ihr in die Augen zu blicken. »Aber wie ist es passiert? Warum? Und wann genau? Ich will es von Anfang an hören.« Sie warf ihm einen mehrdeutigen Blick zu. Wegen dieses Flakkerns in ihren Augen hatte er besondere Mühe, ihren Gesichtsausdruck zu entschlüsseln. Schuldeingeständnis und Angst, Mitleid und Erwartung mischten sich darin. »Trink etwas«, sagte er schließlich, als er es nicht mehr aushielt. »Du mußt etwas trinken.«

Ungeduldig nahm sie einige Schlucke. »Ich übergehe einige Einzelheiten«, sagte sie dann, »was ändern die schon, wenn man stirbt? Nur, daß ich noch am Leben war – das wurde mir auf schreckliche Weise klar. Der Unterschied zwischen dem Toten und dem Lebenden. Anfangs war ich wie gelähmt, und erst danach begriff ich, daß ich lebe und du lebst, er aber tot ist, und daß das etwas ganz anderes ist und ich ihn auf jeden Fall von hier wegbringen mußte. Das Wichtigste war, ihn aus der Wohnung zu schaffen, ihn loszuwerden. Es wußte bestimmt niemand, daß er bei mir war, denn ich hatte ja keinem davon erzählt, und er hatte seinem Freund sogar gesagt, er würde einen Mann treffen ... aber dann sah ich, daß es draußen bereits hell wurde. Und es entsetzte mich, wie plötzlich, ohne jeden Zusammenhang, die Sonne aufging.«

Sie verstummte und wandte den Kopf zum Fenster. Ihr Gesicht nahm einen Ausdruck an, der ihm bekannt war, eine Mischung aus Grausamkeit und Schmerz, als quälte sie sich zu ihrem eigenen Vergnügen selbst.

»Aber warum? Wie? Was hast du mit ihm gemacht?« setzte er wieder an, ohne Erfolg.

»Es dämmerte bereits, also konnte ich nicht mehr viel tun. Ich hab dann alle Fenster und Türen zugemacht, ihn mit Mühe auf den Boden gelegt und eine Decke über ihn gebreitet. Damit war ich am Ende mit meinen Kräften. Ich hab' mich hingesetzt und, ihm gegenüber, auf den Morgen gewartet. Als es ganz hell war, hab' ich den Tisch von Blut und Erbrochenem gereinigt und alle Spuren des Geschehens beseitigt. Das Handtuch und den Lappen hab' ich in einen Müllbeutel gepackt. Dann hab' ich bei der Arbeit angerufen und mitgeteilt, ich sei krank. Ich hatte vor, bis zur nächsten Nacht zu warten. Die Klimaanlage hab' ich auf höchster Stufe laufen lassen, bis dieses Zimmer hier ein Kühlraum war. Ich hab' den Wecker auf ein Uhr nachts gestellt und auch noch den telefonischen Weckdienst angerufen, dann eine Handvoll Schlaftabletten genommen und sie, ohne zu zählen, runtergeschluckt. Ich schlief wie tot, ließ mich weder durch das Telefon noch durch den Wecker stören und wachte erst am nächsten Morgen mit den ersten Sonnenstrahlen auf, als es wieder zu spät war, etwas zu unternehmen. Also hab' ich den ganzen Tag hier im Wohnzimmer gesessen und benommen von den Tabletten gewartet, bin immer wieder auf dem Sessel eingeschlafen und von neuem erwacht. Es kamen einige Anrufe, die ich nicht beantwortet habe, aber ungefähr gegen zwei Uhr klingelte es länger, so ein hartnäckiges Klingeln, das nicht aufhört und einem richtig unter die Haut geht. Es hörte sich für mich genau wie du an, also hab' ich trotz allem abgenommen.«

»Wußtest du es noch nicht?«

»Was meinst du?«

»Was mir passiert war?«

Ihre Gesichtszüge versteinerten ein wenig, und sie wischte mit dem Rücken der freien Hand einen Speicheltropfen fort, der ihr Kinn hinunterlief.

»Nein, wie sollte ich auch? Ich war ja hier eingesperrt.«

»Richtig«, gab Bresnitz zu, »und erst am nächsten Tag stand etwas darüber in der Zeitung. Über welchen Tag genau redest du gerade?«

»Ich weiß nicht«, erwiderte sie aufgebracht. »Ständig unterbrichst du mich. Du hast schon genug angerichtet. Hör einfach zu und frag nicht groß. Und bring mich nicht mit deinen Fragen durcheinander.«

In ihren Augen loderte das Feuer, und ihre Lippen waren am Rand mit einem weißen Strich wie von getrocknetem Schweiß ummalt. Bresnitz stützte sein Kinn in die Hand und schwieg.

»Es war Charna, die aus Chile. Mit so einem skeptischen Unterton in der Stimme wollte sie zunächst wissen, wie es mir gesundheitlich gehe, und fragte dann sofort, ob ich schon bei dir gewesen sei. Ich wurde natürlich furchtbar neugierig und fragte vorsichtig, warum ich bei dir gewesen sein sollte. Sie sagte, ihr müßte ich nichts vormachen. Ich solle stark sein und nicht daran zerbrechen, denn sie habe den Eindruck, du seist ein zäher Typ und würdest die Sache überstehen. Ich dachte, ich würde verrückt werden, bis ich endlich verstanden hatte, daß du im Krankenhaus lagst, in kritischem Zustand. Ich konnte ihr ja nicht sagen, daß ich gerade zum erstenmal davon erfuhr, und fing auf einen Schlag wie ein Kind zu weinen an. Ich heulte hemmungslos und konnte gar nicht mehr aufhören, bis sie sagte, sie käme vorbei, was mich sofort beruhigte. Ich sagte ihr, ich wolle auf gar keinen Fall Besuch. Danach hab' ich dann alles für die Nacht vorbereitet, hab' ihm sein blutverschmiertes Hemd runtergerissen, sein Portemonnaie aus der Tasche gezogen und auch die Brille abgenommen. Zum einen wirkte die in seinem Zustand sehr merkwürdig, und außerdem dachte ich, daß es ohne Ausweispapiere und Brille schwerer sein würde, ihn zu identifizieren. Dann hab' ich es nicht mehr übers Herz gebracht, ihn wieder zuzudecken, da er ohnehin schon mehr wie ein Toter aussah, nur daß er mich so ohne Brille an die Zeit erinnerte, die wir zusammen verbracht hatten. Du hast ihn ja nicht kennengelernt, aber er war wie ein großes Kind, wirkte für sein Alter sehr reif, konnte aber auch sehr kindisch sein. Er schien überhaupt nicht von hier zu sein. Ein Gesicht, das vielleicht zu Velasquez gepaßt hätte. Als ob er bei reichen europäischen Eltern aufgewachsen wäre, die ihn auf ein teures Internat geschickt und dort vergessen hatten. Und bei all dem war er nicht etwa irgendwie zurückgeblieben, sondern sprühte vor Lebenslust und sogar Optimismus. Und ich – wie eine alte Mutter hab' ich mit diesem Homo zusammengehockt, der gekommen war, um mit mir über sein Projekt an der Universität zu reden – das war der offizielle Teil – und über Kunst im allgemeinen, über den Streit mit seinem Freund und außerdem ... um mit mir ins Bett zu steigen. Das war auch so ein Projekt von ihm, vielleicht das wichtigste von allen, eine Art Reifeprüfung, reumütige Rückkehr in den Schoß der Mutter, was weiß ich, aber es bestand kein Zweifel – auch deshalb war er gekommen. Ich dachte eigentlich nicht, daß ich es mit ihm machen würde, mit diesem Kind, obwohl er genau wußte, wie man einen mit diesem verlorenen Ausdruck ansehen muß, um sofort jeden Widerstand zu brechen. Trotzdem schien es mir irgendwie unnatürlich, eine perverse Situation nach all den Männern, die ihm vorausgegangen waren, und auch wegen dir, dem verstoßenen Vater, der unten in seinem Wagen saß.«

»Mein Wagen hatte sich da schon zerlegt«, sagte Bresnitz, »und mich mit ihm.« In einer Weise, die ihn selbst überraschte, suchte er ein wenig Zuneigung bei ihr, da sie jetzt völlig in sich und ihre Geschichte versunken schien und weil er trotz allem spürte, wie erneut ein Anflug wilder Eifersucht in ihm erwachte.

»Ja, mein armer Kleiner«, erwiderte sie, und nun war sie es, die sich zu ihm hinunterbeugte und mit den Fingern durch sein Haar fuhr, wobei ihre Nägel über seine Kopfhaut glitten. Gar nicht zu sprechen von ihrem Körper, der als eigenständiges Wesen vor seinen Augen hing, da sich ihr Gesicht jetzt außerhalb seines Blickfeldes befand. »Dein Gesicht ist unverletzt geblieben, das hab ich sofort gesehen«, sagte sie interessiert, aber erschöpft. »Wie ist es passiert? Mir kam der Gedanke, du hättest es vielleicht absichtlich getan – wegen allem, was vorher passiert war . . .«

»Ich weiß es selbst nicht«, sagte er und vergrub den Kopf zwischen ihren Brüsten. »Ich hatte eine ganze Woche lang nicht geschlafen, und dann all die Kerle, die bei dir die Treppe runterkamen. Wie ein Idiot bin ich selbst über einen von ihnen hergefallen. Danach kann ich mich nur noch an die Katze und den Aufprall erinnern. Es war der reine Wahnsinn.«

Sie stieß ihn nicht zurück, aber ihr Körper versteifte sich für einen Moment und erschlaffte dann, hing kraftlos an ihm und strahlte weiter Hitze aus wie ein zerstörtes Kernkraftwerk. Sie beide waren verloren, soviel war klar, ihre Körper hatten die Strahlung bereits aufgenommen, die Dunkelheit würde niemals enden. Bresnitz umfaßte sie mit beiden Händen und erhob sich von seinem Platz, trug sie auf seinen Armen. »Dazu bist du gut«, sagte er sich, »du fetter, mißratener Musketier: sie auf den Händen zu tragen, wenn es bereits zu spät ist.« Er trug sie ins Schlafzimmer, legte sie sanft aufs Bett und setzte sich neben sie.

»Na endlich«, sagte sie.

Zugegebenermaßen fiel es ihm leichter, ihr Gesicht von oben zu betrachten. Bis jetzt hatten die Jahre noch keine Spuren hinterlassen, und auch eine Erschlaffung oder Abnutzung, die die schönen, beinahe schönen Linien verwischt hätte, war noch nicht festzustellen. Allein eine zu starke Verdichtung, eine wachsende, komprimierte Härte war unverkennbar, die sich in dem Augenblick aufzulösen begann, da sie etwas Festes gefunden hatte, an das sie Kopf und Schultern lehnen konnte, bis ihr Gesicht vollkommen entspannt war. Ihr Haar lag zu einem Fächer ausgebreitet auf dem Kissen, die Stirn war frei, und nur die Lippen – der kindlichste und ergreifendste Bestandteil ihres Gesichts – preßten sich noch aufeinander, sich verweigernd, ein Geheimnis hütend.

»Also, was ist damals geschehen?« fragte Bresnitz vorsichtig. »Was ist plötzlich passiert?«

»Was geschah, was plötzlich passierte«, griff sie seine Worte auf, »war, daß er wie ein kleines Genie redete und redete, jede Menge Blödsinn, aber auch faszinierende Geistesblitze. Mit seiner komischen, perfekten Perücke, auf die man nicht zu sprechen kommen durfte – das war klar. Es reichte schon zu sehen, wie er die Brille abnahm. Ich hab' schon einige Männer unter derartigen Umständen ihre Brille abnehmen sehen, wenn plötzlich Schafsaugen hinter Wolfsbrillen zum Vorschein kommen – oder umgekehrt. Aber bei ihm war es ganz anders – als würde er ein Teil von sich selbst hergeben. Und dann kippte das Ganze plötzlich. ›Wo bist du?‹ fragte er, um mich zu veralbern, und tastete sich zu mir vor, als könnte er überhaupt nichts mehr sehen. Dabei trickste er nur und spielte einem was vor, alles nur Show: Die Brillengläser waren aus einfachem Fensterglas, nur so raffiniert geschliffen, daß es aussah, als sei er ernsthaft kurzsichtig. Er hat sie mir danach gezeigt, ich hab' sie selbst ausprobiert. Einfaches Fensterglas, du hättest es nicht für möglich gehalten. Er schwor, ich sei der erste Mensch auf der Welt, der davon wisse. Nicht mal seine Eltern wüßten es, auch sein Freund nicht. Mit fünfzehn war er mal beim Sehtest, und dabei beschloß er auf einmal, von nun an mit Brille rumzulaufen. Also markierte er den Kurzsichtigen, spielte allen was vor, dachte sich tausend Kniffe aus, damit keiner dahinter kam, tauschte seine Brillengläser gegen einfaches Glas aus und tat ohne Brille wie ein Halbblinder. Und das über all die Jahre. Einfach verrückt, der geborene Schauspieler. Wo all die kleinen Rambos um ihn herum genau das Gegenteil machten. Für einen Moment hatte ich Lust, sein Spielchen auf meine Weise mitzuspielen und ihn auf einen Schlag durch Schocktherapie zu heilen. Ihm die Brille zu zerbrechen, damit er gezwungen war, ohne sie zurückzukommen. Ich nahm sie in die Hand und sagte ihm das – halb im Scherz und halb ernsthaft. Er erschrak richtig, du hättest das sehen müssen, und ich bereute es sofort und versicherte ihm, daß ich ihm so was niemals antun würde. Und dann hab' ich ihn in den Arm genommen, weil ich begriffen hatte, daß es eigentlich nicht um diese lächerliche Brille ging – es war vielmehr dieser gewalttätige Klang in meiner Stimme, denn er hatte eine schon fast krankhafte Empfindsamkeit gegenüber Gewalt, so einen feinen inneren Detektor. Von einem Augenblick auf den nächsten war ich für ihn zu einer aggressiven, mörderischen Kreatur geworden.«

Wenn es im Leben so etwas wie bedeutungsschweres Schweigen gibt, dann ist es dieses Schweigen, dachte Bresnitz bei sich, und es brach ihm fast das Herz – wenn es so etwas im Leben tatsächlich geben sollte. Zum erstenmal seit seiner Ankunft vergaß sie für einen kurzen Augenblick die schreckliche, allgegenwärtige Angelegenheit und plapperte auf ihre unverwechselbare Art, halb Kind halb Frau, diesmal jedoch unter dem unverkennbaren Einfluß des verlorenen Sohns, dessen gewaltsames Ende ihr bei den letzten Worten wieder bewußt geworden war. Wie wenig von all dem war in ihrem Gesicht abzulesen – ihre Zähne bissen auf die Unterlippe, das war alles. Aber dort, in ihrem Inneren, in ihrem festverschlossenen Kopf, ihrer Blackbox rotierten, surrten, klickten und pfiffen die kleinen Rädchen. Fast unwillkürlich fuhr Bresnitz' Hand über die Hemdtasche mit dem Foto. »Das Los eines Detektivs«, sagte er sich. »Am Ende bist du immer außen vor, sogar deine Geliebte steckt tiefer drin. Noch ist es nicht deine Geschichte.«

Ahuvas Augen waren fast geschlossen, und ihre Stirn zog sich schmerzverzerrt zusammen. Im Zimmer war es stockfinster und die Luft zum Schneiden. Bresnitz versuchte, die Fensterläden aufzustoßen, aber sie klagte, ihr sei kalt.

»Entweder du nimmst jetzt Tabletten oder ich schleife dich eigenhändig zum Arzt«, drohte er, ließ dann jedoch sehr schnell von ihr ab, als er merkte, daß sie keinerlei Anzeichen zeigte, sich mit diesem Thema zu befassen. Indem er seinen Zorn und gleichzeitig sein Mitleid unterdrückte, ergriff er erneut ihre beiden Hände und wählte den reinsten pädagogischen Tonfall, zu dem er fähig war. »Rede, Ahuva«, sagte er. »In Gottes Namen, rede! Das macht es uns beiden leichter. Wie ist es passiert? Was genau ist geschehen? Wie kam es, daß dieser lebenslustige Bursche plötzlich tot war? Ist er vom Blitz erschlagen worden? Oder in deiner Badewanne ausgerutscht? Was ist hier passiert?« Er war selbst von dem bitteren Zynismus überrascht, dem er verfallen war, doch ausgerechnet sie schien nicht im geringsten dadurch verletzt. Wieder betrachtete sie ihn mit diesem sonderbaren, fiebernden Blick, der einem in die Magengegend fuhr, zog ihn dann an den Händen, die die ihren gefaßt hielten, zu sich herunter. Er streckte sich neben ihr aus. Sie vergrub ihr Gesicht an seinem Hals und flüsterte ihm ins Ohr:

»Bresnitz, laß es gut sein, in Ordnung?«

Er antwortete nicht. In erster Linie, da er gezwungen war, noch mehr von diesem warmen Atem auf seinen Hals und sein Gesicht zu bekommen, ihre Zunge zu spüren, die beim Sprechen fast über seine Wange fuhr. Ahuva aber rückte von ihm ab, lehnte sich auf ihre Ellbogen gestützt über ihn. »Schließ die Akte wegen mangelnden öffentlichen Interesses«, flüsterte sie ihm zu. »Es gibt doch so einen Paragraphen, stimmt's? Für alle möglichen vom Schicksal Geschlagenen. Tu es für mich, ich flehe dich an, ein letzter Gefallen. Niemals, hörst du, niemals wird jemand davon erfahren. Auch mußt du mich nicht wiedersehen, die Sache zwischen uns ist ohnehin beendet, Bresnitz, du weißt, daß es vorbei ist.«

So sehr der arme Bresnitz später darüber auch nachdachte, er sollte nicht in der Lage sein, sich über das Wirrwarr seiner Gefühle und Empfindungen Rechenschaft abzulegen, die in diesem Augenblick auf ihn einstürzten, als seine Hand, angestachelt von ihren Gedanken, in die Hemdtasche glitt, dort umhertastete, bis sie das Foto erkannt hatte, es hervorzog und in schon fast heroisch einfacher Geste vor ihr auf das Kissen legte. Der erste Effekt war auf jeden Fall dem jener Schreckensbilder ähnlich, die ohne vorherige Warnung den matten Augen von Witwen vorgelegt wurden. Diese ahnten nicht im entferntesten, was sie erwartete, bis es ihnen schließlich gelang, aus einem unscharfen Komplex von Formen, Körpern und verschwommenen Umrissen jenes eine, einmalige und unverwechselbare Detail herauszulösen, das ihnen ins Auge sprang. Ahuva seufzte tief, bedeckte ihr glühendes Gesicht mit den Händen und brachte erst nach einigen langen Sekunden tränenüberströmte Augen und Wangen zum Vorschein, die sie mit dem Ärmel ihres dünnen weißen Nachthemds trocknete.

»Verflucht sollst du sein«, sagte sie, »verflucht« – sie stieß ihn in einem Zornesausbruch, der sie selbst zu überraschen schien, von sich weg und drückte ihn dabei brutal gegen Hals und Kinn. »Ist es das, was du willst? Du dämlicher Bulle? Daß ich mich vergesse? Daß ich die Beherrschung verliere und dir den Schädel einschlage, wie ich es bei ihm gemacht hab'? Mein Gott, was bist du doch ...«

Sie resignierte, bevor sie den richtigen Begriff finden konnte, oder aber sie schreckte in letzter Sekunde davor zurück, ihn auszusprechen. Bresnitz antwortete nicht, sondern belastete mit den Fingern die Stelle, an der ihre Nägel einen langen, rot anlaufenden Striemen hinterlassen hatten. Dann nahm er vorsichtig das Bild und steckte es zurück in seine Hemdtasche. Er erhob sich vom Bett, ging zum Fenster, öffnete die Läden und blickte hinaus. Warme, feuchte Dunkelheit hüllte ihn ein. Der Himmel lag mit seinem ganzen Gewicht auf dem verwahrlosten, von Unkraut übersäten Hinterhof. Hinter ihm erhob sich Ahuva vom Bett und verließ das Zimmer. Unten auf der dunklen Fläche leuchteten einige helle Steinplatten, die zu den Müllcontainern führten und offensichtlich gegen den Schlamm im Winter gedacht waren. »Zeig mir einen Polizisten, der bei diesem Anblick von hier oben nicht an all die zerschmetterten Leichen denken muß, die er im Laufe der Jahre da unten eingesammelt hat; all die, die der Versuchung nicht widerstanden haben«, sagte sich Bresnitz. Interessant wäre es zu wissen, ob der einzelne zuvor den Punkt genau bestimmte, auf dem er in Stücke gerissen werden wollte, um ihn mit seinem Blut zu tränken und danach dort liegenzubleiben, bis man ihn auflas; oder ob es für ihn eher so war, daß er sich lediglich in die Luft stürzte, in die große Freiheit, wobei die Landung am Ende nichts weiter als eine unangenehme, wenn auch erwartete Störung darstellte. Seine Hände umklammerten das Fensterbrett. In Wohnungen mit Kindern gab es in der Regel Gitter vor den Fenstern. So konnten die Kinder nicht hinausfallen, Einbrecher nicht hereinkommen und die Wohnungsbesitzer nicht fliehen.

Ein plötzliches Zittern durchlief ihn, eine Hand streifte über seinen Nacken – auf ihren nackten Füßen war sie so leise herangetreten, daß er nicht einmal gespürt hatte, wie sie ins Zimmer kam.

»Zeig mir mal deinen Kratzer«, bat sie und tupfte mit einem in Desinfektionslösung getauchten Wattebausch über seinen Hals. Der brennende Schmerz ließ ihn schaudern. Sie drängte sich am Fensterbrett neben ihn, und gemeinsam standen sie vornübergebeugt und blickten hinaus.

»Kein Wort zu den Nachbarn«, sagte sie und warf den Wattebausch weg, der langsam durch die fast stehende Luft zu Boden schwebte, immer wieder gebremst und wie auf der Stelle eingefroren, wenn eine neue, von unten aufsteigende Hitzewelle ihn in seinem Flug bremste, bis er schließlich gelandet war, ein weiterer winziger, heller Punkt in der Dunkelheit – ein Hoffnungsschimmer in der Finsternis. Bresnitz umschlang ihre Schultern, und sie erwiderte seinen Druck, drängte sich an seinen Körper, legte ihren überhitzten, unerträglich heißen Kopf auf seine Brust.

»Was ist das?« fragte sie schließlich und deutete auf einen Lichtpunkt, der in weiter Ferne langsam über sie hinwegschwebte.

»Vielleicht ein Satellit«, sagte er unsicher und rieb sein Kinn an ihrem Haar.

»Spioniert er uns nach?«

»Er ist hinter Gott her – mit einem Durchsuchungs- oder Haftbefehl, erwiderte Bresnitz. »Ein alter Polizistenwitz.«

Trotzdem lächelte sie. Ein Lächeln, das einen Augenblick später zu einem hysterischen Lachen wurde, doch ihre Kraft war schnell erschöpft. Schon zuvor hatte sie eigentlich nicht mehr auf ihren Beinen gestanden, sondern sie hing nur noch in seinen Armen. Er hob sie hoch, legte sie wieder aufs Bett und ließ sich daneben nieder. Sofort rollte sie sich in seinem Schoß zusammen.

»Dani«, flüsterte sie ihm zu und gähnte ausgiebig. »Was hältst du davon, wenn ich einen Augenblick schlafe. Eine halbe Stunde oder auch nur eine Viertelstunde, mehr brauche ich nicht. Weck mich bald auf. Wenn ich nicht von selbst aufstehe.«

»Vorher nur eine Frage noch«, bat er. »Ich muß es wissen: Warum hast du seine Leiche ausgerechnet bei unserer Skulptur deponiert, bei unserem Felsen?«

»Später, Danilein«, sagte sie wie ein kleines Mädchen und zugleich wie eine Mutter. Ihre Zahnreihen schlugen in der Dunkelheit aufeinander und wurden dann zu einem weiteren Gähnen aufgerissen. »Nur zwei Minuten. Die Worte schlafen mir vor Müdigkeit schon im Mund ein.«

Es blieb natürlich nicht bei zwei Minuten, auch nicht bei einer halben Stunde. Mehrere Male versuchte er, sie aufzuwecken, schüttelte sie sanft und flüsterte ihr alle möglichen Dinge ins Ohr, aber sie wand sich nur, stöhnte und lamentierte im Schlaf, wachte jedoch nicht auf. Ihre Stirn glänzte vor Schweiß in der Dunkelheit, ihr weißes Nachthemd rutschte weit nach oben und entblößte ihre Beine fast bis zur Hüfte. Eine Weile betrachtete er die hell-dunklen Schattierungen auf ihrem Körper, die Art und Weise, in der der Halbkreis am Ansatz ihres Oberschenkels das Dreieck weiter unten verbarg. Schwaches Licht drang aus dem Wohnzimmer, wo die Klimaanlage unermüdlich mit monotonem Summen keuchte, bemüht, auch ihnen ein wenig Kälte zukommen zu lassen. Dann zog er das Nachthemd wieder über ihren Körper und schlief ein, einfach so. Man kann jedoch sagen, er war »auf dem Posten«, als er vom Schlaf übermannt wurde, da er geradezu panisch aus etwas Traumähnlichem erwachte und in stumpfsinnigem, soldatischem Instinkt nach seinem Gewehr suchte, angesichts der weit aufgerissenen, großen Augen der Frau, die still neben ihm lag, aber sofort wieder zu sich kam. Ihr Fieber war spürbar zurückgegangen, was man ihr sogleich ansah – nicht nur wegen des anbrechenden Morgens, der etwas Beruhigendes hatte, so daß nicht einmal die lautstarken Anfeuerungsrufe der Müllmänner, die dort unten auf die Müllcontainer wie auf Zimbeln einschlugen, ihn aus der Fassung bringen konnten.

Auf ihren Wunsch hin aßen sie eine Kleinigkeit im Wohnzimmer. Kaffee für ihn, Kräutertee für sie, geschnittenes Gemüse und eine Scheibe Brot für sie beide, von der sie ein paarmal abbiß, während Bresnitz lustlos an einer länglichen Möhrenhälfte knabberte, die er schließlich zurücklegte. Etwas nagte an ihm, fraß ihn von innen her auf, wohingegen man bei ihr den Eindruck haben konnte, sie erwarte gelassen ihr Urteil. So jedenfalls schien es ihm. Sie sprachen leise miteinander, wie in einer Gefechtspause, über ihre Arbeit und seine Erinnerungen aus dem Krankenhaus. Ein neues Gemälde von einem namhaften Künstler – sein Name sagte Bresnitz überhaupt nichts –, das sie günstig über die Fakultät erworben hatte, hing im Wohnzimmer, genau über der Stelle, wo ihrer Beschreibung nach Jonathan gelegen haben mußte. Ein weiteres Gemälde, auf einfache Pappe geklebt, lehnte oben auf dem Bücherregal und wirkte aus irgendeinem Grund auf Bresnitz, als sei es eine Arbeit ihrer Schwester, was Ahuva sogleich bestätigte, wenn auch mit demonstrativem Desinteresse. Das Ganze stellte ein dichtes Knäuel von Linien dar, deren Enden wie Ornamente auf einer Festtagskarte ineinander verschlungen waren und aus denen deutlich eine nicht näher zu bestimmende, aber klar zu erkennende Frauengestalt durchbrach, eine vielarmige Polypenfrau. Ein Bild, an dem er weitaus mehr Gefallen fand als an dem anderen, aufdringlich amorphen. »Das ist die Sehnsucht des Provinzlers nach einer klaren Melodie«, gestand er sich ein und stöhnte laut. Die Sehnsucht nach dem Splitter einer Geschichte, dem Knochen eines Helden, den Konturen eines richtigen Plots und vor allem – nach einem Ende, einem wohlorganisierten Ende, einem endgültigen, unwiderruflichen Ende, das sowohl die Schwestern aus Nahariyya als auch den Detektiv aus Netanya zufriedenstellen würde.

Draußen löste sich die Morgendämmerung ungewöhnlich langsam für diese Breiten auf, ein leichter Herbstnebeldunst hing in der Luft und kündete von einem brütendheißen Tag, der bevorstand. Ahuvas Augen begannen wieder zu flackern, und die glühende Röte kehrte langsam in ihre Wangen zurück. Sie erhob sich von ihrem Stuhl, umrundete den kleinen Tisch zwischen ihnen, setzte sich auf Bresnitz' Knie und legte die Arme um seinen Hals.

»Geh jetzt, Bresnitz. Geh, als seist du überhaupt nicht hier gewesen. Geh und komm erst in zwanzig Jahren wieder. Ich werde hier sein, ganz sicher.«

Er ging aber nicht, sondern stand auf und trug sie wieder zum Bett, wo sie miteinander schliefen, hastig und gierig, ihr Stöhnen unterdrückend, als würden sie abgehört. Bresnitz hielt die Augen die meiste Zeit geschlossen, nahm nur ab und zu ihr Gesicht wahr, das in wilder Bewegung über ihm kreiste. Danach zog sie sich wieder an, was sonst nicht ihre Art war, und auch Bresnitz legte seine Sachen an, ging ins Wohnzimmer und rief seine Frau an, die seinen Berechnungen zufolge jetzt gerade erwachte, wenn sie überhaupt geschlafen hatte. Er beruhigte sie, erzählte ihr irgend etwas von einem langwierigen Verhör, legte dann den Hörer nicht zurück auf die Gabel, sondern ließ ihn an seinem Kabel herunterhängen. Er nahm einen Stuhl aus dem Wohnzimmer mit, ging zurück ins Schlafzimmer, setzte sich neben Ahuva, die auf dem Bett lag, küßte ihre ausgestreckte Hand und wartete.

»Die Nacht brach an, ich war auf alles vorbereitet. Ich hatte ihn in eine Decke gerollt, ihm die Schuhe ausgezogen, weil ich merkte, daß es wahnsinnig schwer war, ihn zu ziehen. Nun wartete ich darauf, daß im Haus alles ruhig würde, aber statt dessen brach plötzlich ohrenbetäubender Lärm im Treppenhaus los, dazu noch Musik, und auf einen Schlag erinnerte ich mich an die Mitteilung, die schon einige Tage zuvor dort gehangen hatte, nämlich daß bei Blumensteins, im zweiten Stock, eine Party gefeiert werden würde, der Sohn hatte Geburtstag oder so ähnlich. Ich fing an zu schreien. Der Lärm überdeckte alles, also schrie ich zu der Musik. Bis jetzt erinnere ich mich an das Stück – heisere Frauenstimmen, Explosionen des Schlagzeugs und blutspuckende Gitarren. Ich schrie aus vollem Hals, wie eine Verrückte, nutzte einfach die Gelegenheit aus. Plötzlich, ich weiß nicht warum, drehten sie auf einen Schlag die Musik ab – wahrscheinlich wechselten sie gerade die Platte –, und mein Geschrei drang in die einsetzende Stille. Der Schrei eines verrückt gewordenen Tiers. Das heilte mich auf einen Schlag, befreite mich von dem Schock. Schweigend saß ich hier, neben dem Fenster, vollkommen apathisch vor der fertig verschnürten Leiche, konnte und wollte mich schon gar nicht mehr erinnern, wer oder was sich in dem Paket befand und was gerade mit dir geschah, der halbtot im Krankenhaus lag. Total apathisch war ich, hab aber nicht geschlafen, sondern gewartet. Ungefähr um halb zwei sah ich in der Ferne das Blaulicht eines Polizeiwagens, geriet aber nicht in Panik – im Gegenteil, ich war irgendwie erleichtert. ›Das war's‹ sagte ich und sprach ihn vielleicht zum erstenmal direkt an. ›Endlich holen sie dich, die letzte Ruhe.‹ Aber sie waren überhaupt nicht gekommen, um irgendwas abzuholen, sie waren wegen des Lärms da, denn Chaja und Moti hatten sich beschwert. Die Polizisten kamen die Treppe hoch, für einige Minuten war Ruhe, und dann fing der Lärm wieder an. Erneut kamen Polizisten, ich hab sie durchs Fenster beobachtet. Danach hörte die Musik auf, und einige Zeit später sah ich Blumenstein in seinem Wagen kommen, mit seiner Frau und der kleinen Tochter, die vielleicht sechs ist. Es dauerte noch endlos lange, bis sich alle aus der Wohnung verzogen hatten. Das Mädchen schlief auf der Rückbank, während Blumenstein und seine Frau wie auf heißen Kohlen saßen. Sie parkten unter der Laterne, so daß man von hier oben alles ganz genau sehen konnte. Dann fingen sie an, etwas zu essen – bestimmt die Reste von der Party –, bis ihr Sohn aus dem Fenster rief: ›Die Luft ist rein!‹ Sie hatten es sehr eilig, mit dem schlafenden Mädchen auf dem Arm, als würden sie in ihr eigenes Haus einbrechen, und verschwanden im Hausflur. Schließlich wurde alles ruhig, und ich beschloß, nun geht's los, auch wenn es bereits nach drei war, wollte ich nicht länger warten.«

An dieser Stelle verstummte sie überraschend, in Licht, Hitze und Schweiß getaucht. Ihr Körper zitterte vor Kälte und Aufregung, ihre Augen suchten nicht mehr nach den seinen, sondern waren halbgeschlossen. Sie nahm einen tiefen, offenbar zu tiefen Schluck, begann zu husten und das Wasser wieder auszuspucken.

»Was willst du denn noch?« fragte sie in plötzlichem Zorn. »Ich hab ihn in die Decke gewickelt die ganze Treppe runtergeschleift, so leise wie möglich. Dann hab ich ihn ins Auto geladen und bin zu der Stelle gefahren, neben dem großen Skulpturfelsen. Das ist der einzige Wald, den ich kenne, unser gemeinsamer Ort. Dort hab ich ihn in der Nähe der Skulptur abgeladen, aber nicht zu nah dran.«

»Es war ja schon fast hell und du warst sicher vollkommen fertig, ich meine, alleine eine solche Leiche zu schleppen . . .«, sagte Bresnitz mit vorsichtiger Anteilnahme, wobei auch er es vermied, sie anzublicken.

»Ja«, sagte sie mit schwacher Stimme, sichtlich ermüdet. »Genau so war's. Nur, daß ich krank bin, Dani, ich bin fertig. Wenn ich jetzt ein für allemal sterbe, genügt dir das?«

Auf der Kommode ihm gegenüber lag ein rotes T-Shirt, Bresnitz tauchte es ins Wasser, setzte sich neben sie aufs Bett und wischte ihr die glühende Stirn und das schweißbedeckte Gesicht ab.

»Es war noch jemand dort im Wald«, sagte er zu ihr. »In der Nacht zum Donnerstag, gegen drei Uhr – also lange, bevor es hell wurde. Ein Wagen kam, fuhr wieder weg und ließ die Leiche zurück. Dieser jemand brachte nun die Leiche von der Skulptur weg und versteckte sie an einer anderen Stelle im Wald, aus persönlichen Motiven. Wegen der

Dunkelheit konnte er die Insassen des Wagens nicht erkennen, aber er hat eindeutig zwei Gestalten gesehen.«

Ihr aschfahles Gesicht bestätigte auch ohne Worte, daß seine Lüge der Wahrheit entsprach. Auch Bresnitz' Gesicht wechselte den Ausdruck, das Jagdfieber ließ seine Augen funkeln, und sein Ton schwankte zwischen Drohung und Verführung.

»Das war deine Schwester, richtig? Du warst allein gar nicht fähig, die Leiche zu bewegen, stimmt's? Nicht mal eine kräftige Frau wie du schafft das. Die meisten Leute haben keine Vorstellung, was es heißt, eine Leiche hochzuheben, wie schwer es ist, jemanden zu schleppen, der dir nicht am Hals hängt – auch wenn er ohne Schuhe, Hemd, Brille und Portemonnaie ist. Was konntest du also groß tun? Bresnitz lag zermatscht im Krankenhaus, wer blieb da noch? Nur noch sie – die kleine Schwester aus Ramat Gan.«

Sie nickte bestätigend, atmete schwer wie ein gefangenes Tier.

»Und bis sie endlich erschien, war es bereits zu spät. Oder war sie womöglich sogar schon vorher hier? Bei welchem Tag sind wir jetzt? Mittwoch? Donnerstag? Ihr beiden habt also hier gesessen, alles verrammelt, und die Klimaanlage machte das Zimmer zum Eiskeller, richtig? Trotzdem fing die Leiche schon an zu riechen. Es war ja fürchterlich heiß in der Zeit. Du hattest dich sicher schon daran gewöhnt, aber sie – wie eine Löwin im Käfig.«

Sie starrte wie hypnotisiert vor sich hin, wartete darauf, daß ihre Worte aus seinem Mund kamen.

»Sie gehört nicht zu denen, die in der Lage sind, einen vollen Tag ruhig vor einer Leiche zu sitzen. Was konnte sie also machen? Wollte sie ihn am Ende zerteilen, um ihn in Stücken zu entsorgen?« Sie schüttelte verneinend den Kopf, angewidert. »Sie hat ihn mit Eiswürfeln zugeschüttet? Aus dem Eisfach? So machen sie es immer, in Plastikbeuteln.« Jetzt nickte sie bestätigend. »Die ganze Zeit über«, flüsterte sie, »ich konnte sie nicht aufhalten.«

»Du konntest sie nicht aufhalten«, stürzte sich Bresnitz auf ihre Worte. »Du konntest sie nicht aufhalten. Wann? Erst bei den Eiswürfeln oder schon vorher? Als sie einen von ihren Anfällen hatte? Sie war's, von Anfang an, richtig? Sie hat ihn auf dem Gewissen. Sie hat ihm den Schädel eingeschlagen. Das paßt genau zu ihr, wie es zu dir paßt, für sie zu leiden. Sag mir die Wahrheit, und ich werde helfen, ich versprach es dir, mit all meinen Möglichkeiten, ich brauche nur die Wahrheit.«

Er beugte sich jetzt dicht über sie, sprach direkt in ihr Gesicht hinein. Sie schüttelte langsam, aber energisch den Kopf, »nein«, »nein« und noch ein »nein«.

»Bist du sicher, daß nicht?« fragte er laut und umkreiste das Bett. »Als ich bei ihr war, benahm sie sich, als wüßte sie etwas. Nicht unbedingt wie eine Schuldige, das stimmt. Aber bei Verhaltensgestörten wie ihr kann man das nur schwer sagen. Sie muß es gewesen sein, und wenn sie es nicht war, sind wir wieder bei dir, Ahuva. Wenn nicht sie es war. Also, was ist hier passiert? Was hast du mit ihm gemacht? Wie hat es angefangen? Tu es für uns beide. Danach kommt alles in Ordnung, es wird alles gut werden, ich schwöre. Erzähl ganz vom Anfang. Es war doch sicher keine Absicht.«

»In der nächsten Nacht«, flüsterte sie mit heiserer, gebrochener Stimme und nahm ihre Schilderung wieder auf. »Es war tatsächlich schon zu spät, bis sie ein Taxi gekriegt hatte. Wieder war es draußen schon hell, und wir mußten bis zur nächsten Nacht warten. Wir beide zusammen, denn ich war nicht mehr fähig, auch nur noch einen Augenblick alleine durchzuhalten. Sie war genauso, wie du sie beschrieben hast, und noch schlimmer. Einer der Nachbarn aus der Eigentümerversammlung schellte ununterbrochen alle halbe Stunde an der Tür, weil ich mit irgendwelchen Zahlungen in Verzug war. Die Klimaanlage lief, daher wußte er, daß ich da bin. Und sie wollte sogar noch Musik hören, war völlig hysterisch. Das Eis schmolz vor sich hin, ließ eine Pfütze im ganzen Zimmer entstehen, und sie hörte nicht auf über dich zu sprechen, gegen dich, gebrauchte die schlimmsten Ausdrücke . . .«

»Das will ich alles nicht hören«, schrie er und verlor vollkommen die Nerven. »Was, zum Teufel, versuchst du zu verbergen? Was habt ihr beide gemacht? Wie ist es passiert?«

»In der nächsten Nacht haben wir ungefähr gegen Mitternacht angefangen, ihn in die Decke gehüllt gemeinsam die Treppe runterzuschleppen. Auf der Etage der Beyer ist er uns weggerutscht und gegen ihre Tür geschlagen. Fast ein Wunder, daß sie nicht rausgekommen ist, ihr ganzes Leben wartet sie doch auf so was. Daß niemand etwas gehört hat, bis wir ihn endlich in den Wagen gehievt hatten, ist mir bis heute schleierhaft. Sie war das reinste Nervenbündel, wollte ihn bei der erstbesten Gelegenheit rauswerfen, in den Yarkon, ins Meer, was hat sie nicht alles vorgeschlagen. Aber ich hab nicht nachgegeben, wir sind also gefahren und irgendwann angekommen. Keine Menschenseele war dort zu sehen. Ich weiß nicht, ob du schon mal nachts da warst . . . Ich wollte mit dem Wagen bis zum Felsen fahren, aber sie bekam einen Ast ab, der durchs Fenster schlug, und blutete an der Stirn. Das machte einem plötzlich Angst, als ob zwei Mörderinnen . . . Und die ganze Zeit über dachte ich – wenn du bloß bei mir wärst . . . anstatt zu fliehen und verletzt zu werden . . .«

»Aber ich war nun mal nicht da, zum Teufel!« Bresnitz schluchzte hilflos. »Geh zurück, geh zum Anfang! Wo sind wir jetzt überhaupt? Donnerstag? Donnerstag – du schaffst die Leiche weg, Mittwoch – die Nacht mit der Party, Dienstag – er blutet am Kopf, und plötzlich bricht die Dämmerung an. Was ist noch am Dienstag passiert? Du wirst mich nicht los. Was ist in der Nacht zu Dienstag passiert?«

Ihre Augen weiteten sich, ihre Lippen bebten, flatterten wie im Todeskampf. »In der nächsten Nacht«, murmelte sie. »Ich sagte ihr, weiter bis zum Felsen, genau bis zum Felsen, dort legen wir ihn zwischen die Bäume. Aber sie wollte nicht mehr. Sie ließ ihn auf der Hälfte des Weges mit einem Mal los . . . wieder rutschte er mir aus den Händen. Sie lief zum Wagen, ich zog die Decke unter ihm weg und rannte ihr hinterher, wir fuhren weg, wieder wurde es hell, und ich wollte . . .«

»Ich will das nicht hören, ich kann das einfach nicht mehr hören«, schrie er wutentbrannt und packte sie an den Schultern. »Du bist schon bei Freitag, hast aber vorher was ausgelassen! Zurück: Am Donnerstag seid ihr im Wald, am Mittwoch – die Party, am Dienstag – was war am Dienstag?«

»Hab ich geschlafen«, sagte sie leise, kaum hörbar, legte ihre Wange auf seine Brust und umarmte ihn, so daß sie die letzten Worte fast in seinen Körper hineinflüsterte, unter seine Haut drang. »Schon vergessen? Das war die Nacht mit den Schlaftabletten, die Nacht, die ich verschlafen habe . . .«

»Also eine Nacht zurück, die Nacht zu Montag, die Nacht, in der ich den Unfall hatte . . .«, murmelte er erstaunt, verlegen, und dann, wie durch einen Schlag auf den Kopf, begriff er. Plötzlich wußte er es. Und das Zittern, das durch seinen Körper fuhr, ergriff auch sie.

Vor vielen Jahren hatte er einmal in gottverlassener Einöde im Zelt geschlafen, die Decke bis über die Nase gezogen, und dabei seine Wache versäumt. Der wutentbrannte Major hatte ihm versehentlich anstatt gegen die Beine direkt vor den Kopf getreten, worüber er selbst am meisten erschrocken war, der Ärmste. Genauso war jetzt dieses Gefühl – ein durchdringender, stechender Schmerz, der einem von außen unerwartet direkt in den Schlaf, direkt in die Träume fährt. Aber ich war es nicht, ich bin es nicht gewesen, mein Jonathan! Das Treppenhaus, das Aufblitzen der Brillengläser, die Gestalt im Dunkeln, das Ausholen mit der Faust, das Geräusch, als der Kopf gegen die Wand schlug. Ein Seufzer – und der Mann glitt ganz langsam zu Boden, als wolle er ausruhen. Das kann auch ich jetzt – endlich.

»Kann ich mal telefonieren?« fragte er.

»Aber Bresnitz«, sagte sie, ihr Gesicht so blaß wie ihr Nachthemd. »Hör zu ...«

Im Wohnzimmer ließ der Meereswind den Hörer noch immer sanft an seiner Schnur hin- und herschaukeln. Am anderen Ende der Leitung wurde mit dem ersten Klingelton abgenommen, als hätte man nur auf ihn gewartet. Bresnitz hörte eine nur zu vertraute Stimme.

»Beinstock, ich bin's«, sagte er, »notier dir die Adresse und komm her. Ich hab den Mörder. Den Mann, der Jonathan getötet hat.«

Mit geschlossenen Augen, die schreckliche Vorstellung in sich aufnehmend, tastete er sich zurück zum Fenster. Dort öffnete er sie wieder und blickte, geblendet vom Licht, auf die tiefe, ferne Fläche des Hinterhofs. Verdorrter Rasen, Glassplitter, graue Steinplatten und ein kleiner Wattebausch.

Frederick Busch · Der Nachtinspektor

Roman · 368 Seiten · Deutsch von Barbara Schaden

Ein Ex-Scharfschütze aus dem amerikanischen Bürgerkrieg, William Bartholomew, und der einst berühmte, nun aber vergessene Autor von *Moby Dick*, Herman Melville, der als Nachtinspektor für die Zollbehörde arbeitet, stoßen auf einen Sklaventransport und verhindern gemeinsam ein Verbrechen. Ein literarischer Thriller höchster Ordnung vor dem Hintergrund des chaotischen und korrupten Nachkriegs-New York um 1867.

Batya Gur · Stein für Stein

Roman · 336 Seiten · Deutsch von Mirjam Pressler

Auf einer wahren Geschichte basierend, erzählt Batya Gurs Roman vom verzweifelten Kampf einer Mutter um Gerechtigkeit – für ihren Sohn wie für sich selbst. Der Sohn ist während des Militärdienstes ums Leben gekommen, Opfer eines makabren „Rekrutenscherzes“. Ein leidenschaftlicher und politisch hochbrisanter Beitrag der Autorin zu einem der umstrittensten Themen der israelischen Gesellschaft.